오후의 죽음

오후의 죽음

1판 1쇄 인쇄 | 2013년 5월 23일
1판 1쇄 발행 | 2013년 5월 30일

지은이 | 헤밍웨이
옮긴이 | 장왕록
기 획 | 한복전
교 정 | 정강훈
디자인 | 배경태
펴낸이 | 배규호
펴낸곳 | 책미래

출판등록 | 제2010-000289호
주 소 | 서울시 마포구 공덕동 463 현대하이엘 1728호
전 화 | 02-3471-8080
팩 스 | 02-6353-2383
이메일 | liveblue@hanmail.net

ISBN 979-11-85134-00-0 03840

오후의 죽음

어니스트 헤밍웨이 지음 | 장왕록 옮김

차례

01.

　처음으로 투우 구경을 하러 갔을 때, 나는 몸서리를 치게 되리라고 또 아마도 구역질이 나게 되리라고 생각했다. 사람들로부터 말(투우사가 소를 죽이기 전에 말을 탄 피카도르가 나와 창으로 소를 찌른다. 이때 피카도르가 탄 말은 대개 소에게 떠받혀 죽는다)이 어떻게 된다는 것을 들은 일이 있었기 때문이다. 내가 투우장에 관하여 읽은 것은 모두 이 점을 강조하고 있었다. 투우에 관한 글을 쓴 사람들은 대개 그것을 어리석고 야만적인 일이라고 정면으로 비난하였지만, 솜씨 자랑으로, 또 구경거리로 그것을 좋게 말하는 사람들도 말을 사용하는 데에 대해서는 유감스럽게 생각하고 투우 전반에 관하여 변명하는 투로 말하고 있었다.

　투우장에서 말을 죽이는 것은 변명할 여지가 없는 것이라고 생각되었다. 내 생각에는 현대의 도덕적 견지에서 보면, 다시 말하여 기독교적인 견지에서 보면 투우 전체가 변명할 여지가 없다. 확실히 잔인한 구석이 많고, 스스로 구하는 것이건 예측하지 않은 것이건 간에 언제나 위험이 있으며 항상 죽음이 따르기 마련이다. 나는 지금 투우를 변호할 생각은 없고 다만 내가 투우에서 정말이라고 생각한 것들을 정직하게 이야기하려고 할 뿐이다. 그러기 위해서는 나는 완전히 솔직해야 하거나 아니면 적어도 솔직하려 애쓰지 않으면 안 된다. 만약 이 글을 읽는 사람들이 불쾌감을 가지고, 이것을 쓴 사람은 그들과 곧 독자들과 같은 부드러운 감정이 전혀 없는 사람이라고 단정한다면 나는 정말 그럴지도 모른다고 대답할 수밖에 없다. 그러나 이 글을 읽는 사람으로써 정말로 그런 판단을 내릴 수 있으려면, 그는 남자거나 여자거나 할 것 없이 내가 이야기하는 것들을 실지로 보고 그것들에 대한 그들의 반응이 어떤 것인가를 정말로 알아야 할 것이다.

언젠가 거트루드·스타인(파리 시대 헤밍웨이의 문학적 사장. 후에 사이가 나빠지기는 했지만 당시의 그녀의 생활은 《엘리스·토클래스의 자서전》에 잘 나타나 있다. 1874~1946)이 투우 이야기를 하던 중 호셀리토에 대한 그녀의 감탄을 이야기하며 투우장에 서 있는 호셀리토의 사진이라든가, 발렌시아의 투우장에서 그녀 자신과 엘리스·토클래스가 관람석의 첫째 줄에 앉아 있고 그 아래에 호셀리토와 그 동생 가요가 있는 사진 몇 장을 보여주던 일이 생각난다. 그때 나는 막 극동 지방에서 온 길이었고, 또 그곳에서 그리스 사람들이 스머너시(市)를 폐기할 때 그들이 부리던 운수용 동물의 다리를 부러뜨린 뒤 부두에서 몰고 나가 얕은 물속으로 밀어 넣는 것을 보았던 만큼(최초의 단편집 《우리들 시대에》의 권두에 이 광경의 스케치가 실려 있다) 말이 불쌍하기 때문에 투우를 좋아하지 않는다고 말했던 것이다. 나는 그때 글을 쓰려고 하고 있었는데, 내가 가장 곤란을 느낀 것은 실지로 느낀 것을 참으로 아는 것은 젖혀 놓고라도 무엇을 느끼게 되어 있는가, 무엇을 느끼도록 배웠는가보다 무엇이 실지로 행동으로 일어났는가를 쓰는 일, 곧 우리가 경험한 감정을 일으킨 실제 사건이 무엇인가를 쓰는 일이었다.

　신문기사를 쓸 때에는 일어났던 일을 이야기하고 그날에 일어났던 일을 설명하는데, 어떤 정서를 붙여 주는 적시성이라는 요소 덕택으로 이런 저런 기교를 써 가면 정서를 전달할 수가 있다. 그러나 진짜의 일, 그 정서를 불러일으킨 동작과 사실의 연속, 1년이 지난 뒤, 또는 10년이 지난 뒤, 아니, 다행히 웬만큼 순수하게 기록한다면, 그 후 언제까지나 변함없이 타당할 그 연속은 나로서는 도저히 붙잡을 수 없는 것이었고, 나는 또 그것을 붙잡으려고 안간힘을 쓰고 있었다.

　전쟁이 끝난 뒤인지라 삶과 죽음, 다시 말하면 격렬한 죽음을 볼 수 있는 곳은 오로지 투우장뿐이었고, 나는 그것을 잘 살필 수 있는 스페인에 몹시 가고 싶었다. 나는 글을 쓰는 법을 배우려고 하였고, 그것을 가장 단순한 사물로부터 시작하려고 했다. 그리고 모든 사물 중에서 가장 단순하고 가장 기본적인 것의 하나는 격렬한 죽음이다. 거기에는 병사라든가, 흔히 말하는 자연사라든가, 또는 친구나 그 밖에 사랑하거나 미워하는 사람의 죽음에서와 같은 복잡성은 없지만, 그럼에도 죽음임에는 틀림이 없으며, 죽음은 사람이 쓸 소재의 하나가 될 수 있다.

　내가 읽은 책 중에서도 저자가 죽음을 전달하려고 하면서도 흐리멍덩한 얼룩밖에 만들어낼 수 없었던 경우가 많았다. 그리하여 나는 이것이 저자가 죽음을 분명히 본 일이 없기 때문이거나, 아니면 죽음의 순간에 다다라서 마치 지금 막 기차에 깔려 죽으려는 어린아이를 보면서도 손이 닿지 않아 그를 구해낼 수 없을 때 누구나 그러듯이 육체적으로 또는 정신적으로 눈을 감아버렸기 때문이라고 판단했다. 이러한 경우에는 아마도 저자가 눈을 감는 일이 정당할 것이라고 생각한다. 어린

아이가 차에 깔려 죽으려고 한다는 단순한 사실이 저자가 전달할 수 있는 전부이고, 실제의 역사(轢死)는 안티클라이막스이며 그리하여 그가 표현할 수 있는 것은 기껏해야 역사 이전의 순간까지일 것이기 때문이다. 그러나 총살형이나 교수형의 경우에는 그렇지 않다. 말하자면 고야가 〈전쟁의 참화〉라는 그림에서 시도한 것과 같이 이러한 매우 단순한 사건들을 영구화하려면 눈을 감아서는 안 된다.

나는 어떤 사건들, 이와 같은 종류의 단순한 사건들을 본 기억이 있었지만, 거기에 나 자신이 참여하였기 때문에, 또 다른 경우에서는 사건 직후에 그 사건에 대하여 쓰지 않으면 안 되었고, 따라서 즉각적인 기록을 위하여 나에게 필요한 것들만을 유심히 살폈기 때문에, 이를테면 어떤 사람이 그의 아버지의 죽음이나 어떤 사람들, 예를 들어 그가 알지 못하는 사람들의 교수형을 관찰할 경우, 또한 사건의 직후에 석간신문의 제1판에 닿도록 기사를 써 보내야 할 필요가 없는 경우에서와 같이 사건들을 관찰할 여유가 없었다.

그리하여 나는 투우를 구경하고 내가 본대로 투우에 관한 글을 쓰기 위하여 스페인으로 갔다. 내 생각으로는 투우가 단순하고 야만적이며 잔인하여 내 마음에 들지 않겠지만, 나는 내가 바라는 삶과 죽음의 감정을 나에게 불어넣어 줄 어떤 결정적인 행동을 보게 될 것 같았다. 나는 그 결정적인 행동을 찾아냈다. 그러나 투우는 단순한 것과는 너무나 거리가 멀고 나는 그것을 너무 좋아했기 때문에, 그것은 그때 내가 가지고 있던 표현 수단으로는 다루기에 너무나 복잡한 소재였다. 그리하여 네 편의 매우 짧은 스케치(《우리들 시대》에 있다)를 제외하고는 나는 5년 동안 그것에 관해서 아무것도 쓸 수 없었고, 뿐만 아니라 10년 동안 기다리고 싶었다.

그러나 만약 충분히 오래 기다렸다고 하더라도 나는 아마 전혀 아무 것도 쓸 수 없었을 것이다. 왜냐하면 우리가 한 가지에 대해서 참말로 배우기 시작했을 때에는 그것에 대해 기록하기보다는 차라리 끊임없이 배우려는 경향이 있기 때문이다. 우리는 매우 자기 본위가 되지 않는 한 - 물론 그렇게 되면 많은 책을 쓸 수 있겠지만 - '나는 이제 여기에 대해서는 모두 알고 있으니까 글을 써야지' 하고 말할 수가 없을 것이 다. 확실히 나는 지금 그런 말을 하지 않는다. 해마다 나는 배워야 할 것이 더 많음을 안다. 그렇지만 또한 나는 지금 나의 흥미를 끄는 몇 가 지 일들을 알고 있으며, 따라서 내가 오랫동안 투우에서 멀어지게 될지 도 모르므로, 역시 지금 알고 있는 것만으로 투우에 관한 글을 써도 좋 을 것이다. 게다가 투우에 관하여 영어로 쓰인 책을 가진다는 것은 좋 은 일일 것이고, 또한 그런 비도덕적인 소재를 심각하게 다룬 책이 약 간의 가치를 가질 수도 있을 것이다.

그런데 도덕에 관하여 내가 알고 있는 것이라고는 도덕적인 것은 사 후(事後)에 기분이 좋은 것이고, 비도덕적인 것은 사후에 기분이 나쁜 것이며, 이러한 도덕적인 기준에서 보면 - 나는 이 기준을 변호하지는 않지만 - 투우는 나에게는 매우 도덕적인 것이라고 생각된다. 왜냐하면 투우가 진행되고 있는 동안, 나는 매우 기분이 좋고 삶과 죽음, 생명의 유한성과 불멸성에 대한 느낌을 가질 수 있으며, 그것이 끝난 뒤에는 매우 슬픈 느낌이 들지만 역시 기분이 좋기 때문이다.

또한 나는 말들에게 마음을 쓰지 않는다. 원칙상으로는 그렇지 않 지만 사실상으로는 마음을 쓰지 않는다. 이 점에 대해서는 나도 매우 놀랐다. 그도 그럴 것이, 나는 원래 길거리에서 말을 볼 때마다 도와주고 싶은 마음을 가지지 않고는 배기지 못하는 성미여서 마대 따위를 덮어주고, 마구를 벗겨주고, 편자를 빼내어준 일이 여러 번이며, 이것은 비 오고 싸늘하게 얼어붙는 날씨에 거리에서 말을 몰고 다니는 한 변함이 없을 것이다. 그러나 투우장에서는 말에게 어떤 일이 일어나더라도 나는 공포라든가 불쾌감이라든가 하는 따위는 조금도 느끼지 않는다.

나는 남자고 여자고 할 것 없이 많은 사람들을 투우장에 데리고 가서 장내에서 말이 뿔에 떠받혀 죽는 데에 대하여 그들이 어떤 반응을 나타내는가를 보았는데, 그것은 완전히 예언하기 불가능한 것이었다. 투우를 보고는 재미있어하겠지만 말이 뿔에 떠받혀 죽는 것을 볼 때에는, 그렇지 않으리라고 내가 확실히 믿었던 여자들이 그것을 보고 조금도 마음이 동요하지 않는 것이었다. 문자 그대로 태연자약이었다. 말하자면 그들이 평소에 인정하지 않던 그 무엇, 그들에게 공포와 불쾌감을 일으킬 것이라고 스스로 생각하던 그 무엇이 전혀 그런 감정을 일으키지 않았던 것이다. 다른 사람들은—그중에는 남자도 있고 여자도 있었지만—몸이 이상해질 정도로 마음이 움직였다. 이러한 사람들 중의 몇몇이 어떻게 행동했던가에 대해서는 나중에 자세히 이야기할 작정이지만, 여기서는 다만 이러한 사람들을 어떤 교양 또는 경험의 기준에 의하여 마음이 움직인 사람과 마음이 움직이지 않은 사람으로 구분할 수 있는 차이점 또는 구획선은 하나도 없다는 것을 말하고 싶다.

관찰한 바에 의하면 사람들은 두 가지의 일반적인 유형으로 나뉜다고 할 수 있다. 곧 심리학의 전문적인 용어들을 들자면 자신들을 동물과 동일시하는 사람들, 다시 말하면 스스로 동물의 입장에 서는 사람들과 자신들을 인간과 동일시하는 사람이다. 경험과 관찰의 결과, 나는 자신을 동물과 동일시하는 사람들, 곧 거의 직업적으로 개나 그 밖의 짐승을 애호하는 사람들은 자신을 쉽사리 동물과 동일시하지 않는 사람들보다 인간에 대하여 더 심한 잔인성을 나타낼 수 있다고 생각한다. 이것을 기초로 하면 사람들 사이에는 어떤 근본적인 간격이 있는 것 같다. 물론 자신을 동물과 동일시하지 않는 사람들도 일반적으로 동물을 사랑하지 않는 반면에, 이를테면 한 마리의 개, 고양이 또는 말과 같은 한 마리 한 마리의 동물에게는 깊은 애정을 나타낼 수 있다. 그러나 그들은 이런 애정의 기초를 그것이 동물이기 때문에 사랑할 가치가 있다는 사실에서보다는 차라리 이 개개의 동물이 가지고 있는 어떤 자질 또는 그것과의 어떤 관련에서 발전할 것이다.

나 자신으로 말하면, 내가 깊은 애정을 느낀 것은 세 마리의 고양이와 네 마리의 개에 대해서였다고 기억하고 있지만, 말은 단 두 마리뿐이었고 그것도 내가 소유하고 있으면서 타든가 마차를 몰게 했던 것들이다. 내가 경마에서 돈을 걸고 눈으로 쫓으면서 유심히 살핀 말에 대해서는 나는 깊은 감탄을 느꼈고, 특히 돈을 걸었을 때에는 몇 마리에 대해서 거의 애정에 가까운 감정을 가지기도 했다. 그중에서 내 기억에 가장 생생한 것들을 들면 '전함', '절멸자'(이 말에 대해서는 충심으로 애정을 느꼈다고 생각한다), 에피나르드, 크사르, 에로스 12세, 마스터보브와 또 마지막의 두 마리처럼 장애물 경주마인 운카스라는 이름의 잡종마 등이다.

나는 이 모든 동물에 대하여 참으로 깊은 감탄을 느끼고 있었다. 그러나 내 애정의 얼마만큼이 내가 건 돈 때문이었는지 나는 알지 못한다. 운카스가 오퇴유 경마장(파리 교외에 있다)의 고전적 장애물 경주에서 10대 1의 이익금이 걸린 내 돈을 등에 싣고 1등으로 달렸을 때 나는 그것에 대하여 깊은 애정을 느꼈다. 그러나 에번·십맨과 내가 그 고상한 짐승에 대하여 이야기할 때에는 감동으로 거의 눈물이 날 지경으로 좋아했던 말이 그 후에 어떻게 되었는가를 누가 나에게 묻는다면 나는 모른다고 대답할 수밖에 없다(십맨 씨가 이 글을 읽은 뒤 나에게 알려준 바에 의하면, 운카스는 끝장을 본 뒤에 빅토르·이매뉴얼 씨의 승마로 부려지고 있다고 한다. 이 소식은 나의 마음을 어느 쪽으로도 움직이지 않는다). 내가 알고 있는 것은 나는 개를 개로서, 말을 말로서, 또는 고양이를 고양이로서 사랑하지 않는다는 것이다.

투우장에서의 말의 죽음이 왜 마음을 움직이지 않는가, 즉 왜 어떤 사람들에게는 아무런 감동을 주지 않는가 하는 것은 복잡한 문제다. 그러나 근본적인 이유는 소의 죽음이 비극적인 데에 반하여, 말의 죽음은 희극적인 색채를 띠기 때문일 것이다. 투우라는 비극에 있어서 말은 희극적인 등장물이다. 이 말은 끔찍하게 들릴지 모르지만 사실이다. 그러므로 말이 땅 위에 높다랗게 서있고 또 피카도르가 창살이 붙은 막대기(바라)로 그의 임무를 잘 수행해낼 만큼 든든하다면, 말은 성질이 사나우면 사나울수록 더욱 희극적인 요소를 갖추게 된다.

말들이 연출하는 이러한 패러디(서투른 모방)와 그 결과 말에서 일어나는 일을 보면 사람들은 당연히 공포와 불쾌감을 느껴야 하겠지만, 기분이야 어떻든 그것을 느끼려고 결심하지 않는 한 공포와 불쾌감을 느끼게 되리라는 보장은 아무것도 없다. 투우마들은 보통 말들과 너무나 다르다. 어떤 점으로 보면 투우마들은 새, 곧 부관조(인도 아프리카산의

새. 목을 움츠리고 꼿꼿이 서있는 자세가 부관과 같다는 데서 나온 이름이다)
나 부리 넓은 학과 같은 어색한 새와 비슷하다. 그리하여 소의 목과 어
깨의 근육에 떠받혀 공중에 번쩍 들린 채 다리가 흔들리고, 그 큰 발굽
이 디룽거리며, 목이 축 처지고, 지쳐빠진 몸뚱이가 뿔 위에 쳐들려 있
을 때는 투우마도 희극적인 색채를 잃어버린다. 그러나 결코 비극적이
라고는 생각되지 않는다. 비극은 모두 소와 사람에게 집중되어 있다.

말의 생애의 비극적인 클라이막스는 무대 저 뒤쪽, 이 이전에 곧 투
우장에서 쓰이기 위하여 말 청부인의 손에 팔릴 때에 일어난 것이다.

어쨌든 투우장에서의 최후는 동물의 체구와는 어울리지 않는 것 같
다. 말의 사체 위에 캔버스천이 덮이면 그 긴 다리며, 목이며, 이상한 모
양의 머리며, 흡사 무슨 날개와도 같이 몸뚱이를 덮고 있는 캔버스천이
며, 보통 때보다 더욱 새처럼 보인다. 그것들은 약간 죽은 펠리컨과 비
슷한 모양을 하고 있다. 살아있는 펠리컨은 비록 사람이 손으로 만지면
이를 퍼뜨린다고는 하더라도 재미있고 마음을 즐겁게 하는 사귈 만한
새이지만, 죽은 펠리컨은 완전히 넋빠진 것처럼 보이는 것이다.

이 글은 투우를 변호하기 위해서가 아니라 투우를 종합적으로 나타
내기 위하여 쓰는 것이며, 따라서 그러기 위해서는 변호론자가 변론의
필요상 고의로 지나쳐버리거나 피하려고 할 몇 가지 일을 인정하지 않
으면 안 되겠다. 그러면 이러한 투우마에게 일어나는 희극은 그의 죽음
이 아니다. 죽음은 희극이 아니며, 가장 희극적인 인물에게 일단 죽음
이 일어나면 사라져버리는 것이기는 하지만, 어떤 일시적인 위엄을 주
는 것이다. 그리하여 희극적인 것은 이상하고도 우스꽝스러운 사건, 곧
내장의 사고다.

확실히 우리들의 기준에서 보면, 한 동물이 내장의 내용물을 배설하는 것을 보는 데에는 조금도 희극적인 점이 없다. 그러나 만약 이 동물이 어떤 비극적인, 다시 말하면 위엄을 갖춘 짓을 하는 대신, 뻣뻣한 노처녀의 걸음걸이로 영광의 구름을 끌며 투우장 주위를 뛰어 돌아다닐 때에는 프라테이니스 극단(투우에 부수적인 소극을 현출한다)이 진짜 내장 대신에, 붕대나 소시지를 끌고 다니며 익살을 부릴 때와 조금도 다름없이 희극적이다. 한쪽이 희극적이라면 다른 쪽도 마찬가지다. 유머는 꼭 같은 원리에서 나오는 것이기 때문이다.

　나는 사람들이 뛰어다니고 말이 배설하며 가장 내부의 가치가 튀며 끌려가는 속에서 위험이 하나씩하나씩 깨뜨려지는 비극의 우스꽝스러운 끝장을 보았다. 나는 이런 것들을 보고 가장 더러운 말로 할복이라고 부르지만, 사실상 그것은 적시성으로 말미암아 매우 우스꽝스러운 기분을 자아내었다. 이런 따위의 일은 모든 사람들이 인정하려고 하지 않을 것이지만, 한편 투우의 본질이 한 번도 설명된 일이 없는 것은 바로 이러한 일이 인정되지 않았기 때문이다.

　이러한 내장의 사고는 내가 이 글을 쓰는 지금에는 이미 스페인 투우의 일부가 아니다. 프리모·데·리베라(스페인의 장군. 1925년에서 1930년까지 독재적 권력을 휘둘렀다) 정권하에 '외국인과 관광객들에게 그토록 불쾌감을 주는, 이 끔찍한 광경을 피하도록' 하는 요지의 법령에 의하여 누빈 이불 비슷한 것으로 말의 복부를 보호하도록 결정되었던 것이다. 이러한 보호의의 사용은 이러한 광경을 피하고 투우장에서 죽음을 당하는 말의 수효를 상당히 줄이기는 했으나, 말이 겪는 고통은 결코 감소시키지 못하였다. 후장에서 다시 다루게 되겠지만, 보호의의 사용은 소에게서 용감성을 많이 빼앗아가고, 그리하여 투우 금지의 제1보를 내디딘 셈이 되었다. 투우는 스페인 특유의 제도이다. 그것은 외국인이나 관광객 때문에 존재해온 것이 아니라, 항상 그들과는 상관없이 존재해온 것이며, 아무 소용도 없는 그들의 인정을 얻기 위하여 투우에 수정을 가하려는 이 조치는 곧 투우의 완전한 금지로 내딛는 한 걸음이 되는 것이다.

투우장에서의 말에 대한 한 사람의 반응에 관하여 쓰인 이 글은, 저자가 자기와 자기의 반응에 대하여 쓰고 싶다든가, 자기 자신의 느낀 것이기 때문에 자기의 반응을 중요시하고 거기서 기쁨을 얻고 싶어서 쓰인 것이 아니라, 오히려 그러한 반응이 즉각적이고 예상외라는 사실을 밝히려는 것이다. 나는 같은 일을 여러 번 보았기 때문에 이미 감정이 동요되지 않게 단단히 굳은 상태로 말미암아 말의 운명에 대하여 무관심해지지는 않았다. 그것은 익숙해졌기 때문에 정서가 단절된 상태에 빠진 것과는 다른 문제다. 내가 지금 말에 대해서 느끼고 있는 정서는 내가 처음으로 투우를 보았을 때의 정서와 조금도 다름이 없다. 혹시 내가 그렇게 정서가 굳어진 것은 전쟁을 관찰했기 때문이거나, 아니면 신문 기자 생활 때문이라고 말할 사람이 있을지도 모른다. 그러나 이것은 한 번도 전쟁을 보지 않은 사람이나, 문자 그대로 어떤 종류의 신체적인 공포도 느껴보지 않은 사람이나, 또는 이를테면 조간신문에서 일해보지 않은 사람조차 꼭 같은 반응을 나타낸다는 사실을 설명할 수는 없을 것이다.

내 생각에 투우의 비극은 의식에 의하여 너무나도 질서가 잘 잡혀 있고, 너무나도 강하게 규제되어 있기 때문에 전체적인 비극을 느끼는 사람들은 거기서 말의 사소한 희·비극만을 뽑아내어 정서적인 반응을 가질 수가 없는 것이다. 만약 그들이 일 전체의 의미와 목적을 알지는 못하더라도 육감으로 느끼기만 한다면, 곧 그들이 이해하지 못하는 이 일이 진행되고 있다는 것을 느끼기만 하면 말의 일은 부차적인 것에 지나지 못한다. 만약 그들이 비극 전체에 대하여 아무런 느낌을 가지지 않을 때 그들은 당연히 가장 눈에 띄기 쉬운 부차적인 것에 정서적인 반응을 나타낼 것이다. 또한 당연한 일로, 만약 그들이 인도주의자거나 동물주의자라면, 그들은 비극에 대하여 아무런 감정을 갖지 않고 다만 인도주의적인, 또는 동물주의적인 기초에 입각한 반응을 가지며, 이 경우 가장 명백하게 학대받는 것은 말뿐이다.

만약 그들이 진지하게 그들 자신을 동물과 동일시하면, 그들은 지독한, 아마도 말의 그것보다 더 지독한 고통을 받은 것이다. 왜냐하면 부상을 당해본 사람이라면 누구나 부상의 고통은 부상을 당한 지 한 반시간이나 되어야 비로소 시작되며, 고통과 부상의 끔찍한 외양 사이에는 아무런 비율적인 상관관계가 없다는 것을 알기 때문이다. 복부 상처의 고통은 즉시 일어나는 것이 아니라 나중에 가스 고통(전투시에 부상을 당하면 상처에 병균이 침입하여 거기서 가스가 발생한다) 및 복막염의 시작과 함께 일어나는 것이다. 인대가 끊어지거나 뼈가 부러질 때에는 즉시 무서운 고통이 일어나는 수가 있기는 하다. 그러나 이런 것들은 알려져 있지 않거나 스스로를 동물과 동일시하는 사람에게는 무시되고 만다. 그리하여 그 사람은 투우의 그러한 일면만을 보고 순수하게 무서운 고통을 느끼지만, 그 반면 장애물 경주에서 말이 절룩거리며 멈춰 설 때에는 전혀 고통을 느끼지 않고 다만 유감스럽다고 생각하고 말 것이다.

그러므로 아파쇼나토(투우 애호가)는 넓은 의미에서 이러한 비극과 싸움의 의식에 관한 센스를 가지고 있어서, 사소한 면은 그것이 전체적인 것과 관련되지 않는 한 중요하지 않다는 것을 아는 사람이라고 할 수 있겠다. 이러한 센스를 가지고 있느냐 없느냐의 비교를 의미하는 것은 아니지만, 그것은 음악을 듣는 귀를 가지고 있느냐 없느냐를 비교하는 것과 마찬가지다. 음악을 듣는 귀를 가지지 않은 사람이 심포니 콘서트를 들었을 때 그가 받는 가장 중요한 인상은 아마도 콘트라베이스 연주자의 동작일 것이며, 이것은 마치 투우에서 센스를 가지지 않은 관람객이 뚜렷이 눈에 띄는 피카도르의 괴상한 모습만을 기억하는 것과도 같다. 콘트라베이스 연주자의 동작은 괴상하며 그들이 내는 소리는 그것만을 들으면 아무 의미 없는 경우가 많다. 심포니 콘서트를 듣는 사람이 투우장에서의 인도주의자와 같은 종류의 사람이라면, 그는 아마도 교향악단에 있는 콘트라베이스 연주자의 임금과 생활조건의 향상을 위한 자기의 활동 영역이 있을 거라 생각할 것이다. 이것은 마치 투우에서의 불쌍한 말에게 무엇인가 해야 할 일이 많다고 생각하는 것과도 같다. 그러나 그 사람이 교양인으로서 교향악단이 전적으로 좋은 것이고, 하나의 완전한 전체로서 받아들여야 할 것임을 아는 사람이라고 가정해보자, 그는 아마도 기쁨과 찬동밖에 아무런 다른 반응을 보이지 않을 것이다. 그는 콘트라베이스를 교향악단 전체에서 떨어져 나온 것으로, 또는 한 인간의 손에 의하여 연주되는 것으로 생각되지는 않는다.

어느 예술에 있어서나 마찬가지지만, 그 예술의 맛은 그에 대한 지식이 증가함에 따라 증가한다. 그러나 사람들은 투우를 처음으로 구경하러 갈 때, 만약 허심탄회한 마음으로 그들이 느껴야 마땅하다고 생각하는 것이 아니라, 실지로 느끼는 것을 느끼기만 한다면 자기가 투우를 좋아하게 될지 아닐지를 알게 된다. 그들은 투우가 좋건 나쁘건 상관 없이 전혀 그것을 좋아하지 않을 수도 있다. 그리고 이러한 사람들에게는 투우가 도덕적으로 분명히 나쁘다는 것밖에 아무런 설명도 의미가 없는 것이다. 그들은 마치 술 마시는 것을 옳다고 믿지 않는다는 이유에서, 그들이 좋아하게 될지도 모를 술을 마시지 않으려고 드는 사람들과 같다.

음주와의 비교는 사실상 그렇게 억지로 갖다 붙이는 것이 아니다. 술은 세상에서 가장 문명적인 것 중의 하나이며 또 세상의 자연물 중에서 최고도로 완전한 경지에 이른 것 중의 하나로서, 아마 돈으로 살 수 있는 순수하게 감각적인 물건 중에서는 다른 어느 것보다도 폭넓은 향락과 감상을 제공해준다. 사람들은 술에 관한 것을 배울 수 있고 커다란 즐거움을 가지고 일생 동안 자기 입맛의 교육을 계속할 수 있다. 그리고 입맛은 더욱 교육되고 감상력이 더욱 발달하며, 비록 콩팥이 약해지고 큰 발가락이 아프게 되고 손가락 관절이 뻣뻣해지기는 하지만, 술의 양은 끊임없이 증가하여 마침내 술을 가장 좋아하게 될 때 영원히 금주 선고를 받게 되는 것이다. 이것은 마치 처음에는 좋고 건강했던 도구에 지나지 않았던 눈이, 차차 과도한 사용에 의하여 그전처럼 강하지 못하고 약하게 지쳐버리기는 하지만, 그것이 획득한 지식이나 능력 때문에 더욱더 큰 즐거움을 끊임없이 두뇌 속에 전달할 수 있는 것과도 같다.

사람의 몸은 모두 그럭저럭 시들어져서 죽어버린다. 그래서 나는 샤토마고나 오브리용을 완전히 향락하는 즐거움을 나에게 선사할 입맛을 가지고 싶다. 말하자면 그 입맛을 몸에 붙이기 위하여 지나치게 술에 빠져버린 나머지 간이 리시부르나, 코르통이나, 상베르넹(포도주의 종류)을 마시지 못하게 하더라도, 포트와인을 제외한 모든 포도주가 쓰디쓰고, 따라서 술을 마신다는 것이 마음을 걷잡을 수 없이 만드는 어떤 것을 삼키는 과정에 지나지 않았던 어린 시절의 입맛ー그 물결 함석 안쪽과도 같은 입맛보다는 그편이 낫다. 물론 술을 완전히 끊어야 하는 따위의 일은 눈의 경우 장님이 되기를 피해야 하는 것과 마찬가지로 피해야 할 일이다. 그러나 이러한 일들은 운수에 좌우되는 바가 많은 것 같으며, 사람은 누구나 할 것 없이 성실한 노력에 의하여 죽음을 회피할 수 없을 뿐만 아니라, 신체의 어떤 부분을 실지로 보기 전에는 그것이 무슨 소용이 있는가를 알 수도 없다.

이야기가 투우에서 빗나간 것 같지만, 중요한 점은 한 사람이 지식과 감각 훈련이 점점 증가됨에 따라, 그가 술에서 무한한 향락을 얻을 수 있는 것은 투우에서 얻는 즐거움이 점점 커져 그의 적은 정열 중에서는 가장 큰 것이 될 수 있다는 것과 마찬가지다. 처음으로 술을 마시는 사람, 말하자면 맛을 보면서 즐기는 것이 아니라 그냥 마시기만 하는 사람이라 할지라도 앞으로는 그가 술을 마실 수 있건 없건 간에, 그는 자기가 술의 효과를 좋아하는가 좋아하지 않는가, 또 그것이 그에게 좋은가 좋지 않은가를 판단할 수는 있는 것이다. 포도주에 대해서 말하면 대개의 사람들은 처음에는 소테른, 그라브, 브르사크 등의 달콤한 우량 포도주와, 부글거리는 거품이 보기 좋다는 이유에서 단맛이 없지 않은 샴페인이나 부르군디와 같은 거품 나는 포도주를 좋아하지만, 나중에는 가벼우면서도 풍부하고 훌륭한 메독의 그랜드병 하나만으로 이 모든 것과 바꾸어도 아깝지 않다고 생각할 것이다. 이 메독이 라벨도, 먼

지나 거미집과 같은 오래 묵었다는 흔적도, 또 아무런 볼품도 없는 수수한 병에 담겨져 있다고 하더라도, 다만 정직성과 섬세성 그리고 혀에 닿았을 때 가벼운 맛이 있고, 마신 후에 입안이 시원하기만 하면 그만이라고 생각할 것이다. 마찬가지로 투우에 있어서도 처음에는 입장식의 화려함, 색채, 정경, 파롤(투우사가 케이프를 두 손에 들고 머리 위에서 휘두르며 소를 다루는 재주)과 몰리네테(투우사가 창을 쥔 채로 몸을 완전히 한 바퀴 돌리는 것)의 화려함, 투우사가 소의 주둥이에는 손을 대고 뿔을 톡톡 두드리는 것, 이러한 쓸데없이 로맨틱한 것들이 모두 관객의 마음에 든다. 관객들은 꼴사나운 광경을 보이지 않도록 말이 보호를 받으면 그것을 보고 기쁘게 생각하고, 그러한 제의에 대해서는 어느 것에나 갈채를 보낸다.

마침내 진가를 식별할 수 있게 되면 그들이 추구하는 것은 정직성, 꾸며낸 정서가 아닌 참된 정서이며, 그들은 끊임없이 고전주의를 찾고 모든 수에르테(투우에서 사전에 결정된 전략) 수행의 순수성을 찾는다. 포도주에 대한 기호의 변화 과정에서와 같이 그들은 이미 사탕발림을 바라는 것이 아니다. 그들은 상처가 있는 그대로 드러날 수 있도록 말에 아무런 보호 장비를 하지 않은 편을 더 좋아하며, 보호 장비 따위를 씀으로써 관객은 고통에서 면제되지만 말은 여전히 고통을 느끼게 되는 그런 편보다는 말에게 죽음을 주는 편을 더 좋아한다. 그러나 포도주의 경우에서와 마찬가지로 사람들은 최초의 시도에서 그것이 그들에게 주는 효과로 그 일을 좋아하는가 아닌가를 알게 될 것이다. 모든 사람의 취미에 맞는 여러 가지 형식의 투우가 있는데 만약 그중의 아무것도 좋아하지 않거나 또는 세부적인 문제야 어떻든 전체적으로 좋아하지 않는 사람에게는 투우가 성미에 맞지 않는 것이다. 물론 투우를 좋아하는 사람들로서는, 그것을 좋아하지 않는 사람들이 투우가 비위에 거슬린 다거나 기분에 맞지 않는다는 이유에서 투우 반대 운동을 일으키거나, 투우 금지를 위하여 모금을 하려고 나서지 않는 편을 바랄 것이다. 그 러나 그것은 너무나 지나친 기대이며, 정열적인 기호를 일으킬 수 있는 것은 또한 반드시 그만큼 혐오를 일으키게 될 것이다.

그만큼 십중팔구 어떤 관람객이 처음으로 보러 간 투우는 예술적으로 훌륭한 것이 아닐지도 모른다. 투우가 훌륭하려면 훌륭한 투우사와 훌륭한 소가 있어야 한다. 예술적인 투우사와 보잘것없는 소는 재미있는 투우를 보여주지 않는다. 왜냐하면 관객에게 가장 강력한 정서를 자아낼 수 있는 소를 상대로 해서는 묘기를 보여줄 수 있는 투우사도 공격해오는 품이 불안정하여 꿋꿋이 서 있다가 느닷없이 공격해오면, 그것에 대한 전문적인 지식과 다년간의 경험을 가진 완전무결한 투우사와 싸우게 하는 것이다. 그런 투우사들은 다루기 어려운 동물을 상대로 자신 있는 연기를 보여줄 것이며, 이러한 경우에는 소에게서 받는 여분의 위험과 이 위험을 극복하고 죽일 준비를 갖추어 어느 정도의 위엄을 가지고 죽이기 위하여 투우사들이 발휘해야 하는 기술과 용기 때문에, 투우는 이때까지 한 번도 투우를 구경한 일이 없는 사람에게조차 재미있는 구경거리가 되는 것이다.

그러나 만약 그렇게 기술이 좋고 잘 알고 용감하고 자신은 있지만, 천재도 없고 큰 영감도 없는 투우사가 어쩌다가 투우장에서 참으로 용감한 소, 곧 일직선으로 돌격해오며 투우사의 도전에 일일이 응수하며 공격을 받음에 따라 더욱더 용감해지며 스페인 사람들이 고귀성이라고 부르는 그런 기술적인 자질을 가진 소와 상대하게 되면, 또 그 반면 투우사는 소를 죽이는 데와 죽이려고 준비하는 데에 있어서 용감성과 정직한 능력만을 가지고 있을 뿐, 일직선으로 돌진해오는 소를 상대로 할 경우, 현대 투우의 조각 예술을 만들어낸 손목의 마술성과 심미적인 직감력은 전혀 갖추지 못했다면 그 투우사는 완전히 실패하고 말 것이다. 그는 투우의 상업적인 지위에서 점점 밑으로 떨어지게 되며, 수많은 관중 중에서 아마 1년에 천 페세타를 벌지 못하는 사람들도 진심으로 입을 모아 '천 페세타를 줘도 아깝지 않겠네. 카간초가 저 소와 싸우는 것을 봤으면 말이야' 하고 말하게 될 것이다.

카간초는 집시로서 발작적인 겁쟁이인 데다가 멀쩡한 구석이라고는 조금도 없이 성문율이건 불문율이건 투우사들이 지켜야 하는 규칙이란 규칙은 모조리 범하는 사나이다. 그러나 아주 드문 일이기는 하지만 일단 그가 신뢰할 수 있는 소와 상대하게 되면, 이때까지 모든 투우사들이 한 번도 해보지 않은 일을 할 수 있게 된다. 때로 그는 나무처럼 뿌리박힌 듯이 발을 꼼짝도 하지 않은 채 완전히 꼿꼿하게 서서, 집시만의 독특한 오만과 우아성, 거기에 비해서는 모든 다른 오만과 우아성이 가짜인 듯한 느낌을 주는 그 오만과 우아성을 가지고 소의 주둥이에다 마치 바람을 잔뜩 안은 요트의 삼각돛처럼 케이프를 펼치는 것이다. 그러한 그의 동작이 너무나 완만하기 때문에, 비영구적이라고 해서 제1급 예술의 범위에서 제외되고 있는 투우의 예술은 오만하고도 느릿느릿한 그의 베로니카(투우사가 소 앞에서 두 손으로 케이프를 들고 서 있는 것. 흡사 성녀 베로니카가 그림에서 그리그도의 얼굴을 닦아주려고 하는 모습과 비슷하다는 데에서 온 말이다) 속에서 그것이 계속되는 그 몇 분 동안

만은 영구적인 것이 된다.

이러한 말은 가장 지독한 미사여구다. 그러나 감정을 전달하려고 하는 것은 필요한 일이며, 투우를 한 번도 구경해본 일이 없는 사람에게는 몇 마디 그 방법을 설명함으로써 감정을 전달할 수 없다. 투우를 구경한 사람은 그러한 미사여구들을 건너뛰며, 내가 따로 떼어내어 설명하기 훨씬 어려운 것들을 읽을 수 있을 것이다. 그 사실이란 곧 집시인 카간초가 때때로 그의 놀라운 손목으로 투우의 보통 동작을 연출하는데, 그 동작은 너무나도 느린 것이어서 구식 투우에 비하면 마치 보통 영화에 대한 고속도촬영 영화와 같다는 것이다. 그것은 마치 다이빙 선수가 공중에서 속도를 조절하는 스완 다이브(양팔을 벌린 채 물속에 거꾸로 뛰어드는 자세)의 영상을 연상시킴으로써 ─ 사진에는 긴 활공처럼 보이지만 실은 급작스런 동장에 지나지 않는다 ─ 우리가 때로 꿈에서 보는 다이빙이나 도약처럼 긴 활공 운동으로 보이게 하는 것과도 같다. 손목으로 이러한 일을 할 수 있는, 또는 할 수 있었던 투우사로는 이 밖에도 후안·벨몬테, 그리고 이따금씩 케이프를 쓴 사람으로는 엘리크·토레스와 펠릭스·로드기게즈가 있다.

투우 구경을 처음 가는 관람객이 이상적인 소와 그 소에 알맞은 이상적인 투우사와의 결합을 보리라는 것은 기대할 수 없는 일이다. 그런 결합이란 한 시즌에 스페인 전국에서 스무 번도 있을까 말까 하며, 처음 구경 가는 사람이 그것을 본다는 것은 좋지 않은 일이다. 그는 자기가 보고 있는 많은 일들로 너무나 시각이 혼란되어 그 모든 것을 눈으로 받아들일 수가 없으며, 일생에 다시 보기 어려운 것이 그에게는 통상적인 연기로밖에 아무런 의미를 가질 수 없게 될 것이다.

조금이라도 투우를 좋아하게 될 희망이 있는 사람이 처음으로 보기에 가장 좋은 것은 보통의 투우이다. 곧 여섯 마리의 소 중에서 용감한 소가 두 마리, 나머지 네 마리의 평범한 소는 훌륭한 두 마리의 연기에서 숨을 돌리는 데에 쓰도록 하며, 거기에다 그다지 보수를 많이 받지 않고 그들이 연출해내는 기묘한 연기가 어느 것이나 너무 쉽기보다는 약간 어렵게 보이는 세 명의 투우사, 그리고 자리는 전경을 볼 수 있도록 투우장과 너무 가깝지 않은 곳이 좋으며 – 너무 가까우면 광경이 끊임없이 소와 말, 사람과 소, 소와 사람으로 분산되어버린다 – 날씨는 청명하고, 더운 날이 좋다. 태양은 매우 중요하다. 투우의 이론과 실제와 광경은 모두 태양이 존재한다는 가정 위에 성립되어 있다. 그리고 태양이 비치지 않으면 투우는 3분의 1쯤 그 가치를 잃어버린다. 스페인 사람들은 말한다. "엘 솔 에스 엘 메호르 토레로(태양은 가장 좋은 투우사)"
　　그리고 태양 없이는 가장 좋은 투우사도 없다. 그는 그림자 없는 사람이 되어버리는 것이다.

02.

투우는 앵글로색슨적인 어의로 보아서는 스포츠가 아니다. 말하자면 그것은 사람과 소 사이의 대등한 시합이 아니다. 차라리 그것은 비극이며, 솜씨의 차이야 있겠지만 거기에 개입된 소와 인간에 의하여 연출되는 소의 죽음이다. 그리고 그 안에는 인간에게도 위험이 있지만 동물에게는 확실한 죽음이 있는 것이다. 이러한 인간에 대한 위험은, 투우사가 소의 뿔에 가까이 하는 정도에 따라 투우사 자의에 의하여 증가될 수 있다. 꽉 막힌 투우장 안에 발을 붙이고 서서 오랜 경험에 의하여 결정된, 그리고 그것을 알고 지키면 소의 뿔에 떠받히지 않고 소와 더불어 확실한 연기를 해낼 수 있는 그런 투우의 규칙을 범하지 않으면서 투우사는 쇠뿔과의 거리를 조금씩 조금씩 줄임으로써 더욱더 그 거리에 대한 자신의 반사 작용과 판단에 의존하여 뿔의 뾰족한 끝으로부터 자신을 보호할 수 있게 될 것이다.

사람이 자발적으로 만들어내는 이러한 척살의 위험은 만약 사람이 무지, 지둔, 무신경, 맹목적인 우둔 또는 순간적인 동작의 실수로 동작의 말미암아 여러 가지 수에르테의 수행에 필요한 이들 기본적인 규칙을 조금이라도 위반하기만 하면 금방이라도 소에 떠받혀 나가떨어지는 확실성으로 변하고 마는 것이다. 투우장에서 투우사가 하는 모든 일은 수에르테라고 불린다. 그것은 행동이라는 뜻이지만, 영어에서 행동(액트)이라는 말은 연극에 관한 의미가 들어있어서 그 용법에 혼란이 있다.

투우를 처음 보는 사람들은 말한다.

"저 소란 놈은 정말 바보야. 사람 쪽으로 가지 않고 언제나 케이프 쪽으로 간단 말이야."

소가 면포로 된 케이프나 붉은 서지로 된 물레타(투우사가 쓰는 붉은 천) 쪽으로만 가는 것은, 사람이 소로 하여금 사람 쪽을 보지 않고 그쪽을 보도록 케이프를 조종하기 때문이다. 그러므로 정말로 투우를 보기 시작하려는 관객은 우선 노비야다, 즉 수업시합(본 시합과 다른 규격의 소를 써서 수업 중인 투우사 지망자가 나오는 시합)에 가지 않으면 안 된다. 거기서는 소가 반드시 케이프 쪽으로만 가지 않는다. 그것은 수업 투우사들은, 관객의 눈앞에서 투우를 배우고 있는 그들은 적당한 영지(투우에는 투우사와 소 사이에 일정한 간격이 주어져 있어서 그것을 유지하는 한 안전하다)를 유지하는 방법이나, 소로 하여금 사람과 떨어져서 미끼인 케이프를 쫓도록 유도하는 방법을 기억하거나 알고 있지 못하기 때문이다. 규칙을 원칙상으로 아는 것과 끊임없이 자기를 죽일 기회를 노리는 동물을 앞에 두고, 필요에 따라 그것을 명심한다는 것은 별개의 것이다. 그러므로 투우사가 소를 다루는 솜씨를 판단하는 것보다 투우사가 떠받혀 찔려죽는 것을 보는 것에 더 흥미가 있는 관객은 코리다 데 토로스, 즉 본 시합 투우를 구경하기에 앞서 노비야다를 보러 가야하는 것이다.

투우의 기술에 대하여 알아보려면 어차피 처음에는 노비야다에 가는 것이 좋다. 원래 지식의 사용 – 이것을 우리는 기술이라는 흥미롭지 못한 이름으로 부르고 있지만 – 은 항상 그 불완전한 상태에서 가장 눈에 잘 띄기 때문이다. 노비야다에서 관객은 투우사의 실수와 또 이 실수가 가져오는 벌을 볼 수 있다. 그는 또한 투우사의 훈련 상태 또는 훈련의 부족 상태와 이것이 그들의 용기에 미치는 효과도 알아볼 수 있다.

언젠가 마드리드에서 노비야다에 갔던 일이 생각난다. 한여름 몹시 더운 일요일이어서 생활에 여유가 있던 사람들은 모두 시가지를 떠나 북쪽 해변이나 산으로 가버리고, 투우 시합도 저녁 여섯 시에야 시작한다고 광고되었다. 거기서는 세 명의 투우사 지망자들이 여섯 마리의 토바르소를 죽였는데, 그 지망자들은 결국 그 후에 모두 실격되고 말았다. 우리들은 나무 울타리 뒤 첫째 줄에 앉아 있었으므로 첫 번째 소가 나오자 도민고·에르난도레나라는 키가 작고 두툼한 무릎을 한 야비한 바스크 사나이가 초조하고 창백한 얼굴과 빈 싸구려 투우복에다 밥도 넉넉히 먹지 못한 꼬락서니로 나타났는데, 이 소를 죽이려고 한다면 톡톡히 창피를 당하거나, 아니면 쇠뿔에 찔려 죽을 것임을 분명히 알 수 있었다.

에르난도레나는 벌벌 떨리는 자기 발을 가누지 못하였다. 그는 조용히 서서 두 팔을 천천히 움직여 케이프로 소를 다루려고 했다. 그러나 소가 공격해올 때 그의 발은 아무리 가만히 있으려고 해도 주춤주춤 초조한 동작으로 저만큼 뛰어가버리는 것이었다. 그의 발은 분명히 그의 마음대로 움직여지지 않는 것 같았다. 가만히 서 있으려는 그의 노력과는 반대로 그의 발이 그를 위험선 밖으로 끌어내는 모습은 많은 관중들을 웃겼다. 관중들이 우스워한 것은 곧 그들 중의 대다수는 두 뿔이 그들 자신 앞으로 밀어닥친다면 자기네의 발도 그와 똑같은 동작을 취하리라는 것을 알고 있었기 때문이며, 언제나 마찬가지지만 자기네와 똑같은 신체적인 기능밖에 가지지 못한 사람이 투우장에서 돈벌이를 하고 있다는 것을 못마땅하게 생각했기 때문이다. 관객 자신들이 그런 수입이 좋은 돈벌이를 하지 못하는 이유가 바로 그 사람처럼 신체적으로 적격자가 못되기 때문이라는 것을 상기했기 때문이다.

차례에 따라 다른 두 명의 투우사들이 나와 케이프로 교묘한 연기를 보여주었는데, 이 연기가 끝난 뒤에는 에르난도레나의 초조한 동작이 더 형편없이 보였다. 그는 1년 남짓 투우장에서 소를 상대한 일이 없었고, 따라서 완전히 초조함을 억제할 수 없었다. 반데리야(70센티미터쯤 되는 막대기 끝에 창 모양의 강철 끝이 붙은 것인데, 투우의 제 2막에 소의 양쪽 어깨뼈 부근에 하나씩 찌르게 되어 있다)가 꽂히고 이제 그가 붉은 헝겊과 칼을 들고 나가 소를 죽이고 또한 그 준비를 할 단계에 이르렀을 때, 그의 초조한 동작 하나하나에 야유조의 갈채를 보내고 있던 군중은 무엇인가 몹시 우스운 일이 일어나리라는 것을 알았다. 우리 밑쪽에서 그가 몰레타와 칼을 들고 물로 입을 헹구어낼 때 나는 그의 뺨 근육이 부르르 떠는 것을 보았다.

소는 울타리에 기대어 서서 그를 지켜보고 있었다. 에르난도레나는 자기의 두 다리가 그를 천천히 소 쪽으로 옮겨줄 것 같지 않았다. 그는 투우장 안의 한 곳에 가만히 있는 방법은 하나밖에 없다는 것을 알았다. 그는 소 쪽으로 뛰어나가 9미터쯤 앞에서 모래바닥에 털썩 무릎을 꿇었다. 그런 자세로는 비웃음을 면할 수 있었다. 그는 칼로 붉은 헝겊을 펴서 무릎을 꿇은 채 소를 향해 몸을 쑥 내밀었다. 소는 귀를 바싹 세우고 눈은 뚫어져라 사람과 삼각형의 헝겊을 보고 있었다. 에르난도레나는 무릎으로 90센티미터 다가가서 헝겊을 흔들었다.

소는 꼬리를 곤두세우고 머리를 낮추며 돌격해왔다. 그리고 소가 그에게 닿았다고 생각되는 순간, 에르난도레나는 무릎을 편 채 공중에 똑바로 치솟아 무슨 다발처럼 빙 돌면서 다리를 사방으로 허우적거리다가 땅에 떨어졌다. 소는 그를 찾다가 그 대신 다른 투우사가 들고 있는 넓게 퍼져서 흔들리는 케이프를 보고 그쪽으로 돌진해갔다. 그러자 에르난도레나는 하얀 얼굴에 모래를 묻힌 채 일어서서 두리번거리며 칼과 헝겊을 찾았다. 그가 일어섰을 때 나는 두껍고 더러운 회색의 비단으로 된, 그의 빌어 입은 바지가 보기 좋게 쭉 찢어져서 엉덩이에서 거의 무릎까지 넓적다리뼈가 드러나는 것을 보았다. 그도 그것을 보자 매우 놀란 빛으로 거기에 손을 갖다 대었다. 그때 사람들이 울타리를 뛰어넘어 그에게로 달려가 그를 병원으로 싣고 갔다.

그가 저지른 기술적인 과오는 소가 돌진해올 때까지 자기와 소 사이에 물레타를 그대로 지니지 않은 데에 있었다. 또한 밑으로 내려진 소의 머리가 헝겊에 다다랐을 순간 – 이른바 재판의 순간에 창과 칼로 편 헝겊을 들고 그것을 따라오는 소가 그의 몸에 닿지 않도록 헝겊을 앞으로 쑥 내민 채 뒤로 주춤거렸던 데에 있었다. 그것은 단순한 기술적인 과오였다.

그날 밤 카페에서 나는 그에 대한 동정의 말을 한 마디도 듣지 못했다. 그는 아무것도 몰랐다. 그는 느림보였다. 그는 훈련이 부족하였다. 왜 투우사가 되겠다고 나섰담? 어쩌자고 무릎으로 기어갔을까? 그들의 말로는 겁쟁이였기 때문이라는 것이다. 무릎으로 기는 것은 겁쟁이들이나 하는 짓이다. 겁쟁이라면 왜 투우사가 되려고 나섰단 말인가? 그는 봉급을 받는 공공 투우사였던 만큼 초조해서 어쩔 줄 몰랐던 데에 대해서는 동정이란 당치도 않았다. 소에게서 도망가느니보다는 차라리 찔려 죽는 편이 더 좋았다. 찔려 죽는 것은 명예스럽다. 만약 그가 초조해서 어쩔 줄 모르면서 주춤주춤 물러나다가 뿔에 떠받혔더라면 관중은 그를 동정했을지도 모른다. 물러난다는 것은 순전히 훈련의 부족으로서 조소의 대상은 되겠지만, 그래도 무릎으로 기어가는 것보다는 나았다. 왜냐하면 소가 무서워졌을 때 가장 어려운 일은 발을 제대로 가누고 소를 받아들이는 일이며, 발을 가누려는 노력은 비록 우스꽝스럽게 보인다는 점에서 비웃음을 사기는 하나 명예스러운 것이기 때문이다.

그러나 그러한 자세로 싸우는 기술도 없이―그 기술이란 현재 살아 있는 가장 과학적인 투우사인 마르시알·랄란다가 가지고 있는 것으로, 그것만이 이 자세를 명예롭게 하는 것이다―두 무릎으로 기어감으로써 에르난도레나는 초조함을 자인한 것이다. 초조함을 보이는 것은 부끄러운 일이 아니다. 그것을 자인하는 것만이 부끄러운 일이다. 그리하여 그 기술이 없이, 따라서 그의 발을 가누지 못하는 무능을 자인하면서 투우사가 소 앞에서 두 무릎을 꿇고 기어갈 때, 관중은 그에 대하여 자살자에 대해서와 마찬가지로 조금도 동정을 보내지 않는 것이다.

투우사는 아니지만 자살에는 많은 관심을 가진 나에게 있어서 문제는 어떻게 그려내는가 하는 것이었다. 그리하여 한밤중에 잠을 깨어, 나는 내 기억에서 이끌어낼 수 있을 만한 것이 무엇인가, 내가 정말로 본 그 일이 무엇인가를 생각해내려고 애쓰다가 마침내 그 주변을 모두 기억해내면서 그것을 찾아냈다.

하얗게 질리고 흙투성이로 더러워진 얼굴로 허리에서 무릎까지 그의 비단 바지를 찢긴 채 에르나도레나가 일어섰을 때, 내가 본 것은 그의 빌어 입은 바지의 더러움, 그의 찢어진 속옷의 더러움, 그리고 깨끗하디 깨끗한, 견딜 수 없이 깨끗한 넓적다리뼈의 흰 색깔이었다. 그리고 그것이 바로 중요한 것이었다.

노비야다에서는 기술의 연구와 그 기술의 부족으로 말미암아 일어나는 결과의 연구 밖에도 결함을 가진 소를 다루는 방법에 대하여 배울 기회가 있다. 어떤 명백한 결함으로 공식적인 투우에 사용될 수 없는 소들이 노비야다에서 사용되기 때문이다. 거의 모든 소들이 시합 도중에 결함을 드러내며, 그것은 투우사에 의하여 교정되어야 하지만 노비야다에서는 이들 결함, 예를 들면 시각의 결함 같은 것이 처음부터 너무나 명백한 것이어서, 그 결함의 교정 방법이나 그것을 교정하지 않을 때의 결과가 자명한 일로 되는 것이다.

공식적인 투우는 비극이고 스포츠가 아니며 소는 확실히 죽음을 당한다. 투우사가 소를 죽일 수 없는 경우, 죽이기 위한 준비와 그 끝맺음에 할당된 15분이 지나면 소는 투우사의 명예를 짓밟는 의미에서, 거세된 소에게 끌려 투우장 바깥으로 몰려나가 법에 의하여 울타리에 갇힌 채 죽임을 당하는 것이다. 마타도르 데토로스, 즉 공식적으로 자격이 있는 투우사가 죽음을 당할 확률은 그가 특별히 경험이 없거나, 무지하거나, 훈련이 부족하거나, 아니면 너무 늙어서 발을 떼어 놓기가 무겁든가 하지 않는 한 백분의 일에 불과하다.

그러나 투우사는 만약 자기의 직업에 대하여 잘 알고 있다면, 꼭 자기가 바라는 만큼 자기가 겪는 죽음의 위험의 분량을 늘릴 수가 있다. 그러나 이 위험을 늘리는 데에 있어서도 그는 마땅히 그가 보호를 받을 수 있는 규칙의 한계 안에 있어야 한다. 다시 말하면 만약 그가 큰 위험을 무릅쓰고 기하학적으로 가능한 방법으로 자기가 할 줄 아는 어떤 일을 한다면 이것은 그의 명예가 된다. 그 반면 무지 때문에, 기본적인 규칙을 무시한 때문에, 육체적인 또는 정신적인 지둔 때문에, 아니면 맹목적인 어리석음 때문에 위험을 겪는다면 이것은 그에게 불명예스럽다.

투우사는 지식과 과학으로 소를 통어(通御: 거늘여서 제어함)하여야 한다. 이 통어가 우아하게 성취되는 정도에 따라 관중의 눈에 아름답게 보인다. 투우사에게 완력은 실지로 죽이는 순간 이외에는 거의 소용이 없다. 한때 어떤 사람이 라파엘·고메스－통칭 엘·가요(수탉이라는 뜻)로서 거의 50에 가까워 오는 집시이며, 가이이토(작은 수탉이라는 뜻)라고 불리는 호세·고메스의 형, 또 집시 투우사의 명문인 고메스 일가의 마지막 생존자－에게 투우에 필요한 완력을 지니기 위하여 그는, 곧 가요는 어떤 운동을 했느냐고 물었다.

가요는 이렇게 대답하였다.

"완력이라고요? 완력 따위가 무슨 소용이 있소? 소 무게는 반 톤이요, 소와 겨룰 완력을 기르려고 운동을 한단 말이요? 완력이야 소나 가지라지."

만약 투우사의 경우에서와 같이 소에게로 그들의 지식을 증가할 기회를 준다면, 만약 투우장에서 할당된 15분 안에 죽임을 당하지 않는 소들이 그 후에 울타리에 갇혀 죽음을 당하지 않고, 다시 싸울 기회를 갖게 된다면, 소들은 투우사들이 규칙에 따라 싸우는 한 투우사를 모조리 죽일 것이다. 투우는 야수와 말을 타지 않은 사람 사이의 최초의 대전이라는 사실을 기초로 하고 있다. 이 점, 곧 소는 그전에 한 번도 투우장에 나가본 일이 없다는 점이 바로 현대 투우의 기본적인 전제인 것이다.

초기 투우에 있어서는 그전에 투우장에 나간 경험이 있는 소에게 싸울 기회가 주어져서 많은 사람이 투우장에서 죽음을 당하였으므로, 1567년 11월 20일, 교황 피오 5세는 기독교국의 군주로서 그 나라 안에서 투우를 허가하는 자는 모두 파문에 처하고 투우장에서 죽은 사람에게 대해서는 일체 기독교인 매장을 금한다는 칙령을 내렸다. 그러나 스페인에서는 칙령에도 불구하고 투우가 꾸준히 계속되었으며, 교회는 소가 단 한 번밖에 투우장에 등장할 수 없다는 것에 합의를 보았을 때에야 비로소 투우를 묵인하게 되었던 것이다.

그런데 투우장에 나간 경험이 있던 소가 다시 등장할 기회를 갖는다면, 투우는 단순한 비극적인 광경이 아니라 참된 스포츠가 될 것이라고 생각할 사람이 있을지도 모른다. 나는 지방의 읍 여기저기서 그러한 위법의 소가 싸우는 것을 본 일이 있다. 짐차를 쌓아 올려 광장의 입구를 막아 만든 즉석의 투우장에서 벌어지는 불법의 카페아(어린 암소를 상대로 하는 아마추어 유희), 또는 다 닳아빠진 소를 쓰는 광장 투우였다. 재정적인 후원자를 갖지 못한 투우사 지망자들은 카페아에서 최초의 경험을 얻는다. 이것이야말로 스포츠, 매우 야만적이고 원시적인 스포츠이며 대개 참다운 아마추어 스포츠이다.

그러나 죽음의 위험이 개재되어 있기 때문에 투우는 게임을 즐기는 미국이나 영국의 아마추어 스포츠맨 사이에는 그다지 성공을 거둘 수는 없지 않을까 하는 생각이 든다. 우리가 게임에서 매력을 느끼는 것은 죽음, 곧 죽음의 접근과 죽음의 회피가 아니다. 우리가 매혹되는 것은 승리에 의해서이며 우리는 죽음의 회피를 패배의 회피로 대치시킨다. 이것은 매우 근사한 상징적 표현이지만, 죽음이 게임에 더 가깝게 붙어 다닐 때에는 스포츠맨이 되기에는 더 큰 담력(코호네스: 원 뜻은 불알. 용감한 투우사는 불알을 많이 가지고 있다는 말이 있다)이 필요하다. 카페아에서는 소가 죽음을 당하는 일이 거의 없다. 이것은 틀림없이 동물 애호가인 스포츠맨들의 마음에 들 것이다. 지방의 읍은 죽은 소 값을 치러주기에는 너무나 가난한 것이 보통이며, 투우사 지망자들은 아무도 칼을 살 만큼의 돈이 없다. 그만한 돈이 있다면 아무도 카페아에서 수업생 노릇을 하려 하지 않을 것이다. 이 점이 돈 많은 스포츠맨에게 길을 열어준다. 곧 그는 소 값을 치를 수 있으며 자기 자신의 칼도 살 수 있을 것이기 때문이다.

그러나 소의 정신 발달의 형편으로 보아 닳아빠진 소는 찬란한 구경거리를 보여주지는 않는다. 한두 번 돌진해본 뒤에는, 가만히 서서 케이프로 자기를 유혹하고 있는 어른이나 아이를 확실히 붙잡을 수 있을 때에만 돌진하려고 하는 것이다. 사람이 여럿이 있을 경우, 그 속으로 돌진하려고 하는 것이다. 사람이 여럿이 있을 경우, 그 속으로 돌진하면 소는 그 중에서 한 사람을 잡아내어, 그 사람이 아무리 요리조리 방향을 바꾸며 뛰어 빠져나가려고 해도 죽어라 하고 따라가서 마침내 그를 붙잡아 내동댕이치고 만다. 쇠뿔의 끝이 무디어졌으면 이와 같이 쫓아가서 내동댕이치는 놀음은 잠깐 동안 보는 사람의 눈을 즐겁게 한다. 소와 어울리고 싶지 않은 사람은 어울리지 않아도 좋다. 그러나 물론 많은 사람들이 거의 그렇게 하고 싶은 생각이 없으면서도 용기를 뽐내기 위하여 소와 어울린다. 이러한 경우 광장 아래에 서 있는 사람은 상당한 흥분을 맛보게 된다. 이점, 곧 관객보다도 경기자가 더 큰 즐거움을 얻느냐 아니냐가 참된 아마추어 스포츠의 한 기준이 된다(입장료로 이익을 볼 수 있을 만큼 관객들이 즐거워하게 되면 이미 그 스포츠는 프로 스포츠의 싹을 지니고 있다). 그리하여 이러한 경우에는 경기자가 조금이라도 냉정하거나 침착하면 즉각적인 갈채를 받는 것이다.

그러나 소의 뿔이 뾰족한 경우에는 이것은 마음을 어지럽게 하는 구경거리가 된다. 어른이고 아이고 할 것 없이 투우사들은 뿔이 뭉툭한 소를 다룰 때와 마찬가지로, 마대나 작업복이나 낡은 케이프를 써서 소를 약 올리려고 한다. 한 가지 다른 점이라고는, 소가 그들을 떠맡아 내동댕이칠 때 시골 의사로서는 어쩔 도리가 없을 만한 상처를 입고 쇠뿔에서 떨어져 나가기가 일쑤라는 것이다. 발렌시아 지방의 카페아에서 상당한 인기를 끌었던 어떤 소는 카페아 출장 경력 5년 동안에 어른, 아이를 합쳐 16명을 죽이고 60명 이상에게 심한 상처를 입혔다. 이러한 카페아에 참가하는 사람들은 때로는 무료로 소를 상대하는 경험을 얻으려는 프로 지망자들인 경우도 있지만, 대개는 아마추어로서 그들의 목적은 순전히 스포츠와 즉각적인 흥분과 – 사실상 그것은 매우 큰 흥분을 불러일으킨다 – 그리고 어느 뜨거운 날, 자기 마을의 광장에서 죽음에 대한 경멸을 보인 일이 있다는 회상의 즐거움이다.

많은 사람들이 스스로가 용감하기를 바라면서 자부심을 가지고 참가한다. 그리고 많은 사람들은 자기가 전혀 용감하지 않음을 깨닫는다. 그러나 어쨌든 참가하기는 했다. 그들이 얻는 것이라고는 순전히 소와 함께 투우장에 서 있었다는 내적인 만족감밖에 아무것도 없지만, 그것 자체가 그것을 해본 일이 있는 사람이라면 누구든지 영원히 잊을 수 없는 일인 것이다. 크게 뜬 눈으로 자기를 바라보며 의식적으로 자기를 죽이려는 짐승이 자기 앞에서 그 뿔을 낮춘 채 금방이라도 떠받아 죽일 듯한 기세로 덤벼드는 것을 보면 누구나 이상한 감정이 솟는 법이다. 이 감정은 상당히 깊은 것이어서 언제나 가까이 카페아에 참가하려는 사람들이 많이 나오는 것이다. 그리고 이들이 거기서 구하는 것은, 그 감정을 직접 경험해 보았다는 자부심과 진짜 소를 상대로 투우의 전략을 시험해 보았다는 기쁨이다. 하기야 그 순간의 실제적인 기쁨은 그리 클 것도 없다.

때때로 마을에 돈이 있는 경우 또는 대중의 흥분을 어쩔 수 없는 경우에는 소를 죽이는 수도 있다. 모든 사람들이 제각기 칼, 단도, 푸주칼, 돌멩이를 들고 한꺼번에 소에게 몰려나온다. 쇠뿔 사이에 걸터앉아 아래위로 흔들리는 사람이 있는가 하면, 공중으로 획 퉁겨지는 사람도 있다. 몇 사람쯤은 틀림없이 꼬리를 잡고 있고 많은 사람들이 우 몰려와서 쇠등에 걸터앉아 살점을 찍어내고, 찌르고, 도려내고 야단법석을 치는 동안에 소는 마침내 비틀거리다가 쓰러지고 만다. 모든 아마추어 또는 집단 살육은 신나기는 하지만 매우 야만적이고 무질서한 일로서, 의식을 갖춘 공식적인 투우와는 거리가 멀다.

16명을 죽이고 60명에게 부상을 입힌 소가 죽임을 당한 모양은 기묘하였다. 그 소가 죽인 사람들 가운데 열네 살 가량의 집시 소년이 있었다. 그 후에 그 소년의 아우와 누이동생이 그 소의 뒤를 밟아 다니며 카페아가 끝난 뒤 우리에 넣어둔 그 소를 몰래 죽일 찬스가 오기를 바랐다. 그러나 그것은 어려운 일이었다. 매우 값이 나가는 투우로서 그 소는 조심스럽게 보살핌을 받고 있었기 때문이다. 두 남매는 한 번 손도 써보지 못한 채 2년 동안 그 소를 따라다니며 다만 그 소가 쓰이는 곳에 모습을 나타낼 뿐이었다. 정부의 명령에 의하여 또다시 카페아가 금지되었을 때 – 카페아는 항상 금지되었다가는 시행되고 또다시 금지되곤 했다 – 소 주인은 그 소를 발렌시아의 도살장에 보내기로 작정했다. 소도 이제는 늙어 못 쓰게 되어가고 있었던 것이다.

두 집시 아이는 도살장에 갔다. 거기서 사내아이는 자기의 형을 죽인 소이므로 자기가 죽이도록 해달라고 청했다. 이 청이 허락되자 그는 우선 우리 속에 든 소의 눈을 후벼내고 눈구멍 속에다 조심스럽게 침을 뱉었다. 그리고는 경추골 사이의 척추를 단도로 잘라 죽이고, 약간의 어려움을 느끼면서 소의 불알을 잘라도 좋은가를 물었다. 이 청 역시 허락되자 그는 누이와 함께 도살장 바깥으로 나가 먼지가 풀썩거리는 길 한 옆에 조그만 불을 피우고 불알 알맹이 두 개를 꼬챙이에 꿰어 구워 익힌 뒤에 그것을 나누어 먹었다. 그리고 난 뒤 그들은 도살장에 등을 돌리고 길을 걸어 내려가서 마을에서 자취를 감추었다.

03.

    현대의 공식적인 투우 즉 코리다 데 토로스에서는 각각 세 사람이 여섯 마리의 소를 죽이게 되는 것이 보통이다. 즉 한 사람이 두 마리씩 죽이는 것이다. 법률상으로 소는 네 살에서 다섯 살 난 것으로 신체적인 결함이 없어야 하며, 끝이 뾰족한 뿔로 튼튼히 무장되어 있어야 한다는 등의 조건이 갖추어진 것이라야 한다. 시합하기 전에 소는 시에서 지정한 수의사의 검사를 받는다. 수의사는 소가 연령 미달이라든가, 무장이 불충분하다든가, 눈과 뿔에 무슨 장애가 있다든가 아니면 뚜렷한 질병이나 절름발이와 같은 눈에 보이는 신체적인 결함을 가지고 있을 경우에는 그 소를 실격시키게 되어 있는 것이다.

    소를 죽이게 되어 있는 사람은 마타도르라고 불리며, 이들이 여섯 마리 중에서 어느 소를 죽이게 될 것인가는 제비뽑기로 결정된다. 각각의 마타도르 즉 살육자에게는 대여섯 사람으로 된 팀 곧 카우드리야가 있는데, 이들은 마타도르에게서 돈을 받고 그의 명령대로 움직인다. 이들 중에서 말을 타지 않고 케이프로 마타도르를 도우며 그의 명령에 따라 반데리야─세 발 난 나무 자루에 창날이 붙은 것─를 찌르는 사람을 페온 또는 반데리예로라고 부른다. 그리고 말을 타고 투우장에 나타나는 나머지 두 사람을 피카도르라고 부른다.

스페인에서는 아무도 토레아도르라는 말을 쓰는 사람이 없다. 그것은 직업적인 투우가 생기기 전에 말을 탄 채로 스포츠로 소를 죽였던 고귀한 족속들에게 쓰이던 낡아빠진 이름이다. 마타도르거나 반데리예로서나 피카도르거나 할 것 없이 돈을 벌기 위하여 소와 싸우는 사람은 누구나 토레로라고 불린다. 잘 훈련된 순종마를 타고 투창으로 소를 죽이는 사람은 레호네아도르 또는 카바예로 엔 플라사라고 불린다. 스페인에서는 투우를 코리다 데 토로스라고 하는데 이것은 원래 소들의 달리기라는 뜻이다. 투우장은 플라사 데 토로스라고 한다.

투우 시합이 있는 날 아침에 각 마타도르의 대행인들-보통의 경우 가장 나이가 많고 마타도르에게 가장 신임을 받는 반데리예로-은 플라사 데 토로스의 울타리에 모여 그날 오후에 상대할 소를 골라잡는다. 그들은 소들을 한 번 둘러보고 그 크기, 무게, 키, 뿔의 길이, 뿔의 넓이, 뿔의 뾰족한 정도 그리고 가죽의 상태를 비교한다. 가죽의 상태도 소의 신체적인 조건이나 그것이 발휘할 수 있는 용감성을 판별하는 데에는 웬만큼 좋은 척도가 된다. 용감성을 결정할 수 있는 확실한 증거는 하나도 없지만, 비겁성을 판별하는 데에는 여러 가지 기준이 있는 것이다. 목장에서 소를 몰고 온 소몰이 즉 바크로-소를 관리하는 동안에는 마이 오랄이라고 불린다-와 잘 통하는 반데리예로들은 그에게 각각의 소가 가지고 있는 자질이나 그것이 발휘할 수 있는 성미에 대하여 이것저것 물어보기도 한다.

소들은 거기에 모인 대행인들의 공동합의에 의하여 두 마리씩 세 패로 나뉘어야 하는데, 이들은 될 수 있으면 좋은 소 한 마리와 나쁜 소 한 마리를 같은 패에 섞이도록 한다. 여기서 좋은 소, 나쁜 소라고 하는 것은 투우사의 관점에 따른다. 투우사에게 좋은 소란 너무 크지 않고, 힘이 너무 세지 않고, 뿔이 너무 크지 않고, 어깨의 키가 너무 높지 않은 소로써, 무엇보다도 시력이 좋아 색과 동작에 잘 반응하며 돌격에 용감하고 솔직한 소를 말한다. 투우사에게 나쁜 소의 가장 중요한 특징은 색이나 동작에 아무런 반응을 보이지 않거나, 용기에 결함이 있고, 악의를 오래 지속할 수 있는 힘이 없는 것이다. 이러한 경우에 투우사는 소가 언제 돌격해올지 안 올지, 또 돌격한다면 어떻게 돌격해올지 알 수 없게 되기 때문이다.

대행인들은 서로 입씨름을 한다. 대개 캡을 쓰고 키가 작은 사람들로 아직 아침 면도도 하지 않은 채, 그들의 악센트는 가지각색이지만 눈길은 하나같이 야멸치다. 그들의 말은 이러하다. 20번은 42번보다 뿔이 크지만 42번은 16번보다 2아로바(15파운드) 더 무겁다. 46번은 크기가 성당 집더미만하고 – 이때 누가 46번을 부르면 소는 풀을 뜯어 먹던 곳에서 고개를 쳐든다 – 18번은 얼룩 가죽이라 거세된 소처럼 겁쟁이일 게다. 한참 입씨름 끝에 제비를 만든다. 소의 옆구리에 낙인찍힌 대로 두 마리의 번호를 석 장의 담배 종이에 써서 공처럼 동그랗게 말아 캡 속에 넣는다. 얼룩 가죽의 겁쟁이 같은 소는 그리 길지 않은 뿔에 기름이 번지르르 흐르는 가죽을 가진 중키의 검정 소와 한패가 되었다. 성당 집무더기만한 46번은 크기가 수의의 검사에 겨우 합격할 만하고 뚜렷한 특징도 없는 16번과 짝을 지었다. 이 16번은 겉으로는 소처럼 보이지만, 근육과 뿔 사용법에 관한 지식이 완전히 발달하지 못하였고,

따라서 대행인들이 서로 자기의 투우사에게 걸렸으면 하고 바라던 이상적인 반편 소다. 굵고 끝이 바늘처럼 뾰족한 뿔을 가진 20번은 16번 다음으로 가장 작은 24번과 어울렸다. 캡을 들고 있는 사람이 그것을 흔들면 대행인들은 갈색의 손을 집어넣어 똘똘 말린 담배 종이 하나를 꺼낸다. 그리고는 그것을 펴서 번호를 읽고, 더러는 그들이 제비 뽑은 두 소를 마지막으로 둘러보고 마타도르를 찾으러 여관으로 가서, 그에게 그가 죽여야 할 소가 어떤 소라는 것을 알려준다.

마타도르는 그가 편리한 대로 소를 받아들일 순서를 결정한다. 먼저 나쁜 소를 받아들여 그것을 상대한 결과가 시원치 않을 경우에 두 번째 소로 명예를 회복하려고 할 수도 있다. 만약 자기의 출장 순서가 셋째로 되어 있으면 먼저 좋은 소를 받아들일 수도 있다. 그것은 그가 여섯 번째의 소를 죽일 것임을 알기 때문이며, 또한 만약에 날이 점점 어두워지고 또 관객이 자리를 뜨려고 한다면 소가 만만치 않은 경우, 빨리 그리고 될 수 있는 대로 손쉬운 방법으로 해치우더라도 누가 뭐라고 할 사람이 없을 것임을 알기 때문이다.

마타도르가 소를 죽이는 차례는 선임 순서에 따른다. 이것은 마드리드 투우장에서 마타도르 데 토로스로 출장한 날짜에서부터 따지는 것이다. 마타도르 하나가 소에 찔려 병원에서 다시 투우장으로 돌아올 수 없을 경우에, 그전에는 투우장에 남아 있는 선임자급의 마타도르가 부상당한 투우사의 소를 모조리 죽이게 되어 있었다. 지금은 나머지 마타도르가 나누어 맡는다.

투우는 보통 오후 다섯 시나 다섯 시 반에 시작된다. 시합날 열두 시 반쯤 아파르타도가 있다. 이것은 거세된 소의 도움을 받아 흔들문, 통로, 덧문을 써서 울타리에서 소를 골라내는 것인데, 이렇게 하여 격리된 소는 한 마리씩 한 마리씩 들어가는 우리 곧 치케로에 갇혀 결정된 시합 순서에 따라 투우장 안으로 나올 때까지 거기서 쉬게 된다. 여러 가지 스페인 안내서에 쓰인 것처럼 시합하기 전에 소에게 먹이와 물의 공급을 중지시키는 아니며, 며칠 동안 캄캄한 우리 속에 가두어두지도 않는다. 소가 치케로의 희미한 빛 속에 갇혀 있는 것은 기껏해야 시합이 시작되기 전 네 시간밖에 되지 않는다. 울타리에서 나온 뒤 치케로에서 소에게 먹이를 주지 않는 것은 권투 선수가 시합 바로 전에 음식을 먹지 않는 것과 마찬가지지만, 소를 좁고 희미한 우리 속에 놓아두는 이유는 소를 즉시 투우장 속에 몰아넣는 한 방편이며, 또한 시합하기 전에 소에게 휴식과 안정을 주기 위함이다.

보통의 경우 마타도르를, 그 친구와 대행인들, 투우장 관리인들, 당국자들, 거기에다 극소수의 관객들만이 아파르타도에 참석한다. 보통 그것은 마타도르가 그날 오후에 자기가 죽일 소를 보는 최소의 기회이다. 대개 어느 곳에서나 아파르타도에는 5페세타의 입장료를 매겨 관객의 수를 줄이려고 한다. 투우장 관리인들은 아파르타도에 되도록 사람이 적게 있기를 바란다. 소의 주의가 관객들에서 끌리지 않도록 하기 위해서다. 관객들이란 활극을 보려고 하는 사람들이어서 소리 내어 소를 부르며, 이것으로 흥분된 소는 문이나 벽 또는 다른 소를 향하여 돌격할지도 모른다. 울타리 안에서 돌격할 경우 소는 뿔이 상하거나 다른 소를 찔러 죽일 위험이 있으며, 그렇게 되면 관리인들은 한 마리에 2백 달러씩이나 주고 다른 소로 충당해야 한다.

많은 투우 관객들과 건달들은 자기들도 투우사만큼 또는 그 이상으로 소와 이야기할 수 있다는 신념을 가지고 있다. 쇠우리의 높은 담장이나 벽으로 보호를 받은 채 그들은 소의 시선을 잡으려 하면서 소몰이와 투우사들이 소의 주의를 끌 때와 같이 후후후 하고 목구멍소리를 낸다. 우리 밑바닥에 있는 소가 나무처럼 단단하게 보이는, 끝이 미끈하게 빠진 굵은 뿔이 돋힌 머리를 쳐들고 있다가, 넓게 처진 목과 어깨의 근육 덩어리가 털이 난 가죽의 검은 광택 밑에서 용솟음치듯 크게 부풀어 오르며, 콧구멍을 벌름거리고 관객 쪽을 바라보며 뿔을 쳐들어 흔들면, 그는 소와 대화하는 아마추어 화자로서 성공을 거둔 셈이다. 만약 소가 정말로 돌격하여 울타리의 나무 말뚝에 뿔을 처박거나 화자를 향하여 들이받는 시늉을 하면 그는 대승을 거둔 것이다. 이러한 성공의 횟수를 줄이고 대승을 어렵게 하기 위하여 관리인들은 아파르타도의 입장료를 5페세타로 매긴 것이다. 소를 골라내는 것을 보려고 5페세타까지 치를 수 있는 사람은 점잖은 사람들일 것이기 때문에, 투우 시합 전에 소에게 이야기를 건네어 소의 뿔을 망치게 하지는 않으리라는 이론에서이다.

그러나 이 이론이 반드시 들어맞을 수는 없다. 1년에 단 한 번밖에 투우 시합을 할 수 없는 시골 어느 곳에서도, 다만 소에게 이야기를 거는 능력을 행사해보는 보다 좋은 기회를 얻기 위하여 5페세타를 치르고 아파르타도에 들어오는 사람들이 있다. 그러나 대체로 보아 5페세타는 술 취하지 않은 사람들의 이야기는 줄일 수 있다. 소들은 술 취한 사람들에게는 거의 주의를 기울이지 않는다. 나는 술 취한 사람이 소에게 고함지르는 것은 여러 번 보았지만 소가 그에게 주의를 기울이는 것은 한 번도 본 일이 없다. 5페세타가 만들어내는 엄숙한 분위기는, 5페세타만 가지면 마시장에서 술을 두 번이나 취하도록 마시고도 식사 한 번 할 돈이 남는 팜플로나 같은 읍에서는 아파르타도에 거의 종교적인 정숙을 가져다준다. 거기서는 매우 돈이 많고 위엄이 있는 사람이 아니면 아무도 소를 골라내는 것을 보느라고 5페세타를 허비하지 않는다. 그러나 아파르타도의 분위기는 곳에 따라 매우 다를 수 있다. 내가 본 바로는 꼭 같은 곳이 한 곳도 없었다. 소를 골라내는 일이 끝나면 모두들 카페로 간다.

정작 투우가 벌어지는 곳은 높이 120센티미터 남짓한 붉은 나무 울타리로 둘러싸인 모래바닥의 투우장이다. 이 붉은 나무 울타리는 바레라라고 불린다. 그 뒤에는 좁은 원형의 통로가 있어 원형 경기장의 제1열 좌석과 울타리를 떼어놓고 있다. 이 좁은 통로는 칼레혼이라고 불린다. 칼레혼에는 투우사에게 칼 시중을 드는 조수가 물주전자, 스펀지, 차곡차곡 개켜 둔 물레타와 무거운 가죽 칼집을 들고 서 있고 투우장 시종들이 서 있으며, 장사꾼들이 냉맥주와 가세오사, 얼음과 물이 가득 든 양철 양동이 안의 그물 속에 띄워둔 얼음에 채운 과일, 넓적한 바구니에 넣은 과자, 소금에 절인 편도, 후두 등을 팔고 있다. 거기에는 또한 경찰들, 현재 투우를 하지 않는 투우사들, 사진사들이 있고, 투우장 속으로 뛰어들어갈지도 모르는 아마추어를 붙잡을 태세로 몇 사람의 사복형사가 서있다. 그 속에 나무판자로 칸을 막아 만들어 둔 좌석에는 의사들, 바레라가 부러지면 고치는 목수들, 또 정부의 파견인들이 앉아 있다. 어떤 투우장에서는 사진사들이 칼레혼 속을 마음대로 돌아다닐 수 있으나 어떤 곳에서는 한자리에 앉아 사진을 찍게끔 되어 있다.

투우장의 좌석은 칸을 막은 특별석(팔코)과 위층의 제1별석(그라다)

을 제외하고는 차일이 쳐지지 않았다. 별석에서부터 투우장 언저리에 이르기까지 좌석이 둥근 열로 내려오고 있다. 이 열을 텐디도라고 하며 여기에는 각각 번호가 붙어 있다. 투우장에서 가장 가까운 두 열 좌석 중에서 맨 앞에 두 열을 각각 바레라, 콘트라 바레라라고 한다. 셋째 열은 텐디도의 앞 열이라는 뜻으로 델란테라스 데 디도스라고 한다. 투우장에 번호를 매기는 방법은 마치 파이를 자르듯이 투우장을 여러 조각으로 잘라 각각의 조각을 텐디도 1, 2, 3……이라고 하며, 이 번호는 투우장의 크기에 따라 11, 12에까지 이른다.

투우 구경을 처음 가는 사람에게 가장 좋은 자리는 그 사람의 기질에 따라 다르다. 칸막이를 한 특별석이나 위층 별석의 제 1열에서는 자세한 소리나 냄새 그리고 위험의 인식을 가능하게 하는 그런 자세한 광경은 놓치게 되거나 조금밖에 느끼지 못하게 되겠지만, 구경거리로서는 투우를 더 잘 볼 수 있고, 따라서 좋은 시합일 경우에는 십중팔구 그것을 더 즐기게 될 것이다. 빈약한 시합일 경우, 곧 예술적인 시합이 아닐 경우에는 가까이 있는 편이 더 좋다. 그러면 전체를 감상할 수 없으므로 모든 자세한 부분, 왜 그런가, 무슨 이유로 그런가를 알고 실지로 볼 수 있게 되기 때문이다. 특별석과 위층의 별석은 투우로 충격을 받게 될 것을 두려워하여 너무 가까이에서 보려고 하지 않는 사람들, 투우를 구경거리로 또는 일종의 야외극으로 보려는 사람들, 그리고 멀리 떨어져서도 자세한 부분을 볼 수 있는 전문가들이 앉는 자리다. 전문가들은 투우장의 구석구석에서 일어나는 일을 모조리 보고 그것을 전체로서 판단할 수 있도록 충분히 높은 곳에 자리를 잡으려고 한다.

바레라는 투우장 안에서 벌어지는 일을 보고 들으며 자신이 투우사의 입장을 취할 수 있을 만큼 소에게 가까이 있고자 하는 사람에게 제일 좋은 자리이다. 바레라에서는 동작이 바로 가까이서 자세히 보이기 때문에 특별석이나 위층 별석에서 보면 졸음이 올 듯한 투우도 언제나 재미있게 보인다. 위험을 보고 그것에 대한 올바른 이해를 배우는 것은 바로 바레라에서다. 거기에는 또한 투우장을 보는 데에 아무런 방해를 받지 않는다. 별석의 첫째 열과 특별석의 첫째 열을 제외하고 투우장과의 사이에 사람이 어른거리지 않는 다른 곳이라고는 소브레 푸에르타밖에 없다. 이것은 사람들이 입장하여 여러 곳으로 흩어지는 출입문 위에 지어진 자리다. 그것은 사발 모양으로 된 투우장 옆면의 반쯤 올라간 자리에 있어서, 거기서는 투우장을 잘 볼 수 있고 또 전망도 좋을뿐 더러 칸을 막은 특별석이나 위층의 별석처럼 먼 곳에 있지도 않다. 좌석의 값도 바레라나 특별석, 별석의 맨 앞 열에 비하여 반밖에 되지 않으므로 정말 좋은 자리다.

투우장 건물의 서쪽 벽은 투우가 시작될 때쯤에는 그늘이 지는데, 이러한 그늘 속에 있는 자리는 솜브라, 곧 그늘의 좌석이라 불린다. 투우가 시작될 때에는 햇빛이 비치지만 차차 시간이 지남에 따라 그늘이 지는 자리는 솔 이 솜브라(해와 그늘)라고 불린다. 자리의 값은 바람직한 정도와 해가 비치는가, 그늘이 졌는가에 따라 매겨진다. 가장 값이 싼 자리는 저쪽 햇빛이 비치는 곳의 지붕 가까운 곳에 있고 언제나 그늘이 지지 않는 자리다. 여기는 안다나다스 델 솔이며, 더운 날 지붕 바로 밑의 기온은 그늘에서도 섭씨40도나 되는 발렌시아 같은 도시에서는 믿을 수 없을 정도다. 그러나 그중에서도 좀 나은 자리는 구름이 낀 날 또는 추운 날씨에는 괜찮은 곳이다.

맨 처음 투우 구경을 하러 갈 때 가르쳐 줄 사람이 아무도 없는 혼자일 경우 델란테라스 데 그라다나 소브레 푸에르타에 앉는 것이 좋다. 이 자리를 얻을 수 없는 경우에도 특별석에는 언제나 빈자리가 있다. 특별석은 가장 비싸고 투우장에서 가장 멀리 떨어진 자리지만 시합의 전경을 잘 볼 수 있는 자리다. 정말로 투우를 아는 사람과 동행이고 투우에 대한 이해를 배우려고 하며 투우를 자세히 보더라도 아무렇지 않으면 바레라가 가장 좋은 자리고, 콘트라 바레라가 그 다음, 그리고 소브레 푸에르타가 그 다음이다.

여자로서 투우를 보고 싶기는 하나 마음에 심한 충격을 받을까 염려하는 사람은 처음에는 위층 별석보다 더 안쪽에 앉지 말아야 한다. 거기서는 구경거리로 투우를 보면서 그것을 즐길 수 있고, 더 가까이 앉았더라면 자세한 부분이 전체의 효과를 깨트리겠지만, 그런 점에 대해서는 조금도 신경을 쓰지 않아도 좋다. 돈이 많이 있으면서 투우를 보려고 하는 것이 아니라, 그 전에 본 일이 있었으면 하는 사람, 그리하여 투우를 좋아하든지 좋아하지 않든지 간에 첫 번째 소를 본 뒤에 자리를 뜨려고 작정하는 사람은 모름지기 바레라 좌석권을 살 것이다. 그 전부터 품어오던 선입견을 가지고 투우장을 나갈 때 돈이 없어 바레라에 한 번도 앉아본 일이 없는 어떤 사람이 윗자리에서 번개같이 뛰어나와 그 값비싼 자리를 차지할 수 있도록 말이다.

산세바스티안에서는 항상 그런 일이 일어나곤 했다. 입장권 전매의 가지가지 사기 행위로 말미암아, 또 비아리츠와 바스크 해안에서 온 돈 많은 골동품상에게서 투우장 관리비를 우려내려는 당국의 정책으로 말미암아, 우리가 그것을 살 때쯤이면 바레라의 좌석권은 한 장에 1백 페세타 또는 그 이상이 나 된다. 그 돈만 가지면 마드리드의 투우사 하숙에서 1주일을 지낼 수 있고, 1주일에 네 번 프라도에 갈 수 있으며, 햇빛 비치는 곳의 좋은 자리에서 두 번이나 투우를 볼 수 있고, 구경이 끝난 뒤 신문을 사고, 맥주를 마시고, 비토리아가 저쪽 파사헤 알바레스에서 새우를 먹고 그러고도 구두를 닦을 돈이 남는다.

그러나 산세바스티안에서 무슨 자리든지 바레라의 지척에 있는 자리를 사기만 하면 틀림없이 1백 페세타짜리 자리를 차지할 수 있었다. 자기들은 도덕적으로 첫 번째 소를 본 후에 투우장을 뜨게끔 되어 있다고 생각하는 시민들이 몇 명쯤은 틀림없이 배가 불러져서, 혹은 해골만 남아, 혹은 도자기처럼 가냘프게, 혹은 해수욕으로 얼굴이 타서, 혹은 플란넬 옷을 입고, 혹은 파나마 모자를 쓰고, 혹은 운동화를 신고 도중 퇴장을 했기 때문이다. 나는 여러 번이나 같이 온 여자들은 더 보자고 하는데도 남자들이 가는 것을 보았다. 그들은 투우 구경을 하러 갈 수는 있었으나, 첫 번째 소가 죽은 것을 본 뒤에는 카지노에서 만나야 했다. 만약 그들이 자리를 뜨지 않고 투우를 좋아한다면 그들에게 무엇인가 잘못된 점이 있었던 것이다. 어쩌면 정신이 이상해진 것인지도 모른다. 그러나 사실은 그들에게 아무 잘못된 점도 없었다. 그들은 항상 자리를 떴던 것이다. 이러한 현상은 투우가 점잖은 것이 될 때까지 계속되었다. 1931년에 나는 내 눈길이 닿는 범위 안에서 자리를 뜨는 사람을 하나도 보지 못했다. 이제는 산세바스티안은 그 좋은 공짜 바레라 시절이 지나가버린 것 같다.

04.

가장 볼 만한 투우는 노비야다 투우일 것이고, 그것을 보기에 가장 적절한 곳은 마드리드다. 노비야다는 보통 3월 중순에 시작되는데 대투우가 시작되는 부활절까지 일요일과 목요일마다 열린다. 마드리드에서는 부활절 이후에 일곱 번의 투우를 구경할 수 있는 예약 시즌에 접어든다. 그런데 특별석은 연중 예약된다.

좌석 중 으뜸가는 자리라면 투우사들이 붉은 나무 울타리에 망토를 걸쳐 놓는 이른바 바레라다. 투우사들이 경기장에 들어가기 전에 서 있는 곳도 거기며, 붉은 천의 물레타를 가지고 경기장으로 나갈 때 소를 끌고 들어오는 곳도 거기다. 소를 죽인 뒤 피를 닦아내기 위해 오는 곳도 그곳이다. 그곳은 권투에 있어 링사이드 혹은 야구나 풋볼 경기장의 덕 아웃이나 벤치에 해당되는 곳이다. 마드리드에서 예약 기간에 이 좌석권을 당신이 사기는 어렵겠지만 본격적인 투우 시즌 사이 또는 그에 앞서서 벌어지는 노비야다 투우에 있어서는 그 좌석권을 구입하기가 어렵지 않다. 당신은 바레라 좌석권을 살 때 망토를 어디에 거느냐고 묻고, 되도록 그곳에 가까운 자리를 달라고 청하면 된다. 지방에서는 매표원이 거짓말을 하고 가장 나쁜 자리를 줄는지도 모른다. 그러나 당신이 외국인이고 게다가 좋은 자리가 어딘지를 알고 있을 뿐 아니라 그런 자리를 요구하는 듯이 보이니까 그가 가진 가장 좋은 자리를 줄 것이다. 나는 갈리시아에서 번번이 속았다. 그곳에선 어떤 사업에 있어서나 공정한 거래를 기대할 수가 없다. 가장 대우가 좋았던 곳은 마드리드였고, 그중에서도 발렌시아가 제일이었다. 스페인에는 어디를 가나 레벤타 예약소의 건물이 있다. 레벤타란 투우 경기의 주최자들에게서 보통 입장권을 대부분 혹은 전부 인수해서 그 값에 20퍼센트를 얹어서 파는 입장권 브로커를 말한다. 투우 경기 주최자들은 그들에게 호감을 갖고 있다. 그도 그럴 것이 그들은 입장권을 깎아서 사지만 입장권의 판매를 보충해 주는 까닭이다. 입장권이 모두 팔리지 않을 때 손해는 그 브로커들이 보게 마련이다. 물론 주최 측에서도 이런 저런 일로 손해를 안 보는 것은 아니지만. 당신이 도심지에서 살지 않는다면 투우 경기의 예매 기간에 그곳에 있지 못할 것이고 또 묵은 예약권을 가진 관객은 항상 새 입장권으로 투우가 시작되기 전에 갱신할 권리가 있는데다, 한 2~3주일 전부터 파는 예약권은 그 매표소를 찾기도 힘들고 그것도 오후 4시부터 5시까지 한 시간밖엔 열지 않으므로 부득이 당신은 레벤타로부터 입장권을 사게 마련이다.

당신은 도시에 가서 가령 투우를 구경할 생각이 나거든 생각난 그 즉시 좌석권을 살 일이다. 시합 전에 마드리드의 신문에 투우에 대한 광고가 나는 일은 매우 드물다. 다만 한 귀퉁이에 조그만 광고가 나는 일은 있지만, 스페인에서는 지방을 제외한다면 투우가 시작되기 이전에 신문에 선전을 하는 일은 없다. 그러나 스페인 어느 고장에서나 커다란 천연색 포스터에 죽을 소의 필 수, 그 소를 죽일 투우사의 이름, 소를 길러낸 사람들, 경기 장소 등을 대대적으로 선전한다. 보통은 각종 좌석의 요금표도 곁들여 선전한다. 이 요금에다 레벤타에서 표를 사는 경우엔 20퍼센트를 가산해서 내야 한다.

스페인에서 투우를 보려면 3월 중순부터 11월 중순까지 날씨만 좋으면 일요일마다 마드리드에서 그것을 구경할 수가 있다. 겨울에는 이따금 바르셀로나와 말라가, 발렌시아에서 투우가 벌어지는 것을 제외하면, 스페인에서 투우 경기는 극히 드물다. 매년 최초의 공식 투우는 막달레나의 피에스타(휴가 기간)를 위하여 늦은 2월 혹은 이른 3월에 카스테론 데 라 플라나에서 열리며 마지막 투우는 보통 발렌시아 혹은 온다라에서 11월 초에 열린다. 그러나 일기가 불순하면 이 마지막 투우는 열리지 않을 것이다. 멕시코시티에는 10월부터 4월까지 일요일마다 투우가 있다. 봄과 여름에는 노비야다가 있을 것이다. 멕시코에서는 투우 경기의 날짜가 고장에 따라 다르다. 마드리드 이외의 스페인의 모든 고장에서는 투우 경기의 날짜가 때에 따라 바뀐다. 그러나 마드리드와 마찬가지로 거의 정기적으로 경기가 개최되는 바로셀로나를 제외하면, 일반적으로 경기 날짜는 국가적인 종교 행사 또는 보통 그 도시의 성인절에 시작되는 지방 장날과 일치한다. 이 3주의 여행을 하는 사람이 투우를 보지 못하는 일은 생각하기보다는 훨씬 많다. 그러나 이 부록을 이용하면 날씨가 나쁘지 않는 한 어느 곳에서든 때 맞춰 가서 투우를 구경할 수 있을 것이다. 하나를 구경하고 나서 더 구경하고 싶은지 않은지를 알게 될 것이다.

마드리드에서의 노비야다와 두 개의 예약 투우 시즌을 떠나서 생각한다면 이른 봄 적어도 계속 4일간 네 번의 투우가 열리는 세빌랴가 가장 좋은 곳임에 틀림없다. 이 축제일 투우는 부활절 후에 시작된다. 당신이 세빌랴에서 부활절을 보낸다면 누구에게나 축제일 투우가 언제 시작되느냐고 물으면 된다. 혹은 큰 포스터에서 날짜를 알아 낼 수도 있을 것이다. 부활절 이전에 마드리드에 가거든 푸에르타 델 솔 근처 어느 카페에 가도 좋고, 혹은 플라사 데 카날레자 네거리에서 갈레 데 산제로니모로 가는 길 오른쪽에 있는 첫 번째 카페에 들러도 된다. 거기엔 세빌랴의 투우를 선전하는 포스터가 벽에 붙어있다. 이 카페에서는 여름철에도 늘 팜플로나, 발렌시아, 빌바오, 살라만카, 발로돌리드, 쿠엘카, 말라가, 무르시아 그밖의 여러 곳의 축제 투우를 광고하는 포스터를 발견할 수 있다.

부활절에는 마드리드, 세빌랴, 브르셀로나, 무르시아, 사라고사에 항상 투우가 있으며 그라나다, 빌바오, 발로놀리드 등지에는 노비야다가 있다. 마드리드에선 부활절 후에는 월요일에도 투우가 있다. 매년 4월 29일에는 제레즈 데 라 프론테라에 투우가 있고 장이 선다. 소가 있건 없건 이곳은 한번 방문해볼 만한 훌륭한 곳이다. 그리고 세리주와 그것에서 증류해서 만들어낸 도수가 다른 각종 술의 본고장이다. 그곳 사람들은 당신을 지하실로 데리고 갈 것이고, 당신은 거기서 각종의 술을 맛볼 수 있을 것이다. 그러나 술을 마시는 것은 투우를 보러가기로 정하지 않은 그밖의 날이 가장 좋다. 빌바오에는 5월 1일, 2일, 3일 중 그어느 하루가 일요일이 되느냐에 따라 그것을 뺀 나머지 이틀간 투우가 열린다. 이 투우 경기들은 당신이 부활절에 비아리츠 혹은 장 데 루우즈 같은 곳에 있게 된다면 한번 가볼 만한 것이겠다. 바스크 해안에서 빌바오로 가는 길은 참으로 좋다. 빌바오는 부유하고 추악한 광산도시다. 그곳은 미주리주의 세인트루이스나 세네갈의 세인트루이스만큼이나 덥다. 그리고 그곳 사람들은 소는 좋아하지만 투우사는 싫어한다. 빌바오에선 그들이 어떤 투우사를 좋아하게 되면 점점 더 큰 소를 사들여서 그와 싸움을 시키고 마침내 정신적으로나 육체적으로 재난을 당하게 하고 만다. 그러면 빌바오의 투우광은 말한다.

"보라구, 녀석들은 모두 할결같이 겁쟁이야, 그리고 허풍선이구. 큰 소만 갖다 안기면 곧 증명이 된다니까."

소를 얼마나 크게 길러낼 수 있으며 또 그 소가 얼마나 큰 뿔을 머리에 이고 다닐 수 있는가 하는 것이며, 또 얼마나 그 소들이 키가 크고 또 고개를 울타리 너머로 내밀어서 관객이 그 뿔에 받힐 것처럼 생각되며, 관객들이 얼마나 거칠며 투우사들이 얼마나 질겁하는지 보려거든 빌바오로 가라.

5월에는 8월 중순에 시작되는 일련의 투우에서 쓰이는 것과 같은 큰 소는 나오지 않는다. 그러나 빌바오의 5월 날씨는 8월처럼 덥지 않다. 가령 당신이 지독한 더위에도 불구하고 진정 크고도 멋진 소들의 싸움을 보기를 원한다면 8월의 빌바오가 가장 적절한 곳이다. 쿠르도바는 5월에 단지 한 번의 대회를 개최한다. 거기서는 두 번의 투우가 있고 그 날짜도 때에 따라 변화한다. 그러나 16일에는 언제나 타라베라 데 라 레이나에서 투우가 있고 20일에는 론다에서, 30일에는 아라뉴에즈에서 투우가 있다.

마드리드에서 세빌랴로 가는 길은 두 갈래가 있다. 하나는 아라뉴에즈, 발다페나스 그리고 코르도바를 경유하는 이른바 안달루시아 대로

이며, 다른 또 하나는 타라베라 데 라 레이나, 트루질로, 메리다 등을 지나는 에스트루마두라라고 불리는 길이다. 당신이 5월에 마드리드에서 에스트루마두라를 따라 남쪽으로 간다면 16일에 타라베라 데 라 레이나에서 투우를 관람할 수가 있다. 그 길은 아주 평탄하고 멋진 길이다. 타라베라는 날씨가 맑고 때는 참 좋은 곳이며 오르테가라는 과부가 거의 늘 길러내는 그곳 소들은, 크기며 사나움이며 다루기 힘들고 위험스럽다는 점에 있어 부족함이 없다. 아마도 역사상 가장 위대한 투우사일는지 모르는 갈리토 혹은 호셀리토라고 불리는 호세·고메스·오르테가가 1920년 5월 16일에 죽은 곳도 바로 그곳이었다. 과부 오르테가의 소들은 그 사건으로 해서 유명해졌다. 그런데 실은 크고 위험하기만 했지 별로 멋진 싸움은 못하기 때문에 지금에 와선 대단치 않은 투우사들에게 죽고 마는 것이 보통이다.

아라뉴에즈는 마드리드에서 47킬로미터 거리에 있으며 그리로 가는 길은 당구대처럼 평탄하다. 그곳은 갈색 평원과 야산에 자리 잡은 하나의 오아시스며 헌칠한 나무들과 훌륭한 동산 그리고 급히 흐르는 강물이 있다. 거기엔 또한 가로수길이 있는데, 가령 주머니가 허락한다면 특별 열차 왕복표를 사서 5월 30일에 그곳에 갈 수가 있다. 그러나 밑천이 달리면 버스를 이용할 수도 있다. 그리하여 벌거숭이 사막 지방의 뜨거운 태양을 벗어나서 돌연 나무그늘 밑에 이르면 서늘하고 평탄한 땅 위에 신선한 딸기가 담긴 바구니들을 늘어놓고 있는, 팔이 구릿빛으로 그을린 처녀들을 보게 된다. 그 딸기들은 축축하고 서늘하여 바구니 속에 푸른 잎사귀로 싸서 담았기에 엄지와 인지로 받아들 수가 없다. 처녀들과 노파들은 마드리드며 톨레도에서 특별 열차 혹은 버스 편으로 오는 수많은 사람들에게 딸기를 팔기도 하고, 줄기가 엄지손가락만큼이나 되는 아름다운 아스파라거스의 꽃다발을 판다. 당신은 매점에서 숯불에 구워내는 닭고기며 스테이크를 먹을 수 있고, 5페세타만 주면 온갖 종류의 발다페나스 술을 마실 수 있다. 또 투우가 시작되기까지 그늘 밑에 누워 있어도 좋고 관광을 할 수도 있다. 베데커에는 명승지가 여러 곳 있다. 투우장은 읍의 서늘한 숲 그늘에서 뻗어 나온 넓고 먼지투성이의 무더운 거리 끝에 자리 잡고 있다. 그리하여 절름발이며 공포와 동정을 불러일으키는 온갖 군상들이 이 길에 줄을 지어 늘어서서 잘린 팔을 흔들고 상처를 드러내기도 하고, 끔찍한 몸을 흔들며 입에 넣을 것이 없을 때 모자를 내민다. 그래서 두 줄의 공포에 싸여 흡사 태형을 당하는 기분으로 투우장으로 걸어가게 된다. 그 읍은 곧장 고야를 통해 투우장에 이른다. 투우장은 고야가 생기기 전에 생겼다. 그것은 론다의 옛 투우장을 본뜬 아름다운 건축 양식을 지니고 있다. 당신은 바레라 좌석에 앉을 수 있고 모래에 등을 기대고 그늘 밑에서 술을 마시며 딸기를 먹을 수 있으며, 투우장의 좌석으로 관객이 모여드는 것이며, 톨레도나 카스틸랴 지역 등지에서 처녀들이 와서는 앞자리에 앉아 숄을 벗고 부채질을 하며 유쾌하게 이야기를 주고받으며 미소 짓는 모습을 지켜볼 수가 있다. 이 여자들을 살펴보는 것은 관객에게 있어 투우 관람의 큰 몫을 차지하는 것이다. 가령 당신이 근시라면 망원경을 가지고 갈 수도 있다. 하나의 좌석도 빼지 않고 살펴보는 것이 가장 좋다. 망원경은 같은 값이면 좋은 것으로 준비할 일이다. 구름처럼 흰 레이스가 달린 망토를 입고 큼직한 빗들을 꽂고 짙은 화장을 하고 멋진 숄을 걸친 아찔할 만큼 아름다운 여인들의 미를 파괴하는 역할을 그 망원경이 할 수도 있을 것이다. 망원경을 통하여 지난밤 어디선가 본 일이 있는 금니박이에다 분칠을 해서 까무잡잡한 살결을 감춘 어떤 여인이 자기 집을 광고하기 위해서 그곳에 나타난 것을 알게 되는 수도 있을 것이다. 그러나 망원경이 없다면 어떤 좌석에 앉은 진짜 미인을 못 보고 말는지도 모르는 일이다. 스페인에서는 분을 짙게 바른 비대한 플라멩코 댄서며 사창가의 여자들을 보기는 매우 쉽다. 스페인에서는 매음이 별로 수지맞는 직업이 아니다. 그리고 그들은 너무 일이 고되어서 아름다움을 그대로 지니지 못한다. 무대에서나 매음굴 같은 데에서 미녀를 찾지 말라. 당신은 저녁 산보 시간에 카페나 거리의 의자에 앉아 그들을 찾을 것이다. 그러면 한 시간 내에 읍내의 여자란 여자는 모두 당신 곁을 지나갈 것이다. 그것도 한번이 아니고 왔다갔다 몇 번씩이나 삼삼오오 떼를 지어 지나가는 것을 보게 될 것이다. 혹은 투우장 좌석에 앉아 망원경으로 주의 깊게 그녀들을 찾을 수도 있을 것이다. 자리에 앉지 않은 여자에게 망원경을 고정시키는 것은 예의 바른 행위가 아니며, 여성 숭배자들이 투우에 앞서 아름다운 여자들을 휘둘러 볼 수 있도록 허락되는 링 한가운데에서 망원경을 사용하는 것도 역시 예의에 벗어나는 행위다. 링의 모래 위에서 망원경을 사용함은 성도착자의 표시가 된다. 그것은 가장 나쁜 관객이 되는 것이다. 그러나 바레라 시트에서 망원경을 사용하는 것은 상관없다. 아니 그것은 상대편을 추어주는 뜻을 지니는 것이며, 의사 전달의 수단이나 소개의 수단이 되기도 하는 것이다. 성실하고 받아들일 만한 감탄 이상으로 좋은 인사의 서두는 없으며, 일정한 거리를 두고 있을 때 그 감탄을 전하거나 그에 응답하는 데에는 좋은 망원경을 통하는 이외의 더 좋은 방법이 없는 것이다. 비록 여자는 보지 않는다 하더라도 날이 어두워가고 특히 소가 먼 곳에서 살해될 때, 그 마지막 소가 죽는 모습을 보는 데에도 망원경이 필요한 것이다.

아라뉴에즈는 당신이 첫 번째 투우를 구경할 훌륭한 곳이 될 것이다. 가령 당신이 투우를 한 번만 구경하려 하다면 그곳은 마드리드보다 훨씬 좋은 곳이 될 것이다. 당신이 아직 투우를 애처로운 심정으로 구경하는 상태라면 그곳의 투우는 온갖 다채로운 면을 보여줄 것이기에 말이다. 좋은 소에 좋은 투우사가 나온다고 생각하면 후에 가서 당신이 보고 싶어 할 것은 좋은 관객일 것이다. 좋은 관객이란 모두들 술 마시고 즐기며 여자들이 성장을 하고 나타나는 축제일의 투우 관객들이 아니며, 술 마시고 춤추고 오로가로 뛰어다니는 팜플로나의 관객도 아니고, 발렌시아의 지방적이고 애국적이며 투우사를 숭배하는 그런 관객들도 아니다. 좋은 관객은 섬세한 장식을 하고 나오는 자선 투우가 아니라면 역시 마드리드의 관객을 말하지 않을 수 없다. 애처로움이 많고 또 요금도 비싸지만 그곳의 진지한 관객들은 투우를 알고 소를 알며 투우사를 안다. 말하자면 그들은 좋고 나쁜 것을 가릴 줄 알며 거짓과 진실을 구별해낼 줄 알기 때문에 투우사들은 자기들이 가진 역량을 최대한 발휘해야 한다. 다채로움은 젊은이나 혹은 술이 좀 취해서 모든 것이 진실처럼 보이는 경우, 혹은 투우를 한 번도 구경한 일이 없는 여자와 같이 갔을 때, 아니면 한 시즌에 한 번쯤, 혹은 특히 그런 투우를 좋아하는 사람에게나 알맞은 것이다. 그러나 진정 투우를 알고자 하는 사람 혹은 그것에서 격렬한 감정을 느껴 보고 싶은 사람은 조만간 마드리드로 가지 않을 수 없게 될 것이다.

한 번만 구경하려는 사람이 첫 번째 투우를 구경하기에 아라뉴에즈보다 더 좋은 곳이 있다면 그것은 론다일 것이다. 그것은 스페인으로 신혼여행을 가거나 혹은 누구와 함께 도망칠 때 꼭 갈 만한 곳이다. 그 도시 전체는 눈길이 닿는 구석구석까지 낭만적인 배경을 가지고 있으며, 아주 마음 편안하고 잘 운영되는 호텔이 있다. 그곳에서 맛있는 식사를 하고 밤이면 시원한 바람을 즐길 수가 있어서 더할 나위 없이 좋다. 여기서도 신혼여행이나 사랑의 도피 행각이 만족스럽지 못했다면 파리로 떠나거나 아마 각기 헤어져 새로운 배필을 구하는 것이 더 좋을 것이다. 론다는 그런 목적으로 여행하는 사람이 바람직한 온갖 것 즉 낭만적인 풍경이 있다. 그런 풍경은 호텔을 떠나지 않고도 볼 수가 있다. 그리고 아름다운 짧은 산책길, 좋은 술, 바다 음식, 멋진 호텔 등이 있다. 또 매력 있는 선물이 될 수채화를 파는 화가들도 있다. 이 모든 것을 고사하고도 그 고장은 우선 좋은 곳이다. 그곳은 산이 둘려 막은 고원지대에 자리 잡고 있는데, 그 고원은 두 도시를 분리하는 계곡으로 깎여서 강 속으로 급경사를 이루고 있다. 그 고원 아래쪽에는 나귀 떼가 먼지를 일으키며 길을 걸어가고 있는 것이 보인다. 회교도들을 추방하고 그곳에 정착한 사람들은 코르도바와 안달루시아 북부에서 왔다. 그런데 5월 20일에 시작되는 투우는 페르디난드와 이사벨라가 그 도시를 정복한 것을 기념하는 것이다. 론다는 현대 투우의 요람의 하나였다. 그곳은 페드로·로메로의 출생지였다. 그는 최초의 가장 위대한 직업 투우사의 한 사람이었다. 또한 니노·데·라·팔마의 출생지이기도 하다. 그는 유명해지기 시작했으나 처음으로 한번 호되게 쇠뿔에 받힌 뒤로는 몹시 겁쟁이가 되었고, 그것은 링에서 모험을 피하는 능력을 키워주었다. 론다의 투우장은 18세기 말엽에 지어진 것으로 목조였다. 그것은 낭떠러지 끝에 지어져 있어서, 투우가 끝나 소들의 가죽을 벗기고 각을 뜬 다음 수레에 실어 팔러 나갈 때 사람들은 죽은 말들을 낭떠러지 끝으로 끌고 간다. 그러면 종일토록 도시 상공과 투우장 위를 빙빙 날아돌던 얼간이들이 바위 위에서 요기를 하기 위해 곧장 날아내려온다.

비록 날짜는 바뀔 수 있으나 때로 5월에 개최되는 또 다른 축제일 투우가 있다. 그것은 6월까지도 열리지 않는 때가 있는데 코르도바에서 열리는 투우다. 코르도바는 훌륭한 투우를 연다. 5월이 그 도시를 방문할 가장 좋은 때다. 여름에는 심한 더위가 엄습하기 때문이다. 스페인에서 가장 더운 도시 셋을 꼽는다면 빌바오와 코르도바, 세빌랴를 들지 않을 수 없다. 가장 덥다는 말은 온도 이상의 것을 뜻한다. 밤에 잠을 이룰 수 없는 바람 한 점 없는 무더위를 말하는 것이다. 낮보다도 밤이 더 더워서 어딜 가나 시원한 곳이라곤 없고, 이른 아침을 제외한다면 너무 더워서 카페에 앉아 있을 수도 없다. 점심을 먹고 나서 발코니에 커튼을 내려 캄캄해진 침대에 벌렁 누워서 투우가 벌어질 시간을 기다리는 도리밖에 없다.

발렌시아가 기온으로 볼 때는 때로는 더 덥다. 특히 아프리카에서 바람이 불어올 때가 그렇다. 그러나 거기서는 버스나 전차를 타고 밤에 가루항에 나가서 해변에서 수영을 할 수가 있다. 그리고 너무 더워서 수영을 못할 때에는 되도록 적은 노력으로 물 위로 더 나아가서, 시원한 물 위에 누워 보트며 줄지어 있는 음식점이며 오두막집들의 반짝이는 불빛을 지켜볼 수 있다. 발렌시아에서도 날씨가 몹시 더울 때면 해변으로 가서 한 페세타나 두 페세타만 내면 음식점에서 사프란 양념에

요리한 새우, 밥, 토마토, 해산물, 소라, 가재, 생선, 뱀장어 등을 맥주와 함께 먹을 수 있다. 당신은 이런 음식을 한 병의 그 지방 술과 함께 먹을 수 있다. 맨발의 어린이들은 해변을 걸어다닐 것이며, 누각은 짚으로 이엉을 이었을 것이다. 발밑의 모래가 서늘하고, 검은 펠러커(돛이 세 개 있는 지중해의 배)에 타고 서늘한 저녁 나절에 고기잡이를 하는 어부들도 볼 수 있다. 이 음식점들 중의 하나는 그라네로라는 이름을 가졌다. 그것은 일찍이 발렌시아가 낸 가장 위대한 투우사 그라네로의 이름을 따서 지은 것이다. 그는 1922년 마드리드의 링에서 죽었다. 마누엘·그라네로는 그 전해에 아흔 네 번의 투우를 한 뒤 빚 이외에 동전 한 푼 남기지 못하고 죽었다. 그가 번 돈 50만 페세타는 모두 광고 선전에 쓰였고 기자들에게 보조금으로 나갔으며 건달들에게 뜯겼다. 그가 베라구아 소에 한 번 받혀 공중에 솟았다가 바레라 밑 기둥에 내동댕이쳐지고 마침내 뿔이 마치 화분을 바싹 부수듯이 그의 해골을 깨뜨려버림으로써 죽고 만 것은 그의 나이 겨우 스무 살 때였다. 그는 열네 살 때까지 바이올린을 배웠고 열일곱까지는 투우를 익힌 미모의 청년이며 그리하여 그는 스무 살까지 투우를 했다. 발렌시아의 시민들은 진정으로 그를 숭배했다. 그런데 그는 그들로부터 그 어떤 사례를 받을 겨를도 없이 죽은 것이다. 지금은 그의 이름을 딴 빵집이 있으며, 그라네로라는 이름의 음식점이 각기 다른 해안에 세 곳이나 있다. 다음으로 숭배의 대상이 되는 발렌시아의 투우사는 체이브즈였다. 그는 멋지게 물결 지는 머리와 큰 얼굴, 이중 턱, 불룩한 배를 가지고 있었다. 그는 쇠뿔이 지나가면 아슬아슬했다는 느낌을 주려고 소에게 그 배를 불룩 내밀곤 했다. 투우를 즐긴다기보다는 차라리 투우사, 그것도 발렌시아의 투우사를 숭배한다고 할 수 있는 발렌시아의 사람들은 한때 체이브즈에게 열광적이었다. 배가 크고 아주 격렬한 기질을 가진 데다 그는 또 엉덩이가 몹시 두드러져 있었는데 배를 움츠릴 때에는 그 궁둥이를 쑥 내밀곤 했다. 그는 무엇이나 과장된 몸짓을 썼다. 우리는 한 투우 대회에서 줄곧 그를 지켜보지 않으면 안 되었다. 우리는, 내 기억이 정확하다면, 다섯 번의 투우를 구경했다. 그런데 그의 이웃이 아니라면 누구에게나 체이브즈의 투우는 한 번이면 족하다. 그러나 마지막 투우에서 그가 큰 미우라 소의 목 어느 부분을 찌르려고 했을 때 그 미우라 소가 목을 늘여 체이브즈의 겨드랑이를 받았다. 그는 잠시 매달렸다가, 다음 순간 뿔 언저리에서 바람개비처럼 휘둘렸다. 그의 팔에 입은 상처를 치료하는 데에는 오랜 시일이 걸렸다. 그래서 지금은 몹시 태도가 신중해져서 소의 뿔이 지나간 뒤라도 배를 내미는 일이 없다. 이제 발렌시아 사람들은 그를 더 이상 숭배하지 않는다. 그 대신 두 명의 새로운 투우사가 그들의 우상으로 등장한 것이다. 그리고 1년 전에 내가 마지막으로 체이브즈의 투우를 보았을 때 그는 전처럼 영양도 좋지 못한 듯했고, 소가 나오는 것을 보는 순간 그늘에 있으면서도 땀을 흘리기 시작했다. 그러나 그에겐 한 가지 위안이 있다. 발렌시아의 부두인 그의 고향 그라우에는 그의 이름을 딴 기념물이 있다. 그곳 사람들도 그를 신통치 않게 생각하기는 마찬가지지만. 그것은 해변으로 가는 전차가 회전하는 거리 모퉁이에 세운 철제 기념물이다. 미국 같으면 그것은 공동변소라고 불렸을 것이다. 그런데 그 원통 같은 쇠붙이에는 흰 페인트로 〈엘·우리나리오·체이브즈〉라고 기록되어 있다.

05.

봄에 스페인으로 투우 관람을 하러 갈 때 질색인 것은 비다. 어디에 가거나 비가 쏟아진다. 특히 5, 6월에는 심하다. 내가 여름을 좋아하는 이유도 바로 그것이다. 여름에도 가끔 비는 오지만 7, 8월에 눈이 오는 일은 아직 나로서는 경험하지 못했다. 1929년 8월에 아라곤의 산간 휴양지에 눈이 내린 일이 있기는 했지만, 그리고 마드리드에서도 어느 해 5월 15일에 눈이 오는 바람에 하도 추워서 경기를 연기한 적이 있었다. 그해에 나는 이젠 완연히 봄이려니 생각하면서 스페인으로 향하고 있었다고 기억한다. 그때 나는 종일토록 마치 2월이나 된 듯 기차 속에서 추위를 느꼈다. 여름철에 내가 알고 있던 나라와는 판이하게 다른 느낌이 들었다. 그날 밤, 마드리드에서 기차를 내리니 역 밖에는 눈이 휘날리고 있었다. 외투가 없었던 나는 방안에서 글을 쓰거나 가까운 카페에서 커피와 술을 마실 수밖에 없었다. 사흘 동안이나 너무 추워서 외출을 못했다. 그러자 아주 맑은 봄 날씨가 찾아 왔다. 마드리드는 산지 기후를 가진 도시다. 구름 한 점 없는 높은 하늘은 이탈리아의 하늘을 감상적인 것으로 느끼게 해주며 공기는 마실수록 기분이 좋다. 더위와 추위는 급히 왔다 급히 가버린다.

　나는 7월의 어느 날 밤 거지들이 거리에서 신문지를 태우고 웅크리고 둘러 앉아 몸을 녹이는 것을 본 적이 있다. 이틀이 지나자 너무 더워서 잠을 잘 수 없게 되었고, 새벽에 찬바람이 불어오면서야 겨우 잠을 이룰 수가 있었다.

　마드리드 사람들은 이런 날씨를 좋아하며 이같은 변화를 자랑 삼는다. 다른 어느 대도시가 이런 변화를 보이는가 말이다. 카페에서 사람들이 당신에게 잘 잤느냐고 물을 때 너무 지독히 더워서 잠을 못 자다가 새벽 바람이 나면서 좀 잤노라고 대답하면, 그들은 그때 바로 전에 사람들이 잘 수 있는 시원한 시간이 있다. 밤이 아무리 무더웠어도 그 시간은 틀림없이 찾아온다. 변덕만 탓하지 않는다면 그곳 기후는 참 좋은 것이다. 무더운 밤에는 봄빌라에 가서 사이다를 마시고 춤도 출 수 있다. 작은 강가, 안개가 일어나는 무성한 나무 밑에서 당신이 춤을 다 추고 나면 항상 서늘한 바람이 분다. 추운 날 밤에는 셰리주를 마시고 잠자리에 들 수 있다. 마드리드에서 밤에 잠자리에 드는 기분은 좀 야릇한 것이다. 당신의 친구들은 오랫동안 다소 불안이 가시지 않을는지 모른다.

　친구와는 보통 자정이 넘어서 카페에서 만나게 된다. 마드리드 사람들은 그 밤을 죽이기 전에는 잠자리에 들지 않는다. 친구와 만날 약속도 보통 자정이 넘은 카페로 정해진다. 내가 살아 본 그 어느 대도시도, 연합군 점령하의 콘스탄티노플을 제외하고는 이처럼 잘 목적으로 취침을 하지 않는 곳은 없었다. 취침을 안하는 것이 시원한 바람이 일어나는 새벽을 기다리자는 이론에서라고 말할 수도 있을지 모르나, 그것만으로는 타당한 이유가 될 수 없다. 왜냐하면 우리는 그 서늘한 시간을 해돋이를 구경하기 위해 보스포러스 대로(大路)로 차를 몰아가는 데에 이용하는 것이 예사였으니까말이다.

해돋이를 구경한다는 것은 멋진 일이다. 어릴 때 낚시질이나 사냥을 하다가, 혹은 전시에 해돋이를 구경하는 일은 많다. 전쟁이 끝난 뒤 콘스탄티노플에서 그것을 보기까지는 해돋이를 구경한 기억이 내게는 없다. 콘스탄티노플의 해돋이 구경은 으레 하게 되어 있는 것이다. 당신이 무슨 일을 한 뒤이건, 가령 보스포러스 거리를 달려 해돋이를 구경했다면 그것은 어쩐지 무엇을 증명하는 일만 같다. 그것은 건전한 야외의 기분으로 모든 것을 깨끗하게 종결지어주는 것이다. 그러나 이런 것을 멀리하게 되면 우리는 자연히 그것을 잊게 된다.

1928년 공화당 대회가 열리던 캔자스시티에서 밤이 좀 느지막해서 사촌의 집으로 차를 몰아 가고 있었다. 그때 나는 엄청난 불이 이글거리는 것을 보았다. 그것은 마치 헛간에 불이 붙었던 때와 똑같았다. 나는 내 힘으로 어쩔 수 없다는 생각이 들었지만 그래도 가야겠다는 느낌이 들었다. 나는 불 쪽으로 차 머리를 돌렸다. 차가 다음 언덕 마루에 올라 가서 멎었을 때 나는 그것이 무엇인지를 알았다. 그것은 떠오르는 태양이었다.

스페인을 방문하여 투우를 관람할 이상적인 일기, 그리고 구경할 투우 경기가 가장 많은 때는 9월이다. 그 달에 대해 한 가지 못마땅한 것이 있었다면 그것은 투우 경기가 별로 신통치 못하다는 점이다. 소는 5, 6월이 한창 원기 왕성할 때이며 7월과 8월 초까지는 그래도 괜찮은 편이지만, 9월이 되면 풀밭은 더위에 다 타버려서 소는 바싹 여위며 몰골이 망측해진다. 곡식을 먹여서 기름지고 윤기가 흐르며 사나와질 수도 있기는 하지만 그 사나움은 단 몇 분밖엔 지속되지 못한다. 마치 감자와 술로만 훈련을 받은 권투 선수처럼 싸움에는 부적당한 것이다. 그리고 또 9월에는 투우사들이 거의 연일 시합을 갖고, 수많은 계약을 하고, 상처만 입지 않는다면 단기간에 많은 수입을 올릴 전망이 보이므로 투우에서 자기의 역량을 십분 발휘하지 않는다. 그러나 두 명의 투우사가 경쟁을 할 때에는 사정이 좀 다르다. 그들은 있는 힘을 다할는지도 모른다. 그러나 대개의 경우 엉성한 소며 계약을 위반하지 않으려고 몸이 불편한데도 너무 일찍 출전하거나 또는 상처를 가진 투우사, 혹은 너무 과로해서 지친 투우사 등 때문에 투우를 잡치게 마련이다.

가령 금년에 인기를 올려야만 다음해에 계약을 할 수 있게 되어 최선을 다하는 갓나온 투우사들이 있다면 9월도 좋은 달이 될 수 있다. 당신은 속도가 빠른 자동차를 가지고 있고 그리고 마음만 있다면 9월에는 스페인 곳곳에서 벌어지는 투우를 매일같이 관람할 수가 있다. 나는 당신이 그 투우를 쫓아다니다가 결국 지쳐버릴 것이라고 장담한다. 그렇게 되면 당신은 시즌이 끝날 때까지 이곳 저곳으로 전국을 헤매고 다녀야 하는 투우사들이 겪는 육체적인 고통이 어떨 것인지 짐작이 갈 줄 믿는다.

그들이 그렇게 자주 출전을 하는 것은 법의 구속을 받아서가 아님은 물론이다. 그들은 돈 때문에 출전하는 것이다. 하지만 숱한 계약을 이행하고 애쓰다보면 지쳐서 최선을 다할 수가 없게 되고 돈을 낸 관람객들만 골탕을 먹는다. 그러나 당신이 같은 길을 여행하고 같은 호텔에서 머무르고 1년에 한 번밖엔 구경하지 못하는 요금을 지불한 관객의 입장에서가 아니라, 투우사의 눈으로 시합을 관람한다면 계약에 대해 투우사들이 갖는 견해에 동조하지 않을 수 없을 것이다.

사실인즉 어느 모로 보나 투우가 끝나면 곧 자동차를 타고 떠나야 함을 의미하는 계약을 맺을 권한이 투우사들에겐 없다. 그들은 망토와 물레타를 바구니에 접어넣어 짐 트렁크 위에 밧줄로 묶고 칼 상자와 여행 가방은 앞쪽에 쌓는다. 그리고 투우사들의 일단은 앞쪽에 큰 헤드라이트가 달린 대형 자동차에 빽빽하게 잡아 타고 8백 킬로미터나 되는 거리를 밤새껏 더위와 먼저 속에 내달려 먼지를 닦아 내거나 목욕 또는 면도도 할 겨를 없이 갓 도착한 도시에서 오후에 출전을 하게 된다. 링 안의 투우사는 피로하고 맥이 빠지게 된다. 그들과 함께 여행을 해본 사람이면 그들을 이해할 수 있을 것이다. 그리고 하룻밤만 푹 쉬면 다음날엔 그들의 컨디션이 달라질 것임을 알 수 있다.

그러나 그날 그의 묘기를 보려고 돈을 낸 관객은 그런 사정을 알건 모르건 용서를 하지 않는다. 관객은 그럴 때 치사스럽다고 욕을 하며, 가령 투우사가 좋은 소를 잘 이용하지 못하거나 혹은 그가 가진 밑천을 다 털어놓았을 때는 사기를 당했다고 느끼는 것이다. 그것은 당연한 느낌이다.

마드리드에서 첫 번과 마지막 투우를 보는 데에는 또 하나의 이유가 있다. 페리아 시즌에는 투우가 없다는 데에도 이유가 있지만, 투우사들의 사기가 가장 왕성하다는 데에도 이유가 있다. 그들은 멋진 승리를 거두려고 필사의 노력을 경주하는 것이다. 그래야만 여러 페리아를 위한 계약을 할 수 있을 것이기 때문이다. 그리고 여러 가지 원인으로 생기는 피로와 두 개의 시즌을 겪은 결과로 생기는 나른함, 작고 힘이 덜

드는 멕시코의 소를 다루는 데에서 생긴 단점들은 한 겨울을 멕시코에서 보낸 투우사들에게 보통 있는 것인데, 가령 그곳에서 겨울을 보내지만 않았다면 투우사들의 사기는 왕성할 것이다.

마드리드는 하여간 야릇한 고장이다. 처음 그곳에 간 사람으로서는 그리 마음에 들 것이라곤 생각지 않는다. 그것은 다채롭다기보다는 현대적이며, 화려한 의상도 없으며, 사기꾼들 외엔 코르도바 모자를 쓴 사람도 없고, 캐스터네츠 악기도 없고, 그라나다의 집시 소굴에서와 같은 멀미 나는 사기(詐欺)도 없다. 그 도시에는 지방색을 띤 곳이 없다. 그러나 일단 그 도시를 잘 알게 되면 그처럼 스페인다운 도시는 없으며, 살기 좋고 사람들도 좋고 1년 내내 기후는 훌륭하다.

한편 다른 대도시들은 모두 지방색을 드러내고 있는데 그것은 안달루시아, 바스크, 아라곤, 혹은 다른 지방의 특색을 지니고 있다. 본질적인 것은 역시 마드리드에 있다. 본질적이란 말은 호화스런 라벨이 붙지 않은 그저 평범한 유리병을 말하는 것이다. 마드리드에서는 어떤 특정한 복장이 필요하다. 그것에는 부에노스아이레스식으로 보이는 건물을 지어도 일단 그곳 하늘을 배경으로 그것을 보면 곧 마드리드라는 것을 느끼게 된다.

그것이 프라도 미술관 이상의 아무것도 갖지 못했다 하더라도 유럽의 어떤 수도에서 한 달을 지낼 돈만 있다면 봄마다 한 달씩 마드리드에서 지내는 것은 그만한 가치가 있는 일이 될 것이다. 그러나 북쪽으로 엘 에스코리알을 두 시간 거리에, 그리고 남쪽으로 톨레도를 두고 있으며 아빌라와 라 그랑하가 멀지 않은 세고비아로 가는 훌륭한 대로를 끼고 있는 프라도 미술관과 함께 투우 시즌을 맞을 때, 그것을 또 다시 보지 못하고 죽을 것이라는 생각이 들어 인생의 허무감마저 느끼게 될 것이다.

프라도 미술관은 마드리드의 특징을 담뿍 지니고 있다. 겉으로 보기에는 그것은 어떤 미국의 고등학교 건물처럼 단조롭고 화려한 맛이 없다. 빨갛거나 파란 여행자 안내서에서 어느 건물이 유명한가를 알아본 관광객은 그 그림의 단조로운 배열과 밝은 조명, 보기 편하게만 배열되어 있는 것에서 알 수 없는 실망감을 맛보게 된다. 관광객은 속았다는 느낌을 갖게 된다.

나는 사람들이 어리둥절하는 것을 보았다. 이런 것들이 명화가 될 수는 없다는 생각에서다. 색깔이 너무 생생하고 하도 단순해서이다. 그런 그림들이 마치 현대 미술관에서 팔기 위해 한껏 돋보이게 걸어 놓듯이 걸려 있다. '저렇게 해서야 되나?' 하고 관광객들은 생각한다. '어딘가에 진귀한 그림이 있겠지' 그들은 이탈리아 미술관에서 돈의 값어치를 했다. 거기서는 어떤 그림은 보지 못하기도 했고 찾기는 했어도 잘 보지 못한 것도 있었다. 그렇게 해야 그들은 명화를 감상한다고 느끼는 것이다. 명화라면 틀도 커야 하고 천이 붉은 플러시거나 조명이 흐리거나 해서 분위기를 살려주어야 한다고 생각하는 것이다. 그것은 마치 오직 외설 문학을 통해서 그 무엇을 알게 된 관광객이 커튼도 없고 다만 아주 평범한 침대만이 놓인 방안에서 대화도 없이 불쑥 매력 있는 발가숭이 여인을 만난 것과도 같다. 그는 자기를 도와줄 한 권의 책, 혹은 적어도 몇 가지 세간이나 암시를 바랐는지도 모른다. 스페인을 좋아하는 사람이 한 명 있다면 스페인에 대한 책을 더 좋아하는 사람은 열 둘이나 된다.

프랑스는 제 나라에 관한 책보다 스페인에 관한 책을 더 많이 판다. 스페인에 대한 가장 큰 책은 보통 독일인들이 쓴다. 그들은 한 번의 철저한 방문을 한 뒤에는 다시 찾아가는 일이 없다. 스페인에 관한 책을 쓰기 위해서라면 그것은 아마도 좋은 생각이라고 말하고 싶다. 한 번 방문하고서 되도록 급히 그 인상을 적는 것이 좋을 것이기 때문이다. 여러 번 방문하게 되면 자연 첫인상이 구겨지기 쉽고 결론을 내리기가 더 어려워질 것이기에 말이다. 한 번 방문하고서 쓴 책이 훨씬 더 확실성이 있기도 하려니와 더 인기가 있게 마련이다. 리처드·포드의 책 같은 것들은 '처녀 스페인'과 같은 그런 신비주의의 책들만큼 인기를 끈 적이 없었다.

이 책의 저자는 지금은 없어졌지만 'S4N'이라고 불리는 한 작은 잡지에 자기의 집필 방법을 소개하는 글을 발표한 적이 있었다. 집필에 관계되는 현상을 소개하기를 원하는 문학도는 누구나 그 잡지를 참고하는 것이 좋을 것 같다. 파리에 내가 복사해둔 것이 있지만 나는 전부를 인용할 수가 있다. 그 글의 골자는 자기가 밤에 어떻게 알몸으로 침대에 누워서 하느님이 쓰라고 그에게 내려주는 것이 어떤 것이며, 그가 어떻게 '곧장 내려오는 움직일 수 없는 전부'와 심미적으로 접촉하는가 하는 것이다. 그는 신의 은총으로 어떻게 '무소부재(無所不在)하며 시간을 초월할 수 있는가'를 말했다. 괄호 부분은 그의 말이거나 혹은 신의 말이다. 그의 글에서는 그것을 밝히지 않았다. 신이 보내면 그는 그것을 썼던 것이다. 그 결과는 한 남자의 피할 수 없는 신비주의였다. 그는 언어의 구사가 아주 엉망이어서 어떤 분명한 진술도 할 수 없었고, 당시에 유행하던 가짜 과학 용어들로 범벅이 되어 있었다. 그 나라의 영혼에 대하여 글을 쓸 준비를 하기 위해 잠시 그곳에 머무르는 동안 신은 그에게 그 어떤 굉장한 자료를 내려 주었다. 그러나 그것은 흔히 난센스였다. 의과학 분야에로 뒤늦은 입문을 한다면 그 전체는 이른바 발기성의 글이라고 할 수 있겠다. 예컨대 나무들은 일정한 충혈 혹은 기타의 원인에 의하여 그 이상한 상태에 있는 사람, 혹은 그렇지 않은 사람에게 달리 보인다는 사실은 잘 알려져 있거나 혹은 알려져 있지 않다. 그것들은 조금이라도 더 크고 신비하고 어렴풋하게 보이는 것이다. 한번 시험해보라.

지금 미국에서는 일군의 작가들이 등장했다. 유명한 정신 병리학자인 헤밍스타인 박사인 연역(演繹)인데, 그들은 이들 충혈을 보호함으로써 모든 사람을 신비스럽게 보이게 하려는 듯했다. 그들은 과장된 표현으로 시야를 약간 왜곡함으로써 그것을 이루려 했다. 그 학파는 이제 시들어가고 있거나 이미 시들어버렸다. 그런데 그것은 지속되는 동안은 하나의 흥미 있는 기계적 실험이다. 또한 그것에는 감상적인 애인들의 태도로 그린 남성 숭배의 이미지가 가득 차 있다. 가령 그런 작가들의 비전이 좀 더 흥미가 있었고 또 발전했더라면 아마 그 이상 어떤 경지에 도달했을 것이다.

나는, 가령 사람으로 하여금 예리하게 관찰할 수 있게 하는 몇 가지 특효약을 먹은 다음 쓴다면 '처녀 스페인'과 같은 책이 어떻게 될 것인가가 궁금하게 여겨진다. 아마 실제 그런 약을 먹고 썼는지도 모른다. 우리 거짓 과학자 녀석들이 모두 잘못 생각한 것인지도 모른다. 그러나 연역의 거장 헤밍스타인 박사의 무성한 눈썹 아래 툭 튀어 나온 날카로운 눈은 마치 특효약 몇 가지를 먹어서 뇌가 충분히 맑아졌고 책이란 전혀 없는 듯했다.

이것도 기억해야 한다. 글을 너무 분명하게 쓰면 거짓말을 할 때 누구나 그것을 알아볼 수가 있다. 가령 작자가 곧은 언급을 피하기 위해서 신비하게 글을 쓴다면 – 이것은 물론 도저히 이해할 수 없게 하기 위해 이른바 문장론이나 문법을 벗어나는 것과는 다른 것인데 – 작자가 거짓말쟁이로 알려지게 되기까지는 상당한 시간이 걸릴 것이고, 또 그와 똑같은 글을 쓸 불가피한 입장에 놓인 작가들은 자기 자신을 변호하기 위해 그를 칭찬할 것이다.

진정한 신비주의는 신비한 것도 없고, 다만 지식의 부족을 감추기 위해서, 혹은 분명한 진술을 할 능력이 없음을 감추기 위해서 거짓말을 하게 되는 경우와 혼동해서는 안 된다. 신비주의는 신비를 의미하며 또 세상에는 신비한 일들이 많이 존재한다. 그러나 글의 무능함은 신비를 의미하지 않으며, 그릇된 이야기로 주사를 맞음으로써 문학이 된 너무 많이 쓴 저널리즘도 신비성이 없다. 이것도 기억하라, 모든 유치한 작가들은 이야기와 연애를 하고 있다는 것을.

06.

가령 당신이 처음으로 마드리드에서 투우 구경을 가면 링으로 내려가서 투우가 시작되기 전에 이리저리 걸어다닐 수가 있다. 코랄(투우장 곁에 있는 말과 소의 대기소)로 통하는 대문과 말을 매는 뜰로 들어가는 문은 활짝 열려 있고, 뜰에는 담 쪽으로 많은 말들이 줄지어 매여 있다. 그리고 시내에서 타고 들어온 말들을 그대로 타고 있는 기마 투우사 즉 피카도르들도 있다. 이 말들은 모노 혹은 투우장의 하인이라고 불리는 사람들에게 의하여 투우장에서 피카도르들이 사는 시내의 숙소까지의 타고 간다. 피카도르들은 까맣고 좁은 매듭 넥타이에 흰 셔츠를 입고 능라 재킷, 넓은 허리띠, 머리가 볼록 내민 모자에, 옆구리에는 자동 기관총을 차고 오른쪽 다리를 뒤 덮은 나뭇잎 모양의 쇠붙이를 덮는 두터운 녹비(鹿皮) 바지를 입고서 말잔등에 올라 거리를 누비며 링으로 간다. 모노는 때로는 피카도르의 안장 뒤쪽에 타기도 하고 혹은 자기가 끌고간 다른 말을 타고 뒤따르기도 한다. 무수한 자동차들, 수레, 택시, 오토바이 등의 물결 속에 말 탄 사람이 몇 명 섞이는 것은 투우의 선전도 되고 타고 있는 말을 피로하게 하는 데에도 도움이 되며, 투우사가 피카도르를 위해 자기 차에 자리를 내놓느라고 애쓰지 않아도 좋게 되는 이점이 따른다. 링으로 가는 가장 좋은 방법은 푸에르타 델 솔에서 떠나는 말이 끈 버스를 타는 것이다. 당신은 꼭대기에 앉아서 지나가는 뭇사람들을 구경할 수 있다. 또 숱한 차들 가운데에서 옷을 차려 입은 투우사들이 가득히 탄 자동차가 지나가는 것도 볼 수 있다. 당신이 볼 수 있는 것은 위가 납작한 까만 모자를 쓴 그들의 머리와 금빛 은빛의 능라로 감은 어깨와 그들의 얼굴이 고작일 것이다.

가령 한 차속에 은빛 혹은 검정색 재킷을 입은 여러 사나이와 금빛 재킷을 입은 사나이가 단 한명 있을 때 모두들 웃고 담배를 피우며 농담을 주고 받는데 그 금빛 재킷의 사나이만이 잠잠히 말이 없다면 그가 바로 투우사이며 다른 사람들은 그의 보조 역할을 하는 이른바 카우드리야다. 링으로 차를 타고 가는 때가 투우사에겐 그날 중 가장 기분 나쁜 시간이다. 아침은 투우사에겐 그날 중 가장 기분 나쁜 시간인 것이다. 아침에는 투우가 아직 까마득한 것만 같다. 점심이 지나고서도 투우에 출전할 시간은 여전히 멀리 있는 듯이 생각되지만 차가 도착할 때까지는 미리 옷을 입고 있어야 한다. 그러나 일단 차에 오르면 투우는 바싹 다가온 느낌이며 링까지 빽빽한 차 속에 타고 가는 동안 옴짝달싹도 할 수가 없는 것이다. 빽빽하다는 것은 투우사의 재킷이 무겁고도 두꺼운 데다가 투우사와 그의 보조자 즉 반데리예로들과 한 차에 타기 때문에 투우복을 입은 채 서로 그들은 꼭 끼어 있을 수밖에 없기에 하는 말이다. 차를 타고 가는 도중 빙그레 미소를 짓거나 친구에게 아는 체를 하는 사람도 있기는 하나 거의 모든 투우사들은 무표정하고 초연하다. 매일같이 죽음과 함께 살다시피 하는 투우사들은 매우 초연해지는 것이다. 그의 초연한 정도는 그의 상상력의 정도에 달려 있다. 투우가 있는 날과 시즌 종반에는 언제나 그의 마음속에 소원하고 초연한 그 무엇이 있어서 다른 사람의 눈에 까지 뜨인다. 마음속엔 죽음에 대한 생각뿐이며, 매일같이 그것과 싸우며 매일 그 죽음을 당할는지도 모른다는 생각을 하게 되면 그것은 뚜렷한 표적을 드러내고야 말게 되는 것이다.

누구의 얼굴에도 그 표적은 나타난다. 반데리예로와 피카도르들의 경우 투우사들과는 다르다. 그들의 위험은 상대적이다. 그들은 명령에 움직이며 책임도 제한되어 있다. 그들은 요컨대 죽이는 일은 하지 않는다. 투우가 시작되기 전에 그다지 긴장하지도 않는다. 당신은 불안에 대한 연구를 하고 싶거든 코랄에 다녀온 뒤의 명랑하고 근심 없는 피카도르를 보라. 혹은 소를 분류하는 것을 보고 왔거나 그 소가 엄청나게 크고 힘 센 것을 보고 돌아 온 피카도르를 보라. 그림을 잘 그린다면 페리아 기간에 카페에서 신문을 읽으며 반데리예로들이 식탁에 앉아 있는 모습을 그릴 수 있었을 것이다. 구두닦이는 부지런히 신을 닦고 웨이터는 어디론가 급히 가며, 한 명은 넓적한 갈색 얼굴에 아주 명랑하고 농담을 잘하며, 다른 한 명은 회색 머리에 말쑥하고 매부리코에 작달막한 사나이, 이렇게 두 명의 피카도르는 다같이 아주 불길한 징조를 보고 돌아오는 길이다.

"크던가?"

반데리예로 중의 하나가 묻는다.

"쩨 커."

피카도르가 대답한다.

"크다고?"

"아주 커."

더 이상 할 말이 없다. 반데리예로들은 피카도르의 마음을 환히 알고 있다. 투우사가 큰 소를 죽일 수 있을는지 모른다. 가령 그가 자만심을 버리고 명예를 저버린다면 작은 소를 죽이듯이 쉽사리 처리할 수 있을 것이다. 목에 있는 동맥은 큰 소나 작은 소나 그 위치가 같으며 칼끝이 쉽게 닿을 것이다. 소가 크다면 반데리예로들에게 붙잡힐 가망은 그리 많지 않다. 그러나 피카도르들은 자신을 방어할 뾰족한 수가 없는 것이다. 소가 일정한 나이와 체중을 넘어선 뒤에는 소들이 말을 받을 때 말이 공중 높이 솟았다가 피카도르를 깔고 떨어지는 것을 의미한다. 어쩌면 그 피카도르는 울타리에 내동댕이쳐지고 말 밑에 깔려버릴는지도 모른다. 혹은 그들이 용감하게 몸을 앞으로 굽히고 몸무게를 창에 기울여 공격해오는 소를 징벌하려다간 소와 말 사이에 떨어지기가 쉽다. 말은 달아나고 그는 그 자리에 누워 있게 되고 소는 뿔로 그들을 찾을 것이다. 그러다가 투우사가 그 소를 다른 곳으로 유인해가야 위험은 사라지는 것이다. 소들이 가령 엄청나게 크다고 하면 말을 받을 때마다 피카도르는 떨어질 것이다. 이런 것을 다 알고 있는 피카도르는 '소들이 굉장히 크다'고 할 때 그 불안이 그 어느 투우사보다도 더 심하다. 투우사가 겁쟁이일 때는 이렇게 말할 수가 없겠지만. 투우사는 혼이 날 때도 있지만 아무리 다루기 힘든 소라도 그 소와 싸우는 방법이 있지만 피카도르는 의지할 수단이 없는 것이다. 그들이 할 수 있는 일이란 작은 말을 받고 충분히 힘센 말이라고 주장해달라는 뜻으로 내미는 말 장수들의 뇌물을 거절하는 것이다.

투우사들이 마구간 문 앞에 나와 섰을 때는 이미 그들의 가장 불안한 시기는 지난 것이다. 그들 주위의 관객들이 그들의 고독을 제거하고 제정신을 되찾아준 것이다. 거의 모든 투우사들은 용감하다. 그러나 그렇지 못한 투우사들도 더러 있기는 하다. 용감하지 못한 사람은 소와 함께 링 안에 들어 갈 수 없는 것이라는 점에서 보면 이것은 맞지 않은 말 같다. 그러나 어떤 특별한 경우에는 타고난 능력과 일찍부터의 훈련, 즉 위험이 없는 송아지를 데리고 훈련을 시작함으로써 용기를 타고나지 못한 사람도 투우사가 되는 것이다. 이런 사람은 단지 세 명밖엔 없다.

나는 낮에 이 문제에 대한 이야기를 할 생각인데 이것은 링 안에서의 가장 흥미 있는 현상인 것이다. 그러나 보통 투우사는 매우 용감하다. 가장 흔한 용감성은 있음직한 결과를 일시적이나마 무시하는 능력을 말한다. 한층 더 두드러지는 용감성은 흥분과 함께 생기는 것으로써, 그 있을 수 있는 결과를 전혀 짓밟아버리는 능력이다. 그것을 무시할 뿐 아니라 멸시하는 것이다. 거의 모든 투우사들이 용감하기는 하지만 그러면서도 투우가 시작되기 전 얼마 동안 겁을 집어 먹는 것이다.

뜰에서 관객이 줄어들기 시작하고 세 명의 투우사는 나란이 서며 그 뒤에 그들의 반데리예로들과 피카도르가 선다. 관객은 링에서 나간다. 그리하여 링은 텅 비게 되고 자기 자리가 바레라에 있는 관객은 아래에 있는 판매원에게서 방석을 사서 깔고 앉는다. 그러고는 링 건너편으로 향해 방금 세 명의 투우사를 두고 떠나온 파티오의 문을 건너다 본다. 태양은 문 앞에 선 투우사들의 금빛 제복을 비추며, 그대로 섰거나 말 탄 다른 투우사들은 그들 뒤에 떼를 짓는다. 그러면 당신 주위의 사람들이 위쪽 좌석으로 시선을 돌리는 것을 보게 된다.

그것은 대회장(大會長)의 입장인 것이다. 그는 자리에 앉아 손수건을 흔든다. 그가 제시간에 오면 박수가 일어나고 늦으면 휘파람과 야유의 함성이 일어난다. 나팔 소리가 울리면 파티오로부터 필립 2세 때의 복장을 한 두 명의 말탄 사람이 모래 위를 걸어나온다.

그들은 말 탄 집행관들이며 대회장의 모든 명령은 그들을 통해서 내려진다. 그들은 링으로 말을 달려 나가서 모자를 벗고 대회장에게 허리를 낮게 굽혀 예를 표한다. 그리고 아마 대회 집행을 위임받았는지 제자리로 달려서 돌아간다. 음악이 시작된다. 그러면 열린 마구간 문으로부터 불 파이터들이 줄지어 나온다.

그것은 일 퍼레이드다. 소가 여섯 마리면 셋, 여덟 마리면 네 명의 투우사가 나란히 걸어나온다. 그들은 어깨 망토를 걷어 왼팔에 휘감고 오른팔로는 몸의 균형을 잡으면서 턱을 쳐들고 눈은 대회장에게 돌린 채자연스런 걸음걸이로 걷는다. 각 투우사 뒤에는 반데리예로와 피카도르들이 선후배 순위로 뒤따른다. 그들은 세 줄 혹은 네 줄로 모래를 건너온다.

투우사들은 대회장 앞에 오면 허리를 굽혀 인사를 하고 그들의 검은모자를 벗는다. 그 절은 그들의 투우사 생활의 기간, 혹은 냉소(冷笑)의 정도에 따라 정중하기도 하고 형식적이기도 하다. 그들이 투우사 생활을 시작할 때에는 마치 교회의 시승(詩僧)이 큰 미사에서 하듯이 모두들 경건하며, 그런 태도를 늘 지키는 사람도 더러 있다. 그 밖에는 마치나이트 클럽 주인처럼 냉소적인 태도를 갖게 된다.

경건한 자는 더 자주 죽는다. 냉소적인 자들은 가장 좋은 동료들이다. 그러나 이보다 더 좋은 투우사는 여전히 경건하면서도 냉소적인 자

(者)들이다. 그들은 경건하다가는 냉소하며 그 냉소에 의하여 다시 경건해지는 것이다. 장·벨몬테가 그 마지막 단계의 한 예다.

대회장에게 인사를 하고 나면 그들은 다시 모자를 조심스럽게 쓰고 바레라로 간다. 행렬은 그들이 모두 인사를 하고 나면 흩어진다. 투우사들은 퍼레이드에 입는 황금빛 비단에 보석을 박은 무거운 어깨 망토를 벗어 울타리에 펴서 걸어두도록 친구들이나 팬들에게 넘겨준다. 혹은 이따금 칼을 간수하는 사람을 시켜 가수, 무용가, 돌팔이 의사, 비행사, 영화 배우, 정객 혹은 그곳에 그때 뉴스의 초점이 되어 어떤 추명을 날리는 사람 등에게 넘겨주는 경우도 있다.

아주 젊은 투우사나 매우 냉소적인 투우사는 자기네들의 망토를 다른 도시에서 마드리드에 온 투우 흥행사에게 넘겨주거나 투우 비평가에게 넘겨준다. 가장 좋은 투우사는 친구들에게 주는 것이 보통이다. 당신에게 그것이 건네지지 않는 것이 좋다.

그 투우사가 잘 싸우면 그것은 기분 좋은 찬사가 될 것이지만 가령 잘 싸우지 못하면 그것은 지나친 부담이 된다.

그 투우사가 운수가 사납든가, 소가 나쁘든가, 그 어떤 실수로 자신을 잃거나 전번에 다친 상처가 미처 낫기 전에 출전함으로써 용기가 없거나 해서 비겁한 태도를 취하게 되고, 몹시 화가 난 관중들이 덤비는 바람에 링에서 나갈 때 가죽 방석의 세례를 받으며 고개를 푹 숙이고 경찰관의 호위를 받게 될는지도 모른다. 그리고 소드 핸들러(칼을 간수하는 사람)가 쏟아지는 방석을 피해 어깨 망토를 되찾으러올 때에는 더욱 마음에 부담을 느낀다.

혹은 그런 불상사가 있을 것을 예견한 소드 핸들러가 마지막 소가 죽기 전에 망토를 찾으러 왔기 때문에 당신은 그 망토를 투우사가 오만하게 받아 불명예스러운 어깨에 두르고 방석이 날아다니는 링을 달려서 나가는 것을 볼 수 있을는지도 모른다. 그때 좀 난폭한 관객들 몇 명은 당신의 투우사를 추격하려다가 경찰의 제지를 받을는지도 모른다.

반데리예로들은 그들의 망토를 펼쳐 보이기 위하여 친구들에게 주기도 한다. 그러나 이 망토들은 흔히 얇고 땀이 젖어 있으며 승려들의 제복(祭服)의 줄무늬와도 같은 무늬가 있고, 멀리서 보아야 당당하게 보인다. 또 반데리예로들은 망토를 맡기는 것은 큰 호의라고는 생각하지 않으므로 그 영광은 명색에만 그치는 것이다.

망토가 펼쳐지고 바레라에 있던 투우용 망토가 투우사에게 넘겨지는 동안 투우장 정리원(整理員)들은 피카도르들의 말발굽과 죽은 소와 말을 실어내는 마차를 맨 나귀들과 집행 위원들의 말발굽에 어지러워진 모랫바닥을 평평하게 고른다. 한편 소를 죽이지 않는 두 명의 투우사(여섯 마리의 소가 등장하는 투우일 때)는 그들의 카우드리야들과 함께 칼레혼으로 물러간다. 그것은 바레라와 첫줄 좌석 사이에 있다.

나올 소를 기다리는 투우사는 무거운 무명천의 투우용 망토를 고른다. 그것들은 보통 거죽이 붉은 장미색이고 안이 노란색이며 넓고 빳빳한 칼라가 있다. 그 망토는 크고 길어서 어깨에 걸치면 무릎 밑까지 늘어지며 온몸을 감쌀 수가 있을 정도다.

소를 죽일 투우사는 좁은 은신처에 들어간다. 그것은 바레라에 붙여서 지은 것인데, 두 사람이 들어갈 만한 넓이며 간신히 몸을 감출 수 있다. 집행 위원들은 대회장이 앉은 좌석 밑으로 가서 소가 기다리고 있는 토릴의 붉은 문을 열 열쇠를 청한다. 대회장은 그것을 던져준다. 집행 위원은 그것을 모자로 받으려고 한다.

가령 그가 열쇠를 잘 받으면 관중은 박수를 치고 놓치면 휘파람을 불어 댄다. 그렇다고 관중이 그것을 받고 못 받는 것에 큰 신경을 쓰는 것은 아니다. 못 받는 경우엔 정리원이 집어서 집행 위원에게 주면 그는 말을 달려서 토릴의 문을 열 준비를 하고 서 있는 남자에게 그것을 넘겨주고 다시 대회장 앞으로 달려가서는 절을 하고 퇴장한다. 한편 정리원들은 모래 위에 생긴 말굽 자국을 고르는 것이다. 이 고르는 작업이 끝나면 링 안에는 자기 은신처 속에 있는 투우사와 링 양쪽 울타리에 바싹 붙어 있는 두 명의 반데리예로 외에는 아무도 없게 된다. 분위기는 몹시 조용하며 모두들 붉은 문을 주시한다.

대회장이 손수건을 흔들어 신호를 하면 나팔이 울리고 매우 심각한 표정을 짓고 백발이 성성한 가브리엘이라는 노인이 우습광스런 투우사의 복장을 하고 섰다가 토릴의 문을 열쇠로 열고 그 문을 힘껏 잡아당기고는, 문이 활짝 열릴 때 낮은 통로가 관중들에게 드러나도록 얼핏 뒤로 물러선다.

07.

이제 실지로 투우를 구경할 단계에 이르렀다. 내가 어떤 투우의 모습을 그려내더라도 그것은 여러분이 볼 투우와는 같지 않을 것이다. 투우사도 소도 모두 다르기 때문이다. 또 내가 중간마다 이것저것 다른 점을 일일이 들어 설명하려고 하면 이 장은 끝이 없을 것이다.

안내서에는 두 가지 종류가 있다. 곧 투우를 본 뒤에 읽어야 할 것과 보기 전에 읽어야 할 것이 그것이다. 그리고 사후에 읽어야 할 안내서는 사전에는 어느 정도 이해하기 곤란할 것임에 틀림없다. 만약 이해하려고 하는 사실이 그 자체로서 중요성을 가지고 있을 경우에는 더욱 그렇다. 그래서 스키, 성교(性交), 새 사냥 등과 같이 종이에 그대로 그려내는 일이 불가능한, 또는 적어도 종이 위에 한 때에 한 가지 이상의 설명을 하는 일이 불가능한 사물에 관하여 쓰인 책은 아무 책이나 마찬가지만, 그것은 항상 개인의 경험인 만큼 안내서 어디엔가에서는 '직접 스키를 타보고, 성교를 해보고, 메추라기나 뇌조(雷鳥)를 쏘아보고, 투우를 구경해본 뒤에 읽으시오. 그래야만 내가 말하는 것을 알 수 있을 것이오'라고 말해야 할 곳에 이르게 된다. 그러므로 나는 지금부터 여러분이 투우를 구경한 일이 있다고 가정하고 이야기하겠다.

"투우 구경하러 가셨다고요? 그래 어떻습니까?"

"몸서리가 납디다. 참을 수 없더군요."

"좋아요. 명예 제대는 시켜 드리리다만 상환금(償還金)은 없습니다."

"아무튼 당신은 그걸 좋아하십니까?"

"지독하더군요."

"지독하다는 건 무슨 뜻입니까?"

"그냥 지독하다는 말이지요. 지독하고 끔찍하고 무시무시합디다."

"좋아요. 당신도 명예 제대입니다."

"당신 생각에는 어떻습디까?"

"죽도록 싫증이 났을 뿐입니다."

"좋아요. 저리 꺼지십쇼."

"누구 투우를 좋아하는 사람은 없어요? 조금이라도 투우를 좋아한 사람은 없느냔 말이요?"

아무 대답이 없다.

"선생님께서는 그것을 좋아하셨나요?"

"아니오."

"부인께서는 그것을 좋아하셨나요?"

"물론 아니에요."

방 뒤쪽에 있는 노부인: "뭐라고 하고 있어요? 저 젊은이가 묻는 것은 뭐예요?"

그 옆에 있는 어떤 사람: "누구든지 투우를 좋아하는 사람이 있으냐고요?"

노부인: "아, 나는 또 우리 중에 투우사가 되고 싶은 사람이 있느냐고 묻는 줄 알았지요."

"부인께서는 투우가 맘에 드셨습니까?"

노부인: "아주 마음에 들었어요."

"무엇이 마음에 듭디까?"

노부인: "소가 말을 떠받는 것을 보는 게 마음에 들었어요."

"그게 어째서 마음에 드셨소?"

노부인: "어딘가 마음이 후련해지는 점이 있더군요."

"부인께서는 신비주의자이십니다. 여기에 모인 친구들과는 딴판입니다. 우리 카페 포르노스로 가서 편안히 이 문제를 토론해 보십시다."

노부인: "어디든지 좋아요. 깨끗하고 위생에 좋은 곳이라면."

"부인, 이 나라 안에서는 그 보다 더 위생에 좋은 곳은 없습니다."

노부인: "거기서 투우사들을 볼 수 있을까요?"

"부인, 거기는 투우사로 가득 차 있습니다."

노부인: "그러면 가시죠."

포르노스는 투우에 관련된 사람들과 매춘부들만이 자주 드나드는 카페다. 거기에는 연기가 있고, 바삐 오가는 종업원들이 있고, 술잔의 소음이 있어 큰 카페라면 어디서나 마찬가지로 시끄러운 속에서 사람들의 이목을 피할 수 있다. 만약 여러분이 원한다면 우리는 투우에 대하여 토론할 수 있고 노부인은 앉아 투우사들을 바라볼 수 있다. 테이블마다 모든 취미에 맞는 투우사들을 바라볼 수 있다. 테이블마다 모든 취미에 맞는 투우사들이 있고, 카페 안의 나머지 사람들은 어떤 방법으로든지 투우사들을 빨아먹고 산다. 상어 한 마리에 네 마리 이상의 빨판상어가 붙어 있거나 같이 헤엄쳐 다니는 경우는 아주 드물지만, 돈을 벌고 있을 때의 투우사에게는 한 사람에 여남은 명이 붙어 있다. 노부인은 투우에 대하여 토론할 생각이 없다. 그녀는 투우를 좋아하였다. 이제 그녀는 투우사들을 바라보고 있을 뿐, 가장 친한 친구들과도 그녀가 즐긴 일에 대하여 토론하지 않는다. 그러나 여러분이 이해하지 못했다고 한 일이 몇 가지 있기 때문에 우리는 그 이야기를 한다.

소가 나왔을 때 여러분은 반데리예로 한 사람이 케이프를 끌며 소의 코스를 가로질러 뛰어가고, 소가 한쪽 뿔로 케이프를 노리며 그 뒤를 따라가는 것을 눈여겨보았는지 모르겠다. 사람들은 처음에는 언제나 소를 그런 방법으로 달리게 하여 소가 어느 뿔을 주로 쓰는가를 살핀다. 마타도르는 그의 방어물 뒤에 서서 끌리는 케이프 옆을 달리는 소를 관찰하며, 소가 갈지자로 비틀거리는 케이프를 따라갈 때 왼쪽과 오른쪽으로 똑같이 왔다 갔다 하는지 안 하는지를 살핀다. 이것은 곧 소가 양쪽 눈을 써서 보는지, 또 가로챌 때 어느 뿔을 더 잘 쓰는지를 알려준다. 마타도르는 또한 소가 돌격할 때 일직선으로 달리는지 또는 사람을 앞지르는 경향이 있는지를 살핀다.

소를 달리게 하는 일이 끝난 뒤에 두 손으로 케이프를 들고 나온 사람은 앞쪽에서 소를 부르다가 소가 돌격할 때에는 가만히 서서 두 팔로 소의 뿔 바로 앞에서 케이프를 천천히 움직이며 소의 뿔이 그의 몸 가까이를 지나치도록 했다. 그는 소가 되돌아서서 다시 돌격해올 적마다 소가 자기 몸을 비켜 지나치도록 하면서 소를 계속 통제하는 것 같았다. 이렇게 다섯 번을 하고 나서 마지막으로 케이프를 빙 돌려 소에게 등을 돌린 뒤에 갑자기 소의 돌격을 차단함으로써 소를 그 자리에 멈춰 세웠다. 그 사람은 마타도르였고 그가 행한 유유한 패스는 베로니카, 그리고 마지막의 반(半)패스는 메디아 베로니카라고 불린다. 그러한 패스들은 케이프를 다루는 마타도르의 기술, 소를 통어하는 능력, 또한 말이 들어오기 전에 일정한 지점에다 소를 멈춰 세워두는 능력을 보이기 위한 것이다. 베로니카라는 말은 헝겊으로 예수의 얼굴을 닦는 성녀 베로니카의 이름에서 따온 것인데, 그것을 그렇게 부르는 이유는, 그 성녀는 언제나 투우사가 베로니카의 첫 장면에서 베로니카의 케이프를 들고 있는 것과 같은 자세로 헝겊의 두 귀퉁이를 잡고 있는 모습으로 그려져 있기 때문이다. 패스의 마지막에 소를 멈춰 세우는 메디아 베로니카는 일종의 레코르테다. 베로크데란 소로하여금 제 몸 길이보다 더 짧은 길이로 몸을 돌리도록 함으로써 소를 갑자기 멈추게 하거나, 소의 코스를 차단하여 소의 몸 앞부분과 뒷부분이 압축되도록 함으로써 소의 돌진을 저지하게끔 케이프를 흔드는 것을 말한다.

반데리예로들은 소가 처음으로 나올 때 절대로 케이프에 두 손을 쓰게 되어 있지 않다. 한쪽 손만 쓰면 케이프가 땅에 끌리게 될 것이며, 코스 끝에 가서 케이프를 돌릴 때도 소가 갑자기 획 도는 것이 아니라 쉽게 커브를 돌 수 있을 것이다. 소가 이렇게 할 수 있는 것은 긴 케이프가 둥그렇게 원을 그리며 돌게 됨에 따라 소는 자기가 돌아야 한다는 암시를 미리 받게 되며 자기가 따라 갈 대상을 얻게 되기 때문이다. 케이프를 두 손으로 붙잡으면 반데리예로는 그것을 소에게서 멀리 잡아채어 갑자기 소가 보지 못하는 곳에 펄럭 감춰버림으로써 소를 꼼짝도 못하게 세우거나 갑자기 획 돌게 할 수 있다. 그렇게 되면 소는 등심대가 꼬이고, 절름거리게 되며, 지쳐서가 아니라 발을 절기 때문에 속력이 줄어져서 나머지 시합에 적합하지 않게 되는 것이다.

마타도르들만이 시합의 첫판 동안 케이프에 양손을 쓰게 되어 있다. 엄격하게 말해서 반데리예로-일명 페온-가 케이프에 두 손을 쓸 수 있는 것은 단 한 가지 경우, 곧 그가 데려다놓은 자리에서 꼼짝하려 하지 않는 소를 끌어낼 때뿐이다. 그러나 투우가 발달해오는 동안-또는 부패해오는 동안이라고 할까?-여러 가지 패스의 효과보다도 그 수행 방법이 점점 더 강조됨에 따라 지금 반데리예로들은 그전에 마타도르가 하던 일, 곧 소를 죽이는 데에 필요한 준비 작업의 대부분을 하고 있다. 그리하여 아무런 방편도 기술도 없이 능력이라고는 단지 가소적(可塑的)인, 곡예사적인 재능밖에 없는 마타도르에게 조금이라도 난관이 남아 있다면, 그것은 이미 숙련된 반데리예로의 솜씨 좋은 파괴적인 케이프로 말미암아 죽이기 알맞게 준비되어 있는, 다 지쳐 빠지고 통어된, 거의 죽은 것이나 다름없는 소를 상대하는 일이다.

투우용의 소와 같은 동물을 케이프로 거의 죽도록 만든다는 이야기는 어리석게 들릴지도 모른다. 물론 죽일 수는 없고, 다만 등심대에 장해를 주고 다리를 비틀어 절름거리게 하고, 그 용감성을 악용하여 몇 번이나 쓸데없는 돌격을 억지로 시키며, 번번이 잔인한 레코르테를 되풀이함으로써 소를 피로하게 하고, 절름발이로 만들며, 소의 모든 속력과 타고난 힘의 대부분을 빼앗아버릴 수 있을 따름이다. 우리는 낚싯대로 송어를 잡는다고 한다. 송어를 죽이는 것은 바로 송어가 행하는 노력이다. 메기가 보우트 옆에 올 때에는 그 힘을 그대로 지니고 있다. 청어나 송어나 연어가 낚시에 걸렸을 때, 사람이 충분히 오랫동안 낚싯대를 붙잡고 있으면 그것은 낚싯대와 낚싯줄에 버둥대다가 대개는 제풀에 죽어버리는 것이다.

반데리예로에게 두 손으로 케이프를 쓰지 못하게 한 것은 이러한 이유에서다. 마타도르는 소를 죽이고 제풀에 죽게 하는 데에 필요한 모든 준비 작업을 하게 되어 있다. 피카도르는 소의 동작을 느리게 하고, 속력을 변화시키고, 머리를 휘두르는 기세를 꺾어놓는다. 반데리예로는 맨 첫판에 소를 달리게 한 뒤 재빨리 반데리야로 찌르는 임무를 맡고 있다. 또한 그는 뿔로 떠받는 데에 어떤 결함이 있는 소의 경우에는 그것을 조종할 수 있다. 그러나 그는 절대로 소의 힘을 파괴하는 일을 해서는 안 된다. 그래야만 소가 조금도 상하지 않은 채 마타도르의 손에 들어오게 될 것이기 때문이다. 그리하여 마타도르는 물레타를 써서 소가 어느 한쪽으로 떠받으려는 경향을 교정하며 소를 죽이기 좋은 위치에 놓은 다음, 물레타의 붉은 서지천으로 소의 머리를 낮추게 하고 양어깻죽지 사이 모서리의 높은 꼭대기에 칼을 찔러 앞에서 소를 죽이게 되어 있는 것이다.

투우가 발달함에 – 또는 부패함에 – 따라 그 전에는 가장 중요한 일이었던 살육의 형식이 차차 덜 중요시되고, 그 대신 케이프를 쓰는 일, 반데리야로 찌르는 일, 물레타를 쓰는 일이 더 중요시되었다. 케이프, 반데리야, 물레타는 목적을 위한 수단이라기보다 목적 그 자체로 되었으며, 이로 말미암아 투우는 이익과 손해를 한꺼번에 보게 되었다.

옛날에는 소가 오늘날보다 더 크고, 더 사납고, 더 종잡을 수 없고, 더 무겁고, 나이가 더 많았다. 소들은 투우사들의 마음에 들도록 왜소종(矮小種)으로 양육되지 않았고, 세 살 반에서 네 살 반 사이가 아니라 네 살 반과 다섯 살 반 사이에 투우장에 등장하였다. 마타도르들은 정식 마타도르가 되기 전에 흔히 반데리예로와 노비예로(수업 투우사)로서 6년 내지 12년 동안의 수업 기간을 거쳤다. 그들은 완전히 성숙한 사람들로서 소를 철저히 알기 때문에 체력이 절정에 이르는 데다가 머리 위의 뿔로, 일반적인 곤란과 위험을 다루는 방법을 완전히 알고 있는 소를 상대할 수 있었던 것이다. 투우의 완전한 종막은 마지막 격검(擊劍), 곧 스페인 사람들이 '진리의 순간'이라고 하는 인간과 동물의 실제적인 접전이며, 시합 도중의 모든 동작은 그 살육을 위한 준비 과정이었다. 그러한 소를 상대로 해서는 사람은 자기가 가지고 있는 케이프에 고의로, 될 수 있는 한 가깝게 접근하는 소를 지나쳐 보내는 데에 감정을 불어넣을 필요가 없었다.

케이프가 사용된 것은 소를 달리게 하고 피카도르를 보호하기 위함이었으며, 그것을 써서 행해진 패스는 오늘날 우리들의 표준에 의하면 자극적이었다. 그리고 우리가 자극을 받는 것은 동물의 크기, 힘, 무게, 잔인성과 패스를 하는 동안에 마타도르가 겪는 위험 때문이지, 그의 케이프 사용의 형식이나 유유한 동작 때문은 아니었다. 자극적인 것은 사람이 도대체 그러한 소를 아슬아슬하게 지나쳐 보내야 한다는 것, 사람이 투우장 안에서 감정을 갖춘 그러한 동물을 상대하고 그것을 통어해야 한다는 것이지, 오늘날처럼 사람이 고의로 발을 움직이지 않는 채 수학적인 정확성을 가지고 그의 몸에 가깝게 뾰족한 뿔을 지나쳐 보내야 한다는 것이 아니었다. 현대의 투우를 가능하게 한 것은 오늘날 소의 퇴폐상 때문이다. 현대 투우는 어느 모로 보나 퇴폐적인 예술이며, 대개의 퇴폐적인 사물과 마찬가지로 그것을 가장 부패된 시점에서 가장 찬란한 개화기에 이르렀다. 그것이 바로 현재다.

후안·벨몬테를 시초로 현대 투우에서 발달해온 기술을 가지고 정말로 소 같은 소, 곧 거대하고, 힘이 세고, 사납고, 빠르고, 뿔을 쓸 줄 알고, 완전히 자랐을 이만큼 나이가 든 소를 상대로 매일같이 투우를 한다는 것은 불가능한 일이다. 그것은 너무나 위험하다. 기술을 만들어낸 것은 벨몬테였다. 그는 투우의 규칙들을 깨뜨리고 토레아르('투우하다'라는 뜻의 동사)할 수 있었던 천재였다. 토레아르라는 것은 소를 상대하는 사람들이 연출하는 모든 연기에 적합한 단 하나의 단어로써, 그 당시에는 토레아르하는 일이 불가능한 것으로 생각되었던 것이다. 한때 그도 모든 투우사들이 해야 했던, 아니면 하려고 했던 것처럼 한 적이 있었다. 지각(知覺)의 문제에 있어서도 후퇴라는 것이 없는 법이다. 강하고(벨몬테는 약골이었다) 건강했던(벨몬테는 병이 잦았다) 호셀리토는 운동 선수의 체격과 집시다운 우아함을 지니고 있었으며, 소에 대한 직관적인, 그리고 습득된 지식은 어느 투우사도 따를 수 없는 것이었다. 투우의 모든 것이 쉽기만 한 호셀리토, 투우를 위해 살았고 장차 대투우사가 되기에 조금도 손색이 없는 자질을 타고난 듯한 그 호셀리토도 벨몬테의 수법을 배워야 했다. 보든 대투우사들의 후계자요, 전대 미문의 지대한 투우사라고 해도 좋을 호셀리토도 벨몬테의 토레아르를 배우지 않으면 안 되었다.

벨몬테가 그런 수법을 쓰게 된 것은 체구가 작고 힘도 없었으며 다리가 약했기 때문이었다. 그는 투우의 규칙이 깨뜨려질 수 있는가를 반드시 시험해본 뒤에야 그것을 받아들였다. 그는 천재요, 위대한 예술가였다. 벨몬테의 수법은 과거의 것을 계승한 것도, 그것을 발달시킨 것도 아니었다. 그것은 혁명의 결과였다. 호셀리토는 그것을 배웠을 뿐이다. 그리하여 벨몬테와 경쟁하던 몇 년 동안, 1년에 피차 근 1백 회씩이나 투우에 나가면서 호셀리토는 이렇게 말하곤 했다.

"사람들은 벨몬테 그 녀석이 나보다 소와 더 가까이에서 싸운다고들 한단 말이야. 보기에는 그런 것 같지. 하나 그게 아니야. 진짜로 가까이에서 싸우는 건 나란 말이야. 더 자연스럽기 때문에 가까이에서 싸우는 것처럼 보이지 않는다 뿐이지."

어쨌든 호셀리토는 벨몬테의 퇴폐적인, 될 성싶지 않은, 거의 타락된 수법을 이식(移植)하여 자기의 건전하고 직관적인 천재로 성숙시켰다. 그리하여 그와 후안·벨몬테가 경쟁하던 7년 동안 투우는 파멸의 내리막길을 달리고 있었음에도 불구하고 그 가운데서도 황금 시대를 이루고 있었다.

사람들은 소를 왜소종으로 질러 냈다. 뿔의 길이를 짧게하고 돌격하는 기세도, 사나운 성질도 유화(柔和)시켰다. 호셀리토와 벨몬테가 그와 같이 작고 손쉬운 소를 상대로 더 훌륭한 연기를 보여 줄 수 있었기 때문이다. 그들은 울타리에서 나온 소라면 아무 소를 상대로 하든지 훌륭한 연기를 보여줄 수 있었다. 그들은 무슨 소에게든지 쩔쩔매는 일이 없었다. 그러나 작고 손쉬운 소를 상대로 한다면 관중이 바라는 기막힌 연기를 어김 없이 보일 수 있었던 것이다. 큰 소는 벨몬테에게는 힘들었지만 호셀리토에게는 쉬웠다. 호셀리토에게는 모든 소가 쉬웠고, 따라서 그는 자기대로의 어려움을 만들어내지 않으면 안 되었다. 경쟁은 1920년 5월 16일, 호셀리토가 투우장에서 죽음을 당한 것과 함께 끝났다. 벨몬테는 1년 더 있다가 은퇴하였다. 그리고, 투우는 새로운 퇴폐적인 수법, 거의 불가능한 기술, 왜소종으로 변한 소들을 가진 채 남겨지게 되고 투우사로는 질이 나쁜 자들, 곧 새로운 기술을 배울 수 없고 따라서 관중을 즐겁게 하지 못하는 무모한 자들과 한 무더기의 신진들만이 남았다. 이러한 신진들은 서글프고 진절머리가 나는 족속들로서 수법은 있었지만 소에 관한 지식도, 수업 경력도, 호셀리토의 남자다운 용기, 능력, 천재도, 벨몬테의 아름다운 불건강의 신비도 가지고 있지 않았다.

노부인: "오늘 우리가 본 구경 가운데에는 조금도 퇴폐적이거나 부패한 점이 보이지 않던데요."

"부인, 오늘은 저도 같은 생각이었습니다. 마토도르가 아라곤의 용감한 전보대 니카노르·비얄타와 용감하고 착실한 일군이며 노동 조합의 자랑거리인 루이스·푸엔테스·베하라노, 그리고 벨바오의 용감한 백장아이인 포르투나, 디에고·마스키아란들이었으니까요."

노부인: "그들은 모두 가장 용감하고 남자다운 사내들 같던데요. 어떤 점에서 당신은 퇴폐 운운하십니까?"

"부인, 비얄타의 목소리가 이따금 약간 높지만 그들은 대체로 남자다운 사내들입니다. 그래서 제가 말하는 퇴폐는 그들에게 해당되는 것이 아니라, 그중의 어떤 면이 확대됨으로 말미암은 완전한 예술의 부패에 해당되는 것입니다."

노부인: "당신의 말은 이해하기가 어렵군요."

"나중에 설명하겠습니다만 부인, 퇴폐라는 것은 사실상 쓰기 어려운 말입니다. 왜냐하면 그것은 비평가들이 스스로도 아직 잘 모르거나 아니면 자기의 도덕적인 개념과는 다른 어떤 사물을 비평하는 데에 쓰는 욕지거리에 지나지 못하기 때문입니다."

노부인: "내가 이해한 퇴폐의 의미는 항상 뒷거리에서처럼 무엇인가 썩은 것이 있다는 것이었는데요."

"부인, 모든 낱말은 우리가 허술하게 쓴 나머지 그 날카로운 의미를 잃어버렸습니다. 그러나 부인의 본래의 개념은 아주 건전합니다."

노부인: "이런 말을 하면 어떨지 모르겠지만, 나는 이런 말에 대한 토론 같은 것은 별로 하고 싶지 않습니다. 우리가 여기 온 것은 소와 투우사들에 관하여 배우려는 게 아닌가요?"

"정 그러시다면 할 수 없습니다. 그러나 저에게 먼저 이야기를 하게 해주십시오. 그러면 한참 이야기하다가 마침내는 부인께서 싫증이 나서 내가 말을 사용하는 데에 더 기술을 보여주고 그 의미에 관한 설교를 더 적게 했으면 하시게 될 것입니다."

노부인: "그러면 그만둘 수 없단 말인가요?"

"고(故) 레이몽·라디게 이야기를 들은 적이 있으십니까?"

노부인: "듣지 못한 것 같습니다."

"그는 젊은 프랑스 작가였는데, 펜으로만 아니라 연필로도 출세할 줄 알았습니다. 제 말을 알아들으시는지 모르겠습니다만."

노부인: "정말이오?"

"그대로는 아니지만 그런 종류지요."

노부인: "정말 그가……?"

"틀림없습니다. 라디게가 살았을 때 그는 종종 그의 문학 후견인인 장·콕토의 피상적이고, 열광적이고 말이 많은 교우(交友)에 싫증이 나서 뤽상부르 공원 근방에 있는 여관에서 그 구역의 그림 모델을 서고 있었던 두 누이와 함께 며칠 밤을 지내곤 했습니다. 그의 후견인은 매우 당황하여 이것을 퇴폐라고 비난하며 고(故) 라디게에 대하여 신랄하게, 그러나 자랑스럽게 이렇게 말했습니다. '그애는 나쁜 버릇이 있어─여자를 좋아한단 말이야' 아시겠지요, 부인. 우리는 퇴폐라는 술어를 함부로 써서는 안 됩니다. 그 말을 읽는 모든 사람들에게 꼭 같은 의미를 줄 수 없기 때문이지요."

노부인: "나는 처음부터 퇴짜를 맞았군요."

"그러면 다시 소 이야기로 돌아갑시다."

노부인: "좋아요. 그런데 라디게는 마지막에 어떻게 되었나요?"

"세느강에서 헤엄치다가 장티푸스에 걸려 가지고 그것 때문에 죽었지요."

노부인: "불쌍한 사내군요."

"정말이지 불쌍한 사내였습니다."

08.

　호셀리토가 죽고 벨몬테가 은퇴한 이후의 몇 년 동안은 투우계가 겪은 최악의 해들이었다. 투우의 경기장은 그들 두 인물에 지배되어 왔고, 영구적인 것도 못되고 또 대단치 않은 기술이라고 하더라도 그들 나름의 기술은 화가에 있어 벨라스케즈와 고야, 소설에서 세르반테스와 로페·데·베가의 그것에 비견되는 것들이었다. 그들이 죽자 판국은 마치 영국 문학계에서 셰익스피어가 돌연 서거하고 마알로우가 은퇴하자 그 분야가 로날드·퍼어뱅크에게 맡겨진 경우와도 같아졌다. 로날드·퍼어뱅크는 자기가 글을 쓰는 방면에서는 잘 썼지만, 말하자면 그는 전문가에 지나지 않았던 것이다.

　발렌시아의 마누엘·그라네로가 팬들의 신임을 받는 투우사였다. 그는 보호와 자금의 뒷받침과 가장 좋은 기술 지도에 의하여 투우사가 된 세 사람 중의 하나였다. 그는 살라만카 주변의 목장에서 송아지를 상대로 훈련을 받았었다. 그라네로에게는 투우사의 기질이 없었고, 그의 직계 가족은 그가 바이올리니스트가 되기를 원했었다. 그러나 그에게는 야심만만하고 투우사의 기질을 타고난 숙부(叔父)가 있었다. 그에게서 많은 용기를 얻은 그라네로는 가장 이름 있는 세 명의 투우사 가운데 한 명이 되었다.

다른 두 명은 마누엘·지미네즈·치쿠엘로와 장·루이·데·라·로사였다. 어릴 적부터 그들은 꼬마 투우사로서 완전 무결한 훈련을 받았고, 그들 셋은 다 같이 순수한 벨몬테식의 스타일을 가졌으며 몸짓이 언제나 우아했다. 그래서 그들은 신동으로 불리었다. 그라네로는 가장 건장하고 용감했으나 호셀리토가 죽은 뒤를 이어 5월에 마드리드에서 살해되었다.

치쿠엘로는 수년 전 폐결핵으로 죽은 같은 이름의 투우사의 아들이었다. 그는 숙부 호카토의 손에 의해서 자라고 투우사의 훈련을 받고 투우계에 진출했다. 숙부는 반데리예로였고 훌륭한 사업가요 술고래였다. 치쿠엘로는 키가 작고 지나치게 뚱뚱했으며, 턱이 없고 피부색이 좋지 않았으며, 손은 작고 눈썹은 소녀처럼 길었다. 세빌랴에서 훈련을 받다가 다음에는 살라만카의 목장에서 훈련을 쌓은 그는 일찍이 없었던 완전무결한 꼬마 투우사가 되었다.

호셀리토와 그라네로가 죽고 벨몬테가 은퇴한 뒤 투우계는 그에게 눈을 돌렸다. 또한 투우계는 체구와 숙부만이 다를 뿐 모든 점에서 꼭 치쿠엘로를 닮은 장·루이·데·라·로사에게도 눈을 돌렸다. 친척이 아닌 그 어떤 사람이 그의 교육비를 부담했고 따라서 또 하나의 완전한 투우사가 탄생된 것이다.

그는 소들 사이에서 자랐으므로, 소에 대해서 잘 아는 마르시알·랄란다를 닮은 데가 있었다. 그는 베라구아 공작의 목장 감독의 아들이고 호셀리토의 후계자로서 선정되었다. 후계자로서의 그가 당시에 가졌던 것이라고는 소에 대한 지식과 반데리야로 소를 유인할 때의 독특한 걸음걸이가 전부였다. 그 당시 나는 자주 그를 보았는데 언제 보아도 과학적인 투우사였다. 그러나 그는 힘도 세지 못했고 활기가 없었다. 투우에서 쾌락을 느끼거나 감정의 고양(高揚) 같은 것도 얻지 못하고 다만 잘 억제된 두려움만을 가진 듯했다. 그는 기술적으로 뛰어나고 높은 지능을 소유하고는 있었으나 침울하고 감정을 결한 투우사였다. 링 안에서 좋은 경기를 한 번 보인다면 평범한 경기는 열두 번이나 되었다.

그와 치쿠엘로, 그리고 라·로사는 모두 자기네들의 선택으로서가 아니라 주어진 운명을 마지못해 따르는 듯이 경기에 임했다.

나는 그들 가운데 어느 누구도 호셀리토와 그라네로의 죽음을 깨끗이 잊을 수는 없었다고 믿는다. 마르시알은 그라네로가 살해될 때 같은 링 안에 있었다. 그래서 제때에 소를 그라네로에게서 떼어 내려는 노력을 하지 않았다는 부당한 비난을 받았다. 그는 이 일에 대해 몹시 기분이 상해 했다.

투우계에는 또 아라곤에서 온 아늘로스 형제가 있었다. 그들은 다 같이 나쇼날이라고 불리었는데 손위인 리카르도는 중키에 단단한 체구, 그리고 성실하고 용기가 있으며 두드러진 데는 없으나 고전적인 스타일을 가지고 있었다. 그리고 그는 운이 나빴다. 둘째인 후안은 나쇼날 2세라고 불리었는데 키가 크고 얄팍한 입술에 경사 진 눈을 가지고 있었다. 그는 잘생기지는 않았지만 모가 나고 매우 용감했으며 투우 스타일은 아주 엉망이었다.

반데리예로의 아들인 발렌시아 2세 빅토리아노·로저도 있었다. 마드리드에서 태어난 그는 아버지에게서 훈련을 받았다. 그에게는 두 명의 형이 있었는데 투우사로서는 실패였다. 치쿠엘로 몇 동료들과 같은 성장기의 소년이었던 그는 케이프를 멋지게 처리했으며, 사납고 다투기 좋아하고 마드리드에서는 소들처럼 용감했다. 그러나 마드리드에서만 승리하면 지방에서는 안전할 수 있다는 생각이 다른 지방에 갔을 때 그를 사로잡는다. 자기의 명예를 마드리드에만 국한시키는 이 같은 생각은 투우사들의 그 직업으로 생계를 이어 가고 있지만 결코 그 직업을 정복하지 못하고 있다는 표시다.

홀리안·사이즈와 함께 매우 완전한 투우사이며 뛰어난 반데리예로이고, 한 시즌에는 호셀리토와 경쟁한 적도 있으나 매사에 주의와 안전을 위주로 삼았던 사레리 2세, 디에고·마즈키아란, 용감하고 우둔하며 대살육자였으나 구식 교육을 받은 포르투나, 그리고 인디언의 머리와 20대 후반에는 무거운 발, 느린 동작의 벌로 소에게 떠받혀 늙은 나무처럼 삐걱거리고 우는 다리의 근육, 칼을 잡았을 때 그 변함 없는 용기와 어색함, 이런 것을 갖추어 가진, 키 작은 갈색 피부의 멕시코인 루이스·프레그 등 두세 명의 노련한 투우사 및 숱한 실패, 이것이 두 명의 대가(大家)가 죽은 후 최초 몇 해 동안에 있었던 사건의 전부였다.

프레그, 포르투나, 그리고 나쇼날 형제 중의 맏이는 관객을 즐겁게 하지 못했다. 새로운 투우 스타일이 그들의 스타일을 구식으로 만들어 버렸고, 또 용감하고 유능한 투우사가 링에서 온갖 재주를 피울 만큼 그렇게 큰 소도 없었기 때문이다.

치쿠엘로는 훌륭했지만 소에게 한번 받히더니 그것도 그만이었다. 소가 어떤 곤란을 주면 잔뜩 겁을 집어먹는 바람에 그 뒤로는 1년에 고작 두어 번의 멋진 투우를 보여줄 뿐이었다.

그는 마치 철로를 달리듯 판에 박은 행동을 할 뿐 소가 전혀 악의를 품지 않았다는 것을 알았을 때만 자기가 가진 실력을 모두 발휘했다. 한 시즌을 꼬박 고대하던, 행동양식이 완전무결한 소를 만났을 때 보이는 아름다운 솜씨와 이따금 까다로운 소를 만났을 때 보이는 신경을 곤두세운 과학적인 멋진 솜씨 사이 사이에 비겁하고 수치스러운 연기가 나타나곤 했다. 그것은 두 번 다시 볼 수 없을 그런 것이다. 라·로사는 한번 소에게 받히더니 겁을 집어먹어서 인기가 사라졌다. 그는 투우사로서도 매우 재능이 있었지만 또 다른 면에 한층 더 재능이 있었다. 그래서 그는 아직도 남미에서 투우를 하고 있고 두 가지 재능을 잘 다듬어 훌륭히 살아 가고 있다.

발렌시아 2세는 시즌이 시작될 때마다 싸움닭처럼 용감하여 마드리드에 나타날 때면 소에 바싹 접근 한다. 그러나 소가 뿔로 가볍게 받아넘길 정도밖엔 더 접근하지 않는다. 그래서 약간 상처를 입고 병원으로 갔다가 회복되어 돌아왔을 때에는 다음 시즌까지 용기를 찾아볼 수가 없게 된다.

그 외에 두세 명이 더 있다. 기타니요라는 투우사가 있는데 이름은 그렇지만 집시가 아니었다. 그러나 어릴 때 집시 집안에서 말을 돌보아 주었었다. 그는 키가 작고 사나우며 실로 용감했다. 적어도 마드리드에서는 그랬다.

지방에서는 다른 값싼 투우사들과 마찬가지로 그도 마드리드에서의 인기에 의지했다. 그는 소를 날것으로 먹는 것 외에는 무엇이든지 다 하는 그런 사람이었다.

그는 모든 기술에 서툴렀다. 그래서 소가 지치거나 잠시 멀거니 서 있을 때면 쇠뿔의 한 자 쯤 앞에서 등을 소에게 돌리고 무릎을 꿇고 앉아 관중에게 미소를 짓곤했다. 그는 거의 시즌마다 심하게 받히지만 가슴을 꿰뚫어 폐와 늑막이 상당히 파괴되어서 결국 일생 절름발이가 되면서도 그 끔찍한 상처에서 회복되었다.

소리아에서는 한 의사가 나쇼날 2세 후안·아늘로스를 언쟁 끝에 병으로 머리를 때렸다. 관객이었던 나쇼날 2세는 까다로운 짐승을 다루고 있었던 링 안의 투우사의 행동을 옹호하고 있었던 것이다. 경찰은 가해자는 체포하지 않고 그 투우사만 체포했다. 그래서 그는 소리아의 붉은 흙을 옷이며 머리에 뒤집어 쓴 채 밤새 감옥에 누워서 두개골이 깨지고 뇌에 피가 엉겨서 죽어 갔다. 감옥의 형무관들은 마치 술취한 사람을 취급하듯이 그의 의식을 회복시키려고 가진 수단을 다했었다. 그는 영영 의식을 되찾지 못했다. 이렇게 해서 이 내리막을 달리는 투우계가 실로 용감했던 마타도르를 또 한 명 잃은 것이었다.

1년 전에는 또 다른 투우사 한 명이 죽었었다. 그는 가장 위대한 투우사가 될 것 같아 보였다. 그는 마누엘·가르시아·마에라였다.

그는 후안·벨몬테와 함께 세빌랴의 트리아나에 살던 소년이었고, 벨몬테가 날품팔이 일꾼이어서 보호자가 없고 투우 학교에 보내줄 사람도, 또는 송아지를 가지고 연습함으로써 투우를 배우는 데에 돈을 대줄 사람도 없어서 케이프를 가지고 연습을 하고 싶을 때 그와 마에라, 때로는 또 다른 시골 소년인 바레리토와 함께 케이프와 등불을 통나무에 얹어가지고 강을 헤엄쳐 건너가서, 물을 뚝뚝 떨구며 알몸으로 울타리를 넘어 코랄로 들어가서 잠자는 큰 황소를 깨우는 것이었다. 마에라가 등불을 들고 있는 동안 벨몬테는 케이프로 소를 유인해서 통과시켰다.

벨몬테가 마타도르가 되었을 때, 키가 후리후리하고 검고 궁둥이가 작으며 눈이 움푹하고 면도를 한 뒤에도 검푸른 얼굴 빛을 띠었던 마에라는 반데리예로로서 그와 함께 출전했다. 그는 성질이 사납고 우울했으며 몸을 앞으로 구부리고 걸었다. 그는 위대한 반데리예로였고 벨몬테와 함께 지내는 수년 동안 그는 시즌마다 아흔에서 백 번에 이르는 투우에 출전을 했고, 각종의 투우를 다루어 보았으므로 소를 누구보다도 잘 알았다. 심지어 호셀리토에게도 지지 않을 정도였다.

벨몬테는 그 자신이 뛸 수가 없었으므로 반데리야를 소에 찌르지 않았다. 호셀리토는 거의 언제나 소에 반데리야를 사용하였다. 호셀리토에 대한 경쟁으로 벨몬테는 마에라를 호셀리토에 대한 해결책으로 썼다. 마에라는 호셀리토에 못지 않게 반데리야를 능숙하게 사용했는데, 벨몬테는 그의 옷차림을 아주 초라하게 해두었으므로 투우사로서 그보다 더 어색한 복장은 볼 수 없었다. 그래서 그는 차라리 날품팔이 일꾼처럼 보였다. 그렇게 하는 목적은 그의 개성을 억누르고 벨몬테 자신이 위대한 마타도르인 호셀리토와 반데리예로로서 필적할 수 있는 하나의 조수를 데리고 있다는 것을 드러내는 속셈에서였다.

지난해에 마에라가 임금 인상을 요구하자 벨몬테는 그와 다투었다. 그는 한번 출전에 2백 페세타를 받고 있었는데 3백을 요구한 것이었다. 벨몬테는 한 번 출전에 천 페세타를 받고 있었지만 임금 인상을 딱 잘라 거절했다. 그러자 마에라가 말했다.

"좋아, 그렇다면 난 마타도르가 돼서 너를 폭로할 테니까. 넌 결국엔 웃음 거리가 될 거다."

"천만에. 끝나고나면 네가 웃음거리가 될 걸."

처음에 마에라는 마타도르로서 많은 결점과 또 극복해야 될 촌스러운 태도를 가지고 있었다. 이를테면 그는 너무 동작이 지나쳤고(마타도르는 뛰어서는 안 된다) 또 케이프를 다루는 솜씨에 이렇다 할 스타일이 없었다.

그는 유능하고 과학적이긴 했으나 물레타를 다루는 솜씨도 불완전했다. 그는 속임수를 쓰기는 했으나 하여튼 소를 잘 죽였다. 그러나 소에 대한 지식은 완전했고, 그의 용기는 대단할 뿐 아니라 아주 그의 몸에 배어 있어서 그가 이해하는 것은 무엇이건 쉽사리 실천할 수가 없었다. 그는 모든 것을 이해했고 또 대단한 자부심을 가지고 있었다. 그는 내가 처음 보는 가장 자부심이 강한 사나이였다.

2년 만에 그는 케이프를 다루는 데에 있어서의 온갖 결점을 시정했고 물레타를 멋지게 다룰 줄도 알게 되었다.

그는 언제나 가장 훌륭하고 정적이며 완벽한 반데리예로의 한 사람이었고, 또 일찍이 내가 본 가장 만족스럽고 탁월한 마타도르의 한 사람이 되었다. 그는 하도 용감무쌍해서 그렇게 용감하지 못한 이른바 스타일 본위의 투우사들이 수치스러운 느낌을 갖게 했다. 그리고 투우는 그에게 대단히 소중하고 훌륭한 것이어서 그가 일단 링에 나타나면 모든 안이한 태도, 벼락 부자의 꿈, 그저 기계적으로 소를 기다리는 그런 태도는 일시에 사라지고 링 안에는 위엄과 정열이 되살아나는 것이었다.

마에라가 출전하는 투우에서는 적어도 두 마리의 소를 해치우는 투우만은 볼만한 것이다. 흔히 네 번의 투우 사이사이에 나타나는 때도 있다. 소들이 자기에게 덤비지 않을 때 그는 관중에게 동정을 구하지 않고 맹렬하고 당당하게 위험을 무릅쓰고 소에게 달려가는 것이다.

그는 항상 정서적이었고 스타일이 차츰 개선되어 가자 급기야 한 예술가가 되었다. 그러나 지난 1년 내내 싸운 그를 볼 때 죽음이 그에게 다가오고 있음을 예감케 했다. 그는 몸이 지칠 대로 지쳐서 그해가 다 가기 전에 죽을 것이 예상되었다.

한편 그는 몹시도 바빴다. 두 번이나 받혔지만 그런 것쯤 아랑곳하지 않았다. 나는 그가 목요일에 받힌 13센티미터의 겨드랑이 상처에도 불구하고 일요일에 출전하는 것을 보았다. 나는 그 상처를 보았고 출전 전후에 그것을 붕대로 감는 것도 보았으나 그는 상처에 관심을 두지 않았다.

그 상처는 쇠뿔에 받혀 찢어진 상처가 이틀이 지나면 으레 그렇듯이 몹시 쑤셨지만 그는 그 고통에 주의를 기울이지 않았다. 그는 마치 상처를 입지 않은 것처럼 행동했다. 팔을 놀리기를 좋아하거나 피하는 것이 아니라 그것을 무시했다. 그는 고통을 초월하고 있었다.

나는 그 시즌에 그가 시간을 짧게 느끼던 것처럼 시간을 짧게 느끼는 사람을 본 적이 없다.

다음에 그를 보았을 때에는 바르셀로나에서 목에 상처를 입고 있었다. 상처는 여덟 바늘을 꿰맸지만 그는 목에 붕대를 감은 채 다음날 출전을 했다. 목은 뻣뻣했고 몹시 화가 올라 있었다. 그는 자기 힘으로 어쩔 도리가 없는 뻣뻣한 목과 칼라 위로 붕대를 감지 않을 수 없었던 사실에 분개하고 있었던 것이다.

온갖 예의 범절의 준수 상황을 지켜보고 또 그런 문제에 대한 관심을 항상 불러 일으켜야 하는 어린 마타도르는 카우드리야와 함께 식사를 하는 일이 결코 없다. 그들은 따로 떨어져 식사를 한다. 그렇게 함으로써 주인과 하인의 간격을 유지하는 것이다. 이러한 주종 관계는 가령 한데 어울려 생활한다면 유지될 수가 없는 것이다.

마에라는 항상 카우드리야와 함께 식사를 한다. 그들은 모두 같은 식탁에서 먹고 여행하고 때로는 모두 같은 방에서 기거했다. 그래서 그는 일찍이 그 어느 마타도르도 카우드리야에게서 받지 못한 존경을 한몸에 받고 있었다. 그는 팔목이 성하지 못했다. 손목은 훌륭한 투우사에게는 자랑 용도가 많은 신체의 일부분인 것이다. 사격수의 집게손가락이 몹시 민감하고 방아쇠를 당기는 아주 사소한 동작까지도 잘 조종할 수 있도록 잘 훈련되어 있듯이, 투우사가 케이프와 물레타를 예술적으로 놀리고 조종하는 것은 손목을 통해서인 것이다. 그가 물레타를 가지고 하는 모든 섬세한 재주는 손목으로 부리며, 반데리야를 찌르는 것도 손목을 사용해서이며, 양가죽으로 싸고 납으로 무게를 더한 칼을 손에 잡고 소를 죽이는 것도 손목을 놀리지 않고는 안 되는 것이다.

한때 마에라는 어깨를 앞으로 내밀고 맹렬히 돌진해 달려드는 소의 어깨뼈 사이 척골 마디 사이에 칼을 꽂은 일이 있었다. 그도 달려들고 있었고 소도 달려들고 있었으므로 칼이 거의 반으로 접혔다가 공중으로 튀었다. 칼이 휘는 찰나에 거의 팔목에서 벗어난 것이었다. 그는 왼손으로 칼을 집어들고 바레라로 가져갔고, 그의 소드 핸들러가 내미는 가죽 칼집에서 왼손으로 새 칼을 뽑았다.

"팔목은 어때요?"

소드 핸들러가 물었다.

"빌어먹을 놈의 팔목."

마에라가 대답했다.

그는 소에게 접근하여 물레타로 두 번의 패스를 함으로써 소에게 보복을 하고, 물레타를 축축한 입에 바싹 대었다가 소의 앞다리가 그것을 따라오려고 번쩍 들렸을 때 급히 물레타를 치웠다. 그때 소를 죽이기에 아주 적합한 위치에 놓이게 되자 왼손에 물레타와 칼을 들고 있다가 칼을 오른손으로 옮겨 잡고 겨냥을 한 뒤 덤벼들었다.

이번에도 그는 뼈를 찔렀으므로 칼은 박히지 않고 휘었다가 공중으로 날아 땅에 떨어졌다. 이번에는 새로운 칼을 가지러 가지 않고 오른손으로 그 칼을 집었다. 칼을 집을 때 나는 고통으로 땀이 얼굴에 맺혀 있는 것을 보았다. 그는 붉은 천으로 소를 정위치에 유인하고 겨냥을 한 뒤 칼날을 세우고 달려들었다. 마치 돌담을 향해 돌진하듯이 몸무게며 정신을 모두 칼에 집중시키고 달려들어 갔다. 그런데 또 뼈에 맞아 휘었다가 공중으로 날아 떨어졌다. 이번에는 팔목이 얼핏 놓아주었으므로 멀리 날아가지는 않았다. 그는 오른손으로 칼을 집어 들었으나 팔목이 말을 안 들어서 떨구고 말았다.

그는 팔목을 왼손 주먹으로 탁 치고서 왼손으로 칼을 집어서 오른손으로 옮겼다. 칼을 잡는 그의 얼굴엔 땀방울이 흘러내렸다. 두 번째 마타도르가 그를 진료소로 보내려 하자 그는 고개를 내두르며 욕지거리를 퍼부었다.

"귀찮아. 가서 ×나 해라."

그는 두 번이나 더 공격을 했지만 그때마다 뼈를 찔렀다. 그는 당장이라도 위험이나 고통 없이 칼로 소의 목덜미를 찔러 폐를 꿰뚫거나 인후를 자르거나 하여 간단히 죽여버릴 수도 있었다. 그러나 그는 체면 때문에 온몸을 칼 뒤를 쫓아 날림으로써 뿔 위에서 사나이답게 두 어깨 사이를 내리찔러야 하는 것이었다. 그리하여 여섯 번째 공격도 똑같은 수법을 썼고 이번에는 칼이 제대로 박혔다. 그는 아슬아슬하게 쇠뿔을 피하여 우뚝 서서 후리후리한 키에 눈이 움푹하고 땀이 비 오듯 하며 얼굴에 머리가 흐트러져 내린 채 소가 빙그르 돌아 딩구는 모습을 지켜보고 있었다.

그는 오른손으로 칼을 뽑았다. 그것은 오른손을 징벌하는 의미로 그렇게 하지 않았나 생각된다. 그러나 그것을 왼손으로 옮겨 잡고 칼 끝을 아래로 하고 바레라로 걸어갔다. 그의 노여움은 사라졌다. 오른 손목은 두 배로 부어 올랐다. 그러나 그는 다른 생각을 하고 있었다. 그는 붕대를 감기 위해 진료소로 갈 생각이 없었던 것이다.

누군가가 손목이 어떠냐고 물었다. 그는 손을 쳐들고 코웃음을 쳤다.

"진료소를 가게, 이 사람아."

반데리에로 한 사람이 말했다.

"너나 가봐."

마에라는 이렇게 말하고 그를 바라보았다. 그는 전혀 자기의 손목을 생각하고 있지 않았다. 소를 생각하고 있었던 것이다.

"그놈의 소는 시멘트로 만들었어. ×한놈의 소는 시멘트로 만들었단 말이야."

하여튼 그해 겨울 그는 세빌랴에서 양쪽 폐에 각기 구멍이 뚫렸으며 지병인 폐결핵에 폐렴이 겹쳐 죽어갔다. 그는 의식을 잃은 채 침대 위에서 딩굴며 달려드는 죽음과 모진 투쟁을 하다가 괴로운 죽음을 맞이했다.

나는 그해에 그가 링 안에서 죽기를 바랐다고 생각한다. 그러나 그는 죽음을 찾기 위해 속임수를 원하지는 않았던 것이다.

"부인께서도 그를 좋아하셨을 겁니다."

노부인: "왜 벨몬테는 그가 청했을 때 돈을 더 안 줬을까요?"

"부인, 스페인이 알 수 없는 곳이라는 것은 바로 그것입니다. 세상에서 내가 알기로는 투우계처럼 금전문제에 치사스러운 곳은 없습니다. 사람의 계급은 투우에서 받는 금전의 액수로 결정이 됩니다. 스페인에서는 아랫사람에게 돈을 적게 줄수록 위신이 서고 또 그들은 노예에 가깝게 대우할수록 위엄을 느낀답니다. 특히 하층 계급 출신인 마타도르들에게 그런 경향이 두드러집니다. 그들은 자기들보다 지위가 높은 사람들에겐 사근사근하고 인심이 후하고 예의 발라서 그들을 위해 일을 해야 하는 인색한 노예 감독들은 모두 그들을 좋아하지요."

노부인: "그게 모두 사실인가요?"

"절대적으로 그렇다곤 할 수 없지요. 알랑거리는 기생충에 포위되어 있다시피 한 마타도르들에게도 자기가 번 돈을 보호하기 위해 인색할 수밖에 없는 데에는 변명의 여지도 없지는 않죠. 하지만 대체로 말해서 마타도르보다 금전에 더 치사한 사람들은 없다고 할 수 있어요."

노부인: "그럼 댁의 친구인 마에라도 돈엔 인색했나요?"

"그만은 그렇지 않았어요. 그는 인심 좋고 익살이 있었고, 자부심이 강하고, 성질이 괴팍하고, 입이 걸고, 술을 몹시 마셨지요. 그는 지식층에 아부하지도 않았고 돈에 매여 살지도 않았어요. 그는 소를 죽이기를 좋아했고 대단한 정열과 쾌락을 가지고 일생을 살았습니다. 비록 마지막 6개월간은 매우 비통하게 살았지만요. 그는 자기가 폐결핵에 걸려 있다는 것을 알았지만 전혀 무관심했지요. 죽음을 두려워하기는커녕 자신을 불사르기를 즐긴 것입니다.

그것은 허세를 부린 것이 아니고 자신의 선택이었던 겁니다. 그는 자기 동생을 훈련시키고 있었는데 대투우사가 되리라고 믿었지요. 그건 우리들 모두에게 큰 실망을 주었어요."

09.

　물론, 만약 여러분이 어쩌다 투우 구경을 하러 가서 퇴폐적인 마타도르를 한 사람도 보지 못한다면, 투우의 퇴폐상에 대한 이러한 설명은 아무런 필요가 없을 것이다. 그러나 처음 구경하는 투우 시합에 만약 여러분이 어떤 것이건 머릿속에 그리고 있던 이상적인 마타도르의 모습과는 달리, 뚱뚱한 몸집에 힘없는 얼굴과 긴 속눈썹을 가진 조그만 사나이, 팔목과 소를 다루는 기술, 소에 대한 공포가 아주 미묘한 사나이를 본다면 여기에는 약간의 설명이 필요하다고 생각한다.

　비범한 인물로 맨처음 투우계에 등장한 지 10년이 지난 오늘날 치쿠엘로의 모습이 바로 그렇다. 그가 여전히 계약을 맺는 것은 사람들이 언제나 가지고 있는 희망, 곧 그가 기다리고 있는 나무랄 데 없는 소가 울타리에서 나와 투우장에 들어오면, 그는 그의 아름답고 순수한, 벨몬테 이상으로 개선된 패스의 연쇄 목록을 펼 것이라는 희망 때문이다. 한 시즌에 스무 번이나 투우장에 나타나면서도 한 번도 완전한 연기를 보여주지 않지만, 일단 좋은 연기를 보여줄 때에는 그는 기막힌 우사가 되는 것이다.

결코 끊임없는 승리로서가 아니라 명성으로, 또 관중들에게 일으킨 희망으로 호셀리토와 벨몬테 직후의 기간을 주름잡은 다른 사람들 중에서 마르시알·랄란다는 대가답고, 믿음성 있고, 솜씨 좋고, 유능하고, 진지한 투우사가 된 사람이다. 그는 어떤 소든지 다룰 수 있으며 모든 소를 상대로 솜씨 있고 진지한 투우를 할 수 있다. 그는 유능하고 확실하다. 9년 동안의 투우사 생활은 그에게 위협을 주기는커녕 그를 완숙하게 했고, 그에게 투우에 대한 자신과 즐거움을 주었다. 완전하고 과학적인 투우사로서 그는 현재 스페인 국내에서 가장 훌륭한 투우사다.

발렌시아 2세는 능력에 있어서나 약점에 있어서나 출발 당시와 조금도 다름이 없다. 다만 비대해지고 조심스러워졌으며, 한쪽 눈 귀퉁이의 잘못 꿰매진 상처가 그의 얼굴을 찌그러뜨린 나머지 교만한 태도를 잃어 버렸을 따름이다. 그는 케이프를 써서 아름다운 연기를 보여주며 물레타를 쓰는 몇 가지 속임수를 가지고 있지만, 그것은 어디까지나 속임수에 지나지 않으며 그는 그것을 주로 자기 방어에 쓸 뿐이다. 그는 마드리드에서 스스로 용기를 얻을 수 있을 때에는 모든 솜씨를 있는 대로 발휘하며, 지방에서는 여느 때보다도 훨씬 더 냉소적이다. 그는 마타도르로서 거의 완벽의 경지에 이르렀다.

내가 한 마디도 언급하지 않은 마타도르가 둘 있다. 그것은 그들이 소의 퇴폐상과는 아무 상관도 없고 차라리 개인적인 케이스이기 때문이다. 그들은 어느 시기에 있어서나 마찬가지였을 것이다. 이 두 사람은 니카노르·비얄타와 니노·데·라·팔마다. 그러나 우선 나는 개인에 대하여 그토록 많은 이야기가 필요한 이유부터 설명하지 않으면 안 되겠다. 개인은 흥미는 있지만 개인이 전부는 아니다. 이 경우에 그 이유는 투우가 그 퇴폐와 함께 순전히 개인의 문제로 되어버렸다는 점이다. 투우를 구경한 어떤 사람에게 마타도르가 누구누구였는지 묻는다고 치자. 그 사람이 마타도르의 이름을 대어준다면, 우리는 그가 어떤 종류의 투우를 보았는지 정확히 알 수 있다. 왜냐하면 오늘날에 와서 어떤 마타도르는 어떤 일정한 일밖에 할 수 없기 때문이다. 그들은 마치 의사들처럼 각각의 전문 분야를 가지게 된 것이다.

옛날에는 환자가 의사에게 가면 그는 환자의 병이 어떤 것이든지간에 그것을 고쳐주었거나 아니면 그쳐주려고 했다. 마찬가지로 옛날에는 어떤 사람이 투우 구경을 가면 마타도르는 어디까지나 마타도르였다. 그들은 진짜 수업 생활을 겪었고 투우를 알고 있었으며, 케이프, 물레타, 반데리야를 써서 자기의 능력과 용기가 허락하는 한 솜씨 있는 연기를 하며 소를 죽였다. 오늘날 의사들이 도달한 전문화의 상태를 설명하는 것도 부질없거니와, 가장 징그럽고 우스꽝스러운 이 전문화의 양상을 말하는 것도 쓸 데 없다. 누구나 조만간 그것에 접하고 있기 때문이다. 그러나 투우를 구경하러 가는 사람들은 이 전문화의 병폐가 투우에까지 번져서 케이프에만 능할 뿐, 그 밖의 다른 것에는 아무 쓸모도 없는 마타도르가 있다는 것을 알지 못한다. 관객들은 케이프를 쓰는 것이 그들의 눈에는 모두 새롭고 신기하기 때문에 그것을 자세히 살피지 않을 것이며, 그런 경우 그들은 그 특정한 마타도르의 나머지 연기가 곧 투우의 대표물인 것처럼 생각하고 그에 따라 투우를 판단할 것이다. 그러나 사실상 그것은 소와 싸우는 방법의 가장 서글픈 흉내 내기에 불과한 것이다.

오늘날 투우에서 요청되는 것은 전문가들, 곧 전문가들 손에서 투우를 구해낼 수 있는 예술가이기도 한 완전한 투우사다. 이들 전문가들이 란 한 가지 일밖에 할 수 없으며, 또 그것을 가장 잘할 수는 있지만 그들의 기술을 최고도로 끌어올리는 데에는, 또 때로는 어떤 기술이든 가지는 데엔, 거의 주문하여 만들었다고 할 만한 소를 필요하는 그런 투우사들이다. 투우에서 필요한 것은 반신(半神)들을 몰아낼 수 있는 신이다. 그러나 구세주를 기다리는 데에는 오랜 세월이 필요하며, 그동안 사람들은 많은 가짜 구세주를 맞이하게 된다. 예수 그리스도 이전에 나타난 가짜 구세주의 수에 대하여 성경은 아무 기록도 보여주지 않지만 과거 10년의 투우사에도 그런 기록은 없을 것이다.

우리가 가짜 구세주들에 대하여 아는 일이 중요한 이유는 바로 우리가 그들 중의 몇 명이 활동하는 것을 보게 될지도 모른다는 것이다. 우리는 소가 정말 소 같은 소였던가, 마타도르가 정말 투우사다운 투우사였던가를 알고나서야 비로소 투우를 구경했는지 아닌지 알게 될 것이다.

예를 들어 니카노르·비얄타를 보았다고 치자. 그를 본 것이 마드리드에서였다면 사람들은 그를 굉장하다고 생각하고 무엇인가 훌륭한 구경을 했다고 생각했을 것이다. 왜냐하면 그는 마드리드에서는 케이프와 물레타를 쓸 때 발을 서로 붙이고 이러한 자세로 어색함을 피하며 언제나 – 이것도 마드리드에서의 이야기지만 – 매우 씩씩하게 죽인다. 비얄타는 이상한 인물이다. 그의 목은 보통사람의 것보다 세 배나 길다. 무엇보다도 키가 183센티미터나 되며, 그 183센티미터는 대개 다리와 목의 길이다.

비얄타의 목을 기린의 목에다 견줄 수는 없다. 기린의 목은 자연스럽게 보이기 때문이다. 비얄타의 목은 사람들의 눈 바로 앞에서 그대로 늘어난 것 같다. 그것은 마치 고무처럼 늘어난 것 같지만 오므라 드는 일이 없다. 한번 오므라든다면 가관일 것이다. 그런데 그런 목을 가진 사람이 발을 서로 붙이고 서 있으면 꽤 정상적인 사람으로 보인다. 발을 서로 붙인 채 허리를 뒤로 젖히고 그 목을 서쪽으로 기울이면, 그는 미적(美的)이라고는 할 수 없어도 완전히 어색하지는 않는 어떤 효과를 나타낸다. 그러나 일단 그의 다리와 길다란 팔을 서로 벌리면 그는 아무리 패기를 부려보더라도 별 수 없이 만장의 조소를 사고 마는 것이다.

산세바스티안에서의 어느 날 밤, 거리를 거닐며 비얄타는 그의 목에 대한 이야기를 한 일이 있다. 그때 그는 어린 아이 말투의 아라곤 사투리로 자기 목에게 욕설을 퍼부으며, 자기는 어색한 꼬락서니를 보이지 않으려고 항상 얼마나 정신을 집중하고 신경을 써야 하는지 모른다고 했던 것이다. 그는 그의 자연스럽지 못한 자연 패스를 행하는 일종의 회전의(回轉儀) 양식의 물레타 사용법을 고안해내었다. 그것은 발을 서로 붙인 채 오른손에는 칼로 펼친 그 거대한 물레타(완전히 펴면 일류 호텔의 침대 시트로 쓸 만큼 넓다)를 들고 소와 함께 천천히 맴을 도는 것이다. 아무도 그만큼 소를 가까이 지나쳐 보내는 사람도 없고 소와 가까이 싸우는 사람도 없지만, 또 그처럼 맴을 도는 사람도 없다. 그것은 대가(大家)의 회전인 것이다.

케이프 사용에 있어서는 그는 그리 우수하지 못하다. 너무나 빨리 쓰고 갑자기 잡아채는 것이다. 소를 죽일 때 그는 똑바로 들어가서 들고 있는 칼과 자기 몸의 움직임을 알맞게 조절하지만, 흔히 왼손을 아래로 드리움으로써 그것을 따르는 소가 어깻죽지 사이의 급소를 드러내도록 하는 대신, 붉고 커다란 물레타로 소의 눈을 멀게 하고 그 큰 키의 힘을 빌어 소의 뿔을 내려다보면서 칼을 잘 찌를 수 있게 되는 것이다. 그러나 그도 때로는 절대적으로 정확한 방법으로, 또 규칙에 따라 소를 죽인다. 요즘에 와서 그는 거의 고전적이고도 매우 건실한 방법으로 소를 죽였다. 그는 자기가 하는 모든 일을 용감하게 하고 자기가 하는 모든 일을 제멋대로 하기 때문에 니카노르·비얄타를 보았다고 해도 그것은 투우가 아닌 것이다. 그러나 여러분은 마드리드에서의 그를 한 번은 보아야 한다. 거기서 그는 자기가 가진 모든 솜씨를 발휘하며, 거기서 그는 자기가 가진 모든 솜씨를 발휘하며, 그에게 발을 서로 붙이도록 해주는 소 - 그것은 여섯 마리 중에서 겨우 한 마리 정도다 - 를 상대하게 되면 무엇인가 매우 신기하고 매우 감동적이고 매우 - 정말이지 큰 용기가 쓰이기는 하지만 - 독특한 것을 보여준다.

니노· 데·라·팔마를 본다면 여러분은 십중팔구 매력 없는 형식의 비겁을 볼 것이다. 그것은 엉덩이에 살이 붙은, 두발 정착제(頭髮整着制)의 사용으로 겉늙게 머리가 벗어진, 나이도 차지 않고 늙어 버린 형식의 비겁이다.

벨몬테의 제1차 은퇴 이후, 10년 동안에 등장한 젊은 투우사들 중의 하나인 그는 관중들에게 가장 그릇된 희망을 일으켰고, 그들을 가장 실망시킨 사람이었다. 그는 말라가에서 투우를 시작하였는데, 옛날의 투우사들이 8년 내지 10년의 수업 생활을 거친 데에 비하여 스물한 번의 투우장 시합만으로 완전히 성숙한 마타도르가 된 것이다. 열여섯 살의 어린 나이에 완전한 마타도르가 된 것이다. 열여섯 살의 어린 나이에 완전한 마타도르가 된 대투우사로 코스티야레스와 호셀리토 두 사람이 있었고, 또 그들은 일체의 수업 생활을 건너뛰어 학습의 왕도를 찾은 것처럼 보였기 때문에 많은 소년들이 시기 상조의 비극적인 승급을 받았다. 니노·데·리·팔마는 그 좋은 보기였다. 이러한 조기 발탁이 정당화되는 경우라고는 단 한 가지, 곧 소년이 몇 년 동안 유년 투우사로서 복무를 했고, 또 그가 투우 가문의 출신이어서 경험의 부족을 부형의 훈련이나 조언으로 보충할 수 있는 경우였다. 그런 경우에도 성공을 거두기 위해서는 그 소년이 초천재(超天才)라야 했다. 내가 초천재라고 하는 것은 모든 마타도르가 천재이기 때문이다. 완전한 마타도르는 국내 선발 팀의 야구 선수나, 오페라 가수나, 뛰어난 프로 권투 선수와 마찬가지로 배워서 되는 것이 아니다. 물론 야구나 권투를 한다든가 노래를 부르는 것은 배워서 될 수도 있으나, 어느 정도의 천재가 없이는 야구나, 권투나, 오페라 가수 생활로 밥벌이를 할 수는 없다. 투우에 있어서는 무엇보다도 필요한 이 천재가 부상과 또 최초의 경험을 통하여, 그 부상이 현실적인 것으로 된 뒤에 있을 수 있는 죽음을 직면하는 신체적인 용기의 필요성으로 말미암아 한층 더 복잡해진다. 카예타노·오르도네즈, 니노·데·리·팔마는 노비예로로서 세빌랴, 말라가 등지에서 몇 번 아름다운 연기를 보여주고 마드리드에서 몇 번 시원치 않은 연기를 보여준 뒤 봄에 승진하여 마타도르가 되었고, 마타도르로서 첫 시즌을 맞았을 때에는, 도대체 그런 사람이 있기라도 했다면, 투우를 구원하러 온 메시아처럼 보였다.

나는 한 때 어느 책에서 그의 모습과 두어 번의 시합 광경을 그리려고 했다. 나는 마드리드에서 그가 마타도르로서 처음으로 출장하던 날 투우장에 있었고, 그해 발렌시아에서 은퇴 생활을 벗어나 다시 돌아 온 후안·벨몬테와 경쟁하면서 투 파에나(투우의 마지막 3분기에 마타도르가 물레타를 쓰는 일의 총화)를 했는데 그것이 얼마나 아름답고 멋이 있었던지 나는 아직도 동작 하나하나를 모조리 기억해낼 수 있다. 그는 케이프로는 스타일의 진지성과 순수성 바로 그것이었으며, 재수가 좋은 경우를 제외하고는 그다지 훌륭하게 죽이는 편은 못 되지만, 그래도 나쁘지 않게 죽이는 편이었다. 그는 서너번 옛날 식으로 칼로 소를 맞아들이며 세리비엔도(칼을 든 채 소의 돌격을 기다리고 있다가 앞에서 소를 죽이는 방법)로 죽였고 물레타로 아름다운 솜씨를 보였다.

마드리드의 유력한 신문 'A B C'의 투우 평론가인 그레고리오·코로차노는 그를 평하여 '에스 데 론다, 이 세 야마 카예타노'라고 했다. 그는 론다 출신이며 사람들은 대투우사의 이름, 곧 가장 위대한 전통의 대가, 카예타노·산스의 첫 이름을 따서 그를 카예타노라고 부른다는 뜻이다.

자유롭게 해석하자면 그 말은, 포함하고 있는 의미로 보아 지금부터 여러 해가 지난 뒤에 또다시 애틀랜타 출신의 젊은 골프 선수가 나오면 그의 이름을 보비·존스라고 하는 것과 비슷한 이야기다. 카예타노·오르도네즈는 모습이 투우사와 같았고, 행동이 투우사와 같았으며, 한 시즌 동안에 정말로 투우사였다. 나는 그의 시합의 대부분을 보았으며 가장 좋은 시합은 빠짐 없이 보았다. 시즌의 마지막에 가서 그는 고통스럽게 넓적다리, 대퇴동맥 바로 근방을 심하게 찔렸다.

그것이 그의 마지막이었다. 다음해 그는 그의 찬란 했던 초년(初年) 때문에 대부분의 현직 마타도르의 계약서에 사인을 하였고, 투우장 안에서의 그의 연기는 재앙의 연속이었다. 그는 소를 죽이러 들어갈 때 그가 느낀 두려움은 보는 사람을 가슴 아프게 했다. 그리고 그는 한 시즌을 온통 위험을 가장 적게 받는 방법으로 소를 암살하며 보냈다. 그는 소의 돌격선을 가로질러 달리며 목이건, 허파건, 하여간 자기의 몸을 뿔의 위험 영역 안으로 끌어들이지 않고 닿을 수 있는 곳이면 아무 곳에든지 칼을 박아댔다. 그것은 마타도르로서는 투우사상 가장 수치스러운 시즌이었다. 문제는 뿔에서 받은 상처, 최초의 진짜 뿔 서슬이 그의 모든 용맹을 앗아간 것이었다. 그는 결코 그것을 도로 찾지 못했다. 그는 너무나 상상력이 많았다.

그후 잇따른 몇 년 동안에 두서너 번 그는 스스로 용기를 돋우어 마드리드에서 좋은 연기를 보여주었고, 사람들은 그가 아직도 계약을 얻을 생각이 있다고 신문에 광고를 내어주려고 했다. 마드리드에서 발행되는 신문은 스페인 전국에 배포, 구독되며, 따라서 수도(首都) 안에서 일어난 투우사의 개선(凱旋)은 반도 안 방방곡곡에서 읽인다. 여기에 비하여 지방에서의 개선은 바로 이웃까지 밖에 알려지지 않으며, 마드리드에서는 항상 동의시되어버린다. 왜냐하면 투우사의 관리인들은 자기의 투우사가 시골의 어느 곳에서 시합하든지간에 전화나 전보로 결과를 알려주지만, 재미없는 시합으로 진절머리가 난 관중들에게 투우사가 몰매를 맞을 뻔했을 때에도 항상 개선이라고 알려주기 때문이다. 그러나 어쨌든 이와 같이 억지 용기에 의한 연기는 어디까지나 겁쟁이의 용전(勇戰)이었다.

그런데 겁쟁이의 용전은 심리 소설에는 매우 가치 있고 또 그것을 실행하는 사람에게는 항상 지극히 가치 있는 것이지만, 시즌마다 투우를 보려고 값을 치르는 시민들에게는 아무런 가치도 없다. 그들이 하는 일이 라고는 기껏해야 투우사에게 그가 가지고 있지 않은 명분만의 가치를 부여하는 것이다.

투우 시합 전에 투우복을 입은 채로 교회에 가서 겨드랑이에 땀을 흘리며 소가 엠베스티르하도록, 곧 솔직히 돌격하고 헝겊을 잘 따르도록 기도를 한다. '오, 성모 마리아여, 나에게 잘 엠베스티르하는 소를 주소서. 성모 마리아여, 나에게 그런 소를 주소서, 성모 마리아여, 내가 그소를 상대하는 오늘, 마드리드에는 바람한 점 없는 날이 되어지이다.' 공포로 낯빛이 질린 채 무엇인가 가치 있는 것 또는 순례를 약속하고 재수가 좋도록 기도한다. 그러다가 그날 오후 혹시 그러한 소가 나오면 투우사의 얼굴은 없는 용기를 유지하느라고 긴장으로 팽팽해진다. 그리고 때로는 거의 성공적으로 대(大)파에나의 유쾌한 기분을 가장하기로 한다. 이리하여 겁 많은 투우사는 팽팽하고 자연스럽지 못하게 긴장된 노력에 의하여, 그의 상상력을 내던져버리면서 찬란하고도 눈부신 연기를 보여주는 것이다. 1년에 한 번 봄철의 마드리드에서 단 한 번만이라도 이러한 연기를 보이면, 그는 투우사들 틈에 끼여 그대로 계약을 얻게 된다. 그러나 그런 것은 사실상 아무런 중요성도 없다. 한 번이라도 그런 시합을 본다면 여러분은 운이 좋은 사람이다. 그러나 여러분은 1년에 스무 번이나 그 마타도르를 보러 갈 것이며, 다시는 그런 시합을 보지 못할 것이다.

이 모든 것을 생각함에 있어서 여러분은 투우사의 입장이나 관객의 입장 두 가지 중 어느 한쪽을 취하지 않으면 안 된다. 모든 혼란의 원인이 되는 것은 죽음의 문제이다. 투우라는 예술은 예술가가 죽음의 위험 속에 빠져 있는, 그리고 연기의 재질(才質)의 정도가 투우사의 명예와 관련되는 단 하나의 예술이다. 스페인에서는 명예가 매우 실재적인 것이다. 스페인 말로 푼도노르라는 이 낱말에는 명예, 성실, 용기, 자중, 자존심 등의 의미가 담겨져 있다. 자존심은 스페인 종족의 가장 강한 특징이며, 푼도노르의 한 가지 본질은 비겁을 나타내지 않는 것이다. 일단 비겁이 나타나면 명예는 간 곳이 없어지고, 투우사는 그의 노력을 쓴 약처럼 삼키면서 순전히 냉소적인 연기를 보여주며 그의 지위를 높이고 계약을 얻기 위한 재정적인 필요가 있을 때에만 위험을 자초하게 될 것이다.

우리는 투우사가 반드시 훌륭한 투우사이기만을 바랄 수 없다. 바랄 수 있는 것은 그가 최선을 다할 것을 바랄뿐이다. 소가 몹시 다루기 힘든 경우에는 시원찮은 투우를 하더라도 변명의 여지가 있으며, 투우사라고 하여 기분 잡치는 날이 없으란 법도 없지만, 하여간 투우사는 주어진 소를 상대로 그의 힘 자라는 데까지 최선을 다해야 하는 법이다. 그러나 우리는 일단 명예를 잃어버린 투우사가 최선을 다하게 되리라고 믿을 수 없으며, 그가 하는 짓이란 겨우 자기가 할 수 있는 대로 안전하고 재미없고 부정직하게 소를 죽임으로써 기술적으로 그의 의무를 수행하는 것뿐이다.

명예를 잃어버린 뒤에는 그는 이 계약에서 저 계약으로 살 길을 찾아다닌다. 그는 자기의 시합을 구경하는 관중들을 증오하며 속으로 중얼거린다―편안하고 안전한 자리에 앉아 있는 당신들은 죽음과 맞서고 있는 나를 빈정대고 야유할 아무런 권리도 없다. 나는 하려고만 하면 언제나 훌륭한 투우를 할 수 있으니 당신들은 그때까지 기다리기나 하라―그러다가 1년도 못 가서 그는 좋은 소를 상대하여 스스로 용기를 돋우려고 아무리 기를 써도 이미 좋은 시합을 보여주기는 틀렸다는 것을 알게되고, 그 다음 해에는 대개 은퇴해버리고 만다. 왜냐하면 스페인 사람은 반드시 약간의 명예를 가지고 있어야 하며, 만약 하려고만 들면 훌륭한 연기를 보여줄 수 있다는, 도둑의 사회에도 명예가 있다는 따위의 신념, 이때까지 그를 떠받치고 있던 그 신념을 잃어버릴 때 그는 은퇴하여 그 결정 자체로 스스로의 명예를 얻을 수 있기 때문이다. 이 명예라는 것은 내가 마치 이 반도에 사는 작가들이 그 국민들에게 그들의 이론을 떠들어대듯이 여러분들에게 억지로 갖다 안기려고 하는 어떤 환상이 아니다. 결코 그런 것이 아니다. 아무리 부정직한 사람이라고 할지라도 스페인 사람들에게는 명예가 물이나 술이나 올리브유와 조금도 다름없이 실재하는 것이다. 소매치기 사이에도 명예가 있고, 창녀들 사이에도 명예가 있다. 다만 표준이 다를 뿐이다.

투우사에게 명예가 필요한 것은 투우에 좋은 소가 필요한 것과 마찬가지며, 그것은 가장 큰 재능을 가졌으면서도 명예는 아주 조금밖에 가지지 못한 대여섯 명의 투우사들이 있기 때문이다. 이러한 상태는 투우사의 조기(早期) 착취, 그리고 그 결과로 나타나는 냉소주의 또는 때로는 부상으로 인한 영구적인 겁 때문에 일어난 것이며, 이것은 차차 소에 떠받힌 뒤에는 언제나 따라 오는 일시적인 의기 상실과는 구분되어, 우리는 결점이나 불완전한 훈련을 거친 투우사들과는 완전히 별개의 것이 된 형편없는 투우 시합을 보게 되는 것이다.

"자, 그러면 부인, 잘 모르시는 점이 또 무엇입니까? 무엇을 설명해 드리면 좋겠습니까?"

노부인: "내가 보기에는 말이 소에게 찔릴 때 톱밥이 약간 나오던데요. 그것은 어째서일까요?"

"부인, 그 톱밥은 어떤 친절한 수의사가, 말이 다른 장기를 잃어버렸기 때문에 생긴 빈 곳을 메우기 위하여 말의 몸 속에 넣어준 것이었습니다."

노부인: "고맙습니다. 참 잘 알았어요. 그러나 분명히 말은 그 장기를 영영 톱밥으로 대치시킬 수 없었을 텐데요?"

"부인, 그것은 일시적인 방편에 불과합니다. 그리고 그런 방편을 좋아하는 사람은 없습니다."

노부인: "그래도 내 생각에는 아주 깨끗한 것 같아요. 톱밥에 잡티가 없고 또 그것이 먹기 좋다면 말이에요."

"부인, 마드리드 투우장에서 말에게 먹인 톱밥만치 먹기 좋고 잡티가 섞이지 않은 톱밥은 없지요."

노부인: "그렇다니 참 다행이네요. 저기 여송연을 피우고 있는 신사는 누구예요? 또 그가 먹고 있는 것은 뭐지요?"

"부인, 그 신사는 도민긴이라고, 승급에 성공한 전직 마타도르였고, 지금은 도민고·오르테가의 관리인인데 새우를 먹고 있답니다."

노부인: "그다지 어렵지 않다면 우리도 좀 시켜다 먹지요. 그런데 그는 사냥한 얼굴을 하고 있군요."

"정말 그렇습니다만, 그에게 돈은 빌려주지 마십시오. 길 건너편에 있는 새우는 여기 것보다 크기는 하지만 맛은 여기 것이 제일 낫습니다. 거기서는 이것을 랑고스티노라고 하지요. 어이, 감바스 셋 가져와."

노부인: "뭐라고 하셨지요?"

"감바스라고 했습니다."

노부인: "그 말은 이탈리아말로 팔다리라는 뜻인 줄 알고 있는 데……."

"저기 멀지 않은 곳에 이탈리아 식당이 있는데, 거기서 저녁이라도 하실까요?"

노부인: "거기에는 투우사들이 자주 드나들어요?"

"천만에요, 부인. 거기에는 권모술수가들이 우글거리고 있는데, 사람들이 그들을 지켜보는 동안에는 대정치가인 체하지요."

노부인: "그러면 다른 곳으로 갑시다. 마타도르들이 식사하는 곳은 어디지요?"

"수수한 하숙집입니다."

노부인: "그런 곳 아는 데 있어요?"

"있고말고요."

노부인: "그들을 좀 더 잘 알고 싶은데요."

"수수한 하숙집 말씀입니까?"

노부인: "아니 투우사들 말이에요."

"부인, 그들은 대개 병으로 멍들어 있습니다."

노부인: "그 병 증세 좀 말해봐요. 내 나름으로 진단할 수 있게 말이에요. 유행성 이하선염(耳下腺炎)에 걸려 있나요?"

"아니죠, 부인. 그들 중에는 그 병에 걸리는 사람이 아주 드뭅니다."

노부인: "나는 그 병을 앓은 일이 있기 때문에 겁날 거 없습니다. 그 밖에 다른 병들은 그들의 복장처럼 희한한 가요?"

"아니, 아주 흔한 병이지요. 이 이야기는 나중에 합시다."

노부인: "우선 가기 전에 물어 볼말이 있어요. 그 마에라라는 사람은 당신이 안 투우사 중에서 가장 용감한 투우사였나요?"

"그렇습니다, 부인. 천성이 용감한 사람들 중에서 가장 똑똑한 사람이었으니까요. 멍청하고 천성으로 용기를 타고나기는 쉽지만, 뛰어나게 똑똑하고 그러면서도 빈틈없는 용기를 갖추기란 쉬운 일이 아니거든요. 마르시알·랄란다가 용감하다는 것은 아무도 부인할 수 없지만, 그의 용기는 모두 이성에서 나온 것이며 경험에서 얻어진 것입니다. 호셀리토의 매부로 우수한 반데리예로였던 이그나시오·산체스·메히아스는 둔하고 느린 스타일이기는 했지만 아주 용감했지요. 그러나 그의 용감성이란 것은 흙손으로 바른 듯한 용감성이었습니다. 마치 그는 자기 가슴에 털이 많다는 것이나, 자기 국부(局部)의 모습이 어떠하다는 것을 끊임없이 드러내 보이려고 하는 것 같았습니다. 투우에서 쓰이는 용감성이란 그런 것이 아니지요. 용감성이라는 것은 그것이 있음으로 말미암아 투우사가 걱정으로 마음이 어지러워지지 않은 채 자기가 하려고 선택한 모든 연기를 해낼 수 있는 그런 자질이어야 합니다. 그것은 관중을 때려 누이는 무기가 아닙니다."

노부인: "나는 아직 한 번도 그것에 얻어맞은 일이 없는데요."

"부인, 만약 한 번이라도 산체스·메히아스를 보신다면 부인께서는 기절할 만큼 얻어맞으실 것입니다."

노부인: "언제 볼 수 있을까요?"

"그는 지금 은퇴해 있습니다. 그러나 그가 돈이 떨어지면 부인께서는 그의 투우를 다시 보실 수 있을 것입니다."

노부인: "당신은 그를 좋아하는 것 같지 않군요."

"나는 그의 용감성, 막대기를 쓰는 솜씨, 뻔뻔스러운 태도는 존경합니다만 마타도르로서, 반데리예로, 또는 한 인간으로서의 그는 도외시합니다. 따라서 나는 이 책에서 그의 이야기로 지면을 할애하고 싶지 않습니다."

노부인: "편견이 아닐까요?"

"나만큼 편견을 많이 가진 사람도 드물거니와 나만큼 허심탄회함을 자부하는 사람도 드물 것입니다. 그러나 그것은 우리 마음의 한 부분이 – 그것은 우리의 행동을 맡아보는 부분입니다마는 – 경험에 의하여 편견을 가지게 되더라도, 우리는 나머지 한 부분으로 완전히 허심탄회하게 관찰하고 판단할 수 있기 때문이 아닐까요?"

노부인: "무슨 말씀인지 모르겠는데요."

"부인, 나도 모르겠습니다. 그러고 보니 우리는 말똥 이야기를 하는 건지도 모르겠습니다."

노부인: "괴상한 용어군요. 내가 젊었을 때에는 들어보지 못한 용어란 말이에요."

"부인, 요새는 추상적인 회화의 헛소리나 아니면, 정말입니다마는, 일상 언어의 지나친 형이상학적 경향을 말하는 데에 이 용어를 쓰고 있답니다."

노부인: "나는 그런 용어들을 올바르게 사용하는 방법을 배워야겠군요."

10.

투우 시합은 소 한 마리마다 3막으로 되어 있는데, 이것을 스페인어로는 로스 트레스 테르시오스인데, 이것을 스페인어로는 로스 트레스 테르시오스데 라리디아(시합의 3막)라고 한다. 제1막은 소가 피카도르를 공격하는 것으로서 수에르테 데 바라스, 곧 창술이다. 수에르테라는 것은 스페인어에서 중요한 말이다. 사전에서 보면 그 의미는 수에르테(여성), 기회, 모험, 제비, 행운, 운수, 우연, 상태, 조건, 운명, 파멸, 숙명, 종류, 유(類), 종(種), 태도, 방식, 방법, 솜씨 있는 수법, 속임수, 공적, 요술, 경계로 구분된 지면(地面) 등으로 되어 있다. 따라서 술책 또는 수법이라는 번역은 어느 스페인어의 번역이나 마찬가지지만 아주 독단적인 번역에 불과하다.

투우장 안에서의 피카도르의 연기, 그리고 피카도르가 낙마했을 때 케이프로 그를 보호하는 임무를 띤 마타도르의 활동, 이런 것들이 투우의 제1막을 이룬다.

회장이 신호로 제1막의 종료를 알리고 나팔이 울리면 피카도르가 퇴장하고, 여기서 제2막이 시작된다. 제1막이 끝난 뒤에는 장내에 말은 한 마리도 없고, 있다고 해야 캔버스천으로 덮인 말의 시체뿐이다. 1막은 케이프와 창과 말의 막이다. 거기서는 소가 용감성이나 비겁성을 최대한으로 발휘할 수 있다.

2막은 반데리야의 막이다. 반데리야라는 것은 길이가 70센티미터 되는 막대기 끝에 길이 4센티미터의 강철로 된 창촉이 붙은 것이다. 이것은 소가 이것을 들고 있는 사람에게 돌격해올 때 소의 목 꼭대기의 불룩한 근육에 한 번에 두 개씩 찌르게 되어 있는 것이다. 피카도르가 시작해 놓은 일, 곧 소의 속력을 늦추고 소가 머리를 쳐드는 방법을 조정하는 일을 완성시키기 위함이다. 이로써 소의 공격은 더 느려지고 더 확실해지며 그 방향이 더 정확해진다는 것이다. 보통 네 쌍의 반데리야가 소의 어깨에 박힌다. 반데리예로(페온이라고도 함)가 반데리야를 찌를 때에는 무엇보다도 재빨리, 또 적당한 자리에 찔러야 한다. 마타도르 자신이 반데리야를 찌를 때에는 보통 음악의 반주에 맞추어 천천히 준비 동작을 한다.

처음으로 투우를 구경할 때에는 이것이 투우에서 가장 볼 만한 부분이며, 대개의 관객들에게는 가장 마음을 끄는 부분이다. 반데리예로의 임무는 비단 소에게 뿔을 쓰도록 함으로써 목 근육을 피로하게 하고 머리의 위치를 낮추도록 하는 것만이 아니라, 반데리야를 어느 한쪽에다 찌름으로써 소가 그쪽으로만 떠받으려는 버릇을 교정하는 것이기도 하다. 반데리야의 막은 통틀어서 5분 이상 걸려서는 안 된다. 만약 그 이상 지연되면 소는 안정을 잃게 되고 시합은 원래 지녀야 할 템포를 잃게 된다. 게다가 불확실하고 위험한 소인 경우에는, 케이프 따위의 아무런 미끼로도 무장하지 않은 사람을 관찰하고 돌격할 기회를 너무 많이 가지게 되며, 따라서 종막(終幕)에 마타도르가 칼과 물레타를 들고 나올 때 붉은 헝겊으로 가려져 있는 사람, 스페인 사람들이 쓰는 말로는 꾸러미를 찾아내려는 버릇이 생긴다.

회장은 세 쌍, 많아야 네 쌍의 반데리야가 꽂히면 막을 바꿔 제3막을 선언한다. 종막인 제3막은 죽음의 막이다. 그것은 3부로 되어 있다. 우선 회장에 대한 마타도르의 경례(브린디스), 그리고 투우사가 소의 죽음을 회장이나 그 밖의 다른 사람에게 바친다는 헌사(獻詞)를 하고, 그다음에 이어 물레타를 쓰는 마타도르의 연기가 시작된다. 물레타는 붉은 서지 헝겊을 막대기에 감은 것인데 그 막대기에는 한쪽에 뾰족한 침이, 또 한쪽에는 손잡이가 달려 있다. 침은 헝겊의 끝에 까지 나와 있으며 헝겊은 손잡이가 달린 끝에 누름나사로 붙여 있어서 막대기를 따라 축 늘어지게 되어 있다.

물레타는 문자 그대로는 버팀목이라는 뜻이다. 그러나 투우에서는 붉은 서지가 감긴 막대기를 말하며, 이것으로 마타도르는 소를 다스리고 소를 죽일 준비를 하며, 마지막에는 왼손에 그것을 들고 소의 머리를 낮추고, 그대로 맞추어진 상태를 유지하면서 어깻죽지 사이 불룩한 곳에 칼을 찔러넣어 소를 죽이도록 되어 있는 것이다.

이상이 투우라는 비극의 3막인 바 제1막, 즉 말의 막이야말로 다른 두 막의 모습을 예언해주고 사실상 나머지의 막을 가능하게 한다. 소가 그의 모든 능력, 즉 자신만만하게 날쌔고 악의에 찬 정복의 능력을 완전히 갖추고 나타나는 것은 제1막에서다. 소의 승리는 모두 제1막에 속하는 것이다. 제1막의 마지막에 소는 분명히 승리를 거둔 것 같다.

그는 투우장에서 말 탄 사람을 모조리 내쫓아버리고 이제 혼자뿐이다. 제2막에서 소는 무기도 가지지 않은 사람에게 완전히 좌절당하고, 반데리야로 지독한 형벌을 받은 나머지 그의 자신과 맹목적인 막연한 분노는 사라지고, 소는 자신의 증오를 하나의 개별적인 대상에 집중시킨다. 제3막에 가서 소는 막대기에 감은 헝겊 조각으로 단 혼자서 자기를 통어해야 하는, 단 한 사람의 투우사와 맞서게 된다.

그리고 그 사람은 자기의 정면에 서서 자기의 오른쪽 뿔 위로 쳐들어오며 자기의 어깻죽지 사이에 칼을 찔러 자기를 죽이려고 하는 것이다.

내가 처음으로 투우를 구경했을 때 내가 좋아하지 않은 부분은 반데리야뿐이었다. 그것은 소에게 그렇게도 엄청나고 잔인한 변화를 일으키는 것 같았다. 반데리야가 꽂히자 소는 전혀 다른 짐승이 되어버렸고, 나는 그가 투우장에 들어설 때에 가지고 있었던 그 자유분방한 야성의 기질, 소가 피카도르와 맞설 때 최고조에 달하였던 그 기질이 없어진 것을 안타깝게 생각하였다. 반데리야가 꽂히면 소는 이제 마지막이다. 그것은 사형선고다. 제1막은 재판, 제2막은 선고, 그리고 제3막은 집행이다.

그러나 나중에 나는 소가 수세를 취함으로써 얼마나 더 위험하게 되며, 반데리야로 말미암아 정신이 들고 그의 발의 속력이 줄어든 뒤에 한 번씩 뿔로 받을 때마다 그가 얼마나 정신을 가다듬는지 알게 되었다. 그것은 마치 사냥꾼이 새 떼 전체를 향하여 총을 쏘면서, 모두 놓쳐버리지 않고 그 속에 있는 각각의 새를 겨냥하는 것과도 같다. 그리고 마침내 나는 소의 동작이 웬만큼 지둔해지고, 그러면서도 아직 그의 용감성과 힘이 남아 있을 때 예술적인 소재로서의 그에게 투우사가 어떤 일을 할 수 있다는 것을 알게 되었다. 그때 나는 소에 대하여 여전히 찬탄은 하고 있었으나, 이미 조금도 동정은 느껴지지 않았다. 그것은 내가 캔버스나 조각가의 손에 잘리는 대리석이나, 스키가 찢고 나가는 바삭바삭한 눈가루를 동정하지 않는 것과 다를 바 없다.

현대 조각으로서 브랑쿠지의 것을 제외하고는 현대 투우의 조각과 동등한 것은 없다고 생각한다. 그러나 투우라는 것은 노래나 춤과 마찬가지로 레오나르도·다빈치가 피하는 것이 좋다고 충고한 비영구적인 예술이며, 연기자가 사라지고 나면 그것을 본 사람들의 기억 속에만 존재할 뿐, 그 사람들의 죽음과 함께 죽어버리는 예술이다. 투우의 사진을 보고 투우를 묘사한 글을 읽으며 그것을 아무리 자주 기억 속에 되살려내려고 해도, 결과적으로는 그것을 개인의 기억속에서 죽여버릴 따름이다. 영구성만 가지고 있었더라면 그것은 주요 예술의 하나가 될 수 있었을 것이다. 그러나 투우는 그렇지 못하며, 따라서 그것은 누구든지간에 그 예술을 만들어내는 사람과 함께 죽어버린다. 그 반면 주요 예술이란 심지어 그것을 만들어낸 사람의 대수롭지 않은 육체가 땅속에 묻혀 썩은 뒤에야 비로소 평가되는 수도 있는 것이다.

투우는 죽음을 다루는 예술이며 또한 죽음이 이것을 쓸어 없애버린다. 그러나 그것은 결코 없어지지는 않는 것인지도 모른다. 어느 예술에 있어서나 모든 논리적인 개량이나 발견이 다른 사람에 의하여 수행되기 때문이다. 그러므로 정말로 아무 것도 없어지지 않으며, 없어지는 것이라고는 그 사람 자신뿐이 아닐까? 그렇다. 만약 죽음의 순간에 다다르면 자기가 그린 그림이 모조리 자기의 죽음과 함께 사라져버린다는 것, 예를 들면 세잔의 발견 같은 것은 없어진 것이 아니라, 모든 그의 모방자들에 의하여 그대로 이용되리라는 것을 안다면 참으로 마음

흐뭇할 것이다. 참으로 그러할 것이다.

화가의 그림이 그와 함께 사라지고 작가의 책이 그의 죽음의 순간에 자동적으로 파기되어 그것을 읽은 사람들의 기억 속에만 존재한다고 생각해보라. 이것이야 말로 투우에서 일어나는 일이다. 예술, 방법, 개량, 발견 등은 남는다. 그러나 그것을 만들어내는 개인, 표준이요 원물(原物)이었던 개인은 사라지고, 그에 못지 않은 또 하나의 개인이 나타날 때까지 사물은 원물이 사라진 지금, 아무렇게나 모방됨으로써 곧 왜곡되고, 길어지고, 짧아지고, 약해져서 원물과의 관련을 하나도 남김 없이 잃어버리게 된다.

모든 예술은 개인에 의해서만 이룩된다. 우리에게 중요한 것은 바로 그 개인이며 유파(流波)라고 하는 것은 그 구성원들을 실패자들로 분류하는 데에밖에 쓰이지 않는다. 위대한 예술가인 개인이 나타나면 그는 그 시점까지 자기의 예술에서 발견되거나 알려진 모든 것을 사용한다. 그는 아주 짧은 기간에 수락하거나 거부하는 능력이 있으므로, 보통 사람이라면 한평생 걸려야 알 만한 것을 즉각적으로 자기 것으로 만들었다는 느낌, 아니 차라리 날 때부터 그 지식을 갖추고 있었다는 느낌을 준다. 그리하여 대예술가는 이때까지 이루어진, 또는 알려진 것을 넘어서서 무엇인가 자기 자신의 것을 만들어내는 것이다. 그러나 때로는 대예술가들 사이에 상당한 시간적 간격이 있어서, 앞의 대예술가를 알았던 사람들이 새로운 대예술가가 나타날 때 그를 알아보는 경우가 극히 드물다. 그들은 옛날의 것, 그들이 기억하고 있는 대로의 것을 원한다. 그러나 그들의 동시대인 중에서도 어떤 사람들은 재빨리 알아보는 능력을 가지고 있기 때문에 새로 나타난 대예술가들 알아보며, 이들로 인하여 마침내 예전의 대예술가를 기억하고 있는 사람들까지도 그를 알아보게 된다. 그들이 새로나온 대예술가를 진작 알아보지 못한 것도 무리는 아니다. 그들은 기다리는 동안 수많은 가짜 대예술가들을 본 나머지, 이제는 조심스러워져서 자기의 감정을 신용할 수 없게 되었기 때문이다. 그들이 신용할 수 있는 것은 기억뿐이다. 그리고 물론 기억은 결코 진실한 법이 없다.

대투우사를 가지게 된 뒤에도 우리는 질병으로 그를 쉽게 잃어버린다. 죽음으로 인해 잃어버리기도 쉽지만 이것은 질병의 경우보다는 덜하다. 벨몬테가 은퇴한 뒤에 나타난 정말로 위대한 투우사는 단 두 사람뿐이었는데, 이들 중의 누구도 경력을 완전히 마무리하지 못했다. 한 사람은 폐결핵으로 죽었고, 또 한 사람은 매독으로 파멸하였다. 이 두 가지는 마타도르의 직업병이다. 마타도르가 투우를 시작하는 시간은 한창 뜨거운 햇살이 비칠 때이다. 흔히 그것은 한푼도 없는 사람들 조차 그늘에 앉을 수만 있다면 세 갑절의 입장료도 기꺼이 물겠다고 할 만큼 지독한 더위다.

게다가 그는 무겁고 금으로 수놓은 윗도리를 입고 있어서 마치 트레이닝을 입고 줄넘기를 하는 권투 선수처럼 햇볕 속에서 땀을 흘리는 것이다. 샤워나 알코올 마찰로 땀구멍을 막는 일은 생각조차 하지 못한 채 이 더위, 이 발한(發汗)이 지난 뒤 해가 지고 원형 경기장의 그림자가 모래 바닥 위에 떨어질 때 마타도르는 약간 긴장을 풀고, 그러면서도 언제라도 도와줄 준비를 갖추고 서서 동료들이 마지막 소를 죽이기를 기다린다.

종종 늦여름이나 초가을, 스페인의 높은 고원 지방에서 시합이 끝날 때쯤에는 외투 생각이 날 만큼 날씨가 춥다. 같은 마을에서도 시합이 시작될 때에는 모자를 쓰지 않으면 십중팔구는 일사병에 걸릴 만큼 햇볕이 따갑다. 스페인은 산악국이고 그 대부분은 아프리카 기후대에 속해 있다.

그리하여 가을과 늦여름에 해가 진 뒤에는 냉기가 갑자기 닥쳐와서, 땀에 흠뻑 젖은 채 몸을 씻을 수조차 없이 바깥에 있어야 하는 사람은 정말 죽을 지경이다. 권투 선수는 땀을 흘리면 감기에 걸리지 않도록 만반의 주의를 기울이지만 투우사는 아무런 주의도 기울일 수 없다. 이만하면 투우사 중에 폐결핵으로 쓰러지는 사람의 수가 많다는 사실을 충분히 이해할 수 있을 것이다. 8, 9월 흥행 시즌 동안은 밤마다 여독(旅毒), 먼지, 그리고 날마다의 시합까지 예를 들 필요가 없을 줄 안다.

매독이라면 이야기가 다르다. 권투 선수, 투우사, 군인 등이 매독에 걸리는 것은 그들이 그 직업을 선택한 것과 같은 이유에서다. 권투에 있어서 갑작스런 자세의 변화, 이른바 '술취한 펀치', '까치발 걸음'은 대개 매독의 산물이다. 명예훼손이 될 것이므로 여기에서는 개인의 이름은 밝힐 수 없지만, 이 직업에 관계하고 있는 사람이라면 누구나 최근의 사례를 여남은 가지는 들 수 있을 것이다. 최근의 사례가 없을 때라고는 없다. 매독은 중세기의 십자군 사이에 있던 병이다. 아마 그들을 통해서 유럽에 들어왔을 것이라고 생각되는데, 그것은 일의 결과를 따지지 않는 태도가 지배적인 생활을 영위하는 사람들이면 누구나가 가지고 있는 병이다. 그것은 무분별한 성생활을 영위하고 정신적인 습관상 예방약을 쓰기보다는 요행을 바라는 사람들이면 누구나 가지고 있는, 말하자면 직업상의 사고(事故)며, 성생활을 너무 오래 계속하는 모든 호색한들의 생활의 뻔한 귀결, 아니 그 생활의 일면인 것이다. 몇 년 전 나는 몇몇 사람들이 걸어 간 방탕의 길을 더듬을 기회를 가졌다. 그들은 대학 시절에는 다른 사람들에게 크게 도덕적인 영향을 준 군자들이었으나 사교계에 나온 뒤로 부도덕의 쾌락을 알게 되었다. 그들은 학창시절에는 중국에서 예일 대학을 운운하는 사람들처럼, 자기들이 아무것도 모르면서 비난하던 이 쾌락에 완전히 몸을 내맡기고 섹스를 자기가 발명한 것은 아니지만, 적어도 발견은 했다고 생각하는 것 같았다.

그들은 이것이야말로 그들이 이제 막 발견한 위대한 물건인 것인 양 생각하고 기뻐 어쩔 줄 모르며 닥치는 대로 난교(亂交)하다가, 마침내는 병의 첫 경험을 얻게 되었다. 그리고 그것도 그들이 발견 내지 발명한 것이라고 생각했다. 확실히 그때까지 이 끔찍스러운 병에 대하여 아무도 몰랐다는 것, 아무도 그것을 경험하지 않았다는 것은 있을 수 있는 이야기며, 아니면 그것은 아예 존재하지 않았을지도 모른다.

그리하여 그들은 다시 한동안 인생 최고의 순수성을 설교하고 실천하는 사람이 되거나, 아니면 적어도 그들의 활동을 더 좁은 교제권(交際圈) 안에 국한시키게 되는 것이다.

요즈음 도덕의 유행에는 많은 변화가 있었다. 그전에 훌륭한 주일학교의 교사로 알려졌었던 많은 사람들이, 지금은 가장 특출한 바탕가가 되고 있다. 첫 번째 소에 찔림으로써 파멸한 투우사와도 같이, 그들은 실상 방탕가로서 직업을 가지고 있는 것은 아니다.

그러나 기·드·모파상이 청춘병의 하나로 분류한 그 병을 발견한 동안, 그런 사람들의 행동이나 말을 살피고 들으면 견디기 어려운 느낌을 받는다(모파상도 결국에는 그렇게 말한 자기의 권리를 정당화하기라도 하듯

이 병으로 죽었다). '상처를 받아 보지 않은 자는 남의 상처를 비웃는다'
는 말이 있다. 그러나 온몸에 상처투성이인 사람도 남의 상처를 조금도
거리낌 없이 비웃는 것은 사실이며, 아니면 한때 사실이었다.

이에 비하여 지금의 만담가들은 다른 사람에게 일어난 일에 대해서
는 최고의 익살을 부리지만, 그들 자신이 그것에 걸린 순간에는 '당신
은 이 기분을 모를 거요' '이건 정말 심각하다니깐' 하고 소리치며 위대
한 도학자가 되거나 아니면 자살 따위의 케케묵은 방법으로 모든 일을
끝장 지우고 만다.

소가 뿔을 가지고 있어야 하는 것과 마찬가지로 성병도 반드시 있어
야 하는 것인지도 모른다. 이러한 것들은 모든 사물을 적절한 관계에
놓아두는 데에 필요한 것이다. 그것들이 없다면 카사노바와 같은 색광
이나 대투우사들의 수가 너무 많아서 사실상 어디를 가든지 그런 사람
들밖에 없게 될 것이기 때문이다. 그러나 나로서는 스페인에는 성병이
근절되었으면 좋겠다. 그것이 대투우사들에게 끼치는 폐해가 얼마나
큰지 알기 때문이다. 그러나 스페인에 그것이 없어졌다 하더라도 사람
들은 그것을 또 다른 곳에서 얻어오게 될 것이며, 아니면 사람들이 십
자군으로 나가 다른 어딘가에서 다시 가져오게 될 것이다.

사실상 오후에 아슬아슬한 고비를 넘겨 개가를 울린 마타도르가 밤
에 다시 개가를 올리지 말라는 법도 없다. 여기에서 스페인말로 '여자
들에게는 뿔이 더 많다'는 속담이 생긴 것이다. 청년들에게 난교를 못
하도록 하는 것은 신앙, 겁, 그리고 성병의 두려움, 이 세 가지다. YMCA
나 그 밖의 사회 단체가 깨끗한 생활을 하도록 호소하는 근거로서 가장
흔히 내세우는 것은 이 중에서 성병의 두려움이다. 그러나 투우사는 그

러한 가르침을 무시한다. 왜냐하면 투우사에게는 많은 정사(情事)를 가지도록 요구하는 전통이 있으며, 또 그는 성격상으로 그것을 좋아한다. 뿐만 아니라 그의 뒤에는 언제나 여자들이 따라다닌다. 어떤 여자들은 그 사람 자체를 요구하고, 또 어떤 여자들은 돈을, 또 대개의 여자들은 이 두 가지를 한꺼번에 노리며 따라다닌다. 게다가 그는 성병의 위험을 대수롭게 여기지 않는다. 그러나 이러한 병에 걸리는 투우사들이 많은가 하고 노부인이 묻는다.

"그렇습니다, 부인. 여자를 상대할 때 앞으로 자기네의 건강을 생각하지 않고 오로지 여자만을 생각하는 모든 사람들과 마찬가집니다."

노부인: "그러나 어째서 자기의 건강을 생각하지 않을까요?"

"부인, 그것은 어려운 문제입니다. 정말이지 남자가 한창 흥분할 때에는 머리에 그런 생각이 안 떠오르거든요. 상대가 창녀라고 하더라도 좋은 창녀라면 남자는 그 당시에, 또 때로는 나중에라도 그 여자를 좋게 생각할 것입니다."

노부인: "그러면 이런 병은 모두 몸을 파는 여자에게서 오는 것인가요?"

"아닙니다, 부인. 여자 친구에게서, 혹은 그 여자 친구의 동무에게서 오기도 합니다. 그 밖에 어느 누구에게서든지, 여기저기, 사실 어디서나 동침한 여자에게서 옮아오지요."

노부인: "남자가 된다는 것은 가장 위험한 일이겠군요."

"정말 그렇습니다, 부인. 거기서 살아남는 남자는 극소수입니다. 그것은 빠듯한 거래이고, 그 끝에는 무덤이 기다리고 있지요."

노부인: "그런 남자들이 모두 결혼하여 자기 부인들과만 자는 편이 더 좋지 않을까요?"

"그들의 영혼을 위해서 그렇습니다. 그들의 육체를 위해서도 마찬가지입니다. 그러나 결혼해서 진정으로 아내를 사랑한다면 투우사들은 파멸하는 수가 많습니다."

노부인: "그러면 투우사의 부인들은? 그 부인들은 어떻게 되지요?"

"당사자가 아니고는 아무도 어떻다 하고 이야기할 수 없습니다. 만약 남편이 계약을 얻지 못하면 생계를 유지할 수 없습니다. 그러나 계약 하나하나에 그는 죽음을 무릅씁니다. 그리고 투우장에 들어가서 꼭 살아 나온다고는 할 수 없습니다. 군인의 아내와는 다릅니다. 군인은 전쟁이 없는 때에도 생활비를 벌기 때문입니다. 뱃사람의 경우와도 다릅니다. 오랫동안 바다에 나가 있어도 그에게는 배라는 보호물이 있기 때문입니다. 권투 선수와도 다릅니다. 그는 죽음을 눈앞에 보지 않기 때문입니다. 어느 직업을 가진 남자의 아내와도 같지 않습니다. 나에게 딸이 있다면 나는 그 애를 투우사의 아내로는 만들고 싶지 않습니다."

노부인: "정말 딸이 있어요?"

"없습니다, 부인."

노부인: "그러면 적어도 그런 걱정은 할 필요가 없겠군요. 그러나 나는 투우사들이 그 병에 걸리지 말았으면 좋겠어요."

"아 부인, 남자로서 무엇인가 과거 불행의 표적을 가지게 되지 않는 사람은 하나도 없을 것입니다. 어디가 터졌든가, 어디가 부러졌든가, 어디가 찌그러졌든가 합니다. 그러나 남자는 여러 가지 모험을 하는 것이어서 내가 아는 어느 골프 챔피언은 골프 공을 치기보다는 매독을 더

능란하게 치울 수 있었던 것입니다."

　노부인: "그러면 전혀 무슨 대책이 없나요?"

　"부인, 인생만사에 없습니다. 죽음이야말로 모든 불행의 으뜸가는 처방입니다. 부인, 이제 모든 토론을 그만두고 식사나 하는 게 어떻습니까? 우리가 죽기 전에 과학자들은 이 오랜역사의 질병들을 완전히 없애줄지도 모릅니다. 그러면 우리는 모든 도덕에 끝장이 오는 것을 보게 될 것입니다. 그러나 그때까지는 나는 여기에 앉아 내 친구들이 당하는 죽음이나 부상을 생각하기보다는 보틴의 식당에서 새끼 돼지고기요리를 먹는 편이 더 낫다고 생각합니다."

　노부인: "그러면 식사를 하러가지요. 내일 또 투우 이야기를 좀 더 들려주세요."

11.

투우와 축우(畜牛)와의 차이는 늑대와 개의 차이와 비등하다. 축우도, 개가 사납고 위험할 수 있듯이 성질이 고약하고 사나울 수 있지만 축우는 개가 늑대의 교활함이나 넓은 턱 또는 근육을 가질 수 없듯이 투우의 독특한 생김새, 근육의 질 또는 날쌤을 가질 수 없다. 그들은 반도(半島)를 헤매던 야우(野牛)에서 내려온 혈통을 그대로 간직한 채 수천 에이커에 이르는 넓은 목장에서 멋대로 자란 것이다. 그리고 링에 나타나는 투우사들과의 접촉은 최소한도로 제한한다.

투우의 신체적 특징은 윤기 있는 털을 가진 두껍고 엄청나게 질긴 가죽과 작은 머리통에 넓은 이마를 가졌다는 점이다. 앞으로 굽은 뿔의 생김새와 힘, 화났을 땐 곤두서는 등의 살덩이와 짧고 굵은 목, 넓적한 어깻죽지, 매우 작은 발굽이며 길고 가는 꼬리. 암놈은 수놈만큼 육중한 체구를 가지고 있지 않다. 머리통도 더 작고 뿔도 더 가늘고 짧다. 목은 더 길고 턱밑에 늘어진 살도 덜 두드러졌다. 가슴도 그리 넓지 않고 젖도 별로 눈에 띌 만큼 두드러져 있지 않다. 나는 이 암소들이 아마추어 투우사들과 링에서 싸우는 것을 팜플로나에서 자주 보았다. 그 소들은 황소처럼 공격하여 아마추어들을 이리저리 내동댕이쳤고, 그곳을 여행하는 외국인들은 이구동성으로 그 암소들을 숫송아지라고 불렀다. 그들은 두드러진 암소의 티를 보이지 않았기 때문이다. 야우와 투우의 차이를 가장 분명하게 보이는 것은 투우의 암놈에서다.

투우에서 우리가 가장 자주 듣는 이야기의 하나는 공격해올 때에는 수놈보다 암놈이 훨씬 더 위험하다는 것이다. 왜냐하면 덤벼들 때 수놈은 눈을 감는데 암놈은 눈을 뜨고 있기 때문이라는 것이다. 누가 이런 이야기를 처음으로 꺼냈는지는 모르지만 믿을 만한 근거는 없다. 아마추어 투우에서 쓰는 암놈들은 거의 변함 없이 케이프가 아닌 사람들을 공격하며, 곧장 앞으로 내달리는 것이 아니라 사람을 향해 몸을 날쌔게 돌려서 덤벼든다. 그리고 흔히 어떤 한 사람을 지목하여 많은 군중 속에서 그를 추격한다.

그러나 그들이 이렇게 하는 것을 버지니아·울프가 생각할지도 모르는 이른바 여성의 타고난 우월한 지능 때문이 아니고, 암소들은 보통 투우에선 링에 나오는 일이 없고, 투우에 있어 여러 방면으로 완전하게 길들이는 것을 반대하는 사람이 없으므로 오직 케이프와 물레타로서 투우사들을 훈련시키는 데에만 사용하기 때문이다. 수소든 암소든 케이프나 물레타로서 두어번의 패스를 경험하면 그것을 모두 알게 되고 기억한다.

그것이 가령 황소라면 정식 투우에는 쓰지 못한다. 말을 타지 않은 투우사와 싸우는 소는 그것이 최초의 경험이어야 한다는 조건이 붙어 있기 때문이다. 소가 케이프나 물레타에 낯이 설어서 곧장 공격해 들어 온다면 투우사는 소의 공격에 되도록 바싹 접근함으로써 일부러 위험을 조성하며, 부득이한 방어 수단으로서가 아니라 관객의 흥분을 자아낼 수 있는 순서로 다양성 있는 패스를 선택하여 실천할 수 있는 것이다.

소에게 싸운 경험이 있다면, 끊임없이 사람을 따라 덤벼들거나 뿔로 천을 들치고 사람을 찾는다. 그리하여 소는 스스로 위험을 조성하며, 자꾸 사람들 뒤로 물러서고 방어 태세를 취하게 한다. 따라서 패스를 분명하게 할 수도 없고 멋진 투우도 불가능하게 된다. 투우는 대단히 발전하고 또 조직화되어서, 소는 투우사를 전혀 모른 채 링 안에 들어와서 투우사들의 온갖 기교를 터득하고 투우사에게 최대의 위협을 가하게 될 때면 죽임을 당하는 것이다. 링 안의 소는 배우는 속도가 대단히 빨라서, 가령 투우사들이 맥 빠진 투우를 하거나 서투르게 굴거나 시간을 단 10분이라도 더 끌게 되면 볼 만한 솜씨로 죽이는 것이 거의 불가능하게 된다.

투우사들이 두세 번만 시합을 하면 꾀가 늘어서, 이를테면 그들은 심지어 그리스어와 라틴어까지도 지껄일 수 있다고들 하는데, 그런 암소를 상대로 연습과 훈련을 거듭하는 것은 그만치 이로운 점이 있기 때문이다. 이렇게 교육이 끝나면 그 암소들은 아마추어들을 위해 링 안에 풀어놓는 것이다. 때로는 뿔을 가죽으로 싸고 또 때로는 그대로 맨 뿔로 풀어놓는데, 그들은 사슴처럼 동작이 날래고 부드러워서 아마추어 케이프맨이나 카페아(아마추어들이 거리의 광장에서 벌이는 비공식 투우)에 나오는 온갖 투우 지망자들을 연습시키는 데에 적당하다.

그 암소들은 피로해서 다음에 또 나타날 때까지 쉬도록 링 안에 몰아넣을 때까지 아마추어들을 쫓아다니며 겁을 주고, 받아 넘기고, 찢고 하는 것이다. 이들 투우용 암소들은 카페아에 등장하기를 좋아하는 듯하다. 그 소들에겐 매질을 하지도 않으며, 어깨에 디비사(소를 길러낸 사람을 나타내는 색깔)를 붙이지도 않으며, 공격을 하도록 자극을 주지도 않지만 마치 싸움닭이 싸우듯이 공격과 받아 넘기는 것을 즐기는 듯했다. 물론 그들은 소의 용감성이 벌을 받을 때에 취하는 태도로써 평가되지만, 벌을 받는 일은 없다.

투우들의 이동은 군중 심리를 활용함으로써 가능하다. 소를 여섯 마리 혹은 그 이상으로 그룹을 지어 몰게 되는데, 가령 한 마리라도 집단에서 떨어지면 곧장 사람이건 말이건 자동차건 가리지 않고 움직이는 것이면 무엇이든지 자꾸 공격하여 죽여놓고야 마는 것이다.

그리고 길들인 소들을 이용함으로써 마치 야생 코끼리를 길들인 코끼리로 잡아서 떼 지어 몰듯이 투우들을 몰아서 어느 곳으로 옮길 수가 있다. 거세한 소들이 투우들을 차량에 싣기 위해 케이지 속으로 몰거나, 소들을 분리시키거나, 차에서 내리는 것을 도와주는 구경은 투우에 대한 여러 가지 면에서도 가장 흥미 있는 것의 하나다. 기차로 소를 운반하거나 혹은 스페인에 좋은 길이 생겨서 지금처럼 트럭 같은 훨씬 힘이 덜 드는 방법으로 운반하게 되기 이전의 옛날에는, 소를 길들인 소들로 몰아서 이동시켰다.

투우들은 거세한 소들에 포위되고, 보신용 창을 든 말 탄 기수들의 호위 아래 구름처럼 먼지를 날리며 이동해 간다. 그렇게 되면 말을 사람들은 모두 집안으로 뛰어들어가 문을 걸어 닫고, 창문으로 넓고 먼지가 앉은 소의 등이며 큰 뿔, 예리한 눈, 김이 서린 코, 거세된 소들의 종이 달린 목, 몰이꾼들의 짧은 재킷과 갈색 얼굴이며 넓고 우뚝 솟은 갈색 모자를 지켜보는 것이다. 투우들은 떼를 지어 단체 행동을 할 때에는 조용하다. 한 데 어울려 있을 때에는 마음이 놓이고 군중 심리가 작용하여 지도자를 따르게 되는 때문이다. 철로가 먼 지방에서는 오늘날까지도 그런 식으로 소를 몰고 있는데, 가끔 한 마리가 떼에서 이탈하기도 한다. 우리가 스페인에 있던 어느 해에 발렌시아 밖 한 작은 마을의 마지막 집 앞에서 그런 일이 벌어졌었다.

그 소는 무엇에 걸려 무릎을 꿇었는데 일어섰을 때에는 다른 소들은 이미 지나갔었다. 그 소의 눈에 첫 번째로 띈 것은 열린 문 안에 한 사나이가 서 있는 것이었다. 곧 그리로 덤벼든 그 소는 그를 문 밖으로 내던졌다. 집안에서는 아무도 보이지 않았으므로 곧장 더 안으로 들어갔다. 침실에는 한 여인이 로킹 체어에 앉아 있었다. 그녀는 늙어서 그 소동을 듣지 못했던 것이다. 그 소는 의자를 부수고 그 노파를 죽였다. 문간에 나가떨어졌던 사나이는 자기 아내를 보호하고자 엽총을 가지고 들어왔지만 그녀는 이미 소에게 받혀 방 한구석에 쓰러져 있었다. 그는 소를 정면으로 쏘았으나 단지 어깨를 맞히었을 뿐이다. 그래서 소는 그 사나이를 받아 죽였다. 소는 거울을 보고 그것도 공격했고 구식 대형 옷장을 부수고 거리로 뛰쳐나갔다. 길에서 얼마쯤 가다가 수레를 끄는 말을 보고 그를 공격하여 말을 죽이고 수레를 뒤집어엎었다. 마부는 수레 안에 타고 있었다. 이때에야 몰이꾼들은 먼지를 일으키며 말을 타고 달려왔다. 그들은 두 마리의 거세한 황소를 내몰아 그 투우를 호위하게 했다. 곧 그 투우 옆에 한 마리씩 거세된 황소가 막아 서니까 투우는 거슬러 올렸던 등의 털을 낮추고 고개를 숙이더니 종종걸음으로 소떼로 갔다.

스페인의 황소들은 자동차를 들이받고 심지어 철로에 들어서서 기차를 멈추게 하고는 뒤로 물러서거나 철로에서 피하려고 들지 않는다고 하는 사실은 누구나 다 알고 있다. 기적을 세차게 울리면서 기차가 전진하면 맹목적으로 기차를 들이받는 것이다. 정말 용감한 투우는 이 세상에 무서워하는 것이라곤 아무것도 없다.

스페인의 여러 도시에서는 독특하고도 야만적인 구경거리로 투우가 코끼리를 계속 공격하는 것을 볼 수 있다. 투우들은 마치 피카도르를 공격하듯이 명쾌하게 사자들이며 호랑이들을 죽였던 것이다. 참다운 투우라면 조금도 겁이란 것이 없고, 행동하거나 쉬는 모습을 지켜보는 데에는 이보다 더 좋은 동물은 없다는 생각이 든다. 45미터 경주에서는 말이 이기지만, 정지 상태에서 출발하는 23미터 경주에서는 투우가 말을 이긴다. 소는 거의 고양이만큼이나 발을 재게 놀릴 수 있고 조랑말보다는 훨씬 더 빨리 놀릴 수 있다.

그리고 네 살이 되면 말과 기수를 동시에 들어 올려 자기 등 너머로 던질 만큼 억센 힘을 목과 어깨 근육에 가지고 있다. 나는 소가 3센티미터 두께의 바레라 널판자를 두 뿔 혹은 한 쪽 뿔로 받는 것을 여러번 목격했다. 소는 뿔을 어느 쪽이든 자유로이 쓸 수 있는데, 그렇게 되면 널판자는 산산조각이 난다. 발렌시아에 있는 투우장 박물관에는 돈 에스테반·헤르난데스의 목장의 소가 뿔로 받아서 12센티미터나 되게 구멍을 파놓은 무거운 쇠의 등자(鐙子)가 전시되어 있다. 이 등자를 보존해둔 것은 뿔로 구멍을 파놓은 것이 독특해서가 아니라, 이 경우에는 피카도르가 기적적으로 상처를 입지 않았기 때문이다.

지금은 절판되었지만 스페인에는 《토로스 세레브레스》라는 한 권의 책이 있다. 그것은 사육자들이 제공한 유명한 소들의 이름을, 죽는 모습이며 재주 등과 함께 알파벳 순서로 기록한 322페이지의 기록물이다. 무심코 책을 펴도 헤치세로 혹은 위자드라고 불린 소를 보게 된다. 이 소는 콘챠와 시에라 목장에서 자랐고, 1844년에 카디즈에서 출전하여 모든 마타도르들의 피카도르들을 병원으로 보낸 회색 투우다.

그 소는 적어도 일곱 명을 부상시켰고 거기에 더하여 일곱 마리의 말을 죽였던 것이다. 돈 호세·부에노 목장산(産)의 검은 소 비보라는 1908년 8월 9일에 비스타 알레그라에서 싸웠는데, 막 안으로 들어오다가 바레라를 뛰어넘어 링의 목수인 루이스·곤잘레스를 받아서 오른쪽 허벅다리에 엄청난 상처를 입혔었다. 마타도르가 비보라를 죽이려고 달려들었으나 그것이 여의치 않아 코랄로 되돌아갔다. 아마도 목수가 아니었다면 이 사건은 길이 기억될 만한 것은 못 된다. 그럼에도 비보라가 그 책에 포함된 것은 그 책을 살만한 사람들에게 최근에 준 인상을 고려해서였던 것 같다.

그때 단 한 번 모습을 나타냈던 자쿠에타라는 마타도르의 기록은 하나도 남아 있지 않다. 그는 비보라를 죽일 수 없다고 선언도 하기 전에 들어가버렸던 것이다. 그 소가 기억에 그래도 남는다면 목공을 받았다는 예외적인 행동 때문이 아니라 바로 그 마타도르 때문이었던 듯하다. 나는 목공이 받히는 것을 두 번이나 직접 보았지만 그에 대해서 글 한 줄도 쓴 일이 없는 것이다.

레시레아스 목장에서 자란 자라고자란 투우가 1898년 9월 2일에 포르투갈 보에티아의 투우장으로 운반되는 도중에 우리를 부수고 나와서 많은 사람을 추격하여 부상을 입혔다. 그 소는 읍사무소 안으로 들어

간 소년을 추격하여 그 소년이 2층으로 올라가자 거기까지 뒤쫓아 올라갔고, 그 책에 의하면 집을 마구 부수었다는 것이다. 아마 그랬을 것이라 생각된다.

눈알이 불거지고 넓게 벌어진 뿔을 가진 돈 빅토리아노·리파밀란 목장산의 코미사리오라는 붉은 황소는 1895년 4월 14일에 바르셀로나에서 세 번째로 출전했었다. 그 소는 바레라를 뛰어넘어 특별 관람석으로 들어가 관객들을 추격했다고 그 책은 기록하고 있으며, 충분히 상상되는 혼란을 야기시켰고 또 파괴를 자행했다. 경비원 이시드로·실바가 기병도(騎兵刀)로 소를 찔렀고, 경비 하사관 우발도·비구에레스가 칼빈총으로 쏘았는데, 소의 목을 관통한 탄환은 투우장 종업원의 왼쪽 가슴에 박히는 바람에 현장에서 즉사하고 말았다. 코미사리오는 마지막에 올가미 밧줄로 잡혀 칼을 맞고 죽었다.

이런 사건들은 첫 번째 것을 제외하고는 그 어느 것도 순수한 투우의 영역에 속하지 않는다. 1904년 7월 24일에 산세바스티안 광장에서 뱅골산 호랑이와 싸운 돈 안토니오·로페즈·플라타 목장의 후론이라는 황소의 경우도 마찬가지다. 그들은 강철 우리 속에서 싸웠는데 소가 호랑이를 몇 번 받았다. 그러나 그중 한번은 우리를 들이받아 부수어놓는 바람에 그 두 동물이 함께 관중 한복판 링으로 뛰어나왔다. 죽어가는 호랑이와 펄펄 날뛰는 소와의 싸움을 말리려던 경관이 쏜 몇 발의 총탄은 많은 관객에게 심한 상처를 입혔다. 소들과 다른 동물 사이에 벌어지는 이런 여러 사건의 내력으로 볼 때, 그것은 멀리 떨어져서 구경하거나 혹은 적어도 더 높은 좌석에서 보아야 할 광경이라고 말해야겠다.

아리바스 형제 목장의 오피시알이라는 황소는 한 명의 반데리예로를 잡아서 받아 넘기고는 바레라를 넘어 차토라는 피카도르를 세 번 받고 나서 경비원을 받고, 시청 수위의 다리와 갈빗대를 세 개씩이나 분질렀고, 야간경비원의 팔을 또 꺾어놓았다. 그 황소는 경찰이 시청 앞에서 시위하는 군중들에게 곤봉 세례를 퍼부을 때 풀어놓기에 안성맞춤일 성싶다. 그 소가 죽지 않았더라면 경찰을 증오하는 혈통의 소를 퍼뜨려 민중이 거리에서 투쟁할 때 포석(鋪石)이 없어짐으로 해서 불리해진 입장을 되살릴 수도 있었을 것이다. 가까운 거리에서는 몽둥이나 칼보다도 자갈이 더 효과적이다. 자갈이나 포석이 자취를 감춘 것은 기관총, 최루탄 그리고 자동 권총보다도 더욱 정부 전복을 억제하는 효과를 가져왔다.

정부가 전복되는 것은 서로 충돌했을 때 정부 측에서 시민을 죽이기를 원치 않고 곤봉으로 두드리거나, 말을 타고 다니며 기병도의 칼날을 누여서 그들을 때림으로써 진압하려는 때인 것이다. 시민에게 너무 자주 기관총을 사용하는 정부는 어느 정부건 자동적으로 몰락하는 것이다. 정권은 몽둥이나 가죽으로 싼 곤봉으로 유지되는 것이지 기관총이나 칼로 지탱되는 것이 아니다. 한편 포석이 있는 한 몽둥이 세례만 받고 있을 비무장의 폭도는 없는 법이다.

경찰과의 싸움이 아니라 투우를 몹시 좋아하는 사람들이 기억하고 있는 소의 유형은 헤치세로다. 훈련된 투우사들과 대항하는 링 안에서 그 소는 재주를 보여주었다. 그것도 끊임 없이 강타를 받으면서 말이다. 지금은 볼 수 없지만, 보통 더욱 스릴 있고 당당하며 유익한 거리의 싸움과 권투에서 선수권을 얻는 것과의 차이는 바로 여기에 있는 것이다. 도망치는 소라도 숱한 사람을 죽이고 벌도 받지 않고 많은 재산을 부수어 버릴 수 있을 것이다.

그러나 소가 특별 관람석에 뛰어들어 혼란과 홍분을 자아낸다 해도 킬링하는 찰나의 투우사보다는 관중들의 위험도가 훨씬 낮은 법이다. 왜냐하면 사람들이 법석을 피우는 혼란 속에서는 소가 막연히 공격을 할 뿐 뿔을 겨냥해서 놀리지 않는 까닭이다. 사람을 추적하다가 넘는 경우를 제하고는 바레라를 뛰어넘는 소는 용감한 놈이 아니다. 단순히 링에서 도망치려는 비겁한 놈인 것이다.

정말 용감한 소는 싸움을 환영하여 어떤 싸움에의 초대로 받아들이며 어쩔 수 없이 싸우는 것이 아니라 스스로 원해서 싸우는 것이다. 이 용감성은 헛발질이나 위협, 허세를 부리지 않고 스스로 마음에서부터 피카도르와의 싸움을 받아들이고 목이나 어깨에 창끝이 꽂혀 있고 연방 공격을 받으면서도 사람과 말이 쓰러질 때까지 덤벼드는 횟수에 의해서만 평가될 수 있다. 용감한 소란 조금도 주저함이 없이 링의 일정한 부분에서 피카도르에게 네 번의 공격을 하며, 자기가 받는 공격은 전혀 개의치 않고 공격할 때마다 한 번씩 창에 찔리면서도 기수와 말이 나동그라질 때까지 공격하는 그런 소인 것이다.

소의 용감성의 측정은 창에 대한 태도에 의해서만 가능하다. 소의 용감성은 스페인 투우의 근본을 이루고 있다. 실로 용감한 소의 용감성은 속세를 떠난 불가사의한 그 무엇인 듯했다. 이 용감성은 단순히 기질이 사납다거나 궁지에 빠진 동물의 발악적인 용기만은 아니다. 소는 싸우는 동물이며, 투쟁적인 기질은 순수하게 보존되고 온갖 비겁한 요소가 제거되었을 때, 그 소는 그 어느 동물보다도 휴식할 때의 태도가 조용하고 온순하다. 다루기가 가장 힘든 소가 가장 멋진 싸움을 하지는 않는다.

가장 좋은 투우에게는 스페인 사람들이 말하는 이른바 귀족적인 특질이 있다. 그것은 투우계에서 가장 독특한 일면이다.

소는 싸움을 최대의 즐거움으로 삼는 투쟁적 동물로서 여하한 형태의 싸움에도 응하며, 도전이라고 생각되는 그 어떤 것에도 물러서는 일이 없지만, 훌륭한 투우들은 목장에서 자기들을 다루거나 링으로 운반 책임을 지는 몰이꾼들을 알아보며 심지어 쓰다듬거나 두드려주는 것까지도 허락하는 것이다. 나는 코랄에서 몰이꾼이 코를 어루만지고 마치 말처럼 솔질을 하고 심지어 등에 올라타는 것까지 허락하는 것을 보았다.

그런 뒤 미리 흥분시키거나 자극을 주지도 않고 그대로 링 안으로 들어갔는데도 피카도르들을 연방 공격하여 다섯 마리의 말을 죽이고 반데리예로들과 마타도르를 죽이는 데에 최선을 다했으며, 코브라처럼 독하고 공격하는 암사자처럼 용감했던 것이다.

물론 모든 소가 다 고상한 것은 아니고 마이오랄(소 먹이는 사람)이 사귈 수 있는 소가 한 마리라면 그들에게 먹이를 갖다줄 때 덤벼드는 소는 50마리꼴이나 된다. 그 소들은 자기들에게 도전한다고 생각되는 어떤 움직임만 보면 마구 덤벼드는 것이다. 또 모든 소가 다 용감한 것도 아니다. 두 살이 되면 주인은 말 탄 피카도르를 시켜 둘러막힌 코랄이나 들판에서 용감성을 시험하게 한다.

한 해 전에는 말 탄 사나이들이 그 송아지들을 뭉툭한 긴 장대로 넘어뜨리고 몸에 낙인을 찍어두는 것이다. 그러다가 두 살이 되면 이카도르들은 창으로 그들을 테스트하는 것이다. 그 송아지들은 이미 번호와 이름이 붙어 있어서 주인은 한 마리씩 그 용감성을 기록해두는 것이다. 소의 사육자가 꼼꼼하다면 용감하지 못한 소는 육우(肉牛)로 기록해두는 것이다. 나머지는 그들이 보인 용감성의 성격에 따라 책에 기록해두었다가 어느 링으로 여섯 마리의 소를 운반해서 하나의 코리다를 준비할 때 자기가 원하는 대로 출전하는 소의 순서를 배열하는 것이다.

소에 낙인을 찍는 것은 미국 서부의 목장에서 하는 방법과 같다. 그러나 어미로부터 새끼를 떼기 위해 예비 조치를 하거나 뿔이며 눈을 다치지 않고 또 표지가 뒤섞이지 않도록 할 필요가 있을 때에는 예외다.

낙인을 찍는 인두는 이글거리는 불에 달구어지는데 그것은 보통 0에서 9까지의 숫자와 문장(紋章)으로 구성되는 사육자의 상표이다. 그 인두나 나무로 된 손잡이와 불 속에서 시뻘겋게 달구어지는 쇠붙이로 되어 있다. 송아지들은 한쪽 코랄에 있고 불과 인두는 옆 코랄에 둔다.

두 개의 코랄은 자동식 문으로 열결되어 있는데, 문이 열리면 바쿠에로(카우보이)들이 소를 한 마리씩 낙인 찍는 코랄로 몰아넣는다. 거기서 사람들은 송아지를 눕히고 단단히 붙잡는다.

투우 송아지 한 마리를 꼼짝 못하게 잡는 데에는 다섯 명의 장정이 필요한데, 그들은 돋아나오는 뿔이 상하지 않도록 주의를 해야 한다. 뿔에 상처를 입은 송아지는 공식적인 투우에는 용납되지 않기 때문이다. 사육자는 그런 소를 노비야다나 불완전한 투우 경기에 팔아야 되며, 적어도 70퍼센트의 손해를 보는 것이다.

그들은 또한 눈에 지푸라기가 들어가면 눈이 상해서 투우에 적합하지 못하므로 눈을 다치지 않도록 주의하지 않으면 안 된다. 낙인을 찍을 때 한 사람은 머리를 잡고 다른 사람들은 다리며 몸통, 꼬리를 잡는다. 송아지의 머리는 되도록 보호하기 위해 지푸라기 자루 위에 놓으며 네 다리는 함께 잡아 매고 꼬리는 두 다리 사이로 뽑아 앞으로 잡아 당긴다. 주된 문장(紋章)은 엉덩이에 찍고 숫자는 옆구리에 찍는다. 암송아지나 숫송아지를 가리지 않고 모두 숫자를 매긴다. 낙인을 찍고나면 그 목장의 표시로 두 귀를 째거나 자른다. 그리고 숫놈의 꼬리는 길고 은빛으로 자라도록 가위로 자른다.

그런 다음 송아지를 풀어준다. 벌떡 일어난 송아지는 약이 올라서 눈에 뜨이는 것은 무엇이고 닥치는 대로 공격한다. 그러다가 급기야 열린 문을 통해 낙인 찍는 코랄을 빠져나간다. 헤라데로(낙인 찍는 날)는 투우의 모든 과정 중에서 가장 소란하고 먼지가 많고 어수선한 날이다. 스페인 사람은 나쁜 투우 경기의 말할 수 없는 혼란을 묘사할 때에는 헤라데로에 비유하는 것이 보통이다.

칸이 막힌 코랄에서 행하는 용감성의 테스트는 극히 조용한 것이다. 소는 두 살 때에는 테스트를 받는다. 한 살 때에는 너무 어려서 그 시험을 견딜 만큼 힘이 없고, 세 살이 되면 힘이 넘쳐서 위험하고 또 그 경험을 너무 잘 기억할 것이기 때문이다.

칸이 막힌 코랄은 네모지거나 둥근 것인데, 부를라데로라고 하는 널판자로 된 은신처가 있어서 케이프를 가진 몇 명의 사나이가 그 뒤에서 있을 수 있다. 이들은 직업적인 파이터들이거나 그 테스트에 초대받고 온 아마추어들인데, 암송아지를 상대로 연습할 기회를 준다는 약속하에 온 것이며, 차례로 송아지들을 맞게 된다.

코랄은 대개 직경이 27미터 혹은 큰 투우 경기장의 절반쯤 된다. 두 살짜리 소들은 이웃한 코랄에 있다가 한 번에 한 마리씩 테스트받는 코랄로 들어가게 된다. 송아지가 들어올 때 목동의 짧은 재킷과 가죽 바지를 입은 피카도로가 실제 투우에 쓰이는 것보다는 약간 짧은 삼각형 쇠꼬챙이가 달린 360센티미터가량의 긴 창을 들고 그들을 맞는다. 피카도르는 송아지가 들어오는 문으로 등을 향하고 말을 세운 뒤 조용히 기다린다. 코랄에 있는 그 누구도 입을 떼지 않으며 소에 자극을 줄 만한 행동은 하지 않는다. 그 테스트의 가장 중요한 부분은 위협을 받거나 귀찮게 굴지 않아도 소가 공격을 하는 자발성에 있기 때문이다.

송아지가 공격을 하면 누구나 그 스타일을 기록한다. 우선 땅을 파거나 소리를 지르지 않고 멀리서부터 공격을 하는가, 말에 접근할 때 발을 뒤로 빼고 온 힘을 기울여 돌진하며 창끝이 등에 박혀도 뒷다리와 허리부분의 힘을 모두 사용하여 계속 사람과 말을 향해 밀고 나아가는가, 혹은 앞발을 내밀고 창을 피하기 위해 목 부분만을 놀리고 창에 찔리면 곧 공격을 멈추지는 않는가 등이다. 전혀 공격을 하지 않으면 꼼꼼한 주인은 그 소를 육우로 처분하기로 결정하는 것이다. 이런 판결을 받은 소를 주인은 링에 보내기에 적합하다는 의미를 가진 '토로'라고 부르지 않고 '부에이'라고 부른다.

소가 말과 사람을 넘어뜨리면 투우사들이 그들의 케이프로 소를 그에게서 물러서게 한다. 그러나 보통은 소에게 케이프를 보이는 것이 허락되지 않는다. 송아지가 피카도르를 한번 공격했을 때 그것으로 용감성의 판단이 불가능하면 한번 더 기회를 준 뒤 문을 열어 넓은 곳으로 나가게 한다. 기꺼이 뛰쳐나가는가 혹은 마지못해 나가는가, 다시 공격을 하고 싶어 문간에서 뒤를 돌아보는가 등등 이 자유를 받아 들이는 태도는 링에서 그 소가 취할 행동에 대한 귀중한 자료가 된다.

대부분의 목장 주인들은 소가 한 번 이상 공격하는 것을 달가워하지 않는다. 그들은 소가 쓸데없이 많은 창만을 받게 된다고 느끼는 것이다. 가령 두세 번의 창을 테스트에서 받았다면 그만큼 링에서 창을 덜 받으려 할 것이라고 느끼기에 그들은 혈통에 중점을 두고 진짜 테스트는 종우와 암소에다 실시하기를 원한다. 그들은 특별한 수놈과 실로 용감한 암놈 사이에서 나온 새끼들은 모두 투우에 적합하다고 믿는다. 그래서 그들은 뿔과 몸뚱이만 성하면 용감성에 대한 테스트도 받지 않은 두 살짜리를 모두 '토로'라고 부른다.

종우(種牛)로 쓰일 암소들은 때로 열두 번 혹은 열다섯 번까지 피카도르를 공격하도록 허용되며, 공격의 성격과 천을 따라 붙는 태도를 관찰하기 위하여 케이프와 물레타로 투우사가 패스를 시켜본다. 암소가 대단한 용감성을 보이고 케이프나 물레타를 잘 처리하는 것은 그것이 새끼들에게 유전된다는 점에서 가장 중요한 것이다. 그 암소들은 튼튼해야 하고 골격이 잘 짜이고 체격이 커야 한다.

한편 종우는 뿔에 결함이 있어도 대개는 유전되지 않으므로 문제시하지 않는다. 짧은 뿔은 유전될 수 있으므로 계약 당시에 투우사들이 자기가 싸울 소를 고를 때 고도로 만족스러워할 소를 길러내기 위하여 조심스레 뿔의 길이를 선정(選定)하는데, 정부에서 파견한 검사원이 허락할 한도 내에서 되도록 뿔의 길이는 짧은 것으로 유지하려고 애쓴다. 투우사가 소를 찌르기 위해서 덤벼들 때 뿔이 높으면 위험이 더하므로, 소가 고개를 숙이고 달려들 때 무릎 밑으로 지나갈 수 있도록 옆으로 뻗은 뿔을 가진 소를 길러내려고 하는 것이다.

종우로 쓰일 황소들은 가장 엄격한 테스트를 받는다. 몇 년 동안 종우로 쓰인 소가 링에 나타날 때에는 그들을 곧 알아볼 수가 있다. 그들은 피카도르에 대한 모든 것을 알고 있는 듯하기에 말이다. 그들은 때로 용감한 공격을 하기도 하지만 뿔로 투우사의 손에서 창을 떨어뜨리게 할 줄 안다. 나는 소가 창이나 말은 거들떠보지도 않고 곧장 달려들어 피카도르를 안장에서 끌어내리는 것을 본 일이 있다.

케이프와 물레타로 테스트를 받은 소는 흔히 죽이기가 극히 어려워서, 두 마리의 '새로 나온 소'를 죽이기로 계약한 투우사는 이런 황소들을 거절하거나 갖은 수단을 다해서 이런 학식 있는 동물을 죽이지 않겠다고 거절할 권리가 있다. 법적으로는 소가 한 번 이상 다시 쓰이는 것을 방지하기 위해서 링에 나타나면 곧 살해하도록 규정하고 있다. 그러나 이 법은 종종 지방에서 무시되며, 법이 오래 전부터 금하고 있는 카페아에서는 늘 어기는 것이다. 철저한 테스트를 받은 종우는 투우사를 대하는 기술을 먼저 말한 소들만큼 잘 습득하지는 못하지만 전에 싸운 경험이 있으므로 현명한 관객은 곧 그 차이를 알아볼 수 있다. 테스트에 있어서는 어린 황소의 힘과 용감성을 착각하지 않는 것이 중요하다.

창이 빗나간 경우 소는 용감하게 덤벼들어 기수를 넘어뜨리고 멋진 쇼를 보여주는 경우도 있으나, 한편 창이 단단히 등에 박히면 그 벌을 조용히 받으며 반항을 포기하고 고개를 돌려버리는 것이다. 소들의 테스트는 카스틸랴의 코랄, 살라만카, 나아바아라, 에스트러마두라 등지의 주변 교외에서 한다. 그러나 안달루시아에서는 보통 야외에서 한다.

야외에서의 테스트를 옹호하는 사람들은 진정 소의 용감성을 테스트하려면 야외에서 해야 된다고 말한다. 코랄은 소를 궁지에 빠뜨리는 것으로 느껴지며 궁지에 빠진 소는 어느 놈이고 덤벼들게 마련이기 때문이라는 것이다. 그러나 야외 테스트에서는 소들이 돌아서서 덤빌 때까지 말을 타고 따라다녀야 하고, 기수들이 긴 장대로 소를 넘어뜨리거나 피카도르를 그들이 공격하기 전에 어떤 방법으로든 자극을 주어야 하지만, 코랄에서는 건드리지 않고 가만히 놓아두는 것이다. 그러므로 두 방법은 각기 일장일단이 있다. 손님들이 말을 타고 구경을 하는 야외 테스트가 더 멋이 있기는 하지만, 코랄에서의 테스트는 투우 경기장과 더 비슷한 감을 준다.

투우를 즐기는 사람에게는 소를 기르는 데에 따르는 모든 과정이 대단한 매력을 주며, 테스트를 할 때면 사람들은 많은 음식을 먹고 술을 마음껏 마시며 친구들과 농담을 즐긴다. 그때에 사람들은 귀족 출신들의 서투른 케이프 솜씨도 구경하며, 장차 마타도르가 되고자 하는 구두닦이들이 찾아와서 보이는 능숙한 케이프 솜씨도 볼 수가 있다.

투우는 나아바아라, 부르고스, 팔렌샤, 로그로노, 사라고사, 발로돌리드, 자모라, 세고비아, 살라만카, 바드리드, 톨레도, 알바세테, 에스트러마두라, 안달루시아 등지에서 양육된다. 그러나 주요 지역은 안달루시아, 카스틸랴, 그리고 살라만카다.

가장 크고 좋은 소들은 안달루시아와 카스틸랴에서 오며, 가장 가까운 곳으로 주문할 경우엔 살라만카에서 온다. 나아바아라에서도 아직 많은 소를 길러내지만 그 기질이며 생김새, 용감성들이 지난 20년 동안에 많이 퇴화되었다.

모든 용감한 투우를 대략 두 부류로 분류한다. 투우사들을 위해서 창조되고 양육되는 것과, 사육자 자신들의 만족을 위해서 사육되는 소들이 그것이다. 살라만카와 안달루시아는 그런 점에서 양극단을 갖고 있다고 하겠다.

　그런데 당신은 이 책에서 왜 그다지 대화가 없느냐고 말씀하시는 겁니까? 왜 더 많은 대화를 쓰지 않느냐구요? 이런 책에서 읽기를 원하는 것은 바로 사람들이 주고받는 이야기란 말씀이군요. 제대로 처리할 줄 아는 것이란 고작 그것이 전부인데, 철학자도 과학자도 아닌 일개 무능한 동물학자인 주제에 술만 지독히 마시고 철자법조차 제대로 모르면서 이제 대화조차 뚝 그치고 말았단 말씀이시군요. 수에 미친 사람이라구요? 여러분의 말씀이 옳을는지도 모르겠군요. 자, 그럼, 짧은 대화를 소개하죠.

　"저, 부인, 그럼 질문을 해보시죠. 소에 대해서 무엇이든지 알고 싶은 것이 있으십니까?"

　"네."

　"무얼 알고 싶으신지요? 무엇이건 다 말씀 드리겠어요."

　"물어보기가 쑥스럽군요."

　"애태우실 필욘 없습니다. 솔직하게 물어보세요. 의사에게 혹은 다른 여자에게 말하듯이 말예요. 두려워 마시고 정말 알고 싶으신 걸 물으세요."

　"저, 전 그들의 애정 생활을 알고 싶은데요."

　"부인, 사람을 바로 만나셨습니다."

　"그럼, 말씀해주세요."

　"그렇게 하죠, 부인. 이건 참 좋은 문제입니다. 섹스 문제는 모든 사람에게 흥미가 있고 또 쓸모 있는 지식일 뿐 아니라, 사람의 대화를 이

끌어내는 것이기도 하죠. 부인, 그들의 애정 생활은 참으로 엄청난 것입니다."

"그 정도는 저도 생각해봤어요. 그 어떤 통계를 말씀하실 순 없을까요?"

"물론 해 드리죠. 송아지들은 겨울에 태어납니다."

"그건 우리가 듣고 싶은 송아지 얘기가 아니지요?"

"부인, 하지만 좀 참으십시오. 이야기는 송아지들부터 시작해야 됩니다. 작은 송아지들은 겨울에 태어나는데 뒤로 아홉 달을 세어보면 새끼가 생긴 달을 알 수가 있지요. 가령 송아지가 3월, 1월, 2월에 나왔다면 황소들이 암소들을 따라다닌 것이 4월, 5월, 6월이 되는 셈이지요. 또 그건 실제로도 그렇습니다. 좋은 목장에는 3백 마리에서 4백 마리까지의 암소가 있는데 50마리마다 황소가 한 마리씩 있습니다. 이 황소는 세 살에서 다섯 살, 혹은 그보다 더 나이 먹은 소들입니다. 보통 목장에서 2백마리의 암소와 네 마리의 종자 황소가 있습니다. 황소를 갓 풀어 놓았을 때 그가 어떤 행동으로 나올지는 알 수 없는 일입니다. 마권업자가 와 있어서 이러저러한 일이 있을 것이라고 귀띔을 해준다 하더라도 그의 말대로 된다고는 말할 수 없습니다. 어떤 황소는 암놈들에게 전혀 무관심하고, 또 반대로 암놈들도 그 수놈에게 냉담한 반응을 보이며 서로 뿔과 뿔을 맞부딪치며 마구 난투를 벌여서 들판 건너까지 그 소리가 들려오기도 합니다. 때로 이런 황소는 태도를 돌변하여 어느 한 마리의 암소만을 따라다니기도 하는데, 물론 그런 예는 극히 드물지요. 이런 경우도 있지요. 황소들이 조용히 암소들을 찾아다니다간 다른 황소들을 찾아 가도록 내버려둡니다. 링에 출전할 운명에 놓여 있는 황소를 암놈들 속에 넣는 일은 절대로 없습니다. 그러나 보통은 마권업자들의 말대로 한 마리의 황소가 50마리 이상의 암소와 교미를 하게 되고, 그 수를 넘으면 마침내 허약해져서 무능력자가 되고 말지요. 알고 싶으신 것이 이런 사실들인가요? 제 표현이 서툴렀지요?"

"서툴기는요. 기독교인다운 직선적인 표현으로 잘 말씀해주셔서 퍽 교훈적이었어요."

"감사합니다. 그럼 한 가지 야릇한 현상을 말씀 드리죠. 황소는 일부 다처주의인데 가끔 일부일처주의자를 보게 됩니다. 때로 어떤 황소는 50마리의 암소 가운데에서 유독 한 놈만을 쫓아다니고, 또 그 암소도 그 황소의 곁을 떠나려고 하지 않는 경우가 있어요. 이런 일이 생기면 그 암소는 그곳에서 치워버리는데, 그래도 수놈이 일부 다처주의로 돌아 가지 않으면 다른 황소들과 함께 링으로 보내버리죠."

"그건 참 서글픈 이야기군요."

"부인, 모든 이야기는 결국 죽음으로 끝나는 거죠. 그것을 숨긴다면 참다운 이야기꾼은 못되는 겁니다. 특히 일부일처주의의 이야기는 모두 죽음으로 끝나지요. 그리고 사람도 매한가지입니다. 아주 행복하게 사는 일부일처주의의 남자도 아주 고독하게 죽어가는 겁니다. 착한 아내와 함께 여러 해를 살다가 아내가 먼저 죽고 홀로 남게 된 사나이보다 죽음에 있어 더 고독한 사람은 없을 것입니다. 자살을 한다면 몰라도 말씀예요. 두 사람이 서로 사랑한다면 거기엔 행복한 종말이란 있을 수 없는 법이지요."

"저, 사랑이라고 말씀하시는데 어떤 뜻으로 쓰시는지 잘 모르겠어요. 말씀하시는 뜻을 잘 알아들을 수가 없군요."

"부인, 그것은 역사가 긴 말이고 사람들은 그것에 새로운 의미를 붙여서 받아 들여서는 스스로 퇴색하게 만들지요. 그것은 공기가 가득 찬 부레처럼 많은 뜻을 내포한 낱말이지만 그 의미는 급히 빠져나가는 거랍니다. 그것은 부레가 구멍나듯이 구멍이 날 수도 있습니다. 그리하여 땜질을 하고 다시 바람을 불어넣을 수도 있겠지요. 그런데 그것을 가져보시지 않았다면 그건 부인에겐 존재하지 않는 것이지요. 누구나 사랑을 말하지만 그것을 경험한 사람은 그 흔적을 가지고 있어요. 이 이야기는 더 하고 싶지 않군요. 이야기 가운데서 이처럼 말하기가 쑥스러운 것은 없으니까요. 바보 멍청이나 이런 이야기를 몇 번씩 되풀이할 테니까요. 나는 지금의 아내 이외에 다른 여자와 사랑에 빠지느니보다 차라리 매독을 앓겠어요."

"그게 소와 어떤 관련이 있죠?"

"아무 관련도 없어요, 부인. 전혀 관련이 없지요. 그저 부인의 돈 값어치만큼 대화에 응해 드리는 것일 뿐이죠."

"이야기가 재미있어요. 그런데 사람에게 흔적이 남는다고 하셨는데, 그게 어떻게 남지요? 혹은 그건 그저 그렇게 말씀해보신 건가요?"

"정말 경험을 한 사람들에겐 그 사랑이 가신 뒤 다 흔적이 남는 법이지요."

"죽음이라는 흔적이 남는 거죠."

"제가 말하는 것은 자연주의자로서 하는 말이지 낭만적으로 하는 말은 아닙니다."

"그 이야긴 흥미 없군요."

"부인, 그걸 알면서 한 이야기입니다. 그저 부인이 내신 돈의 가치만큼 드릴려고 하는 이야기니까요."

"하지만 이따금 퍽 재미가 있었어요."

"부인, 약간의 보수로 또다시 즐거운 이야기를 해드리죠."

12.

　울타리 안에 있는 소를 보고 그것이 투우장에서 용감할 것인가 아닌가를 알 수 있는 사람은 하나도 없다. 그렇지만 조용하고 겉으로 초조해 보이지 않고 침착할수록 황소는 더 용감해질 가능성이 많다. 용감한 황소일수록 자신만만하여 허세를 부리지 않는 것이기 때문이다. 발로 땅을 후벼파는 것이라든지, 뿔로 떠받는 시늉을 하는 것이라든지, 큰 소리로 우는 것과 같이 소가 바깥으로 나타내 보이는 위험의 신호는 모두 허세의 한 형식이다. 그것은 할 수 있으면 접전(接戰)을 회피하겠다는 속셈에서 나온 경고다.

　정말로 용감한 소는 돌진하기 전에 그따위 경고를 발하지 않는다. 다만 눈을 부라려 적을 쏘아 보며, 목덜미의 근육을 치겨 올리며, 귀를 부르르 떨며, 그리고 돌격할 때에는 꼬리를 쳐들 뿐이다. 완전히 용감한 소는, 완전 무결한 조건하에서는 시합 전반에 걸쳐 결코 입을 벌리는 법이 없다. 심지어는 혀를 빼무는 법조차 없다. 시합의 마지막에 칼이 몸에 박혔을 때에도 소는 다리가 몸을 가누는 동안에는 입으로 피를 쏟지 않도록 입을 꽉 다문 채 사람에게 다가 오는 것이다.

그런데 소를 용감하게 하는 것은, 첫째로는 확실한 피엔타스(종우장에서 시험되는 소의 용감성 검사) 검사에 의해서만 순수하게 유지될 수 있는 타고난 싸움의 혈통과, 둘째로는 소 자신의 건강 및 컨디션이다. 중요성으로 보아 건강과 컨디션은 철저한 육종(育種)에 비하면 어림도 없지만, 그래도 그것이 없이는 소의 천성으로 타고난 용감성이 소멸되어 버리거나, 그의 몸뚱이가 용감성에 대하여 아무런 반응을 보일 수가 없거나, 아니면 용감성이 짚불처럼 단 한 번 불꽃을 일으킨 뒤에 싸늘하게 식어버리고 소는 속이 텅 빈 껍데기 짐승으로 되고 만다. 건강과 컨디션은, 만약 목장에 아무런 병이 퍼지지 않았다고 생각한다면, 목초와 물에 의하여 결정된다.

완전히 다른 유형의 소를 만들어내는 것은 기후와 지역의 차이로 말미암은 목초와 물의 차이, 지질 구성의 변화, 가축이 풀밭에서 물을 먹으러 가야 하는 거리 등이다. 스페인은 기후로 보면 한 나라라기보다는 하나의 대륙과도 같아서 북부, 예를 들면 나아바아라 지방의 기후와 식물은 발렌시아나 안달루시아 지방의 그것과 아무런 공통점이 없다. 또한 이 세 지방은 나아바아라의 일부 지역을 제외하고는 어느 곳도 카스틸랴의 고원 지방과 전혀 비슷한 점이 없다. 그리하여 나아바아라, 안달루시아, 살라만카의 소는 서로 매우 다르다. 그리고 이것은 혈통이 다르기 때문은 아니다.

나아바아라의 소는 종(種)이 다르다고 해도 좋을 만큼 몸집이 작고 보통 불그스름한 털을 가지고 있다. 그러나 나아바아라의 소 치는 사람들이 안달루시아의 목장에서 종우(種牛)와 암소를 데려다가 나아바아라에 이목(移牧)하려고 하면, 그 소들은 예외 없이 현존하는 북쪽 소의 악성(惡性)을 본받아 초조해지고, 공격이 불확실해지며, 참된 용감성이 없어진다. 그들은 원래의 특성을 잃어버리기만 할 뿐, 예전의 나아바아라 혈통의 특징인 재빠름, 용기, 사슴과도 같은 속도를 얻지는 못한다. 나아바아라의 소는 거의 퇴화되었다. 그것은 나아바아라 토종 사이의 근친번식 때문이며, 수년 전 랑드 경주(쿠르스 랑데즈 - 프랑스 소 놀이의 일종)용으로 가장 좋은 암소들을 프랑스로 팔았기 때문이며, 또 북부 목장에서 안달루시아와 카스틸랴 혈통의 특징과 용감성을 유지하려는 노력이 실패로 돌아갔기 때문이다. 사실상 이런 혈통으로 새롭고 용감한 나아바아라 혈통을 만들어내려는 여러 가지 실험에는 상당한 돈이 들었던 것이다.

가장 좋은 투우용 소는 안달루시아, 콜메나르, 살라만카에서 오며, 극히 드문 일이지만 포르투갈에서도 온다. 가장 전형적인 소는 안달루시아산이다. 안달루시아종은 살라만카로 이송되어, 투우사의 마음에 들도록 몸집이 작고 뿔의 길이가 짧은 소로 개종되었다. 살라만카는 소의 육종에 가장 좋은 지방이다. 목초와 물의 질이 좋아서 거기에서 나온 소는 네 살이 되기 전에 팔리며, 대개는 더 크고 나이가 많아 보이도록 얼마 동안 곡물사료로 자란다. 곡물사료는 소 본래의 근육 위에 기름이 끼게 하여 더 크게 보이도록 하며, 겉으로는 살이 찐 것 같으나 실상은 쉽게 지치고 숨이 차도록 한다.

살라만카산의 소는, 만약 1년간 더 목장에서 길러 그만큼 더 성숙시킨 뒤, 다시 말하면 곡물을 먹일 필요가 없이 본래의 크기로 정부에서 지정한 조건에 합당하도록 네 살 반에서 다섯 살에 이르기까지 투우장에 내어보낸다면 이상적인 투우가 될 것이다. 다만 한 가지 흠이라고는 그 소는 네 살이 지나면 솔직성과 용감성을 잃어버리게 된다는 것이다.

이따금씩 마드리드에는 그런 투우가 보인다. 그러나 그러한 멋진 소가 가져다주는 선전 효과와 투우사들의 방조, 묵인을 기화로 수도 마드리드에 그런 이상적인 소를 보낸 바로 그 종축가(種畜家)는 한 시즌에 열다섯 내지 스무 마리의 다른 소를 지방으로 보낼 것이다. 그리고 그 소들은 기준 연령 미달이어서, 크게 보이도록 곡물 사료로 배를 불린 소들로써 뿔을 써본 경험이 없기 때문에 투우사에게 최소의 위험밖에 줄 수 없다. 이리하여 투우는 그 중에서 가장 볼만한 구경거리인 진짜 소를 잃게 되고 더욱 타락의 길로 깊이 들어가고 마는 것이다.

육종과 컨디션 다음, 소를 만드는 셋째 요소는 나이다. 이 세 가지 요소 중에서 하나라도 부족하면 그것은 완전한 투우가 아니다. 소는 네 살이 되어야 비로소 성숙했다고 볼 수 있다. 세 살만 넘으면 성숙한 것처럼 보인다는 것은 정말이지만, 정말로 성숙한 것은 아니다. 성숙은 체력과 저항을 가져오지만 그보다도 더 중요한 것은 지식이다.

그런데 소의 지식이라는 것은 주로 경험의 기억 – 소는 아무것이건 잊어버리는 일이 없다 – 과 그의 뿔을 사용하는 능력과 지식에 있다. 투우를 이루고 있는 것은 바로 그 뿔이며, 이상적인 수란 곧 투우장에서 배워야 할 일이면 무엇이든지 배울 수 있도록 그 기억이 될 수 있는 대로 투우의 경험으로 때묻지 않은 소다. 투우사가 적절히 다루는 소는 투우사에게 지배되고, 투우사의 솜씨가 서투르거나 그가 겁쟁이일 때에는 소가 투우사를 지배한다. 그리하여 이 소가 가장 실제적인 위험을 제공해줌으로써 투우사에게 소를 적절하게 다루는 방법을 알고 있는가 아닌가의 필요한 시험을 치르게 하려면 뿔을 쓸 줄 알아야 한다. 네 살이 되면 소는 이 지식을 가지게 된다. 그는 이 지식을 목장에서 다른 소와 싸움으로 말미암아 얻는다. 그리고 그것을 얻는 데에는 그 방법밖에 없다.

소 두 마리가 싸우는 것은 아름다운 풍경이다. 소는 펜싱 선수가 칼을 쓰듯이 뿔을 쓴다. 그들은 찌르고, 피하고, 견제하고, 차단하며, 그 겨냥의 정확함은 놀라울 정도다. 두 마리가 모두 뿔을 쓸 줄 알면, 그들 사이의 전투는 마치 정말로 기술 좋은 두 권투 선수 사이의 시합처럼 일체의 위험한 타격이 중단된 채, 피한 방울 흘림이 없이 상호 존경 속에 끝난다. 그들은 판정을 위하여 서로 죽일 필요가 없다. 먼저 반칙을 범함으로써 상대방의 우월을 인정하게 되는 소가 바로 싸움에 지는 소다. 나는 소들이 하찮은 이유, 내가 끄집어낼 수 없는 이유로 몇 번이고 다시 싸우는 것을 보았다. 그들은 대가리를 서로 박치기하며 임자뿔(두 뿔 중에서 더즐겨 쓰는 뿔)로 견제하였다. 서로 부딪칠 때마다 뿔이 덜거덕 거렸다. 서로 타격을 피하고 되받아치다가 갑자기 한 마리가 빙 돌아 저쪽으로 뛰어가버리곤 하는 것이었다.

그런데 한번은 울타리 안에서 일전(一戰)이 끝나 패배를 자인한 소 한 마리가 저쪽으로 가버린 뒤에 나머지 소가 그를 뒤따라 돌격하며 패배당한 소의 엉덩이를 뿔로 찔러 때려뉘었다. 넘어진 소가 일어서기도 전에 그 소는 그 위에 덮쳐 목과 머리를 난도질하듯 수 없이 뿔로 찔렀다. 한번 진 소가 일어서서 머리를 맞대려고 돌아섰다.

그러나 뿔이 단 한 번 오갔다고 생각되는 순간, 그는 눈을 찔리고 넘어져서 또다시 공격을 당하였다. 이긴 소는 그를 다시 일어나지도 못하게 하고 죽여버렸다. 그리고 그로부터 이틀 뒤의 시합 전에 그 소는 울타리 안에서 또 한 마리의 소를 죽였다. 그러나 투우장에 나왔을 때 그는 투우사에게나 관객에게나 내가 본 중에서 가장 훌륭한 소였다. 그는 제대로 뿔의 지식을 습득한 것이었다. 그의 뿔이 악습을 가졌던 것이 아니고, 다만 그가 뿔을 쓸 줄 알았을 뿐이다. 그리하여 마타도르였던 펠릭스·로드리게즈는 케이프와 물레타로 그를 통어하여 찬란한 연기를 보여주었고, 완전무결한 방법으로 그를 죽였던 것이다.

세 살 난 소도 뿔을 쓸 줄 아는 경우가 있으나 그것은 예외적이라고 할 만큼 드문 일이다. 경험이 충분하지 못하기 때문이다. 다섯 살 이상의 소는 그 무기를 쓰는 방법을 너무나 잘 알고 있다. 그들은 뿔에 대해서 너무나 경험이 많고 기술이 좋기 때문에, 투우사는 이것을 극복하고 조심하느라고 눈부신 연기는 거의 보여줄 수 없다. 투우 시합은 재미있게 되지만 마타도르의 연기를 올바르게 감상하려면 투우에 대한 투철한 지식이 필요하다.

거의 모든 소는 한쪽 뿔을 다른 쪽 뿔보다 즐겨 쓰는데 이 한쪽 뿔을 임자뿔이라고 한다. 소가 왼 뿔이나 오른 뿔을 즐겨 쓰는 것은 사람에도 왼손잡이와 오른손잡이가 있는 것과 마찬가지라고도 할 수 있으나, 소의 경우에는 오른 뿔이 더 우세하다는 그런 현상이 없다. 어느 뿔이나 똑같이 임자뿔 노릇을 할 수 있는 것이다. 어느 쪽 뿔이 임자뿔인가는 투우의 시작에 반데리예로가 소를 달리게 할 때 알 수 있으나 흔히 알아낼 수 있는 방법으로 또 한 가지가 있다. 막 돌격하려고 할 때나 아니면 성이 났을 때 소는 한쪽, 또는 경우에 따라서 양쪽 귀를 부르르 떤다. 떨리는 귀와 같은 쪽에 있는 뿔이 대개 그 소가 더 즐겨 쓰는 뿔인 것이다.

뿔을 쓰는 방법은 소에 따라 매우 다르다. 어떤 소들은 이른바 자객의 방법을 쓰는데, 그들은 피카도르를 공격함에 있어서 사정(射程)을 확인하기 전에는 단 한 번도 뿔을 휘두르지 않는다. 그러다가 일단 가까워지면 그들은 단도를 찌르듯이 확실하게 말의 치명적인 부분에 깊숙이 뿔을 찔러넣는다. 그러한 소들은 대개 그전에 목장에서 목동을 공격하거나 말을 죽인 경험이 있는 소로써 그때의 방법을 기억하고 있는 소들이다. 그들은 먼 곳에서 돌격하지 않고 사람과 말을 한꺼번에 넘어뜨리려 하지 않으며, 다만 정확한 자리에 뿔을 찌를 수 있도록 어떠한 방법으로든지 피카도르의 밑에 다다르며 흔히 뿔로 창대를 떠받기도 한다.

이런 까닭으로 하여 소가 죽인 말의 마리 수로는 소의 용감성이나 능력을 판가름할 수 없다. 치명적인 뿔을 가진 소는 말을 죽이지만, 그 반면 용감하고 능력 있는 소는 아마도 말과 사람을 넘어뜨릴 것이며, 그렇게 미쳐 날뛰는 동안에는 뿔을 겨냥할 여유가 거의 없을 것이기 때문이다.

또한 사람을 찔러 죽인 일이 있는 소는 같은 짓을 또다시 저지를 가능성이 훨씬 많다. 투우장에서 찔려 죽은 마타도르는 대부분이 그 전에 바로 그 소에게 떠받혀 내동댕이쳐진 일이 있었다. 물론 같은 투우 시합동안에 이렇게 몇 번이고 소에게 찔리는 것은 사람이 첫 번의 실수로 말미암아 충격을 받아 다리를 제대로 가누지 못하기 때문이거나, 아니면 동작의 민첩 또는 거리의 판단을 잃어버렸기 때문이기도 하지만 미끼에 달린 사람을 찾아낸 소가, 또는 한 쌍의 반데리야가 꽂히고 난 뒤에 소가 사람을 붙잡은 예의 그 방법을 몇 번이고 되풀이하기 때문이기도 하다.

소는 케이프나 물레타를 따라가면 사람을 지나칠 때 갑자기 머리로 한번 들이받거나 돌격의 한가운데에서 발로 급정거를 하거나, 또는 헝겊을 슬쩍 비켜나서 사람에게 뿔을 들이대는 등, 하여간 맨 처음에 사람을 잡았던 방법이라면 무엇이든지 쓰는 것이다. 마찬가지로 소의 혈통 중에도 어떤 것은 투우장에서 빨리 배울 능력이 고도로 발달되어 있다. 이런 소를 상대로 할 때에는 되도록 빨리 싸움을 끝내고 죽여버려야 하며, 소에게 공격할 여지를 되도록 적게 주는 것이 수다. 그러한 소는 시합의 보통 진도보다도 더 빨리 배우므로 상대하여 죽이기가 엄청나게 어려워지기 때문이다.

이러한 종류의 소는 세빌랴의 돈 에드아르도·미우라의 아들들이 기른 전통 있는 명문의 투우들이다. 그러나 그 면밀 주도한 육종가의 아들들은 그 소들을 덜 위험하게, 따라서 투우사들의 입맛에 더 알맞도록 모든 소 중에서 가장 점잖고 용감하고 솔직한 혈통인 비 스타 에르모사 혈통과 교배시켰다. 그리하여 그들은 거대한 몸집, 뿔, 그리고 그 밖에 옛날의 무서운 미우라 종의 모든 특징을 그대로 지니면서도 모든 투우사들에게서 욕을 얻어먹는 그 사납고 영리한 지능을 잃지 않게 소를 만들어내는 데에 성공하였다. 지금도 포르투갈의 돈 호세·팔라가 기르는 한 종은 옛날의 미우라종이 가지고 있었던 혈통, 키, 힘, 그리고 사나움을 그대로 지니고 있다. 그런 소가 출장한다는 광고를 보고 투우 구경을 간다면 여러분은 가장 사납고, 가장 힘세고, 가장 위험스러운 소의 모습이 어떠한 것인가를 보게 될 것이다.

소문에 의하면 성숙한 소가 풀을 뜯어먹는 팔라목장은 물에서 3킬로미터나 떨어져 있어서 소는 물을 먹으러 그렇게 먼 곳으로 가는 동안에 체력이 길러지고, 좀처럼 숨이 차지 않게 되고, 오래 견디는 힘이 길러진다고 한다. 나는 이것을 확증할 수는 없는 것으로, 팔라의 사촌에게서 듣기만 했을 뿐, 나 자신이 그것을 확인해본 일은 없다.

어떤 혈통의 소는 특히 멍청하고 용감하며, 또 어떤 것은 영특하고 용감한가 하면, 어떤 소들은 매우 개성적이면서도 그 종의 소라면 대부분이 지니고 있는 각각 다른 특성을 가지고 있다. 그 전에 베라가 공작이 육종하여 자기 소유로 하고 있던 소는 그러한 보기이다. 그 소는 금세기초에서 몇 년 동안 반도 안의 모든 소 중에서 가장 용감하고, 강하고 빠르고, 훌륭하게 보이는 소들이었다.

그러나 20년 전에는 사소한 경향에 불과하였던 것들이 마침내 전혈통의 지배적인 특성으로 나타났다. 거의 완벽한 소에 가까워졌을 때 그 소들의 특성은 시합의 처음 3분의 1동안 굉장한 속력을 내는 것이었는데, 이로 말미암아 소는 시합의 마지막에 가서 상당히 숨이 가빠지고 동작이 둔해지게 되었던 것이다. 또 한 가지 특성으로서 베라가종의 소는 일단 사람이 나 말을 붙잡아 뿔로 찌른 뒤에는 그대로 두지 않고 그의 희생물을 완전히 없애버리려는 듯이 몇 번이고 계속 공격하는 것이었다. 그러나 그럼에도 그들은 용감하였고, 자발적으로 돌격해왔고, 케이프와 물레타를 잘 따랐다.

30년 후에는 첫판에 속력을 내어 돌격한다는 것밖에 원래의 좋은 자질은 거의 하나도 남아 있지 않고, 그 반면 시합이 진행됨에 따라 동작이 무겁게 굳어지는 경향만은 지나칠 만큼 뚜렷해져서, 베라가종은 피카도르와 한 번 충돌한 이후에는 다리가 거의 뻣뻣하게 죽는 것 같았다. 희생물에 계속 공격을 가하는 경향도 그대로 계속되고 또한 병적으로 증대했으나 속력, 힘, 용감성은 모두 최소한으로 감소되었다.

그리하여 소의 대혈통은 육종가의 면밀한 보살핌과는 아랑곳없이 투우용으로서는 가치가 떨어져버리고 만다. 육종가는 궁여지책으로 다른 혈통과 잡종을 만들려고 할 것이나, 때로 성공하여 좋은 새 혈통이 나오는 수도 있기는 하지만, 대개는 종의 와해를 더욱 촉진함으로써 그것이 가지고 있던 좋은 특성을 하나 남김없이 잃어버리게 하고 말 것이다.

파렴치한 육종가는 좋은 종자의 소를 사서 그 소가 좋은 외양(外樣)과 용감성을 가지고 있다는 평판을 듣고 있음을 기화(奇貨)로, 뿔만 달리고 암소만 아니면 모조리 투우라고 속여 팔아 종의 명예를 깨뜨림으로써 몇 년 동안에 상당한 돈벌이를 하는 수가 있다. 그러나 피가 섞이지 않는 한, 또 소가 좋은 목초와 물을 먹을 수 있는 한, 그는 종의 가치는 깨뜨리지 않을 것이다.

이러한 소가 양심적인 육종가의 손에 들어오면, 그는 철저하게 검사한 뒤에 용감성을 나타내는 투우용 소만을 팔아, 짧은 동안에 종을 다시 옛날의 지위로 회복시킨다. 그러나 종의 명성을 일으켰던 혈통이 차차 희박해 가고 사소한 특성에 불과하였던 결점이 지배적으로 나타나면, 종은 이따금씩 예외로 산출되는 좋은 소를 제외하고는 또는 행운과 위험이 반반씩 섞인 교배법으로 되살아나지 않는 한 이제 마지막이다. 나는 좋은 소의 최후, 베라가종의 급전직하식의 부패와 종말을 보았는데, 그것은 보는 눈을 슬프게 하였다. 공작은 마침내 그 소들을 팔았고 지금 새 주인이 그 혈통을 되살려내려고 하고 있다.

잡종 소, 또는 투우의 피를 조금밖에 가지고 있지 않은 소(무루초)는 흔히 송아지 때에는 매우 용감하여 투우용으로서 가장 좋은 특성을 보여주지만, 성숙기에 이르면 모든 용감성과 멋을 잃어버리고 투우용으로는 완전히 부적당하게 된다.

이와 같이 완전한 성숙기에 이르러 용감성과 멋이 떨어져버리는 현상은 투우종의 혈통과 보통종의 혈통이 섞인 소들의 공통적인 특성이며, 살라만카의 육종가들이 직면하고 있는 으뜸가는 곤란점이다. 거기서 그것은 혼혈 육종의 결과가 아니라, 차라리 그 지방에서 육종되고 사육되는 소에 내재된 듯한 특성이다. 따라서 만약 살라만카의 육종가가 자기의 소에게 최대의 용감성을 가지도록 하고 싶다면, 그는 소를 나이가 어릴 때에 팔아야 한다. 이와 같이 나이가 차지 못한 소는 어느 면으로 보든지 다른 어느 영향에 못지않게 투우에 많은 해를 끼쳐 왔던 것이다.

현재 가장 좋은 투우의 혈통은 바스케스, 카브레라, 비스타 에르모사, 사아베드라, 레사카 및 아바라종의 순종이거나 아니면 그 사이의 잡종들이다.

"부인, 한 마디 대화도 없었습니다마는, 그래도 이제 이 장(章)을 끝낼 때가 되었습니다. 참으로 섭섭합니다."

노부인: "나보다는 덜 섭섭할 거예요."

"이제 무슨 이야기를 더 듣고 싶습니까? 스페인인의 정열에 대한 더 주요한 사실인가요? 성병에 대한 혹평인가요? 죽음과 소멸에 대한 몇 가지 기발한 생각인가요? 아니면 내가 어릴 때 미시간 주의 에메트와 샤를르보아에서 호저(豪豬)(고슴도치와 비슷한 동물)를 본 경험을 듣고 싶으신가요?"

노부인: "아니, 제발 오늘은 동물 이야기는 그만해주세요."

"한 작가가 그토록 즐겨 쓰고 싶어하는 생사에 관한 설교는 어떻습니까?"

노부인: "솔직히 말하자면 그것도 별로 생각이 없어요. 내가 읽어보지 못한 것, 재미 있으면서도 유익한 그런 뭔가는 없나요? 오늘은 어쩐지 기분이 약간 좋지 않네요."

"부인, 바로 그런것이 있습니다. 야수나 황소 이야기가 아닙니다. 현대판 휘티어(존·그린리프·휘티어. 미국의 시인. 1807~1892)의 '설경(雪景)'이라고 할 만한 것으로, 대중적인 문체로 쓰여 있는데 끝에는 모조리 대화뿐입니다."

노부인: "대화가 들어 있다면 읽어보고 싶은데요."

"그럽시다. 그 제목은 이렇습니다."

사자(死者)의 박물지(博物誌)

노부인: "제목이야 어떻든 나는 상관없어요."

"부인께서 제목을 상관하신다는 말은 아닙니다. 제목 같은 건 도무지 좋아하지 않으실 수도 있습니다. 어쨌든 이런 이야기입니다."

사자의 박물지

내 생각으로는 전쟁은 언제나 박물학자들의 관찰을 위한 장(場)으로서의 그 구실이 등한시되어온 것 같다. 고(故) W·H·허드슨씨는 파타고니아의 식물군과 동물군에 대하여 우리에게 재미있고 건전한 설명을 들려주고 있다. 길버트·화이트 목사는 오디새(鳥)에 대하여 가장 재미있는 글을 썼는데, 그는 그 새가 셀본 지방에 이따금씩 아주 보기 드물게 들렀다 간다는 사실을 말하였다. 그리고 스탄리 주교는 대중적이지만 가치 있는 '잘 알려진 조류의 박물지'를 내었다. 우리는 사자(死者)에 대한 몇 가지 합리적이고도 재미 있는 사실을 독자에게 들려줄 수 있지 않을까 하고 나는 그렇게 희망한다.

그 끈덕진 여행가 멍고우·파크가 한 때 여행 도중 아프리카의 황량하고 광막한 사막에서 의식을 잃으려 하고 있었다. 그는 알몸뚱이로 단혼자였다. 그는 이제 죽을 날짜가 다가왔다고 생각하였다. 그에게는 이제 쓰러져서 죽는 일밖에 아무것도 남아 있지 않았다. 그때 보통 것보다는 뛰어나게 아름다운 조그만 이끼꽃이 그의 눈에 띄었다.

그는 그때의 일을 이렇게 말하곤 한다.

'그 풀 전체가 고작 해야 내 손가락 크기만했지만 나는 그 뿌리, 잎사귀, 꼬투리의 교묘한 구조를 바라보고 찬탄하지 않을 수 없었다. 이 세계의 구석진 부분에서 그렇게 보잘 것 없는 물건을 심고 물을 주고 완벽에 이르도록 한 조물주가 자기의 형상대로 만들어진 한 피조물이 이렇게 고통을 겪고 있는 사태를 무관심하게 내려다볼 것인가? 결코 그렇지 않을 것이다. 이렇게 생각하자 나는 절망할 수가 없었다. 나는 배고픔도 피로도 돌보지 않고 다시 용기를 얻어 앞으로 나아갔다. 나는 구조(救助)가 눈앞에 있으리라는 확신을 가지고 있었고, 그 확신은 과연 어긋남이 없었던 것이다.'

스탄리 주교가 말했다시피, 그와 같은 경이(驚異)와 숭경(崇敬)의 염(念)을 가지고 박물학의 어느 분과(分科)를 연구한다면, 우리도 너나 할 것 없이 인생이라는 사막을 여행하는 동안 가지고 있어야 하는 믿음과 사랑과 소망을 증대시킬 수 있을 것인가? 이제 우리는 죽은 자에서 어떤 영감을 끌어낼 수 있는가를 살펴보자.

전쟁에 있어서 죽은 자는 인종의 경우에는 보통 남성이지만, 동물의 경우에는 반드시 그렇지도 않은 것이어서, 나는 종종 죽은 말 사이에 암말이 끼어 있는 것을 보았다. 전쟁의 또 하나의 재미 있는 일면이지만 박물학자가 노새의 시체를 관찰할 기회가 있는 곳은 전쟁 마당뿐이라는 것이다. 민간인 생활 20년의 관찰에서 나는 한 번도 죽은 노새를 본 일이 없었고, 그리하여 나는 노새라는 동물이 불사의 존재인가 하는 의심조차 품게 되었다. 극히 드문 일이지만, 죽은 노새처럼 보이는 것은 있었으나 막상 가까이 가보면 그것은 언제나 완전한 휴식 상태로 죽은 것처럼 보이는 산 노새였던 것이다. 그러나 전쟁 마당에서는 노새는 그 흔해 빠진 말, 그보다는 훨씬 견딜 힘이 적은 말과 꼭 같은 모양으로 쓰러져 죽는 것이다.

노부인: "동물 이야기가 아니라고 하신 줄 알았는데요?"
"곧 끝날 겁니다. 좀 참아주시지요. 이렇게 글을 쓴다는 것은 매우 힘든 일입니다."

내 눈에 띈 죽은 노새는 대개 산의 길섶이나 가파른 내리받이의 기슭에 쓰러져 있었다. 길을 막지 않도록 사람들이 밀어 내던진 것이었다.

노새 시체들은 산속에서는 잘 어울리는 풍경이었다. 이미 그것에 눈이 익숙해져 있었고 나중에 스머너시(市)의 경우처럼 그렇게 어색하게 보이지는 않았다. 스머너에서는 그리스인들이 운송에 쓰이는 모든 동물의 다리를 잘라 부두에서 멀리 얕은 물속에 밀어넣어 익사시켰던 것이다. 다리를 잘린 채 얕은 물에 빠져죽는 수많은 말들은 고야와 같은 화가를 불러내어 그 광경을 그려내도록 했다. 그러나 문자 그대로 말하자면 우리는 말들이 고야와 같은 화가를 불러내었다고는 말할 수 없으며 ─ 역사상 고야는 한 사람뿐이었고 그는 이미 오랜 전에 죽었기 때문이다 ─ 이러한 말들이, 만약 소리쳐 부를 수 있었다고 한들, 그들이 처해 있던 형편을 그림으로 그려 달라고 했으리라는 것은 극히 의심스럽다. 그보다는 차라리, 만약 말을 할 수 있었더라면 그들이 당하고 있는 고통을 덜어줄 누군가를 불러내었을 것이다.

노부인: "전에도 이 노새 이야기를 쓰셨지요?"
"알고 있습니다. 그리고 죄송하게 생각합니다. 제발 좀 참견하지 마십시오. 이제 다시는 이 이야기를 쓰지 않겠습니다. 약속하지요."

죽은 자의 성(性)에 대해서 생각해보면, 사실상 우리는 죽은 자의 성은 대개 남성이라는 것에 매우 익숙해 있기 때문에 죽은 여자를 보면 아주 진저리를 친다. 내가 처음으로 여자의 주검을 보고 죽은 자의 성이 대개 남성이라는 생각을 뒤집은 것은 이탈리아의 밀라노시(市)의 근교에 있는 화약 공장이 폭발한 뒤였다. 우리는 트럭을 타고 포플라 그늘이 진 도로를 따라 사고의 현장으로 달려갔다. 그 길 옆에는 도랑이 있었고 거기에는 조그만 동물들이 많이 살고 있었지만, 나는 트럭이 일으키는 구름같이 먼지 때문에 그것을 분명히 볼 수는 없었다.

화약 공장이 있었던 자리에 도착하자 우리는 몇몇이 어쩌다 폭발하지 않은 화약 더미를 순찰하는 한편, 또 몇 명은 공장 옆에 있는 잔디밭에 붙은 불을 끄러 갔다. 이 일이 끝난 뒤 우리는 시체를 찾아 바로 이웃과 옆에 있는 마당을 수색하라는 명령을 받았다. 우리는 시체가 발견되는 대로 많은 시체를 임시 시체 보관소로 옮겨왔다. 그리고 솔직히 인정하지만, 나는 죽은 자가 남자가 아니라 여자라는 사실을 알고 큰 충격을 받았다. 그 당시 여자들 사이에는 아직 나중에 몇 년 동안 유럽과 미국에서 한 것처럼 단발(斷髮)하는 유행이 시작하지 않았던 만큼 나를 가장 어리둥절하게 만든 것은, 아마 익숙하지 않기 때문이겠지만, 그 긴 머리카락이 있는 주검을 본 것이었고, 이따금씩 그 긴머리카락이 없는 시체를 발견하는 것은 오히려 더 이상할 정도였다.

사지가 완전히 갖추어진 시체를 샅샅이 찾아낸 뒤에 시체 조각을 주워 모으던 일이 생각난다. 이러한 조각들은 대부분이 공장의 건물을 둘러싸고 있는 무거운 가시 철조망에 널려 있었으며, 타다 남은 공장 건물의 일부에서도 우리는 많은 시체 토막을 주워 모았다. 그것은 모두 고성능 폭약의 거대한 에너지를 너무나도 여실히 보여주고 있었다. 많은 시체 조각들이 상당히 떨어진 벌판에서 발견되었는데, 그것들은 그 자체의 무게로 더 멀리 날아갔던 것이었다.

밀라노로 돌아 오는 길에 우리들 한두 사람이 그 사고에 대하여 토론하던 일이 생각난다. 그때 우리는 사고의 비현실성, 그리고 부상자가 없었다는 사실이 재앙의 참혹성을 빼앗아갔다는 데에 의견이 일치되었다. 부상자가 있었더라면 재앙이 훨씬 더 참혹했을 것이다. 게다가 그 사건이 그렇게도 순간적이었다는 사실, 그리고 시체들이 결과적으로 가능한 한 불쾌하지 않게 운반되고 취급되었다는 사실로 말미암아 그 재앙은 보통 전투의 경험과는 거리가 멀었다.

아름다운 롬바르디아 시골길로 먼지는 나지만 유쾌한 드라이브를 한 것도 임무의 불쾌함을 상쇄해주었다. 그리하여 돌아오는 길에 서로 인상을 이야기하는 동안, 우리는 모두 우리가 도착하기 직전에 터졌던 불길이 그처럼 빨리, 또 커다랗게 보이는 폭발되지 않은 화약의 무더기에 댕겨지기 전에 수습되었음은 정말 다행한 일이었다는 데에 의견이 일치하였다. 우리는 또한 시체 조각을 수습하는 것은 보통의 일이 아니었다는 데에도 의견이 일치하였다. 인체가 산산조간이 되어 날아간다는 것은 놀라운 일이었다. 그것은 어떤 해부학적인 선에 따라 폭파된 것이 아니라, 차라리 고성은 수류탄이 폭발할 때 파편이 날아 가듯이 제 멋대로 날아가버린 것이었다.

노부인: "아무런 재미도 없군요."
"그러면 그만 읽으십시오. 아무도 읽으라고 할 사람이 없습니다. 그러나 제발 말참견하지는 마십시오."

박물학자는 관찰의 정확을 기하기 위하여 그의 관찰을 어떤 일정한 기간으로 국한시켜도 좋다. 그리하여 나는 우선 1918년 6월 오스트리아의 이탈리아 침입 후의 기간을 주검이 최다수로 나타난 기간으로 잡겠다. 그때 우리는 부득이 후퇴했다가 나중에 진격하여 실지(失地)를 회복했으므로 전투 뒤의 위치는 전투 전과 다름 없었으며, 다른 점이라고는 다만 시체가 널려 있었다는 것뿐이었다.

주검은 묻히기까지 그 모습이 날마다 조금씩 변한다. 백인종에 있어서 색깔은 흰색에서 노란색, 황록색, 검은색으로 변한다. 더위 속에 충분히 오랫동안 버려져 있으면 살은, 그중에서 특히 부러졌거나 찢어진 곳은 콜타르와 비슷해지며 그것처럼 무지개색이 제법 뚜렷이 나타난다. 주검은 매일 점점 커져서 마침내 때로는 너무 커서 입고 있는 군복이 맞지 않게 되며, 군복이 터질 만큼 팽팽하게 부풀어오른다. 몸집은 믿을 수 없을 만큼 커지고 얼굴은 바람을 넣은 풍선처럼 팽팽하고 둥그렇게 된다.

점진적인 비만 다음으로 놀라운 것은 시체 주위에 많은 종이가 흩어져 있다는 것이다. 시체의 궁극적인 위치는, 매장이 문제시되기 전에는 군복의 포켓이 붙은 자리에 달려 있다. 오스트리아 군대에서는 포켓이 엉덩이 뒤에 있었고, 따라서 시체는 잠깐 뒤에 모두 엎어진 채로 누워 엉덩이의 두 포켓이 뒤집힌 채, 그 주위의 풀 위에 포켓에 들었던 모든 종이를 여기저기에 흩뜨렸던 것이다. 더위, 파리, 풀 위에 표시된 시체의 위치, 그리고 여기저기 흩어진 수많은 종이, 이런 인상은 사람이 언제나 잊어버리지 못할 인상이다. 더운 날씨의 전장의 냄새, 그것은 아무도 되살려낼 수가 없다. 그런 냄새를 맡았다는 기억은 있을 수 있으나 아무런 사건도 내것을 다시 불러일으켜줄 수는 없다. 전차를 타고 가는 동안 갑자기 들이닥치는 군대 냄새는 그것과는 다르다. 그때 우리는 그 냄새를 가져다준 사람을 건너다 보게 될 것이다. 그러나 그 밖의 것들은 마치 사랑에 빠져 있었던 때의 일처럼 완전히 사라지고 없다.

우리는 일어난 일은 기억하고 있으나 그 감각을 되살릴 수는 없다.

노부인: "당신이 사랑에 대하여 쓴 글은 언제나 마음에 들어요."
"고맙습니다, 부인."

그 끈덕진 여행가 멍고우·파크가 전장에 가보았더라면 무엇을 보고 그의 자신을 도로 찾았을 것인지 알고 싶어하는 사람이 있을 것이다. 6월 말과 7월, 밀밭에는 어디를 가나 양귀비가 있었고, 뽕나무는 잎사귀가 활짝 피어 있었으며, 잎사귀 사이로 스며드는 태양 빛, 그것이 비치는 총신에서는 열의 파동이 올라오는 것 같았다. 땅은 미란성(糜爛性) 가스탄이 매달려 있었던 구멍의 언저리에서는 엷은 황색으로 변해 있었고, 보통의 부서진 집은 한 번도 수류탄을 맞지 않은 집보다도 보기가 좋았다. 그러나 거기서 초여름 공기를 마음껏 마시며 멍고우·파크처럼 조물주의 형상을 본뜬 피조물을 생각할 여행가는 거의 없을 것이다.

사자(死者)를 보고 제일 먼저 알아낸 사실은 어느 정도 심한 타격을 받으면 사람도 죽는 모습에 있어서는 동물과 다름없다는 것이었다. 어떤 사람들은 토끼조차 죽일 수 없을 것 같은 조그만 상처로 빨리 죽었다. 그들은 토끼들이 때로는 가죽을 뚫을 것 같지도 않은 서너 개의 조그만 총알에 죽듯이, 조그만 상처들 받고도 죽었다. 또 어떤 사람들은 고양이처럼, 뇌 속에 탄환이 박힌 채 석탄 창고 속을 기어다니며 모가지를 따기 전에는 죽지 않는 고양이처럼, 두개골이 깨어지고 뇌 속에 쇳조각이 박힌 채 이틀 동안 숨이 붙어 누워 있었다. 사람들이 말하는 것처럼 고양이는 아홉 번 되살아나는 짐승이어서 그렇게 해도 죽지 않는 것인지도 모른다.

그러나 어쨌든 사람들은 대개 사람처럼 죽는 것이 아니라 동물처럼 죽는다. 나는 이른바 자연사라고 하는 것을 한 번도 본 일이 없는데, 나는 그 책임을 전쟁으로 돌렸다. 나는 그 끈덕진 여행가 멍고우·파크와 같이 전사(戰死) 외의 다른 죽음이 있다는 것을 알았고 드디어 그 하나를 보았다.

출혈사(出血死)를 제외하고 - 그것은 그래도 나은편이다 - 내가 본 단 한 가지 자연사는 스페인 독감으로 인한 죽음이었다. 그 병에 걸리면 목에 가래가 차서 숨이 막히고, 그 주검의 모습이라니, 마지막에는 침대 가득 똥을 싸 놓고 죽는다. 그리하여 나는 자칭 인도주의자라는 사람의 죽음을 보고 싶다. 왜냐하면 멍고우·파크 같은 끈덕진 여행가나 나는 그래도 살아서 아마도 그 인도주의라는 문학 유파에 속하는 사람들의 실제적인 죽음을 보고, 그들이 뚫는 고상한 출구를 지켜볼 수 있을 것이기 때문이다.

박물학자로서 명상하는 동안 나에게는 단정한 행실이 훌륭한 일이기는 하지만, 종족이 유지되려면 얼만큼은 단정하지 못한 면이 있어야 한다는 생각이 떠올랐다. 생식(生殖)에 필요한 자세가 너무나도 단정하지 못하기 때문이다. 아마 그러한 사람들도 모두 단정한 부부생활에서 태어난 자식들이거나 자식들이었을 것이다.

그러나 출발이야 어떠했든지간에 나는 그들 몇 사람의 종말을 보고, 구더기들이 그 오랫동안 참았던 번식력을 어떻게 발휘하는가 들여다보고 싶다. 그때 그들의 케케묵은 팸플릿은 사라지고, 그들의 모든 욕정이 각주(脚註)로 들어가고 마는 것을 보고 싶은 것이다. (위의 마지막

구절은 앤드루·마벨(1621~1678)의 시 〈그의 수줍은 애인에게〉의 한 구절
을 우습게 모작한 것임)

노부인: "욕정을 멋있게 말한 구절이지요."

"나도압니다. 그건 앤드루·마벨에서 따온 것이지요. T·S·엘리엇을
읽고 그 방법을 배웠습니다."

노부인: "엘리엇의 집안은 옛날부터 모두 우리 집안과 가까운 친구
들이지요. 내가 알기로는 그 집안은 원래 목재상이었답니다."

"우리 삼촌은 아버지가 목재상이었던 여자와 결혼했습니다."

노부인: "참 재미있군요."

사자(死者)의 박물지에서 시민으로 자칭하는 사람들을 다루는 것
은-사실상 그렇게 자칭하는 것도 이 책이 출판될 때쯤에는 아무 의미
를 가지지 않게 되겠지만-아마 합법적일 것이다. 그러나 그것은 그 밖
의 사자들, 곧 생애를 선택하기도 전에 죽었고, 잡지를 가져본 일도 없
었으며, 대개는 의심할 여지 없이 서평조차 읽어보지 못한 사람들, 죽
은 뒤에는 뜨거운 날씨 속에서 입이 있었던 자리에 180씨씨나 되는 구
더기가 득시글거리는 그런 사람들에게는 불공평한 처사다.

죽은 사람들에게는 반드시 뜨거운 날씨만 있는 것이 아니어서, 비가
오면 시체는 땅위에 누워 있을 때에는 깨끗이 씻기고, 땅 속에 묻혀 있
을 때에는 땅이 부드러워지며, 때로는 비가 계속 쏟아져서 진흙과 함께
씻겨나가고, 사람들이 나중에 다시 묻어야 할 때도 있었다. 혹은 겨울
철, 산에서는 시체를 눈 속에 놓아두었다. 그러면 봄에 눈이 녹은 뒤에

다른 사람들이 그것을 매장해야 하는 것이다.

산에 아름다운 묘자리가 있어서 산속의 전쟁은 전쟁 중에서도 가장 아름다운 전쟁이다. 그리하여 포콜이라고 불리는 산속 어느 곳에 사람들은 저격병의 총탄에 머리가 뚫린 한 장군을 묻었다. '장군은 침대에서 죽는다'는 책들을 쓴 작가들이 실수를 저지른 것은 바로 이 점이다. 왜냐하면 이 문제의 장군은 높은 산, 눈에 덮인 참호 속에서 독수리 깃털이 달린 등산모, 앞에는 손가락도 들어가지 않는 구멍이지만, 뒤에는 주먹이라도 들어갈 만한ー그 주먹이 작은 주먹이고 거기다 그것을 집어넣을 생각이 있다면ー구멍이 나 있는 등산모를 쓴 채 눈위에 피를 흥건히 쏟고 죽었기 때문이다.

그는 기가 막히게 훌륭한 장군이었고, 이 점에서는 폰 베르 장군도 마찬가지였다. 그는 카포레토의 전투에서 바바리아의 알프스부대를 지휘하다가, 그의 부대의 선두에서 우디네로 행군하던 중 이탈리아 후위군(後衛軍)에게 총을 맞고 참모차(參謀車) 속에서 죽었다. 그리하여 우리는, 만약 그러한 일을 꼬치꼬치 따지려고 한다면 그런 책의 제목을 모두 '장군은 침대에서 죽는 것이 보통이다'로 고쳐야 할 것이다.

노부인: "이야기는 언제 시작돼요?"
"이제 곧 됩니다, 부인. 곧 해드리죠."

산에서는 때때로 이런 일도 있었다. 산으로 가리어져 포격을 피할 수 있는 곳에 있던 진료소 바깥에 시체가 놓여 있었다. 거기에 눈이 내리면 사람들은 땅이 얼어붙기 전에 그 시체들을 산 옆에 파 놓은 동굴 속으로 운반하였다.

이 동굴 속에 양피지와 솜씨 좋게 감긴 붕대, 이제는 피에 젖어 딱딱하게 굳어진 붕대로 온통 붙잡아 매어두기는 했으나, 꽃병이 깨어지듯이 머리가 깨어진 한 사람이 뾰족한 강철 조각으로 뇌수(腦髓)의 조직이 어지려워진 채 하루 낮 하루 밤 또 하루 낮을 누워 있었다. 위생병들이 군의관들에게 들어가서 잠깐 들여다보라고 청했다. 그들은 지날 적마다 그를 보았고 그를 보지 않을 때에도 그 숨소리가 들리는 것 같았다. 군의관의 눈은 최루성 가스로 벌겋게 되어 있었고, 눈두덩은 부풀어올라 거의 눈을 뜨지 못할 지경이었다.

그 군의관은 두 번 그 사람을 들여다보았다. 한 번은 햇빛으로, 또 한 번은 회중 전등 불빛으로였다. 그것 또한 고야에게는 좋은 판화의 소재가 될 수 있었을 것이다. '회중 전등을 가진 방문'이라고나 설명을 붙일까?

두 번째 들여다본 뒤에 군의관은 그 병사가 아직도 살아있다는 위생병들의 말을 믿었다.

"날더러 어쩌라는 거야?"

군의관이 물었다.

위생병들도 어쩌라고 한 것은 아니었다. 그러나 잠시 후에, 그들은 그 부상병을 끌어내어 중상자들과 같이 수용하도록 허락해달라고 청했다.

"안 돼, 안 돼, 안 돼."

일손이 바쁜 군의관이 말했다.

"뭐야? 그 사람이 무섭나?"

"우리는 그 사람이 저기 죽은 사람들 틈에 끼여서 중얼거리는 것을 듣기 싫습니다."

"그럼 듣지 않으면 되잖아? 거기서 꺼내더라도 곧 도로 넣어놔야 될 텐데."

"그래도 좋습니다, 군의관님."

"안 돼, 안 돼. 안 된다고 했잖아."

"그 병사에게 적량초과의 모르핀을 놓지 그래요."

팔의 상처에 붕대를 감으려고 기다리던 포병 장교 하나가 말했다.

"모르핀을 써야 할 곳이 거기밖에 없는 줄 아시오? 내가 모르핀 없이 수술했으면 좋겠소? 당신 권총 가졌구려. 나가서 몸소 쏘아 죽이시지."

"그는 이미 총을 맞았소. 당신네 군인관들도 총알을 맞으면 생각이 달라질 거요."

"대단히 고맙소." 군의관은 핀셋을 내저으면서 말했다. "천만 번 고맙소. 이 눈은 어떻소?" 군의관은 핀셋으로 자기 눈을 가리켰다. "이 눈은 얼마나 좋으냐말이요."

"최루성 가스군요. 우리는 최루성 가스 정도면 재수 좋다고 합니다."

"접전지대에서 빠져나올 수 있으니말이죠. 최루성 가스를 씻어내기 위해서 이곳 후방으로 빠져나올 수가 있으니 말이죠. 눈에다 양파를 문지르시지."

"당신은 제정신이 아니오. 당신의 욕설은 문제 삼고 싶지도 않소. 당신은 돌았소."

위생병들이 들어왔다.

"군의관님."

그 중의 하나가 말했다.

"꺼져!"

군의관이 말했다.

위생병들은 바깥으로 나갔다.

"내가 저 불쌍한 친구를 쏘아 죽이겠소" 포병 장교가 말했다. "나는 인정 있는 사람이요. 그에게 고통을 주지 않기 위해서요."

"그러면 쏘시오." 의사가 말했다 "쏘아 죽이시오. 책임을 지시오. 나는 보고서를 꾸미겠소. 제1치료실에서 포병 중위가 부상병을 사살했다고 말이요. 쏘시오. 얼른 가서 쏘시오."

"당신은 인간이 아니오."

"내 일은 부상병을 돌보는 것이오. 죽이는 것이 아니오. 그것은 포병의 신사나 할 일이오."

"그러면 왜 그를 돌보지 않는 거요?"

"이미 그렇게 했소. 내가 할 수 있는 대로는 했단 말이오."

"왜 케이블카로 내려보내지 않소?"

"내게 질문하는 당신은 도대체 뭐요? 내 직속 상관이오? 이 진료소의 사령관이요? 내가 대답할 수 있게끔 좀 예의를 갖추시오."

포병 중위는 아무 말도 하지 않았다. 방안에 있던 다른 사람들은 모두 병사였고 장교라고는 하나도 없었다.

"대답해 보시오. 대답 좀 해보란 말이야"

군의관은 핀셋으로 바늘을 집어올리며 말했다.

"쌍놈의 자식."

포병 장교가 말했다.

"그래, 너 말 다했니? 좋아, 좋아, 어디 두고보자."

포병 중위는 일어서서 군의관 쪽으로 걸음을 옮기며 말했다.

"쌍놈의 새끼, 제 에미 ×할 놈의 새끼, 빌어 먹을 놈의……"

군인관은 그의 얼굴에다 접시 가득히 담긴 요오드팅크를 끼얹었다. 중위는 눈을 뜨지 못한 채 군의관 쪽으로 다가가며 권총을 더듬었다. 군의관은 재빨리 중위의 뒤쪽으로 뛰어가서 그를 넘어뜨렸다. 그러고는 중위가 마룻바닥에 넘어지자 몇 번 발길로 걷어차더니, 고무장갑을 낀 손으로 권총을 뽑아들었다. 중위는 마루에 앉아 성한 손으로 눈을 감싸쥐었다.

"죽여버릴 테다. 눈만 보이면 너를 죽여버릴 테다."

그러자 군의관이 말했다.

"나는 상관이야. 너도 알다시피 나는 상관이기 때문에 무슨 짓을 해도 좋단 말이야. 내가 너의 권총을 가지고 있는데 어떻게 나를 죽이겠다는 거야? 어이 선임 하사관, 부관, 부관!"

"부관님은 케이블카에 계십니다."

선임 하사관이 말했다.

"알코올과 물로 이 장교 눈 좀 닦아 내. 눈에 요오드팅크가 들어갔단 말이야. 내 손 씻게 물 좀 갖다줘. 이 장교는 그 다음에 봐주지."

"나한테 손을 댔다간 봐라!"

"꼭 붙잡아, 약간 광기가 있으니까"

위생병 하나가 들어왔다.

"군의관님."

"무슨 일이야?"

"시체실에 있는 사람이……"

"저리 꺼져."

"죽었습니다, 군의관님. 알려드리면 기뻐하실 줄 알았는데요."

"그거 봐, 알겠나, 중위? 우리는 괜히 다투었단 말이야. 전시에는 누구나 괜한 일로 핏대를 올리는 법이지."

"쌍놈의 새끼."

포병 중위가 말했다. 그는 아직도 눈이 보이지 않았다.

"나를 장님으로 만들었어."

"아무것도 아냐 눈은 곧 나을 거야. 아무렇지도 않아 괜한 다툼이라니까."

"아이구 아이구……" 갑자기 중위가 소리쳤다.

"내 눈을 멀게 했어. 네가 내 눈을 멀게 했구나!"

"꽉 붙잡아. 몹시 아픈 모양이니 꽉 붙잡아."

의사가 말했다.

노부인: "이게 끝인가요? 존·그린리프·휘티어의 '설경' 같은 이야기라고 하신 줄 알았는데요."

"부인, 나는 또 한 번 실수했습니다. 우리는 너무 높은 곳을 겨냥한 나머지 과녁을 맞히지 못하고 말았습니다."

노부인: "아시다시피 나는 당신을 더 알게 될수록 점점 당신이 싫어지네요."

"부인, 저자를 안다는 것은 언제나 잘못입니다."

13.

투우란 소의 용맹성, 소박함, 그리고 무경험에 기초를 둔 것이다. 겁 많은 소, 경험 있는 소, 지능적인 소들과 싸우는 데에는 제각기 여러 가지 방법이 있다. 그러나 투우의 원리, 즉 이상적인 투우는 소의 용맹성과, 전에 링에서 싸워본 경험이 설사 있다 하더라도 그것을 까맣게 잊어버렸다는 전제하에 성립되는 것이다. 겁쟁이 소는 공격을 받으면 피카도르를 한 번 이상은 공격하지 않으므로 다루기가 힘이 든다. 그런 소는 응징을 받거나 그 자신 노력을 해도 겁이 나서 덤벼들지를 못하며, 따라서 투우는 계획대로 진행될 수가 없다. 소는 멀쩡한 모습인 채 속도만이 늦추어져야 할 마지막 단계에서 여전히 동작이 재빠른 채로 있게 되기 때문이다. 겁 많은 소는 언제 공격을 할는지 아무도 모른다.

그 소는 사람을 향해서가 아니라 오히려 사람에게서 멀리 달아나기가 일쑤지만, 그렇다고 언제나 그럴 것으로 생각했다간 큰일이다. 그리고 마타도르가 소에게 자신을 줄 만큼 가까이 접근할 용기와 정확성이 없다면 훌륭한 투우는 기대할 수가 없다. 그는 소의 성질을 잘 파악하여 본능적으로 움직이며, 소가 몇 번 공격을 해오도록 허용한 뒤 소를 완전히 제압하여 물레타로 거의 최면술을 걸어야 하는 것이다.

겁쟁이 소는 사람과 소가 마주치는 과정에서 겪게 되는 3단계 규칙을 어기는 까닭에 투우의 질서를 파괴한다. 투우에서의 각 동작은 소가 처해 있는 1단계에서 생기는 결과이기도 하며 그에 대한 처방도 된다. 그리고 그가 정상상태에 가까울수록 그의 컨디션은 두드러지지 않으며 훌륭한 투우가 되는 것이다.

투우에서 소가 겪는 3단계의 컨디션은 스페인어로 레반타도, 파라도, 아플로마도라고 불린다. 그가 레반타도(높다는 뜻)라고 불리는 것은 처음 등장할 때 머리를 높이 쳐들고 있기 때문이다. 그는 상대를 정확하게 겨누지도 않고 공격을 하며 대개 힘에 자신이 있으니까 링에서 적들을 말끔히 쓸어버리려고 덤빈다. 이때가 투우사에게는 가장 위험이 적은 때이며 투우사는 케이프로써 패스를 시도한다. 이를테면 땅에 두 무릎을 꿇고 왼손으로 케이프를 넓게 펴서 소를 유인하며, 소가 케이프로 접근하여 고개를 숙이고 그것을 낚아채려고 하면 오른손의 위치를 바꾸지 않고 왼손으로 케이프를 오른손 쪽으로 치우는 것이다. 그렇게 되면 무릎 꿇은 사람의 왼쪽을 통과한 소는 펄럭이는 케이프를 따라 오른쪽으로 패스하게 된다.

이 패스는 캄비오 데 로딜라스라고 하는 것으로, 소가 그때까지 받은 벌 때문에 차츰 공격에 있어 정확성이 생겨 레반타도에서 파라도로 접어 들었을 때 그것을 시도한다는 것은 불가능하며, 설사 시도한대도 그것은 자살행위가 될 것이다.

파라도 단계의 소는 궁지에 빠진 것이며 동작은 느리게 마련이다. 이때에는 움직이거나 수선을 피우는 적을 향해서 마음대로 거친 공격을 할 수가 없는 그는 자기에게 도전하는 듯한 것들을 링에서 쫓아내거나 파괴해버릴 만한 힘이 있는지를 의심하게 된다. 그래서 초기의 열정은 차분히 가라앉으며 적을 올바로 알아보게 되고, 적이 몸을 내놓지 않고 그 대신 내미는 유인물도 분간을 하게 되어 정확한 겨냥을 하고 정말 죽여버릴 각오로 덤벼들게 되는 것이다. 이제는 겨냥을 할 때에도 신중하고 공격도 갑작스럽게 하는 것이다. 그것은 충격과 자극을 일반적인 목적으로 삼고 개인에 대한 효과는 우연에 맡겨두는 기병대의 공격이 각자 적 개개인에게 화력을 퍼부어야 할 보병의 방어 태세로 바뀌는 것에 비유될 수 있다. 투우사가 가장 멋진 기술을 발휘할 수 있는 것은 소가 파라도 단계에 있으면서도 여전히 힘과 의지가 꺾이지 않았을 때다.

투우사는 수에르테(투우에 있어서 사전에 완전히 계획된 동작)를 시도하거나 수행할 수도 있다. 여기에서 수에르테란 방어하기 위해서 혹은 사고로 인해서 부득이 취하는 행동이기보다는 투우사가 짐짓 시도하는 자발적인 행동인 것이다. 그것은 레반타도 단계에 있는 소에게는 할 수 없는 전법이다. 창을 여러 번 받아서 기가 죽지 않은 소는 주의력이 부족하고 여전히 힘과 자신이 넘쳐 있으며 관심과 공격을 전혀 투우사에게 맡기는 까닭이다. 그것은 도박에서 돈을 걸지 않아서 그 도박을 시덥잖게 생각하며 규칙을 잘 지키지 않아서 도박의 진행을 방해하는 그런 사람과, 규칙을 잘 알고 있고 또 돈을 잃음으로써 도박에 정신을 집중하게 되고, 자기의 재산과 생명이 걸려 있음으로 해서 도박 규칙에 충실하며 아주 진지하게 자기의 최선을 다하는 그런 사람과의 차이와도 같다고 할 수 있다. 소를 놀게 하고 규칙을 강화하느냐 못하느냐 하는 것은 투우사에게 달렸다. 소는 놀 생각은 없고 죽일 생각만 하는 것이다.

아플로마도는 소가 겪는 마지막 단계다. 아플로마도의 소는 몸이 둔해져서 흡사 납 덩어리와 같다. 대개는 숨을 헐떡거리며, 아직 힘은 남아 있다 하더라도 속도가 느려지는 것이다. 머리를 높이 쳐들지도 않으며 자극을 주면 덤벼들기는 하지만 투우사는 점점 더 가까이 접근해야 한다. 이 단계에서는 적의 위치가 분명하지 않으면 동격을 하려 들지 않기 때문이다. 소는 그때까지 모든 노력에 있어 실패했기 때문이다. 그러나 아직도 소는 대단히 위험하다.

소가 보통 살해되는 것은 아플로마도에서다. 특히 현대 투우에서는 그렇다. 소가 지치고 피로하며 둔해지는 정도는 자신이 감행한 공격과 피카도르들이 가한 징벌의 양, 케이프를 그가 쫓아다닌 횟수, 반데리야들에 의해서 줄어든 정력의 정도, 마타도르가 물레타를 가지고 골려 준 효과 등에 따라서 달라진다.

이 모든 단계에서는 구체적으로 볼 때 머리를 가누는 태도의 교정, 속도의 삭감, 그리고 뿔질을 한쪽으로만 하려는 경향의 수정 따위의 과정을 거쳐온 것이다. 가령 이런 과정이 성공적으로 완수되면, 소는 굵은 목의 근육이 피로하게 되어 머리를 그리 높지도 낮지도 않은 정도에서 가누게 되며, 속도는 처음 시작할 때의 절반으로 줄며, 주의는 제시되는 물건 한 곳에만 집중되고, 한쪽으로만 낚아채려고 하는 경향, 특히 오른쪽 뿔만을 사용하려는 경향이 시정된 채 마지막 단계에 접어들게 되는 것이다.

이것이 투우 경기 도중에 소가 겪게 되는 세 가지 주요한 상태다. 이것은 피로가 적절히 유도되었을 때 자연히 밟게 되는 피로의 발전 과정이다. 소가 제대로 싸우지 않았다면 투우사는 소를 살해할 시기를 택하기가 어렵게 된다. 머리를 마구 휘두르고 한 곳에 정신을 집중할 수가 없으며 순전히 방어 태세만을 취하는 것이다. 좋은 투우사에게 있어 필수 조건인 소의 공격 정신은 쓸데없이 낭비되는 것이다. 그렇게 되면 소는 공격을 원치 않게 되는데, 그것은 투우사의 멋진 접전을 불가능하게 만든다. 소는 피카도르가 몸의 근육이 아닌 훨씬 뒤쪽 척추 한복판을 창으로 찔러서 다리를 절름거리게 만들거나 척주를 상하게 하여 경기 도중에 쓰러질 가능성도 있다. 또는 피카도르가 입힌 상처에다 반데리예로가 반데리야를 깊숙이 찔러넣어 옆구리를 곤두세움으로써 쓰러지게 될 수도 있다. 사실은 황소의 가죽에 살짝 찔러넣어서 창의 촉이 걸려서 밑으로 늘어져야만 되는 것이 원칙이다. 혹은 반데리에로가 케이프로 멋지게 다루는 도중에 소가 쓰러질 수도 있다.

가령 그들이 연거푸 소에 공격을 가하여 척주를 뒤틀게 하고, 다리의 근육과 힘줄을 긴장하게 하며, 때로 불알 주머니를 가랑이에 끼게 한다면 소는 정면 공격에 의하여 정당하게 쓰러지는 것이 아니라 재빠른 회전과 뒤트는 동작 등에 의하여 힘과 용기의 대부분을 잃고 파멸해버리는 것이다. 그러나 소가 적절한 싸움을 하게 되면, 각각의 성질이나 힘의 차이로 다소 다르기는 하지만 하여튼 세 단계를 거치게 되고, 마타도르가 그를 살해하기 전에 물레타로 적당한 정도까지 지치게 하는 마지막 단계에 접어들 때에는 동작이 느릴 뿐 고스란히 완전한 모습을 간직하는 것이다.

끊임없는 케이프의 속임수로 소의 근육 조직에의 장해와 용기의 상실을 초래함이 없이 정상적으로 소의 느린 동작을 유도해내는 유일한 방법은 소가 말들을 공격하게 하는 것이다. 그렇게 되면 소는 자꾸 속는다는 생각보다 자기의 용감성이 보상을 받는다는 것을 발견하고, 자기가 잡을 수 있는 그 목표를 끊임없이 공격하려고 하는 노력과 함께 지쳐버리는 것이다. 말들을 성공적으로 공격해보았거나, 한 마리 혹은 여러 마리의 소를 죽이거나 상처를 입혀본 소는 자기의 공격이 성공할 것이라고 믿으며, 공격을 계속한다면 또다시 무엇이든 뿔에 걸릴 것이라고 생각하고 싸움을 끌고 가는 것이다.

이런 소에 대해서 투우사는 마치 연주자가 펌프로 공기를 잔뜩 집어 넣는 파이프오르간을 치듯이 자기의 예술적 능력을 최대한으로 발휘할 수가 있다. 상징이 너무 미묘하다면 달리 설명해보겠다. 파이프오르간과 스팀 컬라이어피(증기 오르간)는 음악가가 어떤 음악을 연주해내기 위해 자신의 힘을 변화 있게 적용하는 것이 아니고, 이미 거기에 있는 힘을 자기가 원하는 방향으로 방출함으로써 그 힘을 이용하는 유일한 악기라고 나는 믿는다. 그러므로 파이프오르간과 스팀 컬라이어피의 연주자만이 마타도르에 비유될 수 있는 것이다.

공격을 하지 않는 소는 공기 없는 파이프오르간이거나 스팀이 없는 커라이어피와 같다. 그리고 이런 소를 상대로 하여 투우사가 할 수 있는 투우는 그 솜씨에 있어 스스로 파이프오르간에 펌프질을 해야 하는 오르간 연주자, 혹은 컬라이어피의 증기를 데우는 일까지도 겸해야 하는 컬라이어피 연주자에 비유될 수 있을 따름이다.

링 안에서 소가 겪는 정상적인 육체적, 정신적 단계와는 별문제로, 소는 각기 시합 도중에 정신 상태의 변화를 겪는 것이다. 소의 뇌리를 스쳐 가는 가장 보편적인 생각은 쿠에렌시아에 대한 애착이다. 그것이 내게는 아주 흥미롭게 느껴진다. 쿠에렌시아는 소가 가고 싶어하는 링 안의 일정한 곳을 말한다. 그것은 소가 좋아하는 지역인 것이다. 쿠에렌시아는 고정되고 잘 알려진 것도 있고 그와 반대로 미리 알 수 없는 곳도 있다. 그것은 투우가 진행되는 도중에 소가 자기의 집으로 삼게 되는 곳이다.

그것은 당장 드러나는 것이 아니고 투우가 진행되는 도중에 소의 뇌에서 발전되는 것이다. 이것에서 소는 등을 벽에 대고 있다고 느끼며 다루기가 몹시 위험하고 거의 살해할 수가 없다. 투우사가 쿠에렌시아에 있는 소를 밖으로 끌어내려 하지 않고 죽이려고 덤벼들면 소에게 받히기가 십중팔구다. 그럴 수밖에 없는 것이 쿠에렌시아의 소는 철저한 방어 대세이고 선공이 아닌 반격이기 때문이다. 눈치와 뿔의 동작이 느려진 것도 아니므로 반격은 언제나 선공보다 유리한 입장에 놓여 있으므로 적을 패배시킬 수가 있는 것이다. 공격자는 자기의 몸을 무방비 상태에 내맡겨야 되는데, 반격이 공격만큼만 날쌔다면 충분히 공격자를 잡을 수가 있는 것이다. 공격자가 일부러 그런 무방비 상태를 소에게 보이려고 하지 않으면 안 되기 때문에, 반격을 하는 소는 충분한 여유를 가지게 되는 것이다.

권투에 있어서 젠·터니가 카운터 펀치의 본보기였다. 선수의 생명이 가장 길고 또 가장 상대의 펀치를 덜 얻어 맞는 선수는 카운터 펀치의 소유자들이었다. 쿠에렌시아에 있는 소는 권투 선수가 공격을 되받아치듯이 검이 자기에게 가해지는 것을 보면 뿔로 그것을 받아친다. 그래서 수많은 사람들이 목숨을 잃거나 심한 부상을 입곤 한다. 그것은 소를 쿠에렌시아에서 끌어내지 않고 죽이려 했기 때문이다.

모든 소들이 즐겨 쿠에렌시아로 삼는 곳은 그들이 링으로 들어 온 통로의 문과 바레라의 벽이다. 첫째는 그곳이 낯익기 때문이다. 그것은 그들이 기억하고 있는 마지막 장소인 것이다. 그리고 둘째로 그곳에는 등에 기댈 것이 있어서 뒤쪽에서의 공격을 걱정할 필요가 없다고 느끼기 때문이다. 이런 곳들은 누구나 얘기할 수 있는 쿠에렌시아이므로 투우사는 여러모로 그곳을 이용하는 것이다. 그는 한 번 혹은 일련의 패스를 마칠 즈음에 소가 쿠에렌시아로 가려는 경향을 보일는지도 모르며, 그곳으로 가는 도중 다른 것을 조금도 거들떠보지 않으려 할는지도 모른다는 것을 알고 있다. 그러므로 투우사는 소가 자기 곁을 지나 피난처로 갈 때 미리 준비된 아주 꼿꼿한 자세로 소를 통과시킨다.

이런 패스는 매우 멋이 있을 수도 있다. 두 발을 함께 하고 꼿꼿이 서서 소의 공격쯤 전혀 아랑곳하지 않는 듯이 조금도 후퇴하지 않고 육중한 소를 자기 곁으로 바싹 지나쳐가게 하는데, 때로는 뿔이 가슴 한 인치 앞을 지나는 때도 있다. 그것은 참으로 아슬아슬한 광경이다. 그러나 투우를 아는 사람에겐 그것들은 속임수로서의 가치를 빼면 전혀 무가치한 것이다. 일견 위험한 듯이 보이지만 실은 그렇지가 않다. 소는 오직 쿠에렌시아로 갈 생각뿐이어서, 투우사는 그저 그 소가 지나가는 통로 옆에 서 있는 것에 불과한 것이기 때문이다. 이때에는 방향, 속도와 목표 등의 설정을 소가 하는 것이므로 진정한 투우 애호가는 그것을 무가치한 것으로 여기는 것이다.

서커스 투우가 아닌 진정한 투우에서는 사람이 자기가 원하는 대로 소를 공격하도록 해야 하고, 직진이 아닌 회전을 시켜야 하며, 소가 지나갈 때 단순히 이점(利點)을 노리지 않고 소의 방향을 조정해야 하는 것이다. 즉 진짜 투우에서는 마타도르가 가만히 서서 천을 들고 있는 손목과 팔을 놀림으로써 소의 속도를 측정해야 되고, 소의 진로를 제압하여 지시해야 된다. 소가 쿠에렌시아로 가는 길 옆에 꼿꼿이 서서 패스시키는 따위는 아무리 멋은 있다 하더라도 참다운 투우라 할 수 없다. 투우의 진전이 사람 아닌 동물에 의해서 이루어지기 때문이다.

투우 도중에 소가 문득 생각하게 되는 쿠에렌시아는 흔히 어떤 성공을 거둔, 이를테면 말을 한 마리 죽였다든가 하는 그런 곳인 경우가 많다. 그곳이 용감한 소에게 흔한 쿠에렌시아다. 하지만 무더운 날에는 축축하고 서늘한 모래밭을 쿠에렌시아로 잡는 경우도 있다. 흔히 그곳 땅에 묻힌 파이프에 호스를 끼워서 잠시 쉬는 동안 경기장의 먼지를 적시게 되어 있는 것이다. 그곳의 모래는 소의 발굽에 서늘한 감촉을 준다. 또 어떤 소는 지난밤의 투우에서 말이 죽은 곳에서 피의 냄새를 맡고 쿠에렌시아로 삼는 경우도 있다. 투우사를 한번 받아 올렸던 곳을 택하는 경우도 있으며, 아무 뚜렷한 이유 없이 링의 한곳을 쿠에렌시아로 정하는 수도 있다. 단순히 그곳이 소의 마음에 들었기 때문이다.

독자는 투우의 진전에 따라 소의 머릿속에 쿠에렌시아에 대한 생각이 점차 확립되어 가는 것을 알 수가 있다. 처음에는 무심코 한번 그곳으로 가보지만 다음에는 좀더 마음 먹고 가게 되며, 마침내는 투우사가 그런 경향을 알아차리고 일부러 그 선택된 지점으로 소가 가는 것을 막지만 않는다면 그 소는 끊임 없이 자기의 쿠에렌시아로 갈 것이며, 등과 옆구리를 울타리에 기댄 채 그곳을 떠나려 들지 않을 것이다. 투우사들이 진땀을 빼는 것은 바로 이때인 것이다. 소를 그곳에서 끌어 내야겠는데 완전히 방어 태세를 취할 뿐 케이프에도 아무런 반응을 보이지 않으며 다만 뿔로 가볍게 물리칠 뿐 전혀 공격을 하려 들지 않는다.

소를 그곳으로부터 끌어내는 오직 한 가지 방법은 소가 사람을 받을 수 있다고 확신할 만큼 바싹 접근해서 케이프를 조금씩 톡톡 잡아 채거나 케이프를 소의 바로 코앞 땅바닥에 깔아 놓고 조금씩 잡아 당김으로써 소를 한 번에 몇 발짝씩 쿠에렌시아에서 유인해내는 것이다.

그것은 볼만한 멋도 없고 그저 위험하기만 한 것이다. 그리고 마타도르에게 소를 죽이는 데에 소비하도록 할당된 시간은 보통 15분밖에 안 되는데 소는 늦장만 부리고 있으므로 투우사는 화가 치밀어오르기 마련이다.

반데리예로들은 더욱 위험을 무릅쓰게 되고 소는 갈수록 몸을 사린다. 그러나 가령 마타도르가 성급한 나머지 '좋아! 거기서 죽고 싶거든 죽어봐라' 하고 외치고 죽이려 달려드는 날에는 그것이 아마 뿔이 상처를 입었건 안 입었건 공중을 날아서 다시 땅에 떨어질 때까지 그가 기억할 마지막 순간이 될 것이다.

소는 그가 달려들 때 빤히 지켜보고 있다가 물레타와 검을 받아 치워버리고 매번 사람을 받을 것이기 때문이다. 케이프나 물레타로 소를 끌어내는 데에 실패하면 종종 파이어 반데리야를 등장시키기도 한다. 바레라에 걸터앉아 연기를 피우고 연거푸 폭발물을 터뜨리고 화약 냄새를 피우거나 종이를 태우거나 한다. 그러나 나는 폭발에 놀란 소가 쿠에렌시아에서 6미터쯤 나갔다가 쫓아내려는 갖은 수단에도 불구하고 곧 제자리로 돌아가는 것을 목격한 적이 있다. 이런 경우 마타도르는 자기의 몸을 최소 한도로 드러내면서 소를 죽여도 괜찮은 것이다.

그는 소의 한쪽에서 출발하여 소의 머리 앞을 반원을 그리고 지나가면서 칼로 찌를 수도 있다. 한편 그가 지나갈 때 반데리예로가 케이프로 소를 유혹하는 것이다. 특히 용감한 소를 상대로 할 때에는 군중에게 납치당할 위험조차 각오한다면 그 어떤 수단을 써서 그 소를 죽여도 좋은 것이다. 그렇게 하는 데에는 잘 죽이는 것이 아니라 빨리 죽일 필요가 있다. 왜냐하면 뿔을 쓸 줄 알고 있는 소를 쿠에렌시아에서 쫓아낼 수 없을 경우는 방울뱀 앞에 갔을 때만큼이나 위험하며 거의 투우를 할 수 없는 것이기 때문이다.

그러나 투우사는 소가 그렇게 쿠에렌시아에 눌어붙은 것을 경계해야 한다. 그는 되도록 소를 쿠에렌시아에서 멀리해야 하고 또 링 안으로 끌어 들여 벽에 등을 기댔다는 안도감을 갖지 못하게 할 필요가 있다. 그리하여 소가 일정한 장소에 딱 자리를 잡기 훨씬 전에 소를 링의 다른 부분으로 끌고 가야 된다.

약 10년 전에 여섯 마리의 소가 하나씩 차례로 굳게 쿠에렌시아를 정하고 떠나기를 거부하다가 거기서 죽어가는 것을 본 적이 있다. 그것은 팜플로나에서 있었던 미우라 소들의 코리다였다. 그들은 밤색에 회색털이 섞인 육중한 소들인데 키가 크고 몸이 길며 어깨가 크고 목의 근육이 억세며 무시무시한 뿔을 가지고 있었다.

그들은 내가 일찍이 본 가장 훌륭한 생김새의 소들이었는데 하나도 빼지 않고 모조리 링에 들어오는 순간부터 방어 대세를 취했다. 그들을 겁쟁이라고 할 수 도 없다. 그들은 링 안에 들어오자마자 쿠에렌시아를 정하고 떠나기를 거부함으로써 현명하게, 사납게, 진지하게, 그리고 필사적으로 자기들의 생명을 지켰기 때문이다.

코리다는 어두울 때까지 계속되었는데 우아하거나 예술적인 동작이라곤 조금도 찾아볼 수 없었다. 때는 이른 저녁이었고 소들은 극단의 위험을 무릅쓰고 자기들을 죽이려는 사나이들을 상대로 필사적인 방어를 하고 있었다. 그곳에는 투우의 멋이며 예술성 등에 대해 내게서 이야기를 들은 사람이 몇 명 자리를 같이 하고 있었다. 나는 쿠츠 카페에서 압상트주(酒) 두서너 잔에 얼근해진 김에 마구 떠벌렸고, 그들은 급기야 투우를 구경하고 싶은 마음이 동하게 되었고, 그것도 특히 이번 투우를 당장 보고 싶어졌던 것이다.

투우가 끝난 뒤 그들은 아무도 내게 말이 없었고, 내가 좋은 인상을 주고 싶어했던 한 사람까지 포함한 두 사람은 어지간히 흥미가 없었던 모양이었다. 나 자신은 그 투우가 퍽 재미 있었다. 나는 한 시즌에 배울 수 있었던 것보다도 더 많은 것을 그 투우에서 배웠기 때문이다. 나는 공격을 하지 않으면서도 비겁하지 않은 소의 정신 상태에 대해 많은 것을 새로이 배운 것이었다. 그것은 보기 힘든 투우의 일면이었다. 그러나 다음 기회에 또 이런 투우를 구경하게 되면 나는 혼자 가고 싶다. 나는 또한 그 투우사의 친구나 그 밖의 누구도 개입되지 않기를 바란다.

지나친 케이프의 사용이나 반데리야의 그릇된 사용, 혹은 서툴러서 그랬건 일부러 그랬건간에 픽을 잘못 써서 척주나 어깨뼈가 상함으로써 소에게 생길 수 있는 비정상적인 피로의 발전은 별문제로 하더라도, 마타도르의 명령하에 행동하는 피카도르가 일부러 피울 그릇 사용하기 때문에 소가 투우의 후반에 부적합하게 될 수도 있다.

소에게 상처를 주고 힘을 꺾는 데에는 크게 세 가지 방법이 있다. 케이프로 과용하는 것, 깊은 상처를 입혀 피를 흘리게 하는 것, 픽으로 훨씬 뒤쪽 척주를 찔러 상처를 주려고 하거나 혹은 훨씬 옆으로 벗어나서 어깨뼈 위를 치는 것 등이다.

이렇게 소를 파멸시키려는 온갖 수단은 마타도르의 명령하에 움직이는 종자(從者)들에 의하여 마타도르가 두려워하는 모든 소에게 시도되는 것이다. 그들은 소가 너무 크고 빠르거나 힘이 세기 때문에 두려워하기 쉬우며, 가령 그런 공포를 느끼게 되면 그들은 피카도르들과 반데리예로들을 시켜 소를 습격하게 하는 것이다.

그러나 흔히 그런 명령은 불필요하며, 피카도르들은 마타도르가 소에 자신만만해서 멋진 싸움을 보이기 위해 소를 온전하게 놓아두기를 바라는 마음에서 협조자들에게 '소는 내게 맡겨 둬, 망쳐놓치 마라'라고 말하기 전에는 시키지 않아도 소를 공격하여 맥을 못 추게 만드는 것이다.

그러나 흔히 피카도르들과 반데리예로들은 싸움이 시작되기 전부터 이미 있는 힘을 다해 소를 무찔러야 한다는 것을 알고 있으므로, 링 안에서 마타도르가 욕설까지 섞은 격렬한 명령을 해도 들은 척도 하지 않는 것이 예사다. 그 욕설은 실상 관중에게 들으라고 하는 소리에 지나지 않는 것이다.

소에게 육체적으로 상처를 입혀 소를 멋진 투우에 적당치 못하게 만들어버리는 문제 외에도 되도록 죽음 직전의 상태로 마타도르에게 소를 인계하려는 일념에 사로잡힌 반데리예로들의 서투른 솜씨가 소에게 입히는 정신적 타격은 이루 헤아릴 수 없이 큰 것이다. 그들이 반데리야를 가지고 소를 대할 때 그들의 의무는 되도록 빨리 창을 찔러야 하는 것이다. 겁 때문에 1백 번 가운데 80번의 실패를 하여 시간을 지체한다면 소는 신경질적으로 날뛰게 되며, 투우의 절도(節度)가 무너져서 이제까지 소에게 경험을 주지 않으려고 노력해온 것이 수포로 돌아가게 된다. 즉 소는 무기 없고 말을 타지 않은 사람만을 골라서 따라 다니게 되는 것이다.

반데리야를 쓰는 데에 흔히 실패하는 사람은 한결같이 40세에서 50세 사이의 사람이다. 그는 마타도르의 믿음직한 반데리예로로서 카우드리야에 머물러 있는 것이다. 그는 소에 대한 지식, 성실성, 현명한 두뇌 때문에 그곳에 있는 것이다. 그는 소를 분류할 때와 세금을 결정할 때 마타도르의 대리역을 맡으며, 그밖의 온갖 기술적인 문제에 있어 믿음직한 조언자가 된다. 그러나 나이 40이 넘었으므로 다리가 말을 잘 듣지 않아서 소가 추적하면 자신의 목숨을 구할 자신이 없는 것이다. 그래서 다루기 힘든 소에 반데리야 한 쌍을 찌를 그의 차례가 되었을 때 그는 하도 지나치게 신중하여, 사람들은 그것이 겁에 질린 행동인지 아닌지를 분간할 수가 없는 것이다.

그가 반데리야를 서투르게 쓰면 그는 능숙하고 현명한 케이프의 기술의 효과를 잃는 결과가 된다. 그러므로 이 늙고 아버지다우며 현명한 유물적 존재가 반데리야를 찌르는 것을 허용하지 않고 다만 시기에 적절한 케이프의 활용과 그들의 정신적 무장만을 위해서 카우드리야에 머물러 있게 된다면 투우는 얻는 바가 많을 것이다.

반데리야를 찌르는 것은 가장 사람의 힘을 요하는 투우의 한 부분이다. 누가 소를 앞에다 갖다 대주어서 소가 그에게 다가오는 것을 기다릴 수 있다면, 링을 한번 가로질러 뛰어갈 수도 없을 만큼 약한 사람도 한두 쌍의 반데리야를 소에게 찌를 수는 있다. 그러나 소를 따라 다니며 계속해서, 그것도 제대로 반데리야를 찌르자면 다리가 튼튼하고 신체적 조건이 좋아야 한다. 반대로 마타도르가 되면 반데리야를 쓰지 않고도 케이프와 물레타로 적절히 투우를 해낼 수 있으며, 심지어 뿔에 받혀 링을 한 번도 건너서 뛰어 갈 수 없을 만큼 뒤틀리고 절름거리는 다리를 가지고서도 소를 잘 죽일 수가 있다. 어쩌면 폐결핵 최종 단계에 있으면서도 그것은 가능하다.

마타도르는 반데리야를 찌르는 경우 이외에는 뛰는 일이 없고 모든 활동은 소에게 맡긴다. 심지어 검을 찌르는 데에 있어서도 소가 덤벼드는 힘에 의해서 박히는 것이다. 갈로가 40세가 되었을 때 어떤 사람이 무슨 운동을 하느냐고 그에게 물었던 바 그는 아바나 시가를 피운다고 대답했다.

"운동은 뭣 때문에 하죠? 힘은 길러서 뭘 하죠? 운동은 소가 하죠. 소는 힘이 많으니까요. 난 지금 40세지만 소는 해마다 네 살이거나 네 살 반이니까요."

그는 위대한 투우사의 한 사람으로써 처음으로 자기의 공포를 시인했다. 갈로의 시기 이전까지는 두렵다는 것을 인정하는 것을 큰 수치로 알았다. 그러나 갈로는 두려울 때면 물레타와 검을 떨구고 울타리로 뛰어 올랐다. 마타도르는 달아나는 것을 불명예로 알고 있었지만 갈로는 소가 이상하게 자기를 노려보면 달아나기를 잘했다. 소가 일정한 어떤 눈초리로 자기를 노려볼 때면 그는 소를 죽이기를 거절했다. 그는 그 방면의 발명가인 셈이다. 그리하여 사람들이 그를 감옥에 가두었을 때 그는 그렇게 감옥살이를 하는 편이 더 낫다고 말하는 것이었다.

"우리 예술가들은 모두 한때의 불운이 있는 법이니까. 사람들은 내 훌륭했던 첫날을 생각해서 나를 용서해줄거야."

그는 파티보다도 고별 투우를 더 많이 했는데 나이 50을 향하는 지금에도 고별 투우를 계속하고 있다. 그의 최초의 공식적인 고별 투우는 세빌리아에서 있었다. 그는 대단히 흥분했으며 투우사로서 죽이게 되어 있는 마지막 소를 누구에게 바칠 시간이 다가왔을 때 그는 그 소를 자기의 절친한 벗 풀라노에게 바치기로 결심했다. 그는 모자를 벗고 갈색 대머리를 번쩍이면서 말했다.

"내 어린 시절의 벗이요. 내 투우사 생활 초기의 보호자요, 누구보다도 투우를 이해하는 풀라노 그대에게 투우사로서의 내 일생 최후의 이 소를 바치네."

그러나 말을 마치자 또 다른 한 친구인 작곡가를 보게 되었다. 그는 울타리 곁으로 걸어가서 그 친구를 마주 볼 수 있는 곳에서서 고개를 쳐들고 눈에 눈물이 글썽해져서 말했다.

"스페인 음악계의 영광인 그대 나의 훌륭한 벗에게 토레로로서 내 일생 마지막으로 죽이는 이 소를 바치네."

그러나 거기서 돌아 서자 안달루시아 태생의 가장 훌륭한 투우사의 한 사람인 알가베노가 조금 떨어진 바레라에 앉아 있는 것을 보고 그를 향해 말했다.

"항상 정성껏 검을 따르는 내 벗, 일찍이 이 세상에서 내가 본 가장 훌륭한 투우사 그대에게 내 투우 생애 최후의 이 소를 바치노니 내 솜씨라 떳떳한지를 봐주시오."

그는 인상 갚은 태도로 돌아섰고 가만히 서서 자기를 지켜보고 있는 소에게 걸어가서 소를 자세히 바라보았다. 그러더니 자기 동생 호셀리토를 향하여 말했다.

"호세, 내 대신 저놈을 좀 죽여줘. 그놈 바라보는 눈초리가 싫은걸."

이 최초이자 가장 굉장한 고별 투우에서 투우사 생애 최후로 그의 손에 죽게 되어 있던 그 마지막 소는 그의 동생 호셀리토의 손에 죽었던 것이다.

내가 그를 마지막으로 본 것은 그가 남미로 떠나기 전에 발렌시아에서였다. 그는 아주 늙은 나비 같았다. 그에게는 내가 일찍이 그 어느 투우사에게서도 볼 수 없었던 품위와 멋이 있었다. 그의 외모는 사진에 나타난 것과는 달랐다. 사진에서 보는 엘·갈로는 핸섬하지 못하다. 그것은 젊은이의 멋이 아니었으며 지속성이 있는 그 무엇이었다. 그래서 당신은 그가 콘챠 시에라의 큰 회색 소를 상대하여 피아노를 치듯이 섬세한 시합을 보여줄 때, 가령 그가 소에 받혀 죽는 것을 보게 된다면 다시는 투우를 구경 가지 못할 것이다.

호셀리토는 링 안에서 안전한 사람은 하나도 없다는 것을 증명하기 위하여 죽지 않을 수 없었더. 그는 비대해지고 있었기 때문이다. 벨몬테는 비극을 거래하고 있으므로 죽어야만 했고 그 책임은 전혀 자신에게 있는 것이다.

우리가 눈으로 목격하는 노비예로(노비야다에 출전하는 투우사)의 죽음은 모두가 금전 문제에 연유하는 것이다. 투우에 종사하는 좋은 친구들은 납득할 수 있고 논리적인 직업적 부조리 때문에 죽지만, 링 안에서 죽게 되는 라파엘·엘·갈로는 아이러니도 비극도 아닐 것이었다. 그에게는 위엄이 없을 것이니 말이다.

알·갈로는 너무도 그 죽음을 두려워할 것이다. 그는 자기가 죽을 것이라는 것을 인정하려 하지 않았으며 심지어 호셀리토가 죽은 뒤 교회에 안치되었을 때 가서 보려고도 하지 않았다. 엘·갈로를 죽이는 것은 악취미일 것이며 투우가 옳지 못한 것임을 증명할 것이다. 도덕적인 점에서가 아니라 심미적인 면에서 말이다.

엘·갈로는 그를 칭찬하는 우리들 모든 사람에게 무엇인가 영향을 주었듯이 투우계에도 영향을 끼쳤다. 어쩌면 그는 구에리타에는 못 미칠지라도 투우를 망쳤는지 모른다.

벨몬테를 현대식 투우의 아버지라고 한다면 그는 확실히 할아버지임에 틀림없다. 그는 카간초처럼 전혀 영예로운 점이 없는 것은 아니었다. 다만 용기가 부족하고 좀 단순했을 뿐이다. 그러면서도 그는 위대한 투우사였고 자신의 안전을 최대한으로 보장했다. 위험이 가시었을 때 그가 바레라를 뛰어넘는 것은 공포의 발작이었을 뿐 다급해서 한 행동은 아니었다. 공포에 질린 엘·갈로는 그래도 대부분의 다른 투우사들보다 소에 더 접근해 있는 것이었다. 그리고 그의 뛰어난 솜씨와 우아함은 몹시도 고왔다.

당신은 원래의 모습으로 가지런하게 할 수도 없으면서 매의 깃털을 헝클어놓는 것은 죄가 된다는 것을 아시겠죠? 그렇습니다. 엘·갈로를 죽인다면 분명히 죄가 될 것입니다.

14.

    투우사에게 이상적인 소, 즉 항상 투우장의 우리에서 투우장 안으로 나오기를 바라는 소는 일직선으로 돌격하는 소, 돌격이 끝날 때마다 그 자리에서 바로 돌며 다시 일직선으로 돌격하는 소, 마치 기차길 위를 달리듯이 똑바로 돌격하는 소다. 그는 언제나 그런 소가 나오기를 바라지만, 그런 소는 아마 30~40마리에 겨우 한 마리 나올까 말까 하다. 투우사들은 이런 소를 왕복열차 소, 왔다 갔다 하는 소, 가릴레스, 즉 기차길을 탄 소라고들 한다. 힘은 소를 통어하거나, 소의 결점을 교정할 줄 모르는 투우사들은 흔히 보는 보통의 소를 상대로 할 때에는 그 공격을 방어하기만 하다가, 그런 똑바로 돌격하는 소가 나오면 비로소 찬란한 연기를 시도하는 것이다.

    이런 투우사들은 투우를 배운 일이 없는 사람들, 말하자면 그들에게 알맞은 돌격 방법을 쓰는 소를 상대로 마드리드의 어느 오후의 명연기, 또는 몇 번의 지방순회 시합 끝에 마타도르로 승진함으로써 수업기간을 건너뛴 사람들이었다. 그들은 기술을 가지고 있고, 이따금씩 질겁을 하여 그들에게서 빠져 달아나는 일도 있지만 개성을 가지고 있다. 그러나 그들에게는 직업 정신(메티에)이 없다.

그리하여 용기란 자신에서 나오는 것이니만큼 그들이 종종 겁을 집에 먹는 것은 단순히 그들의 직업에 대하여 적절한 지식을 갖추지 못했다는 사실 때문인 것이다. 그들은 천성이 겁쟁이가 아니다. 천성이 겁쟁이였던들 투우사가 되었을 리 없다. 다만 그들은 어려운 소를 다루는 지식과 경험이 훈련 없이 황소를 상대해야 함으로 말미암아 겁쟁이가 되었을 뿐이다. 또 그들이 상대하는 소 열 마리 중에서 그들이 잘 상대할 수 있는 이상적인 소는 한 마리뿐이기 때문에, 대개의 경우 우리의 눈에는 그들의 연기가 재미 없고, 방어적이고, 무식하고, 비겁하고, 시원찮게 보이는 것이다.

그들이 원하던 소를 상대하게 되면 우리는 그들이 멋지고, 교묘하고, 용감하고, 예술적인 연기를 보여주며, 때로는 거의 믿을 수 없이 침착하게 또 소에게 가까이 붙어서 소를 다룰 수 있으리라고 기대하게 된다. 그러나 아무 소를 상대하거나, 그것이 얼마만큼 다루기 힘든 소거나간에 날마다 똑같이 시시한 연기를 보여준다면, 우리는 신인(神人)이나 예술가 따위 말라빠진 것보다는 그 옛날의 잘 훈련된 투우사를 더 바라게 된다.

현대 투우술의 전체적인 병폐는 그것이 너무 지나치게 완벽에 이르렀다는 점이다. 그렇게 소와 가까운 곳에서 그토록 천천히, 마타도르에게는 방어책이나 동작이 전혀 없이 이루어지기 때문에 투우는 거의 주문된 소를 상대로 하지 않으면 성립이 불가능할 정도다.

따라서 본식대로 또 견실하게 행해지려면 그것이 성립되는 데에는 두 가지 길밖에 없다. 첫째는 호셀리토와 벨몬테 같은 위대한 천재에 의한 길이다. 그들은 과학으로 소를 통어하고 자신의 고등 반사 작용에 의하여 자신을 방어하며 할 수 있을 때에는 언제나 그들의 기술을 적용할 수 있는 사람들이다. 둘째는 완전무결한 소의 등장을 기다리거나 주문된 소를 상대하는 길이다.

현대의 투우사들은 아마 세 사람쯤 예외가 있겠지만, 알맞은 소를 기다리거나 아니면 다루기 힘든 종류의 소와 상대하기를 거부함으로써 소를 주문하려고 최선을 다하거나 둘 중의 하나이다.

1923년, 팜플로나에서 빌라의 소들이 나온 투우를 본 일이 있다. 그들은 이상적인 소들이어서 보통 황소와 조금도 다름이 없이 용감하고 날쌔고 악의에 차 있었으나, 결코 수세를 취하는 일이 없이 언제나 공격적이었다. 그들은 몸집이 컸지만 둔할 만큼 크지는 않았으며 훌륭한 뿔을 가지고 있었다. 빌라는 멋진 소를 길러낸 육종가였으나 투우사들은 그의 소를 좋아하지 않았다. 말하자면 그 소들은 좋은 자질은 다 갖추고 있었으나 그 정도가 약간 지나쳤던 것이다.

그러자 그 목장이 다른 사람에게 팔리고 새 주인은 투우사들에게 환영을 받을 만큼 그러한 소의 특성을 줄이기 시작했다. 1927년에 나는 그가 만들어 내 놓은 첫 결과물을 보았다. 모습은 빌라의 소와 같았으나 그보다 몸집이 작고 뿔도 모자랐다. 그러나 꽤 용감하였다. 1년 뒤에는 몸집이 더욱 작아지고 뿔도 훨씬 줄어들었으며 그렇게 용감하지도 않았다. 지난해에는 약간 더 작아졌고 뿔은 마찬가지였으나 용감성은 조금도 볼 수 없었다.

원래 훌륭하던 투우의 혈통이 파멸되고 사라진 것은 투우사가 좋아하는 종으로 만들기 위하여, 살라만카의 소만큼 투우사들의 비위에 맞는 종으로 만들기 위하여 육종가들이 소의 결점, 아니 차라리 약점을 길러냈기 때문이다.

얼마 동안 투우 구경을 하러 다닌 뒤에 투우라는 것이 어떠한 것인가를 알게 되고 마침내 투우가 어떤 의미를 가지게 되면, 그때 우리는 조만간 투우에 대하여 어떤 결정적인 입장을 취하지 않으면 안 된다. 곧 진짜 소, 완전한 시합의 편이 되어, 예를 들면 마르시알·랄란다처럼 참된 투우의 방법을 아는 훌륭한 투우사들이 속출하고 벨몬테처럼 규칙을 깨뜨릴 수 있는 위대한 투우사들이 등장하기를 바라든가, 아니면 현재 투우가 처하고 있는 상태를 받아 들이며 투우사를 알고 그들의 처지를 이해하든가 하지 않으면 안 된다. 사실상, 인생에 있어서 모든 실패에는 항상 원만하고 타당한 변명이 있는 법이다.

그리하여 우리는 자신을 투우사의 입장에 세워놓고 실패한 투우사들이 겪는 불행을 참아주며 투우사들이 원하는 소를 얻게 되도록 기다린다. 일단 이렇게 되면 우리는 그럭저럭 목숨을 보전하며 투우를 망치는 그 사람들과 조금도 다름 없이 죄악감을 가지며, 투우를 망치도록 조장하는 데에 돈을 낸다는 점에서 큰 죄악감을 가지게 된다. 정말 그렇다. 그러나 무슨 수가 있단말인가? 멀찍이 떨어져 있어야 할 것인가? 그런 식으로는 제 얼굴이 밉다고 제 코를 자르는 짓밖에 아무것도 못한다. 투우 시합에서 즐거움을 얻는 한, 우리는 그렇게 할 권리가 있다. 우리는 이의를 제출할 수 있고, 이야기할 수 있고, 투우사들이 얼마나 바보들인가를 다른 사람들에게 납득시킬 수도 있다. 그러나 이런 일은 모두 부질없는 짓이다. 비록 그 당시 투우장 안에서는 이의가 필요하고 소용이 있다고 하더라도 말이다.

그래도 우리의 할 수 있는 일이 한 가지 있다면, 그것은 무엇이 좋고 무엇이 나쁜가를 아는 것, 새로운 것을 올바로 알아주면서도 자신의 표준을 어지럽히지 않는 것이다. 우리는 시합이 시원치 않을 때에도 여전히 투우 구경을 할 수 있지만, 좋지 않은 것에 갈채를 보내서는 안 된다. 우리는 관객으로서 훌륭하고 가치 있는, 여기에 대해서는 본질적인 요소는 갖추고 있으나 찬란하지 않은 경우에도 그 진가를 올바로 평가해주어야 한다. 도저히 찬란한 연기를 보여줄 수 없는 그런 소를 상대로 할 경우에는 적절한 연기와 정확한 살육을 정당하게 평가해주어야 한다. 좋은 투우사도 얼마 안 있으면 관중들과 같아져버린다. 관중이 트릭을 더 좋아하면 투우사도 트릭을 사용하게 된다.

만약 정말로 훌륭한 투우사가 나타나서 트릭이나 무술을 쓰지 않고 정직과 성실을 유지하기 위해서는, 투우사가 연기를 할 때 그의 마음을 든든하게 해줄 관중의 응원이 있어야 한다. 이 말이 너무 크리스찬 선교 방송 프로처럼 들린다면 한 가지 덧붙여도 좋다. 나는, 만약 적절하게 점잖은 이의가 아무런 효과를 나타낼 수 없다면, 제 무게를 다 가지고 있는 방석, 빵 조각, 오렌지, 채소, 물고기를 위시하여 가지각색의 조그만 동물 시체, 또 필요하다면 술병 — 이것은 투우사의 머리에 맞지 않도록 해야 하지만 — 따위를 던진다든가, 이따금씩 투우장에 불을 지르는 일이 효과를 낼 수 있으리라고 굳게 믿고 있다.

스페인 투우의 가장 중요한 악폐 중의 하나는 마드리드의 일간지에 평론을 씀으로써 적어도 임시적으로나마 하나의 투우사를 만들어낼 수 있는 힘을 가진 평론가들의 돈을 받는 행위가 아니라, 그들이 주로 마타도르들이 대어주는 돈으로 먹고살기 때문에 그들의 견해가 마타도르의 견해와 완전히 일치한다는 사실에 있다. 마드리드에서는 그들이 지방에서 특파원을 마드리드에 보낼 경우나 또는 지방 특파원의 설명을 편집할 경우와 같이, 투우장 안에서 한 사람이 벌인 연기를 자기 마음대로 왜곡하여 기술할 수 없다. 마드리드 시합의 기사를 읽는 관중들, 곧 관중의 핵심을 이루고 있는 사람들은 바로 그 시합을 본 사람들이기 때문이다.

그러나 그들이 미치는 모든 영향력에 있어서, 그들이 내리는 모든 해석에 있어서, 또 소와 투우사들에 대한 그들의 비평에 있어서 평론가들은 마타도르의 견지로 말미암아 영향을 받는다. 마타도르들은 소드 핸들러의 손을 빌어 평론가들에게 자기 명함과 함께 일금 2백 페세타 또는 그 이상의 수표가 들어 있는 봉투 하나를 보내는 것이다. 이러한 봉투는 소드 핸들러의 손에 의하여 마드리드 안의 모든 신문, 모든 평론가들에게 전해지며 그 액수는 신문 및 평론가의 비중에 따라 다르다. 가장 양심적이고 우수한 평론가들은 그것을 받았다고 하여 마타도르의 참사를 대승으로 왜곡시키거나, 그 보도를 자기 마음대로 변조하려 들지 않을 것이다. 여기는 명예의 나라임을 잊어서는 안 된다.

그러나 그들의 생활비가 대부분 마타도르의 수중에서 나오는 것이니만큼 그들은 내심으로는 마타도르의 입장을 취하고 그들과 이해 관계를 같이한다. 생명의 위험을 무릅쓰는 것은 관객들이 아니라 마타도르라는 점을 생각하면 이 입장은 쉽게 이해가 가는, 어느 정도 정당한 입장임을 알 수 있다. 그러나 만약 관객들이 규칙을 부과하지 않고, 일정한 표준을 유지하지 않으며, 악폐를 방지하지 않은 채 입장료를 지불한다면 얼마 안 가 직업 투우는 자취를 감추고 한 사람의 마타도르도 남지 않게 될 것이다.

소는 투우의 건전성이나 병폐를 조정하는 투우 시합의 한 부분이다. 만약 관중들이 각자 투우에 돈을 지불하는 관객의 입장으로 좋은 소, 즉 손에 땀을 쥐게 하는 시합을 해낼 수 있을 만큼 몸집이 큰 소, 네 살에서 다섯 살까지의 것으로 시합의 세 단계를 거치는 동안 충분히 견디어낼 만큼 성숙하고 튼튼한 소, 반드시 거대하고 비대하며 큼직한 뿔을 가지고 있지는 않지만 그런 대로 건전하고 성숙한 소를 요구한다면, 그에 따라 육종가들은 적당한 기간 동안 소를 목장에 놓아두었다가 팔게 될 것이며, 투우사들은 나오는 그대로의 소를 받아들이고 나아가서 그들과 싸우는 방법을 배우게 될 것이다. 이러한 소를 다루지 못함으로써 어떤 불완전한 투우사들이 투우계에서 제거되고 있는 과정 동안에는 시원치 않은 시합이 있을 수도 있으나, 결국에 가서는 투우는 좀더 건전성을 띠게 될 것이다.

소는 투우의 주요소로서, 최고의 급료를 받는 투우사들은 소의 몸집과 뿔을 줄이고 될 수 있는 대로 어린 소가 투우장에 나오도록 함으로써, 끊임없이 소의 자질을 고의로 파괴하려고 애쓰고 있다. 자기의 조건을 주장할 수 있는 것은 최고의 지위에 있는 투우사들뿐이다. 패잔의 투우사들이나 수업생들은 스타들이 거부한 큰 소들을 상대하지 않으면 안 된다. 마타도르 중에 죽는 사람의 수효가 끊임없이 증가하는 것은 바로 이런 이유에서이다.

가장 흔히 죽음을 당하는 사람들이 재능이 별로 뛰어나지 않은 사람들, 초심자들, 아니면 예술가로서의 실패자들이다. 그들이 죽음을 당하는 것은 그들이 투우 대가들의 기술을 써서 투우를 하려고 하고, 또 관중들이 그것을 요구하기 때문이다. 그러나 그들은 돈을 벌기 위해서는 할 수 없이 그런 기술을 쓰려고 해야 한다. 게다가 그들은 너무나 위험하여 그것을 상대로는 도저히 찬란한 연기를 보여줄 수 없다는 이유에서 대가들이 거부한 소, 아니 대가들이 거부하리라는 것이 거의 확실하기 때문에 아예 그들에게는 신청조차 하지 못했던 소를 상대로 그런 기술을 써 보려고 하지 않으면 안 된다. 가장 장래가 촉망되는 노비예로의 대다수가 끊임없이 뿔에 떠받혀 파멸의 구렁에 떨어지는 것은 이 때문이다. 그렇기는 하지만 그 사실은 결국에는 몇몇 위대한 투우사들을 배출하게 될 것이다. 만약 수업기간이 어느 정도로 길고 또 수업생이 행운을 타고났다면 말이다.

한 살짜리 소를 상대로 투우를 배우고 투우사 생활 동안 내내 세심한 보호를 받으며 어린 소만을 상대하게끔 된 젊은 투우사들은 큰 소를 상대하게 되면 완전히 실패할 것이다. 그것은 과녁에만 대고 총을 쏘다가 위험한 짐승이나 이쪽을 쏘고 있는 적군에다 대고 총을 쏘는 것과도 같다.

그러나 한 살짜리로 투우를 배운 수업생일지라도 훌륭하고 순수한 스타일을 습득하고 난 뒤, 거대하여 대가들에게 거부당한 소, 때로는 결점투성이의 최고로 위험한 소, 그리고 만약 그가 마드리드 투우장의 임프레사리오의 보호를 받지 않는다면, 노비야다에서나 얻어 걸리게 될 소를 상대하면서 기술을 연마하고 소를 알게 되었다면, 그는 뿔 서슬에 열정과 용기를 잃어버리지 않는 한 투우사로서 완전한 교육을 받은 셈이다.

옛날부터의 투우사인 마누엘·메히아스·비엔베니다는 그의 세 아들에게 한 살짜리의 소를 상대로 투우를 훈련시켜 그들을 그토록 기술적으로 완전한 꼬마 투우사로 만들어냈고, 위의 세 아들 때문에 멕시코시(市) 남부 프랑스와 남아메리카의 투우장들은 초만원을 이루게 되었던 것이다.

그 당시 스페인에는 아동 흥행 금지법 때문에 발을 붙이지 못하다가 마침내 맏아들인 마놀로가 열여섯 살이 되자 비엔베니다는 그를 완전한 자격을 갖춘 마타도르로 출발시켰다. 이로써 마놀로는 노비예로의 과정 따위를 거침이 없이, 두 살짜리 소를 상대하던 꼬마 투우사에서 일약 완전한 마타도르로 올랐던 것이다. 아버지의 생각은 잘못이 없었다. 그는 아들이 어차피 크고 위험한 소를 상대해야 할 바에야 노비예로가 되건 마타도르가 되건 마찬가지며, 완전한 마타도르가 되면 한 소를 상대하는 동안 정열과 용기를 잃게 되더라도 그전까지는 될 수 있는 대로 많은 월급을 받는 것이 더 좋다는 것을 믿었던 것이다.

첫해에 그 소년은 실패의 잔을 마셨다. 미성숙한 소를 다루는 데에서 성숙한 소를 다루는 데로의 전이(轉移), 돌격 속도의 차이, 책임, 요컨대 자기의 생명 속에 끊임없이 끼어들어가는 죽음의 위험, 그에게서 독자적인 스타일과 소년다운 우아로움을 빼앗아간 것은 바로 그런 것들이었다. 그는 너무나 뚜렷이 드러나는 방법으로 문제를 해결하는 데에 급급해 있었으며, 자신의 책임에 너무나 신경을 쓴 나머지 관중들에게 멋진 오후를 보내도록 해줄 수 없었다.

그러나 그 다음해에는 건전하고 과학적인 투우 교육을 바탕으로 삼고 네 살 때에 시작된 훈련과 투우의 모든 수에르테를 수행하는 방법에 대한 완전한 지식으로 그는 성숙한 소의 문제를 해결하여 마드리드에서 세 번 연달아 개가를 올리고, 지방에서는 가는 곳마다 어떤 종자, 어떤 크기, 어떤 나이의 소를 상대하든지간에 대승을 거두었다.

그는 소의 몸집이 크기 때문에 소를 두려워하는 일이 전혀 없었고, 그들의 결점을 교정하는 방법과 그들을 통어하는 방법을 이해했으며, 가장 큰 소를 상대로 가장 찬란한 연기를 보여주었다. 그것은 타락한 투우의 대가들이라면 몸집, 완력, 연령, 뿔에 결함이 있는 소를 상대로 할 경우에만 보여줄 수 있거나 보여줄 엄두를 낼 수 있는 연기였다. 그가 하려 하지 않던 것은 단 한 가지, 적절하게 살육하는 것뿐, 그밖의 다른 것에는 모두 뛰어난 솜씨였다. 그는 1930년대에 있어서는 소문이 자자한 '구세주'였다. 그러나 그를 판단하는 데에는 한 가지 일을 더 알아야 한다. 그것은 그가 최초로 입은 심한 뿔 상처다.

모든 마타도르들은 그의 투우사 생활 중에 어느 때고 한 번은 쇠뿔에 위험한 상처를 받고 심한 고통을 느끼며 목숨이 경각에 다다르게 된다. 그리고 그가 이 최초의 심한 상처를 받기 전에는, 우리는 그의 영원한 가치를 판단할 수 없다. 그가 아무리 용기를 유지할 수 있다고 하더라도, 우리는 그 상처가 그의 반사 작용에 어떠한 영향을 미치게 될지 알 수 없기 때문이다. 사람은 소와 꼭 마찬가지로 용감하게 어떤 것이든 위험을 직시할 수 있으나, 한편으로는 그의 초조감 때문에 그 위험을 냉정하게 직시할 수 없다. 어떤 투우사가 일단 시합이 시작되기만 하면 이미 냉정하게 위험을 팽개쳐버릴 수 있고, 초조해지는 일이 없이 침착하게 다가오는 소를 볼 수 없으면 그는 투우사로서는 성공하기 틀렸다. 초조해진 투우사의 시합은 보기에도 딱하다. 관객들은 그것을 원하지 않는다. 관객들이 돈을 내고 보려 하는 것은 소의 비극일 뿐 사람의 비극이 아니다.

호셀리토는 겨우 세 번 뿔에 몹시 떠받히면서 1,557마리의 소를 죽였지만, 네 번째 뿔에 찔렸을 때는 죽임을 당하였다.

벨몬테는 시즌마다 서너 번씩은 부상을 당했지만 그의 상처는 그의 용기, 그의 투우에 대한 정열, 그의 반사 작용에 아무런 영향을 미치지 못하였다. 나의 희망으로는 그 어린 비엔배니다 소년이 결코 쇠뿔에 떠받히지 말았으면 좋겠지만, 만약 이 책이 나올 때쯤에는 그가 쇠뿔에 찔린 경험을 가지게 되고 또 그렇다고 해서 그에게 조금도 달라진 점이 없다면, 이야기를 호셀리토의 후계로 돌려야 할 것 같다. 개인적으로 나는 그가 호셀리토의 후계자가 되리라고는 조금도 생각하지 않는다.

그의 스타일이 완벽에 이르렀고 또 살육을 제외한 모든 일을 그가 손쉽게 해낼 수 있다고는 하지만, 그래도 그의 연기를 보고 있으면 연극 냄새가 나는 것 같다. 그의 연기는 대부분이 트릭이고, 그 트릭은 우리가 본 그의 어떤 것보다도 고상한 트릭이며, 관객의 눈에 매우 귀엽게 보이는 트릭이어서 일견 아주 즐겁고 유쾌한 것같다. 그러나 내가 심히 두려워하는 것은 최초의 큰 상처를 받자마자 그의 경쾌함이 사라지고, 그리고 나면 그 트릭이 더욱 뚜렷하게 드러나지 않을까 하는 것이다. 아버지 비엔베니다는 최초의 뿔 상처를 받은 뒤에도 니노·데·라·팔마와 조금도 다름 없이 지독하게 움츠러들었지만, 사실상 투우사를 육성하는 것도 소의 경우와 마찬가지여서 용감성은 어머니에게서, 그리고 성향은 아버지에게서 물려받게 되는 것인지도 모른다. 용기가 사라져감을 예언한다는 것은 상당히 박정한 짓인 줄은 알지만, 지난번에 보았을 때만 해도 나는 그토록 소문이 자자한 비엔베니다의 미소가 아주 억지로 짜내어진 것임을 알 수 있었다. 그리하여 내가 말할 수 있는 것이라고는 내가 이 특정한 '구세주'에 대하여 신용을 하지 않는다는 것뿐이다.

1930년에 마놀로·비엔베니다는 투우의 지역적인 '구속자(救贖者)', 1931년경에는 새로운 구속자가 나타났다. 그것은 곧 도밍고·로페스·오르테가였다. 그의 출세를 위하여 가장 많은 돈이 뿌려진 바르셀로나의 평론가들이 쓴 글에 의하면, 오르테가는 벨몬테가 손을 뗀 곳에서 출발했고, 투우의 전역사를 통하여 오르테가와 같은 케이스는 하나도 없으며, 그토록 예술가, 지도자, 살육자의 자질을 동시에 갖추고 있던 사람은 하나도 없다는 것이었다.

그러나 오르테가는 그러한 극찬에 합당하리만큼 감명을 주지 않는다. 그는 나이 서른두 살로서 몇 년 동안 카스틸랴 마을, 특히 톨레도 근방에서 투우를 해온 사람이다. 그의 고향은 톨레도와 아랑후에스 사이 건조한 지방의 인구 5백 명도 못되는 보록스라는 곳이며, 그 때문에 그는 '보록스의 촌뜨기'라는 별명을 가지고 있다. 1930년 가을 어느 날 오후, 그는 테투안 데 라스 비토리아스라는 마드리드의 2류 투우장에서 훌륭한 연기를 보여주고 그 감독이었던 전직 마타도르, 도밍고·곤잘레스(통칭 도밍긴)에 의하여 승급되었다.

도밍긴은 그를 바르셀로나로 데리고 가서 시즌이 끝난 뒤에 투우장을 빌어 오르테가와 카르니세리토·데·메히코라는 멕시코 투우사를 주인공으로 투우 시합을 열었다. 어린 소를 상대로 두 사람은 모두 좋은 나날을 보냈고, 바르셀로나의 투우장은 연달아 세 번이나 구경꾼들로 미어질 지경이었다. 겨울 몇 달 동안, 교묘한 신문 공작과 대선전으로 도밍긴의 기막힌 수완에 의하여 토대가 튼튼해진 오르테가는 1931년 시즌 개시에는 바르셀로나에서 완전한 마타도르가 되어 있었다.

내가 스페인에 도착한 것은 혁명 직후였는데 그때 나는 카페의 화제 거리로 그와 정치론이 맞서고 있는 것을 보았다. 그는 그때까지 한 번도 마드리드에서 시합을 가진 일이 없었으나, 마드리드의 신문은 저녁마다 지방에서의 그의 대승을 광고하고 있었다. 도밍긴은 오르테가의 선전에 많은 돈을 뿌렸고, 모든 석간 신문에는 저녁마다 소의 귀나 꼬리를 자르는 오르테가의 사진이 실렸다.

그가 시합을 가진 투우장 중에서 마드리드와 가장 가까운 것은 톨레도에 있었는데, 나는 거기서 그의 시합을 구경한 우수한 투우 애호가들이 신문의 판단과는 다른 의견을 가지고 있음을 알았다. 모두들 그가 어떤 세부적인 묘기를 연출했다는 데에는 의견이 일치되었으나, 가장 지성적인 투우 애호가들은 그의 연기 전체가 그것을 확실하게 할 수 없었다고 말했다.

5월 30일, 멕시코의 순회시합에 따라갔다가 마드리드에 돌아 온 시드니·프랭클린과 나는 함께 아랑후에스로 그 위대한 신인(神人)의 시합을 보러 나갔다. 그는 엉터리였다. 마르시알·랄란다는 그를 조롱하였고 비센터·바레라도 그러하였다.

그날 오르테가는 침착성과 케이프를 천천히 잘 움직이는 능력을 보여 주었다. 그는 소가 아래로 내려다보이는 능력을 보는 위치에 있을 때에는 케이프를 나지막이 드리웠다. 그는 또한 소의 자연스러운 진로를 차단하고 양손을 쓰는 물레타 패스로 소의 몸뚱이가 갑자기 휘어지도록 하는 능력을 보여줌으로써 아주 효과적으로 소를 벌하였으며, 오른손으로 훌륭한 한손 패스를 보여주었다. 그는 칼로 재빠르고 교묘하게 소를 죽였는데, 몹시 기교를 부리기는 했으나, 실지로 발을 들여놓았을 때 그는 자기 특유의, 아주 거만한 살육 준비 방법에 대한 관중의 기대를 깨뜨렸던 것이다. 그밖의 모든 것은 무지, 어색함, 왼손의 사용 불능, 사기, 허식뿐이었다. 그는 틀림없이 자기 자신에 대한 신문 선전을 읽고 그것을 믿고 있었던 모양이다.

외모에 있어서 그는 원숭이 집에서나 볼 수 있는 가장 추악한 얼굴과, 훌륭하고 성숙하였지만 약간 뼈마디가 굵은 몸집에 인기 배우의 그것과도 같은 자기 만족의 빛을 띠고 있었다. 자기도 그보다는 훌륭한 시합을 할 수 있음을 알았던 시드니는 차를 타고 돌아오는 동안 내내 오르테가에게 욕을 퍼부었다. 나는 그를 공평하게 판단하고 싶었다. 그리하여 한 번의 시합으로 투우사의 지위를 매길 수 없음을 아는 까닭에 나는 그의 장점과 단점을 주의해서 살피며 그에 대하여 허심탄회한 태도를 견지하였다.

그날 밤 여관에 도착했을 때 신문이 와 있었고, 우리는 다시 오르테가의 또 하나의 대승에 관한 기사를 읽었다. 실제에 있어서 그는 마지막 소를 상대하는 동안 야유와 조소를 받았으나, 〈에란도 데 마르리드〉지(紙)에서 우리가 읽은 것에 의하면, 그는 대승을 거둔 뒤에 소의 귀를 잘랐고 군중들의 어깨에 실려 투우장 바깥으로 나갔다는 것이다.

그다음으로 내가 마드리드에서 그의 시합을 본 것은 정식 마타도르로서의 공식적인 시합에서였다. 그는 빨리 죽이는 묘술이 없어졌다는 점을 제외하고는 아랑후에스에서와 조금도 다름이 없었다. 그후 그는 다시 두 번에 걸쳐 마드리드에서 시합을 가졌으나, 그의 선전을 정당화

할 만한 그 어느 것도 보여주지 않았고, 게다가 발작적으로 비겁성을 나타내기 시작하였다. 팜플로나에서는 어찌나 졸렬하든지 진저리가 날 지경이었다. 그는 시합 한 번에 2만 3천 페세타를 받고 있었으나, 그럼에도 그가 하는 짓이란 순전히 무지하고 비열하고 저급한 것뿐이었다.

북부의 가장 훌륭한 투우 애호가의 한 사람인 후아니토·킨타나가 마드리드에 있는 나에게 오르테가에 관하여 편지를 보냈다. 그는 팜플로나에 그를 맞이하게 됨으로써 모든 사람들은 말할 수 없이 기뻐하고 있다는 것과 오르테가의 관리인이 그의 출장에 대하여 요구하는 보수 이야기를 했다. 그는 오르테가의 시합을 몹시 보고 싶어했으며, 그가 마드리드와 그 부근에서 줄곧 시시한 연기를 보여주었다는 내 이야기는 잠깐 그의 의기를 저하시켰을 뿐이었다. 우리가 그의 시합을 한번 보고 난 뒤에도 후아니토는 매우 환멸을 느낀 정도에 그쳤으나, 세 번을 보고 난 뒤에는 후아니토는 오르테가의 이름을 입 밖에 내는 것조차 참을 수 없어했다.

여름 동안 나는 서너 번 더 그의 시합을 구경했는데, 그가 그 나름으로나마 좋은 시합을 보여준 것은 단 한 번뿐이었다. 그것은 틀레도에서였는데 그때 그가 상대한 소는 마음대로 골라 잡았다고 해도 좋을 만큼 너무나 작고 악의가 없는 것이어서 그의 연기는 상당히 에누리를 할 필요가 있었다. 훌륭한 연기를 할 때 그가 가지고 있는 것은 동작의 부족과 신인다운 침착성이다.

그가 할 수 있는 최선의 패스는 소의 진로를 차단하고 그 몸뚱이를 갑자기 휘도록 양손으로 하는 패스이지만, 그가 가장 잘하는 것이라고는 이것밖에 없기 때문에 자기에게 걸리는 소라면 어떤 소에게든지, 또 그 소에게 이 벌을 가할 필요가 있든지 없든지간에 몇 번이고 이 방법을 쓰며, 결과적으로 소를 아무 데에도 쓸모 없는 소로 만들어버리고 만다. 그는 몸을 소 쪽으로 기울이며 오른손으로 패스를 잘했지만 이것과 다른 패스를 연결시키지 못하고, 또한 여전히 왼손으로는 효과적인 자연 패스를 할 수 없다는 약점을 버리지 못했다.

그는 쇠뿔 사이에서 맴을 도는 데에는 명수였으나, 그것은 어리석은 일이었다. 그는 함부로 야비한 솜씨를 부렸는데, 그것은 투우사들이 관객은 아무것도 모르기 때문에 자기가 어떠한 짓을 해도 용납되리라고 생각할 때, 투우의 위험한 전술 대신에 쓰이는 방법이다. 그는 용기와 완력과 건강이 넘치고 있으며, 사실상 나와 절친한 친구들의 말을 들으면 그는 발렌시아에서는 아주 좋은 연기를 했다는 것, 그리고 만약 나이가 좀 더 어리고 자만심이 적으면, 또 왼손을 사용할 줄 알게 된다면 그는 틀림없이 훌륭한 마타도르가 될 수 있으리라는 것이었다. 그는 로버트·피츠시몬즈와 같이 모든 연령의 표준을 깨뜨릴 것이며, 지금도 깨뜨리고 있는 편이지만, 투우를 타락에서 건질 구세주로는 어림도 없었다.

나는 그에게 그다지 지면을 할애하고 싶지 않다. 다만 그는 수천의 신문 지면을 돈으로 사서 자기의 선전을 일삼았고, 또 그중에는 매우 솜씨 좋은 것도 더러 있는 만큼, 내가 만약 스페인을 떠난 뒤에도 신문 지상만을 통하여 계속 투우를 지켜본다면, 나는 아마 실제 이상으로 너무나 그를 중요시할 것임을 알고 있다.

어떤 투우사는 호셀리토의 자질을 이어받았다가 성병으로 그 상속물을 잃어버렸고, 또 한 명은 투우의 다른 직업병으로 죽었으며, 또 다른 한 명은 그의 용감성을 시험한 최초의 뿔 상처로 겁쟁이가 되었다. 두 사람의 새 구세주 중에서 내 생각에는 오르테가도 비엔베니다도 믿음 직스럽지 않지만, 나는 차라리 비엔베니다에게 행운이 있기를 빈다. 그는 잘 자라났고, 잘난 체하지 않아 마음에 드는 소년이며 그의 앞에는 시련의 기간이 남아 있기 때문이다.

노부인: "당신은 언제나 사람들에게 행운을 빌어주면서도 그들에게 그들의 잘못을 이야기해주고, 또 내 생각에는 그들을 아주 나쁘게 비평하는 것 같군요. 그렇게 투우 이야기를 많이 하고, 투우에 관한 글을 많이 쓰는 양반이 어째서 투우사가 되지 못할까요? 투우가 그렇게도 좋고 또 그것에 대하여 그렇게 많이 알고 있다고 생각한다면 한번 투우사가 되어보시지 그래요?"

"부인, 나도 가장 간단한 형식의 투우는 해봤습니다만 잘되지 않았습니다. 나는 너무 나이가 많고, 너무 둔하고, 너무 어색해 했었습니다. 게다가 내 몸집 모양도 글러서 날씬해야 하는 곳이 뚱뚱하고, 그래서 투우장에 서면 소의 과녁이나 권투 샌드백 이상의 구실은 하지 못할 것 같았습니다."

노부인: "끔찍한 부상은 입지 않았던가요? 어째서 오늘까지 목숨을 잃지 않을 수 있었어요?"

"부인, 뿔 끝을 헝겊으로 싸매든가 뭉툭하게 자르곤 했지요. 그러지 않았더라면 바느질 바구니처럼 뱃가죽이 갈라질 뻔했습니다."

노부인: "그러니까 쇠뿔을 싸매고 투우를 한 거로군요. 그런 분인 줄은 몰랐는데요."

"투우를 했다는 것은 말뿐이지요, 부인. 싸우지도 못하고 나가떨어져버렸거든요."

노부인: "뿔을 싸매지 않은 소와 싸워본 경험이 있어요? 그래서 지독한 부상을 입었던가요?"

"그런 소를 상대로 투우장에 서본 일이 몇 번 있었는데, 그때 나는 사방에 멍이 들었지만 상처는 입지 않았습니다. 이왕 욕은 먹은 거라고 생각될 때에는 소 주둥이 쪽으로 뛰어 들어가 뿔에 죽자고 매달리곤 했지요. '세월이 바위'라는 옛날 그림에서 바위에 매달려 있는 사람처럼 말입니다. 그 광경을 보자 관중석에서 우레 같은 웃음이 터져 나왔습니다."

노부인: "그러니까 소는 어떻게 하던가요?"

"힘센 놈 같으면 나를 저만치 내던져버립디다. 그렇지 않으면 소는 내내 머리를 휘젓고 나는 얼마 동안 그 머리를 타고 가다가 결국 다른 아마추어 투우사들이 그 꼬리를 잡았지요."

노부인: "지금 이야기하고 있는 묘기를 본 사람들이 있나요? 아니면 당신이 작가의 재주로 지어낸 이야긴가요?"

"수천 명의 증인이 있었습니다마는, 그후 그들 중의 대다수는 너무나 웃었기 때문에 횡격막이나 그밖의 내부 기관의 장해로 죽어버렸습니다."

노부인: "당신이 투우사의 직업을 선택할 수 없다고 결정한 것은 이 때문이었나요?"

"나의 결정은 여러 가지 생각을 기초로 이루어진 것이었습니다. 우선 나의 신체적인 단점과 내 친구들의 고마운 충고, 그리고 서너 잔의 압상트주를 마시지 않고는 즐거운 마음으로 투우장에 발을 들여놓는 일이 내가 나이를 먹어감에 따라 점점 어려워졌다는 것 따위입니다. 그러나 술이란 것은 내 용기에 불을 붙이는 반면 내 반사 작용을 약간 왜곡시키는 것이 아닙니까?"

노부인: "그러면 당신은 아마추어로서도 투우장과는 완전히 인연을 끊은 셈이군요."

"부인, 결정이란 번복될 수도 있는 것입니다. 그러나 점점 나이를 먹어 감에 따라 나는 집필에 더욱 매진해야겠다고 생각하게 됩니다. 내 주변의 사람들의 말을 들으면, 윌리엄·포크너 씨의 작품은 무엇이든지 출판하고자 한다는 것입니다. 그래서 나는 젊었을 때 가장 눈부신 사회 한복판의 제일 좋은 사창가에서 보내던 시절을 써볼까 하는 생각을 하고 있습니다. 나는 좀더 나이가 들었을 때 쓰리라고 이 소재를 아끼고 있었지만 거리의 도움을 받으면 그것을 가장 분명하게 표현할 수 있으리라고 생각했기 때문입니다."

노부인: "포크너 씨라는 분은 그러한 곳을 잘 표현 했었나요?"

"아주 훌륭히 표현했습니다. 포크너 씨가 그걸 쓴 솜씨는 놀랄 만합니다. 그는 내가 수년 동안 읽은 어느 작가보다 그것을 가장 잘 쓰는 작가입니다."

노부인: "나는 그의 작품을 사야겠군요."

"부인, 포크너 씨의 작품을 읽으면 절대로 후회가 없습니다. 그는 다작(多作)의 작가이기도 합니다. 그 책을 주문해서 손에 넣을 때쯤에는 이미 새 책이 나와 있을 겁니다."

노부인: "정말 그렇다면 많이 나올수록 더 좋지요."

"부인, 전적으로 동감입니다."

15.

　투우에 있어서 케이프는 원래 동물의 위험에 대한 방어 수단이었다. 그후 투우 경기가 공식화됨에 따라 케이프의 용도는 소가 처음으로 등장할 때 그를 달리게 하는 것, 낙마(落馬)한 피카도르에게서 소의 눈을 돌려 그 소의 공격을 받아들여야 할 다음 차례의 피카도르 앞에 끌고 오는 것, 반데리예로에게 유리한 위치에 소를 세워두는 것, 마타도르에게 유리한 위치에 소를 세워두는 것, 그리고 투우사가 위험한 지경에 빠졌을 때 소의 주의를 산만하게 하는 것 등이었다. 투우의 전체적인 목적이요, 결정은 마지막 격검(擊劍), 곧 진리의 순간이며, 케이프는 원칙상 소를 달리게 하고 그 순간을 위하여 준비하는 데에 소용되는 부수물(附隨物)이었다.

　현대 투우에 있어서 케이프는 점점 더 중요성을 띠게 되었고, 그 사용은 점점 더 위험스러워졌으며, 원래 진리 또는 진실의 순간이었던 그 살육의 순간은 사실상 고도의 트릭을 요하는 일로 되었다. 마타도르들은 번갈아가며 피카도르와 그의 말에서 소를 떼어내며 소가 돌격한 뒤에 사람과 말을 보호하는 일을 떠맡는다.

이와 같이 피카도르와 말에게서 소를 멀리 투우장 가운데로 끌어냄으로써 소가 다음 차례의 피카도리에게 달려들도록 하는 동작을 키테 – 철거(撤去)라는 뜻 – 라고 한다. 마타도르들이 낙마한 피카도르와 말의 왼편에 한줄로 늘어서고, 그중에서 피카도르와 말에게서 소를 끌어내는 사람은 키테를 하고 돌아올 때에는 줄 뒤로 간다(마타도르는 돌아 가며 키테를 하게 되어 있고 키테를 마지막으로 소를 죽일 마타도르는 제일 먼저 한다). 키테는 피카도르를 보호하는 동작이기도 하지만, 그보다도 키테를 될 수 있는 대로 빠르게, 용감하게, 멋있게 연기해내는 것은 현재 마타도르가 짊어지고 있는 하나의 의무이기도 하다.

마타도르는 소를 끌어낸 뒤에 키테를 하여 케이프로 소를 지나쳐 보내는데, 스타일은 자기 마음대로 선택할 수 있으나, 보통 베로니카에서는 자기의 능력보다 적어도 네 갑절이나 소와 가깝게, 침착하게, 그리고 위험한 방법을 써서 키테를 한다. 지금 투우사로서 판단되고 그 봉급이 결정되는 기준으로는 검사로서의 능력보다 침착하게, 천천히, 그러면서도 소와 가깝게 케이프로 소를 지나쳐 보낼 수 있는 능력이 더 큰 비중을 차지하고 있다.

케이프와 물레타 사용의 스타일에 대한 중요성과 요구가 점점 늘어나고 있다는 사실 – 그 스타일은 후안·벨몬테가 창안 내지 완성한 것이다 – 각각의 마타도르가 키테에서 케이프로 나무랄 데 없는 연기를 보여주며, 소를 지나쳐 보내는 데 대한 기대와 요구, 케이프와 물레타를 다루는 데에 있어서만 예술가답다면 마타도르는 죽이는 동작에는 서툴러도 좋다는 관용, 이러한 것들은 현대 투우가 겪은 가장 중요한 변화들이다.

현재 키테는 사실상 살육이 그러했던 것과 조금도 다름없이 진리의 순간이 되고 있다. 위험은 그렇게도 진실되고, 사람에 의하여 그렇게도 통제되고 선택되며, 또 그렇게도 분명하다. 조금이라도 그 위험에 속임수를 쓰든가, 일부러 가짜 위험을 만들어내려고 하면 단번에 탄로가 난다.

그리하여 현대의 키테에 있어서 마타도르들은 다투어 새로운 방법을 창안해내려고 하며, 얼마나 순수한 선을 유지하면서, 얼마나 천천히, 얼마나 가깝게, 소의 뿔을 자기 허리 옆으로 지나쳐 보낼 수 있는가를 본다. 그들은 끊임없이 소를 통어하며 그들의 허리로 통제되는 케이프를 휘둘러 돌진하는 소의 속력을 줄인다. 열기 띤 소의 몸뚱이가 자기 앞을 지나칠 때 그들은 침착하게 쇠뿔이 그들의 허벅다리에 닿을락말락, 때로는 스치기도 하며 소의 어깨가 그의 가슴에 닿는 것을 내려다 본다.

그들에게는 소에 대한 아무런 방어 동작도 없고 뿔과 함께 지나가는 죽음에 대한 아무 방어 수단도 없다. 다만 느릿느릿한 팔의 움직임과 거리의 판단력이 있을 뿐이다. 이러한 패스야말로 과거의 어느 케이프 조작보다도 훌륭하며 어느 것에 못지않게 흐뭇한 정서를 일으켜주는 것이다.

투우사들이 똑바로 돌격하는 소를 그렇게도 간절히 바라는 것은, 뿔이 실제로 자기 몸에 닿을 만큼 뿔을 가까이 하면서, 그를 상대로 이러한 연기를 할 수 있는 동물을 가지고자 함이며, 내내 투우의 인기를 지탱하게 하고 그것을 더욱더 번성하게 한 것은 현대의 케이프 테크닉, 최고로 아름답고, 최고로 위험하고, 최고로 오만한 그 케이프 테크닉이다. 그동안 모든 것이 타락했으나 케이프만은 진짜 진리의 순간이었다. 지금 마타도르들은 일찍이 본 일이 없는 방법으로 케이프를 써서 투우를 한다. 훌륭한 마타도르들은 벨몬테가 창안해낸 방법, 곧 소의 영역에 가까이 들어 가서 케이프를 낮추며 두 팔만을 쓰는 방법을 이어 받아, 벨몬테가 한 것보다도 – 알맞은 소만 가지면 벨몬테가 한 것보다도 – 오히려 더 좋은 방법으로 만들었다. 케이프는 르네상스가 없었고, 다만 끊임없고 줄기차고 완전한 향상이 있었을 뿐이다.

나는 여러 가지의 케이프 사용 방법, 곧 가오네라, 마리포사, 파롤, 또는 약간 구식(舊式)으로 로디아스, 가예오스, 세르펜티나스 등을 베로니카의 경우에서 처럼 상세하게 설명하지 않겠다. 말로만 설명해서는 직접 눈으로 보지 않는 한, 그것을 확실히 알 수 없기 때문이다. 사진이라면 문제는 다르다. 순간적인 촬영은 화면에서 순간적으로 전달될 수 있고 또 장시간 영구될 수 있는 어떤 것을 말로 설명하려고 하는 일이 어리석게 보일 정도로 그 장점이 널리 인정되고 있다. 그러나 베로니카는 모든 케이프 테크닉의 시금석)이다. 거기서야말로 우리는 위험, 미(美), 선의 순수성이 최고조에 달한 것을 볼 수 있다. 소가 완전히 사람을 지나치는 것은 베로니카에 있어서이며 투우에서의 최대의 하일라이트는 바로 소가 돌격 중 사람을 지나치는 그 전술에 있다. 그 밖에 거의 모든 케이프 패스는 같은 다소간 트릭과 관련 있는 것들이다.

여기에 대한 한 가지 예외로 마르시알·랄란다가 창안한 마리포사(나비)의 키테가 있다. 이것은 사진을 보면 분명히 알 수 있지만 케이프보다는 물레타의 그것이 서서히 행해진다는 것, 나비의 날개와 흡사하게 접힌 케이프가 갑자기 젖혀지는 것이 아니라 가볍게 휘둘려지고, 그동안 사람은 좌우로 물러난다는 것에 있다.

이와 같이 케이프의 날개를 뒤쪽으로 휘두르는 연기는 적절히 수행되면 물레타의 자연 패스와 같으며 그것에 못지 않게 위험하다. 나는 마르시알·랄란다밖에 그것을 잘 하는 사람을 하나도 본 일이 없다. 그의 모방자들, 특히 무쇠 같은 근육과 안절부절못하는 다리에다 매부리코를 가진 발렌시아의 비센테·바레라가 마리포사를 하는 것은 흡사 전기 장치에 의하여 소의 코 밑에서 케이프를 낚아채는 것 같았다.

그들이 마리포사를 천천히 하는 데에는 충분한 이유가 있다. 천천히 하면 죽음의 위험이 따르기 때문이다.

원래 키테의 방법으로는 라르가스가 더 즐겨 쓰였다. 라르가스에서는 케이프를 완전히 펼쳐 한끝을 소에게 줌으로써 소가 펼쳐진 케이프를 따라 멀리 끌려가도록 하다가, 마타도르가 케이프를 자기 어깨 위에 휘두르고 걸어감에 따라, 소는 그 동작에 의하여 그 자리에서 획 돌아 멈춰서게 된다. 이 방법은 상당히 우아하게 수행될 수 있고 여러 가지 변형이 가능하였다.

라르가스는 무릎을 꿇은 자세로서도 할 수 있던 것이었고 이른바 세르펜티나스(어의는 뱀)에서와 같이 공중에서 뱀처럼 휘감기도록 케이프를 휘두를 수 있었다. 라파엘·엘 가이요는 이러한 환상적인 연기를 잘 해 내었다. 그러나 모든 라르가스에 공통된 원리는, 소가 케이프의 느슨한 끝을 따라가다가 반대편 끝을 들고 있는 사람이 주는 케이프 끝의 움직임에 의하여 마침내 그 자리에서 돌아 멈춰선다는 것이다. 그 장점은 양손으로 케이프를 쓸 때보다는 소를 천천히 돌리기 때문에 소가 더 좋은 컨디션으로 종막(終幕)의 공격에 의할 수 있다는 것이었다.

지금 마타도르 한 사람이 행하는 케이프술의 분량은 물론 소에게는 상당한 파괴력을 행사한다. 만약 투우의 목적이 원래와 같이 단순히 소를 살육하기 가장 좋은 상태에 놓는 것에 있다면, 마타도르가 너무 빈번한 두 손으로 케이프를 사용하는 것은 변호할 여지가 없을 것이다. 그러나 투우가 진보하여 – 또는 부패하여 – 살육은 시합의 전목적이 아니라 3분의 1에 불과하고, 그 대신 케이프와 물레타술이 3분의 2에 해당하게 됨에 따라 투우사의 유형에는 변화가 일어났다.

위대한 살육자인 동시에 케이프나 물레타를 쓰는 위대한 예술가인 마타도르를 얻기란 참으로 어려운 일이다. 마치 위대한 권투 선수인 동시에 일류 화가인 사람을 얻는 일과도 같다. 케이프를 쓰는 예술가가 되는 것, 케이프를 최고로 잘 쓸 수 있게 되는 것, 거기에는 심미적인 감각이 필요하며 이것은 위대한 살육자가 되기에는 단점을 제공할 뿐이다. 위대한 살육자는 죽이기를 좋아하여야 한다. 그는 한때 두 손으로 두 가지 판이한 행동을 수행하는 비상한 용기와 능력을 가지고 있어야 한다. 그것은 한 손으로 머리를 두드리면서 다른 손으로 배를 문지르는 것보다 훨씬 더 어렵다.

또는 그는 모든 것을 통제하는 원시적인 명예심을 가지고 있어야 한다. 소에게 똑바로 달려들지 않고 속임수로 소를 죽이는 방법에는 여러 가지가 있기 때문이다. 그러나 무엇보다도 그는 죽이기를 좋아해야 한다.

라파엘·엘·가이요에서 시작하여 치쿠엘로에 내려오기까지 예술가다운 투우사들은 대부분이 거의 유감스러울 정도로 살육의 필요를 느끼지 않았다. 그들은 마타도르가 아니라, 토레로(바타도르와 토레로의 구별은 전자가 투우의 제3막 곧 살육의 막에 등장하여 주로 소를 죽이는 데에 관계되는 반면, 후자는 예술적인 태도로 투우 전반을 관망하는 전문적인 투우사라는 점일 것이다. 마타도르, 반데리예로, 피카도르를 총칭하여 토레로라고 부른다는 점은 이 구별을 이해하는 데에 다소간 도움이 된다)이며 고도로 발달된 기술과 날카로운 감수성을 가진 케이프와 물레타의 조종자(操縱者)이다. 그들은 죽이기를 좋아하지 않고, 죽이기를 두려워하며, 1백 번 중에서 90번은 죽이는 솜씨가 서투르다.

투우는 그들이 가져다준 예술로 말미암아 힘입은 바가 컸고, 위대한 예술가의 한 사람인 후안·벨몬테는 충분히 칼로 죽이는 방법을 체득하였다. 비록 위대한 살육자가 되지는 못했지만, 그는 천성으로 살육자의 소질을 갖추고 그것을 발달시켰으며, 모든 것을 완전하게 해내는 데에 그렇듯 자부심을 가졌기 때문에 오랜 동안의 결함을 극복한 뒤에 마침내 살육자로서의 튼튼한 기발을 닦고 살육자로서 인정을 받게 되었다.

그러나 벨몬테에게는 항상 이리와 같은 표정이 있었고, 이것은 그 이후에 발달한 다른 심미주의자들에게는 찾아볼 수 없는 것이다. 그리고 그들이 정직하게 소를 죽일 수 없다는 사실, 만약 그들이 본식(本式)대로 소를 죽여야 한다면 그들은 투우에서 쫓겨나갈 것이라는 사실로 하여 관중들은 마지막으로 소를 죽이기에 알맞도록 조작하는 일과는 상관없이 그들이 케이프와 몰레타로 보여줄 수 있는 최선의 연기를 기대하고 원하게 되었고, 이에 따라 투우의 구조가 달라지게 되었던 것이다.

"부인, 투우에 관한 이 모든 설명에 싫증이 나십니까?"

노부인: "아니오, 그렇지 않아요. 하지만 한번에 읽기에는 너무 벅찬

것 같군요."

"알겠습니다. 기술적인 설명은 읽기 힘든 법입니다. 마치 기계로 된 장난감에 붙어 있는 간단한 설명서, 게다가 무슨 말인지 알 수 없는 설명서와 같은 것이지요."

노부인: "당신의 책이 그 정도로 나쁘지는 않아요."

"감사합니다. 그 말씀을 들으니까 기운이 납니다. 그렇지만 부인의 흥미가 맥 빠지지 않도록 내가 무슨 일을 해드릴 수 없을까요?"

노부인: "맥이 빠질 리가 없어요. 다만 이따금씩 내가 피로해진다는 것뿐이지요."

"그러면 부인을 즐겁게 하기 위해서라면?"

노부인: "당신은 지금도 나를 즐겁게 해주고 있어요."

"감사합니다, 부인. 그러나 제 말은 글을 쓰거나 이야기를 주고받음으로써 말입니다."

노부인: "그렇다면 오늘은 일찍 끝나기도 했으니 이야기나 하나 해주세요."

"무슨 이야기 말씀입니까, 부인?"

노부인: "아무것이나 당신이 좋은 것으로 하세요. 그러나 주검에 관한 이야기는 싫어요. 나는 주검에는 약간 싫증이 났어요."

"아, 부인, 주검들도 마찬가지로 싫증이 났을 겁니다."

노부인: "그 이야기를 듣는 나보다는 덜 싫증이 났겠지요. 내 희망을 말하자면 포크너 씨가 쓰는 그런 종류의 이야기 같은 거죠. 또 다른이야기 아는 것 없어요?"

"몇 가지 있습니다만, 꾸밈없이 이야기하면 아무 재미도 없을 것입니다.”

노부인: “그럼 너무 단조롭게 이야기하지 않으면 되잖아요?”

“부인, 한 두어 가지 이야기해보겠습니다. 얼마나 짧게 또 얼마나 단조롭지 않게 이야기할 수 있나 봅시다. 우선 어떤 이야기를 듣고 싶으십니까?”

노부인: “그 불행한 사람들에 대한 실화 중에서 아는 것이 있으면 해주실래요?”

“몇 가지 있습니다. 그러나 비정상적인 것에 대한 이야기가 모두 그렇다시피 그 이야기는 대체로 극적인 요소가 결여되어 있습니다. 왜냐하면 정상적인 것에 있어서는 아무도 다음에 일어날 일을 예측할 수 없지만, 비정상적인 것을 다룬 이야기는 모두 똑같은 방식으로 끝나기 때문입니다.”

노부인: 그래도 하나 듣고 싶어요. 요즈음 그 불행한 사람들의 이야기를 읽었는데 아주 재미 있었어요.”

“좋습니다. 이것은 매우 짤막한 이야기입니다마는, 잘 쓰기만 하면 충분히 비극적일 것입니다. 그러나 나는 그것을 글로 쓸 생각은 없고 빨리 이야기로 해버릴 생각입니다.”

나는 파리의 앵글로 아메리칸 신문기자협회에서 점심을 먹고 있었는데, 그때 내 옆자리에 앉았던 사람이 나에게 이야기를 들려주었습니다. 그는 형편없는 신문 기자요, 바보요, 내 친구며, 잘 떠벌리기는 하지만 말벗으로는 곧 싫증 나는 사람으로서, 자기 봉급으로는 너무나 비싼 호텔에서 살고 있었습니다. 나중에 가서야 신문 기자로서 실력이 형편 없다는 사실이 드러났습니다만, 그때까지만 해도 그런 것이 판명될 경우가 생기지 않았기 때문에 그는 여전히 직장을 잃지 않고 있었습니다.

점심을 먹는 동안 그는 나에게 지난밤 아주 잠을 못 잤다고 말했습니다. 밤새도록 호텔의 옆방에서 난장판이 벌어지고 있었다는 것이었습니다.

두 시쯤 누군가가 그의 방문을 두드리며 들여보내 달라고 애걸했습니다. 그 신문 기자는 문을 열어주었습니다. 그러자 스무 살쯤 되어 보이는 검은 머리의 사내 하나가 잠옷을 걸치고 울면서 방안에 들어왔습니다. 처음에 그 사내는 너무나 제정신이 아니어서 신문 기자는 그의 말을 통 알아들을 수 없었고, 다만 무엇인가 몸서리나는 일에서 간신히 빠져나온 듯한 인상을 받았을 뿐이었습니다.

그 젊은 사람의 이야기를 종합해보면, 그는 자기 친구와 함께 그날의 임항 열차(臨港列車: 기선과 연결되는 열차)로 파리에 도착했다는 것이었습니다. 그 친구는 그보다 약간 나이가 많은 사람으로, 만난 지는 불과 며칠밖에 안 되지만 매우 가까운 사이가 되었고, 그리하여 그는 그 친구가 자기의 손님 격으로 프랑스에 건너가자고 초대했을 때 그것을 받아 들였던 것이었습니다. 그 친구는 돈을 많이 가지고 있었고 자기는 한푼도 없었습니다. 그리고 그들 사이의 우정은 그날 밤까지 훌륭하고 아름다운 것이었습니다. 그러나 이제 그에게는 온 세상이 허물어졌습니다. 그는 돈이 없었고 그리하여 유럽 구경을 할 수 없게 되었습니다. ―여기서 그 젊은이는 다시 흐느끼기 시작했습니다― 그렇지만 세상의 그 어떤 것을 준다고 해도 그는 다시는 그 방으로 도로 들어가지 않으려 했습니다. 그는 이 점에 있어서는 확고부동했습니다. 정말 자살이라도 할 것 같았습니다.

바로 그때 또 한 사람이 문을 두드렸습니다. 그리고 역시 말쑥하게 보이는 훌륭한 미국 청년이 그 친구가 똑같이 새롭게 값비싸게 보이는 잠옷을 입고 방에 들어왔습니다. 신문 기자가 도대체 무슨 일들이냐고 묻자 그는 아무 일도 아니라고, 자기 친구가 여행으로 약간 신경과민이 되었을 뿐이라고 말했습니다. 그러자 먼저 들어온 친구가 다시 울기 시작하며, 세상의 그 어느 것도 자기를 그 방으로 돌아가게 하지는 못할 것이라고 말했습니다.

그러나 나이 많은 친구가 아주 알아듣기 좋게 타이르고 달래고 한 뒤에, 또 신문 기자가 두 사람에게 브랜디와 소다수를 대접하며 이제 모두 집어치우고 한숨 자라고 충고한 뒤에야 두 사람은 같이 자기네 방으로 돌아갔습니다. 신문 기자의 말로는, 자기는 도무지 어찌된 영문인지 몰랐지만 하여간 재미 있는 일이라고 생각하며, 어쨌든 잠이나 자야겠다고 자리에 들어갔다는 것입니다. 그러나 그다음에 그는 다시 잠이 깨었습니다. 옆방에서 싸우는 듯한 소리가 들리고 누군가 이런 말을 하더라는 것입니다.

"그럴 줄 몰랐어, 아, 정말 그럴 줄 몰랐어. 싫어! 싫단 말이야!"

그리고는 이어 신문 기자의 표현을 빌면, 절망적인 부르짖음이 들려왔습니다. 신문 기자가 벽을 두드리자 소동은 그쳤습니다. 그러나 그중의 한 친구는 여전히 흐느끼고 있었습니다. 그는 그것이 아까 흐느꼈던 바로 그 사람이라고 생각했습니다.

"무슨 도와 드릴 일이라도 있소? 누구 사람을 부를까요? 무슨 일이요?" 신문 기자가 물었습니다. 아무 대답도 없이 한 친구가 흐느끼는 소리만 들릴 뿐이었습니다. 그러다가 다른 친구가 대답했습니다. 매우 똑똑하고 분명한 말씨였습니다.

"당신 일이나 보시구려."

이 말에 신문 기자는 화가 나서 담당 사무원을 불러 그 두 사람을 한 꺼번에 쫓으리라고, 그리고 만약 그들이 또 뭐라고 지껄이면 자기도 함께 나가리라고 생각했습니다. 그러나 사실은 그들에게 이제 그만 집어 치우라는 말로만 타이르고 자리에 들어갔습니다. 그는 그다지 잠을 잘 잘 수 없었습니다. 한 친구가 상당한 시간이 지난 뒤에야 비로소 울음을 그쳤기 때문입니다.

그 이튿날 아침 신문 기자는 카페 데 라 페의 옥외 식당에서 두 사람이 즐겁게 서로 지껄이며 파리판 〈뉴욕 헤럴드〉지를 읽으며 아침 식사를 하는 것을 보았습니다. 한 이틀 지난 뒤 그는 나에게 오픈택시에 같이 타고 가는 그들을 손으로 가리켜주었고, 나는 그 후에도 종종 카페 테데 마고의 테라스에 앉아 있는 그들을 보았습니다.

노부인: "그게 끝인가요? 내가 젊었던 시절에 보던 이른바 마지막 히트 같은 것은 없나요?"

"아, 부인. 나는 몇 년 전부터 이야기의 마지막에 히트 따위는 붙이지 않습니다. 부인께서도 히트가 생략되면 정말 마음이 언짢으십니까?"

노부인: "솔직히 말하면 히트가 있는 편이 좋지요."

"그러면 부인, 구태여 삼가하지 않겠습니다."

"내가 마지막으로 그들을 본 것은 그들이 카페 테데 마고의 테라스 위에 앉아 있을 때였습니다. 그들은 잘 재단된 옷을 입고 여느 때와 조금도 다름없이 말쑥해 보였습니다. 다만 다른 점이라고는 두 사람 중의 나이 어린 쪽, 곧 그 방에 돌아가느니 차라리 자살하겠다고 말하던 사람의 머리가 헤너(이집트산의 방초 염료)로 물들여져 있었다는 것뿐이었습니다."

노부인: "히트치고는 너무 갸날픈것 같군요."

"부인, 주제 전체가 가냘픈 데다가 너무 감동적인 히트를 붙이면 균형이 깨뜨려질 것입니다. 나머지 이야기 하나 더 해 드릴까요?"

노부인: "고맙습니다만, 오늘은 이만하면 충분합니다."

16.

　당신은 옛날에는 소가 30, 40, 50 심지어 70번의 픽을 받은 일도 있는데 오늘날에는 일곱 번만 픽을 받을 수 있어도 굉장한 짐승으로 여긴다는 이야기를 읽었다. 그런데 당시에는 사정이 퍽 달랐던 것 같다. 투우사들은 고등학교 팀의 풋볼 선수와 같았던 모양이다. 오늘날 사정은 매우 달라져서 지금은 고등학교의 팀들에 오직 어린아이들만이 있을 뿐 큰 선수는 없다. 카페에서 나이 먹은 사람들에게 들어보면 요즘엔 훌륭한 투우사도 없다는 것을 알게 된다. 그들은 명예도 기술도 덕성도 갖추지 못한 풋내기 어린아이들로서 고등학교에서 지금 풋볼을 하고 있는 어린아이들과 별다름이 없다는 것이다. 시합은 그지없이 초라해지고, 그 옛날 팔꿈치에 가죽을 댄 스웨터를 걸치고 땀에 전 어깨판에서 시큼한 냄새를 풍기며 가죽 모자에 온통 흙투성이가 된 두더지 가죽 바지를 입고 가죽 끈으로 신을 잡아 맨 채 발자국을 남기며 황혼 길을 걸어가던 그 완숙한 맛이 지금 선수들에게 없다는 것이다.
　당시에는 늘 거인들이 있었으며 소들도 정말 그만큼 많은 픽을 받았다. 오늘날의 해설자들도 그것을 인정한다. 그러나 픽이 지금과는 달랐다. 옛날에는 픽에 달린 삼각형의 쇠붙이가 매우 작았고, 그것도 잔뜩 싸매서 겨우 픽의 끝이 조금밖에 소에 박히지 않았다. 피카도르들은 소가 덤비면 말로 가로막고 픽으로 찌르고 소에게서 멀어졌다가 살짝 말을 옆으로 비켜 세워서 소가 휙 옆을 지나가게 한다. 지금의 소들도 그런 픽이라면 깊이 박히지 않으므로 얼마든지 받아낼 수가 있다. 그것은 피카도르들이 볼 때 일부러 쇼크와 형벌을 주려 하는 것이라기보다는 일종의 인사와도 같은 것이다.

이제는 많은 변화를 거쳐서 픽이 그때와 상당히 달라졌다. 소의 사육자들과 투우사들은 그 형태에 대해 늘 다툰다. 육체와 용감성을 해치지 않고 소가 그 픽의 공격에 대항할 수 있는 횟수를 결정하는 것은 바로 그 픽 끝의 생김새인 까닭이다.

오늘날의 픽은 제자리에 찔러도 매우 파괴적이다. 특히 소가 말에 접근하기 전까지는 그것을 찌르는 것이 아니라 쏘기 때문에 파괴적이다. 소로서는 사람이 몸무게를 픽의 자루에 기울이고 소의 목덜미나 어깨뼈에 찔러넣을 때 그 순간 말을 받아 넘기려고 노력해야 한다. 가령 모든 피카도르가 몇몇 사람처럼 능숙하다면 픽을 잘못 쏘아서 소가 말을 받는 것을 허용하지는 않을 것이다. 그러나 대다수의 키파도르들은 뇌진탕을 일으킬 만큼 보수가 초라하므로 소에다 픽을 제대로 찌르는 것조차 불가능하다. 그들은 픽이 요행으로 잘 찔리기를 바라며, 소가 말과 기수를 받아 넘기려고 애쓰다가 제풀에 목이 피로하기를 바라며, 말을 잃거나 안장에서 떨어지지 않고 정작 피카도르가 해내야 할 일을 소가 해주기를 기대하는 것이다.

말은 방어하기 위해 입히는 매트리스는 피카도르의 작업을 한층 어렵고 위험하게 만든다. 매트리스가 없으면 소는 곧장 말에 닿으니까 들어올릴 수가 있을 것이며 혹은 자기가 뿔로 말에게 입힌 상처에 흐뭇해져서 사람에게서 쉽사리 떨어져나갈 수 있을 것이다. 그러나 매트리스가 있으면 소는 뿔이 잘 박히지 않으니까 자꾸 쑤시고 들어 와서 말이며 사람을 한 덩어리로 밀어 던지는 것이다. 방어용 매트리스는 투우에서 또 다른 낭비를 초래하고 있다.

말 장수들은 죽지 않은 말들을 자꾸 다시 팔아먹으려고 할지도 모른다. 그런 말들은 소의 냄새만 맡에도 질겁을 하는 바람에 거의 다루기가 불가능한 것이다. 새 정부 법령은 피카도르들이 그런 말을 거절할 수 있고 또 말 장수들이 두 번 다시 그런 말들을 팔 수 없도록 낙인을 찍도록 규정해놓았지만, 피카도르는 보수가 적으니까 이 규칙은 팁 혹은 프로피나를 집어주면 쉽사리 유명무실해질 것이다. 정부의 법령으로 거절할 의무와 권리를 부여한 그 동물을 타는 값으로 말 장수로부터 받는 커미션은 그들의 정규수입의 일부분이 되는 셈이다.

프로피나는 투우에서 있을 수 있는 그 어떤 위험스러운 일에도 통한다. 법령은 투우에 쓰이는 말의 크기, 적성 등을 규정하고 있어서, 가령 적절한 말이 사용되고 피카도르의 훈련이 잘되어 있기만 하다면 사고를 제외하고는 말이 죽을 필요는 없을 것이다. 그러나 자신을 보호하기 위한 이런 법령은 당사자인 피카도르에게 일임되며 피카도르는 자기가 겪는 위험에 대해 그 보수가 하도 보잘것없으므로 자기의 일이 훨씬 어렵고 위험해지는 데에도 불구하고 돈을 조금만 더 붙여줘도 성큼 말을 받아들이는 것이다.

말 장수는 투우 한 번에 서른 여섯 마리의 말을 공급할 수 있어야 한다. 말이 어떻게 되든 상관없이 그는 고정된 액수를 받는다. 가장 값 싼 말들을 공급하고 되도록 그 말들이 덜 소모되는 것이 그에겐 이득이 되는 것이다.

그 내막은 이런 것이다. 피카도르들은 투우가 있기 하루 전 혹은 시합 당일 아침에 투우 경기장의 코랄에 와서 자기들이 탈 말을 골라서 시험해 본다. 코랄의 돌벽에는 소가 합격하기 위해서 최소한도로 가져야 하는 어깨까지의 높이로 쇠붙이가 표시되어 있다. 피카도르는 큰 안장을 말에 얹고 올라타고는 말이 재갈이며 박차를 싫어하지나 않는가를 테스트하며 뒷걸음질도 시켜보고 선회를 시켜보고, 코랄의 벽을 향해 픽으로 찔러서 몰아보기도 한다. 다리에 이상이 없는가를 보자는 것이다. 그는 그런 다음 내려서 말 장수에게 수작을 한다.

"난 천 달러를 준대도 저따위 더러운 말에 목숨을 맡길 생각은 없어."

"그 말이 어때서 그래요?" 말 장수의 말이다. "아마 저렇게 좋은 말을 만나려면 쉽지 않을걸요."

"쉽지 않구말구요."

피카도르의 말이다.

"그 말이 어디가 나쁘죠? 저 말만큼만 쏙 빠지라구 그러슈."

"입이 시원치 않아. 뒷걸음질을 하려 들지 않는걸. 게다가 몸통이 짧고"

피카도르가 뇌까린다.

"크기는 나무랄 데가 없다니까요. 글쎄, 봐요. 크기야 아주 알맞지요."

"뭐가 알맞다는 거요?"

"타기에 꼭 알맞단 말이요."

"내겐 안 맞아요."

피카도르는 이렇게 내뱉으며 돌아선다.

"더 좋은 말을 구하지 못해요."

"나도 그런 줄은 알아."

피카도르가 말한다.

"무엇이 정작 마음에 안 든다는 거요?"

"저 말은 점막마비저(粘膜馬鼻疽)에 걸려 있어."

"쓸데없는 소리. 그건 점막마비저가 아니에요. 그건 비듬이요."

"약을 뿌려줘요. 말 잡겠소."

피카도르가 말한다.

"솔직히 말합시다. 거절하는 이유가 뭐요?"

"내겐 마누라와 자식이 셋 씩이나 있소. 난 천 달러를 준대도 저 말은 안 타겠소."

"거 왜 그래요."

말 장수가 말한다. 그들은 낮은 음성으로 이야기한다. 그는 피카도르에게 15페세타를 준다.

"좋소. 그 조랑말을 적어넣으시오."

피카도르가 승낙한다.

그리하여 당신은 오후에 그 피카도르가 조그만 말을 타고 출전하는 것을 보게 되며, 그 말이 가령 받혀서 찢어지면 붉은 재킷을 입은 링의 직원이 말을 죽이지 않고 출입구로 산 채로 끌어내서 말 장수로 하여금 말을 다시 써먹을 수 있게 해주면, 그때마다 그 직원은 커미션을 받았거나 주겠다는 약속을 받았다고 믿어도 좋을 것이다.

나는 훌륭하고 정직하며 명예가 있고 용감한 몇몇 피카도르들이 어렵게 지내는 것을 알고 있다. 그러나 내가 만난 말 장수는 뒷거래를 하는 것이다. 몇 명 양심적인 사람도 없는 것은 아니지만, 마음만 먹는다면 투우장의 직원들도 모두 매수할 수가 있다. 그들은 투우 때문에 잔인해진 유일한 사람들이며, 위험을 겪지 않고 잔인한 일에 적극성을 띠는 사람들이기도 하다. 나는 그들을 여럿 보았는데 특히 그중에는 쏘아 죽이고 싶은 부자(父子)가 있었다. 우리들에게 가령 쏘아 죽이고 싶은 사람을 누구든지 쏘아 죽여도 좋은 기간을 준다면 나는 경찰, 이탈리아 정치가들, 정부 공무원, 매사추세츠구 재판관들, 그리고 내 젊은 날의 친구 몇 명을 해치우기 전에 그 투우장의 부자를 당장 쏘아 죽이고, 죽은 것을 확인할 것이라고 믿는다. 그들의 정체를 더 이상 자세히 밝히고 싶지 않다.

내가 그들을 죽이는 일은 없겠지만, 가령 만에 하나라도 죽이게 된다면 계획적 살인의 증거가 될 것이기 때문이다. 그러나 한 가지만 더 이야기한다면 그들은 가장 더러운 잔인성을 보이는 사람들이다. 그래도 고마운 잔인성이 있다면 그것은 경찰관들에게서 흔히 볼 수 있다. 그것은 모든 국가의 경찰, 특히 우리나라를 포함한 모든 나라의 경찰이 그러하다. 이 두 명이 팜플로나와 산세바스티안 모노사비오스(붉은 셔츠를 입은 투우장의 직원)들은 권리로 보아 경찰관이며 그것도 철저한 경찰관에 속한다. 그러나 그들은 투우 경기장에서 있는 재능을 다 발휘하며 최선을 다하는 것이다. 그들은 허리에 푼틸라(단검)와 끝이 뭉툭한 칼을 차고 있는데 그것으로 심한 상처를 입은 소에게 죽음의 선물을 안겨 줄 수 있는 것이다.

그러나 나는 일어서서 코랄로 걸어갈 수 있는 말을 그들이 죽이는 것은 일찍이 본 일이 없다. 살아 있는 한 말을 죽이지 않고 그렇게 함으로써 그 말이 다시 링에 등장할 수 있게 하는 그들의 처사는 단순히 돈을 벌기 위해서만은 아니다. 나는 모든 사람들이 죽이라고 강요해도 죽이기를 거절하는 것을 보았기 때문이다. 그렇다고 그 말이 일어설 수 있었던 것도 아니며 다시 링에 들어올 희망이 있었던 것도 아니었다. 그들은 되도록 그 자비를 베푸는 행위를 행하려 하지 않는 것이다. 대부분의 투우장 직원들은 값 싼 임금을 받고 끔찍한 짓을 하는 불쌍한 사람들이다. 그러므로 동정은 못할망정 측은하게 여기는 것이 옳다.

그들이 한두 마리의 당연히 죽여야 할 말을 죽이지 않았다면 그것은 만족이 아닌 두려운 마음으로 한 행동이며, 이를테면 거리에서 담배 꽁초를 줍는 것과 흡사하게 돈을 버는 것이다. 그러나 내가 말하는 이 두 녀석은 모두 배불리 먹어 비대했고 오만했다. 한때 나는 스페인 북쪽의 투우장에서 불만에 찬 소동이 일어났을 때 1페세타 반에 빌린 무거운 가죽 방석을 그중 젊은 녀석에게 던진 일이 있다. 나는 투우장에 갈 때면 반드시 만자닐라 술병을 가지고 가는데, 소란이 하도 심해서 그곳 당국자들의 눈에 뜨이지 않고 지금도 그 빈 병을 그들 중 어느 놈에게나 던질 수 있게 되기를 바란다. 규칙을 지키라고 항의하다가 그것이 안될 때에는 병이 직접적인 행동을 하는 데에 안성 맞춤이기 때문이다. 또 그것을 던질 수 없을 때에는 술이라도 마시면 되니까.

요즘의 투우에선 피카도르가 완전히 말을 보호하는 것이 훌륭한 픽이 아니다. 말을 완전히 보호하는 것이 원칙이지만 아무리 눈을 뜨고 찾아봐야 그런 것은 보기가 힘들다. 솜씨 있는 픽의 사용에서 우리가 요즘 기대할 수 있는 것은 피카도르가 제자리에 픽을 꽂는 것과 목에서 어깨에 이르는 등줄기에 솟은 살덩이에 픽의 끝을 찔러넣는 것, 그리하여 소를 멀리하고, 소의 피를 빼고 힘을 약화시켜 마타도르에게 위험이 덜한 황소를 넘겨주기 위해 상처를 내려고 픽을 틀거나 비틀지 않는 것 등이다.

서투른 픽이란 모릴로(소의 등에 솟은 살덩이)가 아닌 다른 곳에 찔러서 깊은 상처를 내거나 혹은 소가 말에 미치는 것을 허용하는 따위이다. 그리하여 뿔이 말을 받으면 자기의 말을 보호한다는 인상을 주기 위해 소에게 박힌 픽을 밀거나 비틀거나 하는 것이다. 그것은 소에게 상처만 줄 뿐 아무런 효과도 없는 것이다.

가령 피카도르들이 자기네들의 말을 소유하고 보수도 충분히 받는다면 그들은 말을 잘 보호했을 것이며, 투우에서 말이 활약하는 부분은 필요악으로서가 아닌 아주 눈부시고 솜씨 있는 것이 되었을 것이다. 내 자신의 의견을 말한다면, 나쁘게 죽을수록 말은 더 좋다. 피카도르 편에서는 다리가 길고 늙은 말이 혈통이 좋은 건강한 말보다 요즘의 픽의 사용법에 비추어 더 쓸모가 있다. 경기장에서 쓸모가 있으려면 말은 늙거나 피로해 있어야 한다.

피카도르를 링에서 숙소까지 태우고 갔다가 돌아오는 것은 교통 수단으로서도 의미가 있지만, 그에 못지않게 말을 피곤하게 하려는 것이다. 지방에서는 종업원들이 아침에 말을 지치게 하려고 타고 다닌다. 말의 역할은 소에게 공격할 무엇을 제공하여 목의 근육을 피로하게 하며, 공격을 받고 픽을 사용하는 사람을 지탱해주며, 그리하여 소의 근육의 피로를 가져오게 하는 것이다. 그의 의무는 상처로서가 아니라 약화시킴으로써 소를 피로하게 만드는 것이다. 픽으로 인해 생기는 상처는 어디까지나 우연한 결과이지 목적은 아니다. 그것이 목적이 될 때에는 언제나 비난을 받아야 마땅한 것이다.

다른 데에는 아무 쓸모가 없으면서도 꿋꿋이 설 수 있고 적당히 다룰 수 있는 가능한 한 가장 나쁜 말이 이 목적으로 쓰는 데에는 가장 좋은 것이다. 나는 한창 나이의 순종마들이 투우장 아닌 다른 곳에서 죽는 것을 본 일이 있는데 그것은 언제나 서글프고 마음 아픈 일이다. 투우 경기장은 말에게는 죽음의 장소이므로 나쁜 말일수록 좋은 것이다.

내 말은 피카도르들이 자기들의 말을 가지고 있다면 투우가 면목을 일신할 것이라는 점이다. 그러나 나는 한 마리의 좋은 말이 실수로 죽는 것보다는 차라리 무가치한 열두 마리의 말을 고의로 죽이는 것을 보고싶다.

그 노파는 어떻게 됐느냐고요? 갔지요. 마침내 책에서 그녀를 밀어낸 거지요. 좀 늦은 감이 있다구요? 네, 아마 좀 늦은 것 같군요. 말들은 어떻게 됐냐고요? 그건 사람들이 투우와 관련시켜 늘 이야기하기를 좋아하는 거죠. 말에 대해산 충분히 이야기했지요? 퍽 많은 이야기를 했다구요? 불쌍한 말들 외엔 모두들 그걸 좋아하니까요. 그럼 일반적인 이야기를 좀 해볼까요? 좀더 차원이 높은 이야기는 어떨까요?

올더스·헉슬리 씨는 《지독히 낮은 이마의 소유자》들이라는 제목의 수필에서 이렇게 시작했습니다. '(자신이 쓴 책을 거론함에 있어) 헉슬리 씨는 한때 옛 대가를 쳐든 일이 있다. 거기엔 상당히 합축성 있는 단 한마디의 구절이 있다. (여기에서 헉슬리 씨는 칭찬의 말을 삽입했다) 그것은 '말테그나가 그린 예수'에 대한 말이었는데 꼭 한마디밖에 언급이 없었다. 그러자 그는 자신의 뻔뻔스러움에 놀라서 낯을 붉히고 급히 그 대목을 지나쳐 갔다. (마치 개스켈 부인이 화장실 이야기라도 하고서 급히 그 이야기를 지나쳐버리려 할 것처럼) 그리하여 점점 그는 더 천한 이야기를 하게 되었다. 그리 오래지 않은 한때에는 교육도 받지 못한 어리석은 사람들이 지식 있고 교양 있는 사람으로 행세하려는 욕망을 가지고 있었는데, 이제는 그 욕망의 물결이 방향을 바꾼 것이다. 이제는 지식과 교양을 갖춘 사람들이 오히려 어리석은 척하고 교육받은 사실을 감추려고 애쓰는 예가 흔하게 되었다' —그리고 계속해서 더 언급이 있었다. 그것은 진정 높은 교양인이라고 할 수 있는 헉슬리 씨의 교양에 관한 이야기였다.

거기에 대해 어떻게 생각하느냐구요? 헉슬리 씨는 거기서 점수를 딴 셈이죠. 거기에 대해 하고 싶은 말이 무엇이냐고요? 진정으로 대답해 드리죠. 그것을 읽고 나는 헉슬리 씨가 자기 책에서 언급한 책자를 구입해서 훑어보았는데, 그가 인용한 구절을 찾을 수가 없었어요. 아마 그 안에 있을 테지만 내게는 참을성도 없고 그것을 찾아낼 흥미도 없었지요. 이미 그 책을 다 읽었으니 더 어떻게 할 도리가 없었던 것이지요. 그것은 마치 읽은 원고를 다시 읽는 것과도 흡사한 일이니까요.

나는 그것을 교양을 가장하거나 기피하는 문제 이상의 것이라고 믿습니다. 소설을 쓸 때 작가는 살아 있는 인간을 창조해야 합니다. 인간이지 등장 인물이 아닙니다. 등장 인물이란 일종의 만화니까요. 가령 어떤 작가가 사람을 생생하게 살아 있게 한다면 그의 책에는 위대한 등장 인물들은 없을는지 모릅니다. 그러나 그의 책은 하나의 전체로서 길이 보존될 것입니다. 하나의 실체로서 즉 하나의 소설로서 말입니다. 현대 회화, 문학, 과학의 대가들에 대한 이야기를 한다면 그들은 소설 속에서 그 문제들을 이야기해야 합니다. 그들이 그 주제에 대한 이야기를 하지 않고 작가가 그들에게 이야기를 시킨다면 그 작가는 사기꾼이며, 그것에 대해 자기가 얼마나 알고 있는가를 보이기 위해 스스로 그것들에 대해 이야기한다면 그는 제 자랑꾼인 것입니다.

표현이나 은유(隱喩)가 아무리 좋아도 그것을 절대로 필요불가결하고 대치될 수 없는 곳이 아닌 데에다 넣는다면 그는 이기심 때문에 작품을 망치고 있는 것입니다.

산문(散文)은 건축이지 내부 장식이 아닙니다. 이미 바로크 건축 양식(지나치게 장식적인 건축 양식)은 끝난 것입니다. 한 작가가 자기의 지적인 사색을 가공된 등장 인물들의 입을 통해서 내놓는 것은 유익하고 경제적이며 수필로서 싼 값에 팔 수는 있을지 모르나 문학은 되지 못합니다. 기술적으로 지어낸 인물이 아닌 소설의 인물들은 작가의 소화된 경험, 그의 지식, 두뇌, 마음, 그가 소유하고 있는 전체에서 우러나와야 합니다. 그에게 성실성과 함께 운이 있어서, 가령 자기가 가진 것을 송두리째 끌어낼 수 있다면 그들 등장 인물들은 1차원 이상의 존재들이 될 것이며 오랜 생명을 가질 것입니다.

훌륭한 작가는 되도록 모든 사물을 면밀히 알아야 합니다. 그러나 그렇지 못한 것이 보통입니다. 상당히 저명한 어떤 작가는 지식을 타고난 듯이 보입니다. 그러나 사실은 그렇지 않습니다. 그는 다만 다른 사람보다 시간의 흐름에 비해 더 빨리 배우는 능력을 타고났을 뿐이며, 의식적으로 노력하지 않으면서도 이미 세상이 계시하는 지식을 받아들이거나 거부할 지능을 가지고 있는 것에 지나지 않는 것입니다. 세상에는 빨리 배울 수 없는 것이 있으며, 우리들이 모두 가지고 있는 시간으로 그것을 얻는 데에 소비해야 되는 것입니다. 그것들은 아주 단순한 것들입니다. 그리고 그것을 얻는 데에는 일생이 걸리므로, 각자가 얻는 극히 적은 새로운 지식은 극히 소중한 것이며 그가 남길 유산이라곤 그것 밖에 없는 것입니다.

참되게 쓰인 소설은 제각기 전체 지식에 공헌하는 것이 있으며, 다음에 등장하는 작가는 그것을 마음대로 이용할 수 있는 것입니다.

그러나 다음의 작가는 언제나 생득권(生得權)으로서 얻을 수 있고, 또 자기도 언젠가는 떠나야 하는 그 지식을 이해하고 소화할 수 있는 경험을 얻기 위해 일정한 값을 치러야 하는 것이지요.

가령 산문 작가가 자기가 쓰고 있는 것을 충분히 알고 있다면 그는 자기가 아는 것을 생략할는지도 모릅니다. 가령 작가가 충분히 진실하게 쓰고 있다면, 독자는 그것을 작가가 쓴 것과 다름없이 강렬하게 느낄 것입니다. 빙산의 움직임에 위엄이 있는 것은 그것의 8분의 1이 물 위에 나와 있는 까닭입니다.

작가가 몰라서 생략하는 것은 그의 작품에 단지 텅빈 공간을 내놓는 것입니다. 진지한 작가적 태도를 무시하고, 자기가 정규 교육을 받았고 교양이 있으며 좋은 가문 출신이라는 것을 사람들에게 알리려고만 애쓰는 작가는 다만 앵무새와도 같은 수다장이에 불과한 것입니다. 또한 이것도 잊어서는 안 됩니다. 진지한 작가와 근엄한 작가를 혼동해서는

안 됩니다. 진지한 작가는 매나 얼간이, 혹은 심지어 앵무새도 될 수 있
지만 근엄한 작가는 항상 피투성이의 올빼미인 것입니다.

17.

　투우를 처음 관람하는 관객에게 반데리야를 꽂는 것만큼 어필하는
광경은 없다. 투우에 낯선 사람의 눈은 케이프를 놀리는 동작을 자세히
관찰할 수 없다. 소에게 말이 받히는 것을 보면 충격을 받지만 그 관객
은 그 충격에도 불구하고 계속 말을 지켜보게 되는데, 그때 마타도르가
보인 진짜 솜씨는 놓치고 마는 것이다. 물레타를 놀리는 솜씨는 어리둥
절한 것이다. 관객들은 어떤 패스가 어려운 것인지를 알지 못하며, 그
모든 것이 새로우므로 그의 눈은 한 동작과 다른 동작을 분간하기가 힘
든 것이다. 그는 물레타를 그저 아름답고 생기 있는 동작으로만 볼 뿐
이며, 소의 살육이 아주 빠를 때는 특히 세련된 눈을 가진 관객이 아니
면 상이한 동작을 구분해서 볼 수도 없고 정작 어떤 일이 벌어졌는지를
알 수 없다.

　또 흔히 마타도르가 그 중요성을 감소시키기 위해 그 과정을 무시함
으로써 소를 죽이는 작업은 멋도 성실성도 결여된 채 급히 끝나 버리는
경우가 있는데, 그렇게 되면 관객들은 소를 제대로 살해할 때에 느끼는
감정을 전혀 느껴 보지 못하는 것이다. 그러나 반데리야를 꽂는 것은

분명히 볼 수 있다. 그 세부적인 동작을 낱낱이 목격하게 되며 훌륭하게 수행된 동작에서는 언제나 즐거움을 느끼게 된다.

반데리야에서 관객들은 한 남자가 끝에 가시가 달린 두 개의 가느다란 장대를 들고 걸어나오는 것을 보게 된다. 그가 본 첫 번째 남자는 두 손에 케이프도 없이 소에게로 간다. 그 남자는 소의 주의를 끈다. 나는 지금 반데리야를 쓰는 가장 단순한 동작을 이야기하고 있는 것인데, 소가 덤벼드는 것과 때를 같이하여 남자는 소에게 달려가며, 소와 사람이 마주치게 될 때 소는 사람을 받으려고 고개를 숙이며 남자는 두 발을 한데 모으고 두 팔을 높이 쳐들어 낮게 수그린 소의 몸에 곧게 아래쪽으로 반데리야를 찔러넣는 것이다.

이것이 관객의 눈이 목격한 것 전부다.

"왜 소는 사람을 받지 못하지요?"

처음으로 투우를 구경하거나 심지어 여러 번이나 투우를 구경한 사람조차 이런 질문을 종종 한다. 그 대답은 이렇다. 소는 자기 몸의 길이보다 더 짧은 공간에서는 몸을 돌릴 수가 없는 것이다. 그러므로 소가 공격을 할 때 사람이 일단 그 뿔만을 피하면 그는 안전한 것이다. 그는 소가 달려오는 경로에서 조금만 각도를 달리하여 비켜서면 되는 것이다. 소와 만나는 순간을 판단하여 소가 고개를 수그리도록 두 발을 모으고 반데리야로 찌른 뒤 그것을 축으로 하여 선회함으로써 뿔을 통과시키는 것이다. 이것을 가리켜 포더 아 포더(힘에 대하여 힘으로라는 뜻)로 찌른다고 한다. 그 사나이는 일정한 위치에서 출발함으로써 소의 공격을 받을 때 90도 회전을 할 수도 있으며, 그리하여 가장 흔한 방법인 알 쿠아르테오(가만히 서서 소의 공격을 기다리다가 반데리야를 찌르는 방법)로 반데리야를 꽂을 수도 있는데 그것은 가장 멋있는 방법이다. 그리고 소가 바싹 다가와서 고개를 막 숙이려고 할 때, 그는 오른발을 들어 왼쪽으로 회전시킴으로써 소로 하여금 유혹하는 몸을 따라오도록 한 다음 뒤로 완전히 회전시켜 그 오른발을 땅에 내려놓고 반데리야를 내리꽂는 것이다. 이것을 가리켜 알 캄비오로 반데리야를 꽂는다고 한다. 물론 이것은 오른쪽이든 왼쪽이든 어느 쪽으로도 할 수 있다. 그것은 방향만이 다를 뿐 방금 내가 설명한 바와 똑같다.

이것의 변형으로 알 쿠에에브로라고 불리는 것이 있는데, 그것은 두 발을 움직이지 않은 채 몸짓으로 소에게 그릇된 방향을 제시함으로써 소를 속이는 것이다. 그러나 내 눈으로 그것을 아직 본 일은 없다. 나는 비평가들이 알 쿠에에브로라고 말하는 반데리야의 용법을 여러 번 보았는데, 그때마다 남자는 반드시 어느 발을 들었었다.

반데리야를 쓰는, 이상의 모든 방법에 있어 링 안의 서로 다른 지역에는 케이프를 든 두 명의 남자가 서 있게 되는데 일반적으로 마타도르는 중앙에, 그리고 마타도르이거나 반데리예로 중 또 한 명은 소의 뒤쪽에 있는 것이 보통이다. 그리하여 한 남자가 반데리야를 꽂고 소의 뿔을 어떤 방법으로든지 패스시키면 소는 그를 쫓으려고 돌 때 또 다른 케이프를 보게 된다. 링 안에는 여러 가지 방법으로 패스시키면 소는 그를 쫓으려고 돌 때 또 다른 케이프를 보게 된다. 링 안에는 여러 가지 방법으로 반데리야를 꽂는 데에 있어 둘 혹은 세 명의 투우사들이 케이프를 들고 자리 잡게 되는 일정한 장소가 있다. 내가 묘사한 여러 가지 방법에 있어서 사람과 소는 다 같이 뛰지만 캄비오와 그 변형에 있어서만은 사람이 가만히 서서 소의 공격을 기다리는데, 투우사가 멋진 솜씨를 보이고자 하는 것은 대개 그 방법에서다. 이 방법은 마타도르가 반데리야를 잡을 때 흔히 취하는 방법이며, 그것의 효과는 우아함, 깨끗함, 단호함, 그리고 그가 반데리야를 소의 등에 찌르는 위풍 및 찌른 곳이 얼마나 정확했느냐에 달려 있다. 반데리야는 소의 목 뒤쪽 불룩 솟은 어깨 위에 찔러야 한다. 그것들은 함께 찔러야지 따로 떨어져 찔러서는 안 된다. 또 칼이 찔릴 곳을 방해하는 위치에 찔러서도 안 된다. 피카도르들이 낸 상처 위에 찌르는 것도 금물이다. 제대로 찔린 반데리야는 가죽만을 뚫는 것이며, 그 손잡이의 무게 때문에 소의 옆구리로 늘어진다. 너무 깊숙이 찔리면 곤두서기 때문에 물레타를 멋지게 소에 사용할 수가 없게 되며, 꾸준히 효과를 내는 날카로운 상처가 아니라 소를 불안정하게 하는 몹시 아픈 상처를 입히게 되어 소를 불확실하고 다루기 어렵게 만드는 것이다. 투우에는 소에게 고통을 가하는 것을 목적으로 삼는 책략이란 없다. 고통을 주게 되는 것은 어디까지나 부수적인 것이지 그 자체가 목적은 아니다. 모든 책략의 목적은 멋진 구경거리를 연출하자는 뜻 외에 소를 피로하게 하여 죽일 때 동작을 느리게 하자는 데에 있다. 나는 소에게 가장 고통을 주는 것은 반데리야를 잘못 찌르는 것이라고 믿는다.

그러나 영국이나 미국의 관객들에게는 투우의 그 부분이 가장 싫증을 덜 주는 것이다. 그 이유는 이해하기가 가장 쉽기 때문이라고 믿는다. 가령 투우의 전부가 반데리야를 쓰는 것만큼 그 위험을 보고 감상하고 이해하기가 쉽다면 투우에 대한 스페인 밖의 다른 나라 사람들의 태도는 퍽 달라졌을는지도 모른다. 내 당대에 나는 미국의 신문이나 인기 잡지들이 투우에 대해 크게 태도를 바꾼 것을 보아왔다. 그들은 있는 그대로의 투우를 기사화하거나 혹은 소설로서 투우를 독자에게 제시하려는 솔직한 시도를 했다. 그런데 그후 브루클린 경찰관의 아들은 유능하고 인기 있는 마타도르가 되었던 것이다.

내가 묘사한 이상 세 가지 반데리야의 용법 이외에 적어도 열 가지나 되는 다른 방법이 있으나 지금은 없어졌다. 이를테면 반데리야를 꽂을 사람이 한손에 의자를 가지고 소가 공격해올 때 그 의자에 앉아 있다가 소를 유인하기 위해 페인팅 모션을 쓰면서 의자에서 일어나서 반데리야를 꽂는다. 그리고는 그 의자에 다시 주저앉는 것이다. 이 방법은 오늘날 거의 볼 수가 없다. 그밖에 어떤 투우사들이 고안해 낸 여러 가지 반데리야의 용법도 마찬가지로 없어졌다. 그 방법들은 그 고안자들 외에는 잘해낼 수가 없어서 쓰이지 않게 된 것이다.

바레라 쪽에 쿠에렌시아를 취하는 소들은 소가 공격해오는 진로에서 90도 혹은 180도 회전하는 방법을 써서 반데리야를 찌를 수가 없다. 사람이 동작을 하는 선이 소의 통로를 지날 때 반데리야를 찌르게 되기 때문이며, 또한 뿔을 통과시킨 뒤 사람이 울타리와 소의 사이에 있게 되기 때문이다. 그러므로 그런 소는 알 세스고(비스듬히 서서 소를 패스시키는 것)로써 반데리야를 써야 한다.

이 책략을 쓸 때에는 소가 바레라에 기대고 있기 때문에, 한 사람은 소의 주의를 끌기 위해 소의 통로에서 케이프를 들고 있고 반데리야를 찌를 사람은 바레라 저 멀리서부터 소를 향해 직각으로 출발하여 소의 머리맡을 지날 때 멈추지 않고 되도록 잘 반데리야를 찌르는 것이다. 가끔 그는 소가 뒤쫓아오는 바람에 바레라를 뛰어 넘지 않으면 안 되는 것이다. 링 밖 저 멀리에는 방향을 전환하는 소를 유혹하기 위해 케이프를 든 사람이 한 명 있지만, 이 책략을 쓰게 되는 소들은 보통 유인물보다는 사람을 뒤쫓는 경향이 있으므로 케이프를 들고 있는 사람은 별로 쓸모가 없다.

공격을 하지 않거나 공격을 해도 사람만을 받으려 하는 소, 혹은 근시안의 소는 이른바 반회전 혹은 메디아 부엔타라고 불리는 방법으로 반데리야를 쓴다. 이 방법에선 반데리예로가 소의 바로 뒤에 바싹 다가서서 소의 주의를 끈다. 그리고 소가 그 사람을 향해 돌아서면서 받으려고 고개를 숙이면 이미 동작을 개시한 그는 반데리야를 꽂는 것이다.

이것은 단지 위급한 경우에만 쓰는 방법이다. 소에게 어떤 책략을 쓰던 접근할 때에는 앞쪽에서 해야 되는 것이므로 그것은 투우의 원칙을 어기는 것이 되기 때문이다.

요즘도 가끔 볼 수 있는 또 다른 반데리야의 용법은 이른바 레란스라고 하는 것이다. 이것은 소가 한 쌍의 반데리야를 받고서 아직 껑충껑충 뛰고 있을 때 이것을 이용하는 것인데, 그가 일부러 한 공격과는 달리 180도 혹은 90도의 회전으로 갑자기 소에게 접근하여 또 다른 하나의 반데리야를 찌르는 것이다.

마타도르는 그 소가 멋진 솜씨를 보이기에 알맞다고 생각될 때면 으레 몸소 반데리야를 잡는다. 옛날에는 관중이 요청할 때에만 마타도르가 반데리야를 잡았지만, 반데리야를 쓰는 것이 이제는 체력이 있고 반데리야 쓰는 기술을 배운 모든 마타도르들의 정규적인 레퍼터리가 된 것이다. 소를 홀로 있게 하기 위하여 때로는 갈짓자로 뒷걸음질을 치면서 소를 유인해낸다. 이런 갑작스러운 방향 전환은 소에게서 말을 타지 않은 투우사를 보호하는 것인데, 소를 그들이 원하는 일정한 자리에까지 데려다놓는 그 광경은 흡사 소를 놀리는 것같이 보인다.

그런 다음 소에게 천천히 침착하게 걸어 가면서 오만한 태도로 도전한다. 그리고 소가 공격을 해오면 서서 기다리거나 달려가서 맞이한다. 마타도르는 이 투우의 3단계에서 자기의 개성 및 스타일을 나타내 보일 기회를 갖는 것이다. 반데리예로는 마타도르보다 비록 기술이 더 낫다 하더라도 오직 한 가지 지시만을 이행해야 한다. 지정된 장소에 소를 데려다놓는 것은 물론, 되도록 적당히, 그리고 빨리 그곳에 갖다 놓아야 하는 것이다. 그렇게 함으로써 소는 마타도르가 최후의 행동을 취하는 데에 지장이 없도록 가장 좋은 상태로 급히 인계되는 것이다.

대부분의 반데리예로들은 어느 한쪽에서 반데리야를 잘 쓴다. 그 어느 쪽에서나 익숙하게 반데리야를 쓸 수 있는 사람은 매우 드물다. 이런 이유로 마타도르는 오른쪽에서 능한 반데리예로와 왼쪽에서 잘 쓰는 반데리예로 도합 두 사람을 거느린다.

내가 본 가장 훌륭한 반데리예로는 마누엘·가르시아·마에라였다. 그는 호셀리로와 멕시코인인 로돌포·가오나와 함께 현재 최고의 투우사였다. 모든 멕시코의 투우사들이 반데리야를 기막히게 잘 쓰는 것은 기이한 일이다. 지난 몇 년 동안 시즌마다 멕시코에서 셋 내지 여섯 명의 알려지지 않은 견습 투우사들이 스페인으로 왔는데, 그들은 모두 반데리야를 다루는 솜씨가 스페인의 가장 이름 난 반데리야의 명수들과 맞먹거나 더 나았다. 그들은 준비 과정과 경기를 실제로 운영하는 데에 있어 독특한 스타일을 보였으며, 멕시코 투우의 특징인 투우 종반에 있어서의 인디언적인 냉담성을 제외한다면 믿을 수 없을만큼 기회를 잘 포착하는 데에서 오는 정서적인 특질이 있었다.

로돌프·가오나는 역사상 가장 위대한 투우사의 한 사람이었다. 그는 돈 포오피리오·디아즈 정권하에서 태어났으며, 멕시코에 혁명이 일어나서 투우가 중지되었던 몇 년 동안만 스페인에서 활약했다. 그의 초기의 스타일은 호셀리토와 벨몬테를 모방한 것이었으나, 1915년에는 거의 같은 조건하에서 그들과 경쟁했고, 1916년에는 똑같은 조건이었다. 그러나 그뒤 한 번의 상처와 불운한 결혼이 스페인에서의 그의 생애를 망쳐 버렸다. 그의 투우사로서의 연기는 차츰 퇴보하는 반면 호셀리토와 벨몬테는 향상되어 갔다. 그는 이제 그들처럼 젊지도 않았으므로 속도며 새로운 스타일, 가정 불화에서 생긴 사기저하 등을 감당하기가 어려웠다.

그래서 그는 멕시코로 돌아갔으며 거기서 다른 모든 투우사들을 제압했고 오늘날의 우아한 멕시코 투우사들의 모범이 된 것이다. 대부분의 젊은 스페인 투우사들은 호셀리토나 벨몬테를 직접 보지 못했다. 그들은 오직 그 두 투우사의 모방자들을 보았을 뿐이다. 그러나 멕시코인들은 모두 가오나를 눈으로 보았던 것이다. 그는 멕시코에서 케이프 솜씨에 있어 프랭클린 스타일의 정통이었는데, 처음 나타났을 때 스페인 사람들을 깜짝 놀라게 하였었다. 전쟁이 없는 시대를 맞아 멕시코는 지금 다수의 투우사들을 길러내고 있는데 그들은 장차 유명하게 될 가능성이 있다. 전시에는 투우의 기술이 발전하지 못했지만 평화로운 멕시코에서는 투우의 기술이 스페인보다도 더한층 발전하고 있다. 곤란한 것은 스페인의 소들이 멕시코의 소들과는 크기며 성질 등이 다른 점이다. 그러므로 멕시코의 젊은 투우사들이 스페인에 오면 그런 소에 익숙하지 못하므로 아주 멋진 투우를 보인 뒤 소에게 잡혀 받히는 일을 자주 본다. 그것은 그들에게 기술적으로 서투른 면이 있어서가 아니라 자기 나라의 소들보다 더 성급하고 힘세며 다루기 힘든 소들을 상대하기 때문인 것이다. 이름 난 투우사들도 어느 때인가는 소에게 받히기 마련이지만, 너무 젊었을 때 자주 소에 받히게 되면 그는 결코 기대한 만큼 위대한 투우사가 되지 못하는 것이다.

현역 마타도르 가운데 반데리야를 가장 잘 쓰는 사람들은 마놀로·메지아스(비엔베니다), 지서스·소로르자노, 호세·곤잘레스(카르니세리토·데·멕시코), 페르민에·스피노사(아르밀리타 2세), 그리고 헤리베르·토가르시아 등이다. 안토니오·마르케즈, 페릭스·로드리게즈, 그리고 마르시알·랄란다 같은 사람들의 반데리야의 솜씨는 흥미롭다. 랄란다는 때로 멋진 솜씨를 보여주지만 소의 머리 앞을 너무 큰 원을 그리며 회전하는 것이 흠이다.

마르케즈는 소를 제압하며 반데리야를 찌르는 데에 곤란을 느꼈다. 그래서 그는 바레라 근처에서 반데리야를 찌를 때면 언제나 소를 속여 바레라의 널판자를 받게 했다. 그것은 소가 바레라를 가까이하지 못하게 하려는 심산에서 나온 것이다. 그리고 그는 자기가 몸을 피하는 동안 소의 주의를 흩뜨려놓기 위해 하인들을 시켜 바레라 위에서 케이프를 펄럭이도록 했다. 페릭스·로드리게즈는 뛰어난 반데리예로였으나 병을 앓아서 반데리야를 잘 쓸 만한 힘이 없었다. 그는 한창 때에는 완전무결했었다.

파우스토·바라자스, 홀리안·사이즈(사례리 2세), 그리고 후안·에스피노사(아르밀리타) 등은 훌륭한 반데리예로였지만 지금은 기울어지고 있다. 이 책이 출판될 때쯤엔 사례리가 은퇴했을는지도 모른다. 이그나시오·산체스·메히아스는 매우 위대한 반데리예로였지만 스타일은 둔하고 우아함이 없었다. 그도 역시 마타도르로서 은퇴했다.

이 책이 출판될 즈음엔 이미 죽거나, 타락하거나, 유명한 이들 마타도르들과 비견될 만큼 훌륭한 젊은 멕시코인들이 적어도 대여섯은 될 것이다.

마타도르의 명에 따르는 하인으로 일하는 반데리예로들 중에서 내가 아는 한 가장 반데리야를 잘 쓰는 사람은 루이스·수아레즈(마그리타스), 호아친·만자나레스(멜라), 안토니오·두아르테, 라파엘·바레라(라파엘리로), 마리아노·카라토, 안토니오·가르시아(봄비타 4세), 그리고 케이프에 있어서는 마누엘·아길라(레레르), 그리고 보니파시오·페레아(보니), 비엔베니다의 하인 데·콘피안자(유능한 반데리예로) 등이다.

내가 일찍이 목격한 가장 위대한 케이프의 페온은 엘리케·베렝구에트(블란케트)였다. 가장 훌륭한 반데리예로는 흔히 마타도르가 되기를 원하는 사람들인 경우가 많다. 그러나 검을 쓰는 시도에서 실패하고는 카우드리야에서 삯을 받고 일하는 직책으로 눌러앉아 버린 것이다. 그들은 때로 자기네들이 섬기는 마타도르보다도 소에 대해서 아는 것이 많으며 개성과 스타일이 더 뚜렷한 것이다. 그러나 그들은 하인의 위치에 있으므로 주인의 인기를 빼앗을 그 어떤 행위도 하지 않으려고 주의해야 하는 것이다.

투우에서 정작 돈을 버는 사람은 마타도르뿐인 것이다. 그가 모든 책임을 지며 죽음이라는 큰 위험을 무릅쓴다는 점에서 볼 때 그것은 당연하다. 그러나 겨우 250페세타를 받는 유능한 피카도르들이나 250에서 3백 페세타를 받는 반데리예로들은 1만 페세타 이상을 받는 마타도르들에 비하면 너무도 그 보수가 적은 셈이다. 그들이 직책에 충실하지 못하다면 그것은 모두 마타도르에게 책임이 있다. 그들은 제아무리 자기 직책에서 명수가 되어도 마타도르들에 비하면 날품팔이에 지나지 않는다. 훌륭한 반데리예로와 피카도르는 수요가 대단히 많아서 한 시즌에 피카도르와 반데리예로 각기 여섯 명이 80회의 출전을 할 수가 있다. 그럼에도 불구하고 많은 유능한 사람들이 간신히 입에 풀칠을 하고 있는 형편이다. 그들은 조합에 가입하고 있으며 마타도르들은 그들에게 최소의 임금을 주어야 한다. 그것은 마타도르의 등급에 따라서 차이가 생긴다. 그들은 투우에서 받는 값에 따라 세 등급으로 나누인다. 그러나 출전할 수 있는 기회에 비해 그들의 수가 너무 많아서 마타도르들은 자기가 원하는 값에 그들을 구할 수가 있으며, 가령 야비한 마타도르라면 그들에게 자기네들이 받을 금액을 쪽지에 적도록 하고 돈을 지불할 때 그 쪽지를 내 보이는 것이다. 그들은 그것이 비록 값싼 직업일망정 항상 기아 직전에서 허덕이면서도 소로 생계를 유지할 것이며, 투우사가 된 자부심으로 살아갈 것이라는 환상으로 그 직업을 계속 지키는 것이다.

반데리예로들은 흔히 야위고 갈색 피부이며 젊고, 용감하고, 재치 있고, 자신에 넘쳐 있다. 자기네들의 주인인 마타도르보다도 더 사나이와서 자기의 애인에게 주인을 속여 자기가 잘 지내고 있는 듯이 보이는 일조차 있다. 그들은 일생을 즐기는 것이다. 또 한편으로는 한 가족의 존경받는 아버지일 수도 있고, 소에 대해서 현명하며, 뚱뚱하면서도 여전히 발이 재고, 소 다루는 일을 직업으로 삼는 작은 사업가인 것이다. 혹은 때로 거칠고 미욱하나 발이 말을 듣는 한 선수 생활을 계속하는 야구 선수와 같이 지속성이 있고 용감하며 유능한 경우도 있다. 혹자는 용감은 하지만 기술이 없어서 근근히 생활을 해가는 경우도 있고, 혹은 늙고 다리가 약하지만 지혜로와서 소를 올바로 찌르는 기술에 대해 젊은이들에게 실력을 인정받음으로써 링 안에서 지낼 뿐 직접 투우에 참가하지 않는 사람도 있다.

블란케트는 매우 체구가 작으며 진지하고 존경받는 인물이었는데, 얼굴은 거의 회색이었고 매부리코를 가지고 있었다. 그는 내가 이제까지 본 사람 가운데에서 가장 투우에 대한 지식이 풍부했고, 소의 결점을 시정하는 그의 케이프 솜씨는 흡사 마술과도 같았다. 그는 호셀리토, 그라네로, 리트리의 으뜸가는 하인이었다. 그런데 그들은 모두 소에게 죽었다. 필요할 때에는 언제나 절대적인 힘을 발휘하는 그의 케이프가 막상 그들이 살해되던 그날에는 쓸모가 없었다. 블란케트는 링에서 호텔 방으로 돌아가 목욕하기 위해 옷도 갈아 입기 전에 심장 마비로 죽었다.

현역 반데리예로 중에서 아마 가장 멋이 있는 사람은 마그리타스일는지도 모른다. 케이프의 스타일이 블란케트와 비견될 만한 사람은 없다. 그는 라파엘·엘·칼로의 섬세한 솜씨를 나타내면서 한손으로 케이프를 다루었다. 그러나 그는 재치 있으면서 자신을 드러내지 않는 겸손한 하인이었다. 내가 오직 하나의 투우에서 보이지 않는 섬세한 동작의 깊이를 깨달은 것은, 별로 특별한 일이 진행되는 것 같지 않은 순간순간에 있어서의 블란케트의 관심과 활동을 관찰할 때였다.

대화를 원하십니까? 무엇에 대한 대화를 할까요? 미술에 대해서 이야기할까요? 헉슬리 씨를 기쁘게 할 것으로 할까요? 책을 가치 있게 만들 이야기를 할까요? 좋습니다. 이것이 한 장(章)의 끝 부분이니 대화를 삽입해 봅시다. 독일의 비평가 줄리어스·마이에르 그레페가 스페인에 왔을 때 그는 고야와 벨라스케즈의 작품을 보고 싶어했습니다. 그 작품에서 출판할 만한 황홀한 감동을 얻고 싶었던 것이지요. 그러나 그는 그레코의 작품을 더 좋아했습니다. 그는 그레코를 더 좋아하는 데에 그치지 않고 그를 혼자서 좋아하고 싶었던 것입니다. 그는 그레코를 추켜세우기 위해 고야와 벨라스케즈가 얼마나 형편없는 화가였는가를 주장한 책을 한 권 썼습니다. 그런데 그가 이들 화가를 비평한 척도는 예수가 십자가에 못박힌 그들 각자의 그림이었습니다.

그런데 이보다 더 어리석은 짓은 할 수가 없습니다. 왜냐하면 세 사람 가운데에서 그레코만이 예수를 믿었거나 그가 겪은 고난에 관심을 가졌던 까닭입니다. 우리는 그가 믿거나 관심을 갖거나 증오하는 것을 그린 방법을 가지고 화가를 비평해야 하는 것입니다. 그리고 의상을 중시하며 그림 자체에 중요성을 두었던 벨라스케즈를 비평함에 있어서 벨라스케즈 자신이 전에 같은 입장에서 매우 만족하게 느꼈음에 틀림없고, 예수에 대해 하등의 흥미도 가지지 않았던 그를, 거의 나체로 십자가에 못박힌 한 남자의 초상화를 가지고 비평한다는 것은 현명치 못한 것입니다.

고야는 스탕달과 흡사했습니다. 목사를 보는 것이 교권에 항거하는 사람들을 건설적인 신봉자로 만들 수 있는 것입니다. 고야의 그림은 냉소적인 낭만이 있었습니다. 그의 목판화는 투우 포스터처럼 십자가에 못박는 광경을 알리는 포스터의 구실을 할 수 있었습니다. 정부의 허락을 얻었으므로 마드리드의 기념물이 될 골고다에서 다섯 시에 잘 선택한 여섯 명의 예수가 십자가에 못박히는 광경이 연출될 것입니다. 전권을 위임받은 이름 난 형리(刑吏)들이 각자 못박는 사람들, 망치질하는 사람들, 십자가를 세우는 사람들, 삽질하는 사람들을 동반하고서 일을 집행할 것입니다.

그레코는 종교적인 그림을 즐겨 그렸습니다. 그것은 그가 분명히 종교를 신봉한 때문이며, 그의 독특한 미술은 초상화를 그려 달라고 그의 앞에 앉는 귀족들의 얼굴을 정확하게 재생해내는 일에만 국한되어 있지 않았기 때문입니다. 그는 자기 원하는 대로 먼 다른 세계로 갈 수도 있었고, 의식적이건 무의식적이건 성인들, 사도들, 그리고 자기의 상상력을 충족시키는 양면성의 얼굴과 형태를 갖춘 예수와 성모들 그렸습니다. 언젠가 나는 파리에서 엘·그레코의 일생을 소설로 쓰고 있는 한 여자와 이야기를 했습니다. 내가 그 여자에게 물었습니다.

"그를 매리콘(동성애자)으로 그리십니까?"

"아뇨, 그럴 필요가 있어요?"

그녀가 말했습니다.

"그의 그림들을 본 적이 있으시오?"

"네, 물론 보았지요."

"그의 그림보다 그것을 암시하는 더 전형적인 예를 다른 데에서 본 일이 있으시오? 아가씨는 그것이 모두 우연일 뿐이고 시민들을 모두 이상한 사람들이라고 생각하시오? 내가 알기로는 그런 모습을 가진 성인으로 대표되는 오직 한 사람은 산세바스티안입니다. 그레코는 모든 사람을 그렇게 만들었어요. 그림들을 보세요. 내 말만을 믿지 말고."

"전 그런 생각을 해보지 않았어요."

"곰곰이 생각해보시지, 그의 일생을 쓰려고 한다면."

이라고 내가 말했습니다.

"너무 늦었어요. 책은 벌써 다 된걸요."

그녀가 말하더군요.

벨라스케는 회화 위주로 활동을 했고 의상, 개, 난쟁이들을 그리고, 또 그림을 좋아했습니다. 고야는 의상을 좋아하지는 않았으나 검은 색과 회색, 먼지와 빛, 벌판에 우뚝 솟은 고지, 마드리드 근처의 교외, 동작, 자기 자신의 불알(용감한 투우사는 이것을 많이 가지고 있다고들 말함), 유화, 식각 판화를 좋아했으며, 자기가 보고, 느끼고, 만지고, 다루고, 냄새 맡고, 즐기고, 마시고, 올라타고, 괴로와하고, 내뿜고, 한자리에 눕고, 의심하고, 관찰하고, 사랑하고, 증오하고, 탐내고, 두려워하고, 미워하고, 부러워하고, 구역질 내고, 파괴한 것들을 좋아했습니다. 물론 이 모든 것을 그리려고 했던 화가는 아직 없었지만 그는 그것들을 그리려고 애썼습니다. 엘·그레코는 톨레도와 그 위치, 그리고 그 구조를 좋아했습니다. 또 그 안에 사는 몇몇 사람들을 좋아했고, 푸른 색, 회색, 초록과 황색, 붉은 색을 좋아했고, 성신(聖神), 성인들과의 영적인 교류를 좋아했고, 그림, 죽은 뒤의 삶과 삶 뒤의 죽음, 그리고 선녀들을 좋아했습니다. 그가 그런 사람이었다면 종족을 위해서 지드와 같은 소심한 노출증이고, 아주머니 같고, 시든 노처녀의 오만을 보상해야 합니다. 그리고 한 세대를 배반한 와일드와 같은 나태하고 기만적인 방탕, 휘트먼 같은 사람, 그리고 그 모든 가식적인 상류층들에 의한 인간성의 감상적인 저당(抵當)을 보상해야 합니다.

18.

투우사가 물레타를 다루는 능력이야말로 결국 투우계에 있어서의 그의 지위를 결정한다. 왜냐하면 그것은 현대 투우에서 가장 통달하기 어려운 면이며, 또한 천재적인 마타도르가 가장 표현의 묘(妙)를 살릴 수 있는 부분이기 때문이다. 투우사로서의 명성은 물레타술에서 시작되며 투우사의 보수가 많으냐 적으냐는, 만약 그가 좋은 소를 상대한다고 치면, 물레타를 써서 얼마만큼 완전하고, 창의성 있고, 예술적이며, 정서적인 열기를 할 수 있느냐에 달려 있다.

마드리드에서 용감한 소가 얻어 걸려서 그 소가 종막까지 이상적인 컨디션을 유지했음에도 불구하고, 그 소의 용감성과 고귀성을 잘 이용하여 찬란한 시합을 보여줄 수 없었다면, 그 투우사는 투우에서 성공을 거둘 수 있으리라고 기대하지 말아야 한다. 오늘날 투우사들의 등급이나 보수를 결정하는 것은 이상스럽게도 그들이 실제로 어떻게 하느냐가 아니라 가장 좋은 조건하에서 그들이 어떻게 할 수 있느냐 하는 것이다. 왜냐하면 소가 그들의 연기를 망쳐버릴 수도 있고, 그들의 몸이 불편하거나 뿔에서 받은 상처에서 완전히 회복되지 않았을 경우도 있으며, 또 그들에게도 이따금씩 기분 잡치는 날이 없으리라고는 말할 수 없기 때문이다.

관객이 알고자 하는 것은 마타도르가 완전하고 연속적인 일련의 물레타술을 보여 줄 능력이 있는가, 그리하여 그들이 용감성, 예술, 이해, 그리고 무엇보다도 미와 큰 감동을 맛볼 수 있을 것인가 하는 점이다. 만약 그들이 이러한 점에 대하여 확신을 갖는다면 그들은 시시한 연기, 겁쟁이 같은 연기, 끔찍한 연기도 참고 보아준다. 그것은 그들이 조만간 완전한 시합을 보게 되리라는 희망을 가지고 있기 때문이다. 완전한 시합이란 곧 그것이 진행되고 있는 동안 보는 사람으로 하여금 넋을 잃게 하며 자신의 불멸성을 느끼게 하는 시합, 비록 순간적이기는 하지만 종교적인 도취와도 같이 심각한 도취 속에 관객을 몰아넣는 시합이다. 그것은 투우장 안의 모든 사람을 감동시키고, 그것이 진행됨에 따라 더욱더 정서적인 강도를 더하며, 투우사마저 그 안으로 휩쓸어 넣는다. 그는 소를 통하여 관중에게 마술을 행하며, 질서정연하고 형식이 짜여진 정열적인 도취가 무르익어 가는 가운데, 소가 반응함에 따라 자신도 감동을 받는다. 거기서 그는 더욱더 죽음을 도외시하며, 시합이 끝나고 소가 죽음을 당하면, 우리는 어떤 주요한 감동이 일으키는 것과 똑같은 공허감, 변화, 그리고 비애를 맛보게 된다.

대 열연(大熱演)을 할 수 있는 투우사는, 만약 좋은 조건만 갖추어진다면 여전히 그렇게 할 수 있으리라고 믿어지는 한, 투우계에서 최고의 지위를 유지할 수 있다. 그러나 적당한 조건이 갖추어졌음에도 대 열연을 할 수 없다는 것을 드러내보인 투우사, 물레타의 예술성도 천재성도 없는 투우사는 아무리 용감하고 명예롭고, 기술이 좋고, 또한 직업에 대한 지식이 있다고 하더라도, 언제나 투우의 날품팔이 노릇밖에 할 수 없고, 그에 따라 보잘 것 없는 보수로 만족하는 수밖에 없을 것이다.

한 사람과 한 짐승과 그리고 막대기에 감긴 붉은 모직천 조각 하나가 그토록 강렬한 영혼의 감동과 순수한 고전미를 낼 수 있을까? 그럴 수 없다고, 그것은 전혀 난센스라고 생각하고 싶은 사람은 마술적인 현상이 아무 것도 일어나지 않는 투우 시합을 관람하러 가기 바란다. 거기서 그는 자기 생각이 그릇되지 않음을 입증할 수 있을 것이다. 사실상 그런 시합은 얼마든지 있는 것이어서 그는 언제나 자기 주장을 마음껏 증명할 수 있다. 그러나 어쩌다 진짜를 보게 되면 그는 자기의 생각이 옳지 않음을 깨닫게 될 것이다. 그것은 일생 동안에 가질 수도 있고, 또 영영 가질 수 없기도 한 경험이다. 그러나 수많은 투우 시합을 구경하지 않는 한, 언젠가는 진짜 투우 시합을 구경하게 되리라고 확실히 말할 수 있는 사람은 아무도 없다. 다만 확실한 것은 누구든지 진짜 시합, 큰 검으로 끝장을 맺는 진짜 시합을 본 사람은 투우가 일으키는 감동과 미를 알게 될 것이며, 그것이 기억에서 사라질 때쯤, 그의 기억에는 거의 아무것도 남아 있지 않을 것이다.

기술적으로 물레타의 용도는 소의 돌격으로부터 투우사를 보호하는 것, 소의 머리 가짐을 조정하는 것, 소가 어느 한쪽으로만 떠받는 버릇을 교정하는 것, 소를 피로하게 하여 죽이기 좋은 자리에 세워두는 것, 그리고 살육에 있어서 투우사가 칼을 가지고 소 쪽으로 들어갈 때 소에게 투우사의 몸 대신에 다른 돌격 대상을 마련해주는 것 등이다.

물레타는 원칙상 왼손으로 쥐게 되어 있고 칼은 오른손에 잡게 되어 있다. 물레타를 왼손으로 쥘 경우의 패스는 오른손으로 쥘 경우의 그것보다 더 기술을 요하며, 따라서 그렇게 하는 투우사는 더 많은 실력을 인정받게 된다. 왜냐하면 물레타를 오른손이나 양손으로 쥘 경우에 투우사는 칼로 그것을 넓게 펼 수 있는만큼 그 더 큰 미끼, 즉 물레타를 향하여 돌격하는 소를 자기 몸에서 더 먼 쪽으로 지나가도록 할 수 있으며, 또한 이 큰 미끼를 흔듦으로써 돌격해오는 소를 더 멀리 보낼 수 있고, 따라서 마타도르는 다음 패스를 위한 준비에 더 많은 시간을 가질 수 있기 때문이다.

물레타를 쓰는 최대의 패스, 또한 가장 위험스럽고 가장 보기에 아름다운 패스는 자연(自然) 패스이다. 여기서는 왼손에 물레타, 그리고 오른손에는 칼을 든 투우사가 왼팔을 자연스럽게 옆으로 늘어뜨린 채, 사진에서 흔히 보는 바와 같이 아래로 드리워진 붉은 헝겊이 붉은 막대기를 잡고 소를 마주보고 선다. 그리고는 소 쪽으로 걸어 가며 물레타로 약을 올린다. 소가 돌격해오면 그는 슬쩍 비켜서서 그의 왼쪽 팔을 소의 뿔 앞에서 휘두른다. 이때 투우사는 발을 그대로 땅에 붙인 채, 돌격하는 소의 뿔을 마주보도록 몸으로 소의 방향을 따르며 천천히 팔을 휘둘러 소의 눈앞에 헝겊을 들며, 소와 4분의 1쯤 원을 그리면서 몸을 돌린다. 소가 우뚝 멈춰 서면 투우사는 다시 소를 약올리고, 다시 4분의 1쯤 원을 그리며 이것을 몇 번이고 되풀이한다. 나는 어떤 투우사가 연거푸 여섯 번이나 이 짓을 하는 것을 본 일이 있다. 그것은 흡사 투우사가 마술을 쓰듯이 물레타로 소를 붙잡고 있는 것 같았다.

그러나 소가 공격 도중 멈춰 서지 않는 수가 있다. 이러한 경우에 소가 멈춰 서는 것은 하나의 패스가 끝나고 투우사가 물레타의 끝을 마지막으로 펄럭일 때, 또는 마타도르의 모직천 조각으로 소가 급회전당함으로써 그 척주가 몹시 뒤틀렸기 때문이며, 그렇지 않는 한 소는 몇 번이나 되돌아 공격해온다. 이럴 때 투우사가 소를 피하는 방법은 파세 데 페초, 즉 흉찰(胸擦) 패스다. 이것은 자연 패스의 정반대다. 자연 패스에 있어서는 소가 투우사의 앞쪽에서 닥치며 투우사는 소의 돌격 전에 천천히 물레타를 흔들지만, 파세 데 페초에 있어서는 소가 돌아오는 길인만큼, 투우사의 뒤쪽이나 옆쪽에서 닥치며 투우사는 물레타를 앞쪽으로 휘두르면서 소가 자기 가슴을 스치고 붉은 헝겊의 나부낌을 따라 저쪽으로 달려가도록 한다. 흉찰 패스는 일련의 자연 패스를 끝맺을 때, 또는 소가 의외로 빨리 되돌아 공격해옴으로써 전략이라기보다 우선 투우사의 목숨을 구하기 위하여 사용될 때 가장 이상적이다. 일련의 자연 패스를 행하고 난 뒤에 그것을 흉찰 패스로 끝맺을 수 있는 힘이야말로 참다운 투우사의 표적이 되는 것이다.

참된 자연 패스를 하기 위하여 소를 약올리는 데에는 우선 용기가 필요하다. 자연 패스 외에도 투우사에게 보다 적은 위험을 부과하는 패스는 얼마든지 있는 것이다. 왼손으로 펴지지 않은 물레타를 나지막이 들고 소가 오기를 기다리는 데에는 침착성이 필요하다. 투우사는, 만약 소가 눈앞에 있는 조그만 미끼에 달려들지 않으면 자기 자신에게 달려들리라는 것을 알고 있다. 그리고 소의 돌격 앞에 물레타를 흔드는 데에는 큰 재능이 필요하다. 이를 위하여 투우사는 소의 주의를 물레타에 집중시키며 팔을 흔들 때도 팔꿈치를 굽히지않고 똑바로 가져야 하며, 발의 위치를 바꿈이 없이 소의 돌격 방향을 몸으로 쫓아야 하는 것이다. 그것은 앞에 소가 나타나지 않는 안방의 거울 앞에서도 정확히 하려면 연거푸 네 번을 하지 못하는, 그리고 일곱 번만 하면 머리가 어지러워지는 어려운 패스이다. 그것을 창피하지 않을 만큼이라도 할 수 없는 투우사들은 얼마든지 있다. 그것을 잘해내는 데에는 예술가의 자질을 갖춘 투우사가 필요하다. 그는 한두 치만 움직이면 쇠뿔에 찔릴 만큼 옆구리에 바싹 붙어 있는 쇠뿔을 앞에 두고 어색함이 없이 몸집의 윤곽을 아름답게 지니며, 팔과 손목의 동작으로 소의 공격을 통제하며, 소의 주의를 헝겊에다 집중시키며, 가장 알맞는 순간에 손목을 살짝 움직여 소를 멈춰 세우며, 이것을 세 번, 네 번 아니면 다섯 번 되풀이해야 하는 것이다.

자연 패스에서 오른손을 쓰는 것은 일종의 속임수다. 그러한 경우에 투우사는 칼로 물레타를 넓게 펴면서 선자리에서 맴을 돌기 때문에 소는 팔과 손목의 선선한 움직임이 이루는 반원이 아니라, 사람과 물레타가 이루는 반원을 따라 움직인다. 오른손을 쓰는 패스 중에도 결정적인 가치를 가진 것이 많이 있기는 하지만, 거의 대부분의 경우 물레타 헝겊 바깥으로 끝이 뾰족하게 솟아 나와 있고, 물레타의 막대기와 동일한 손에 자루가 쥐어진 칼에 물레타의 면적을 넓게 펴며, 이것으로 투우사는 만약 하려고만 하면, 소를 자기 몸에서 더 멀리 지나쳐 보낼 수가 있는 것이다. 물론 소를 자기 몸에서 가까이 지나쳐 보낼 수도 있으나, 중요한 점은 필요한 경우에는 얼마든지 멀리 지나치도록 할 수 있다는 것과, 이것이 왼손으로 물레타를 쓸 때에는 불가능하다는 것이다.

자연 패스와 흉찰 패스 외에도 중요한 물레타 기술로는 아유다도스가 있는데, 이것은 칼을 물레타 속에 찔러넣고 이 두 가지 도구를 두 손으로 쥐는 방법이다. 이 패스는 물레타가 소의 뿔 위를 지나가는가, 아니면 소 주둥이 아래에서 흔들리는가에 따라 각각 포르 알토, 포르 바호라고 불린다.

물레타로 이루어지는 패스나 반 패스 – 이것은 소가 투우사를 완전히 지나치지 않는 패스다 – 는 모두 어떤 결정적인 목적을 가지고 있다. 힘이 세고 돌격을 즐겨하는 소를 골탕 먹이는 데에는 일련의 자연 패스보다 더 좋은 것이 없다. 그것은 소의 몸뚱이를 비틀고 지치게 할 뿐만 아니라 물레타나 투우를 왼쪽 뿔로 따라오게 하며, 그후 살육의 장면에 가서 투우사의 바라는 방향을 취하도록 훈련시킨다. 목의 근육이 아직까지 충분히 피로하지 않아 머리를 높이 쳐들고 있는 소는 일련의 아유다도스 포르 알토를 거치면 목의 근육이 피로해져서 머리를 낮춘다.

그것은 물레타의 칼을 두 손으로 쥐고 물레타를 높이 쳐들어, 소가 사람 옆을 지나갈 때 그것을 들이받도록 하는 패스 방법이다. 만약 소가 피로하여 그의 머리를 너무 아래로 드리우면 투우사는 똑같은 방법을 약간 변형시켜 일시적으로 소의 머리를 높이고, 그것이 다시 아래로 쳐지기 전에 살육 동작으로 들어갈 수 있다. 아유다도스 포르 바호, 즉 물레타를 흔들다가 갑자기 뒤틀며 때로는 끌어당기듯이 흔들다가 헝겊 끝을 펄럭거리는 패스 방법은 아직 다리 힘이 너무 세거나 아니면 한 곳에 고정시키기 어려운 소에게 쓰는 방법이다.

이 패스는 지나치려고 하지 않는 소 앞에서 행해지는 것으로서, 투우사의 묘기는 발의 동작과 물레타의 운동에 있다. 즉 그의 발은 소의 머리를 앞에 두고 그 자리를 잃지 않고 필요 이상으로 뒤로 물러나지 않아야 하며, 물레타의 운동은 소를 통어하여 그 자리에서 홱 돌게 함으로써 그를 빨리 지치게 하며 적당한 자리에 세워두는 것이어야 한다.

투우사를 지나치려고 하지 않는 소, 다시 말하면 투우사가 가만히 서서 적절하게 물레타만 움직이면, 그를 완전히 지나갈 수 있을 만큼 어느 정도의 거리에서부터 상당한 힘으로 돌격해오려 하지 않는 소는 겁쟁이가 아니면 투우에 닳아빠진 나머지 들뜬 기분이라고는 조금도 없이 잃어버리고, 아예 공격할 생각이 없어진 소다. 솜씨 좋은 마타도르는 두서너 번 가까운 거리에서 소가 너무 심하게 급회전하거나 다리가 뒤틀리지 않도록 조심하며 가벼운 패스를 함으로써 물레타는 징벌의 도구가 아니라는 것, 소는 돌격하더라도 아무런 해를 입지 않으리라는 것을 겁쟁이 소에게 납득시키고, 그에게 자신감을 갖도록 함으로써, 겁쟁이 소를 외관상 용감한 소로 만들 수 있다. 마찬가지로 교묘하고 능숙한 연기에 의하여 그는 돌격 능력을 잃어 버린 소에게 활기를 불어넣고, 수세를 취하는 소를 끌어내어 다시 공세를 취하도록 할 수 있다.

이렇게 하기 위하여 투우사는 커다란 모험을 하지 않으면 안 된다. 왜냐하면 소에게 자신감을 불어넣는 방법, 수세를 취하고 있는 소를 억지로 돌격하게 하며 그를 지배하는 방법이라고는 단 한 가지, 될 수 있는 대로 소와 가까이 붙어 연기하는 것, 벨몬테의 말을 빌면 소에게 겨우 쉴 자리밖에 남겨두지 않는 것이다. 이렇게 가까운 거리에서 소의 돌격을 유발하는 동안에, 만약 투우사의 추측이 어긋나서 패스를 준비할 여유를 얻지 못한다면, 그는 들이닥치는 쇠뿔을 전혀 피할 길이 없어진다.

그는 빈틈 없는 반사작용과 소에 대한 투철한 지식이 있어야 한다. 게다가 우아성까지를 겸한다면 그 우아성은 억지로 꾸민 포즈가 아니라 전적으로 내재적인 자질임을 믿어도 좋다. 뿔이 멀리서 다가올 때에는 포즈를 취할 수 있을지 모르나, 뿔 사이에 들어 있을 때에는 포즈를 취할 겨를이 없다. 소의 목옆 조그만 안전 지대에서 앞뒤로 왔다 갔다 하면서 소를 회전시키기 위하여 그에게 물레타의 한쪽 면을 보였다 감 췄다하며, 칼끝이나 물레타 막대기로 소를 찌름으로써 필요에 따라 그를 피로하게 하기도 하고 돌격하려 하지 않는 경우에는 생기를 불어 넣기도 해야 하는 사람을 생각해보라. 과연 그에게 포즈를 취할 겨를이 있겠는가?

어떤 투우사들은 투우 중에서 단 하나의 본질적인것이라고 할만큼 우아성을 강조하며, 쇠뿔이 사람의 배를 스치는 것은 될 수 있는 대로 배제하려고 한다. 이런 사람들은 온통 투우의 한 유파를 이루고 있는데, 이 유파를 발족시키고 발달시킨 사람은 라파엘·엘·가이요였다.

엘·가이요는 완전한 투우사가 되기에는 너무나 위대하고 감수성이 강한 예술가였으므로 그는 점차로, 또 할 수 있는 데까지 투우 중에서 죽음에 관계되는, 또는 죽음을 초래할 수 있는 부분을 피하려고 했다. 그 죽음은 사람의 죽음이 아니면 소의 죽음이었으나, 그가 특히 피하려고 한 것은 사람의 죽음이었다. 그리하여 그는 스스로 투우의 위험한 고전주의라고 생각한 것을 피하고 그 대신에 우아성, 웅장하고 화려한 광경, 동작의 진정한 아름다움을 실현할 수 있는 투우 방법을 발전시켰다.

후안·벨몬테는 이러한 가이요의 창안을 자기 나름대로 받아들여, 그것을 고전적 스타일과 결합시킨 뒤에 그 두 가지를 다시 자신의 위대한 개혁 스타일로 발전시켰다. 가이요는 창안의 재주로는 벨몬테만 못하였으나, 그는 우아성을 더욱 풍부하게 갖추고 있었다. 그리하여 만약 그에게 벨몬테의 그 냉정하고 정열적인 늑대의 용맹이 있었던들 그는 둘도 없는 위대한 투우사가 되었을 것이다.

이 두 가지를 가장 비슷하게 겸비한 사람으로 가이요의 동생, 호셀리토가 있다. 그의 유일한 결점은 투우의 일이라면 무엇이든지 너무나 쉬워서, 벨몬테의 뚜렷한 신체적인 결함이 언제나 일으킬 수 있었던 그러한 감동을 일으키기 어려웠다는 점이다. 그는 그가 상대하는 소에게 뿐만아니라 그의 동업자나 대부분의 관객들에게도 아무런 감동을 일으키지 못했다.

호셀리토의 시합을 보면 소년 시절에 달타냥('삼총사'의 주인공) 이야기를 읽던 기분이 되살아나는 것 같았다. 사람들은 그가 너무나 많은 능력을 가지고 있음을 알았기 때문에, 결국에는 그가 잘되리라고 생각하고 조금도 걱정하지 않았다. 그는 너무나 선량하고, 너무나 재주가 많았다. 그는 진짜 위험의 징조가 나타나기 전에 죽음을 당하지 않으면 안 되었다.

그런데 투우가 일으키는 최대의 감동은 본질적으로 대 열연의 한가운데서 투우사 자신이 느끼고, 또 관객들에게 느끼도록 하는 불멸감(不滅感)이다. 그는 예술적인 연기를 연출하고 있으며, 죽음과 희롱하면서 그것을 자신에게 차츰차츰 더 가깝게 끌어당기고 있다. 죽음, 그것은 누구나 알다시피 바로 저 뿔 속에 도사리고 있다.

캔버스 천으로 덮인 채 모래 바닥 위에 쓰러져 있는 말의 주검이 그것을 입증하고 있다. 그는 사람들에게 자신의 불멸을 느끼도록 하며, 그것을 지켜보는 동안 그 불멸은 모든 사람의 것이 된다. 그리고 그것이 모든 사람의 것이 될 때 그는 칼로 그것을 증명한다.

호셀리토만큼 투우를 쉽게 해 치우는 투우사에게서는 벨몬테가 주는 위험감을 느낄 수가 없다. 관객들이 그의 죽음을 본다고 하더라도, 그들은 죽은 사람이 그들 자신이라는 느낌을 갖지 않을 것이다. 그것은 차라리 신들의 죽음과 같다. 가이요라면 이야기는 완전히 다르다. 그는 순수한 구경거리였다. 그 안에는 비극이라고는 조금도 없었지만, 어떠한 비극도 그것을 대신할 수는 없었다. 그러나 그것은 가이요가 할 때에만 가치를 가지는 것이었다. 그의 모방자들은 다만 자기네들의 노력이 모두 얼마나 망령된 것인가를 보여 주었을 뿐이다.

가이요가 창안한 것 중의 하나는 파세 데 라무에르테, 즉 주검의 패스다. 그는 투우 시합의 첫판에 이 패스를 썼는데, 그후 대부분의 투우사들이 그를 본받아 어느시합에 있어서나 이것을 첫 패스로 사용하였다. 그것은 다가오는 소를 보고 초조해지는 마음을 억누를 수 있는 사람이라면 누구나 배울 수 있는 패스지만 그럼에도 엄청난 시각 효과를 낸다.

마타도르는 소 쪽으로 걸어나가 옆으로 서서 소를 약올린다. 이때 투우사는 칼로 펴진 물레타 헝겊을 자기의 옆구리 높이에, 마치 야구에서 투수의 공을 기다리는 타자가 배트를 쥐듯이 두 손으로 쥐고 있다. 만약 소가 돌격하지 않으면 마타도르는 두세 발짝 앞으로 나아가서 다시 가만히 서서 두 발을 붙이고 물레타를 넓게 편다. 소가 돌격해오면 그는 소가 물레타에 다다를 때까지 죽은 듯이 가만히 서 있다가 천천히 물레타를 들어 올린다. 그러면 소는 투우사의 옆을 지나가서 보통은 물레타를 따라 공중으로 치솟는다. 그리하여 관객의 눈에 보이는 것은 가만히 서 있는 사람과 각도를 이루며 공중으로 치솟는 소, 그 소의 공격 방향은 사람에게서는 멀어져 있다. 이것은 쉽고도 안전한 패스다.

왜냐하면 그것은 보통 소를 쿠에렌시아 쪽으로 보내도록 함으로써 소는 마치 불로 가듯이 투우사를 지나가기 때문이며, 또한 자연 패스에서 투우사가 소의 주의를 집중시키기 위하여 들고 서 있는 조그만 헝겊의 미끼와는 달리, 삼각돛대처럼 널따랗게 펼쳐진 미끼를 본 소는 으레 사람보다도 그것을 따라가게 되기 때문이다. 여기서는 소를 통어하거나 통제하려는 것이 아니라, 단순히 그 돌격을 이용하려는 것이다.

가이요 역시 쇠뿔 앞에서 우아한 패스를 능숙하게 한 패스의 대가였다. 두 손으로 하는 패스, 물레타를 이 손에서 저 손으로 바꾸며, 때로는 소의 등 뒤에서 하는 패스, 처음에는 자연 패스인 것처럼 보이다가도 그와는 달리 물레타를 몸에 휘감으며 빙그르 돌고, 소가 드리워진 물레타 끝을 따라가는 패스, 소의 목에 다가 가며 몸을 척 돌려 소가 자리를 한 바퀴 돌도록 하는 패스, 무릎을 꿇고 두 손으로 물레타를 써서 소를 커브 돌게 하는 패스, 이 모든 패스를 안전하게 행하려면 소에 대한 완벽한 지식과 확실한 자신이 필요하다. 그러나 이러한 지식과 자신을 갖춘 그에게 있어서, 이것은 비록 진정한 투우술과는 어긋나는 것이지만, 관객의 눈에는 아름답고 자기에게는 만족스러운 패스였다.

치쿠엘로는 오늘날의 투우사로서 소의 면전에서 투우를 하던 가이요의 방법을 많이 갖추고 있다. 비센테·바레라도 역시 그 방법을 다 알고 있으나, 그의 초조한 발 놀림이나 전격적(電擊的)인 연기는 가이요의 순수한 우아성이나 치쿠엘로의 기술과는 거리가 멀다. 그러나 바레라는 지금 그의 스타일과 연기를 크게 개선하고 있는 중이다.

이 찬란한 연기도 모두 투우사를 지나치려 하지 않는 소, 시합의 제2부, 또는 소에 대한 통어력과 독창적인 우아성을 과시하려는 마타도르를 위한 것이다. 투우사를 지나치려는 소의 머리맡에서만 하는 연기는 그것이 아무리 효과 있게, 우아하게, 또 어떠한 창의성으로 이루어진다고 해도 관객들에게 투우의 진면목을 보여 줄 수 없다. 고의로 할 수 있는 데까지 가깝게, 또 천천히 쇠뿔이 자기 몸을 스쳐 지나가도록 하는 것, 소와 대결함에 있어서는 장식으로밖에 가치가 없는 우아한 일련의 속임수를 버리고 그 대신 투우 자체의 진지한 위험을 취하는 것, 이것이야말로 투우의 진면목이다.

오늘날의 투우사로서 물레타로 소를 가장 완전히 통어할 수 있는 사람, 용감한 소든지 겁쟁이 소든지간에 모든 소를 가장 빨리 지배하여 진지한 투우의 바탕이 되는 모든 고전적이고도 위험한 패스, 즉 왼손의 자연 패스나 파세 데 페초 등을 가장 자주 행하는 사람, 그러면서도 쇠뿔 앞에서 볼만하고 우아한 연기를 보여주는 데에 뛰어난 사람은 마르시알·랄란다이다.

투우계에 발을 들여 놓았을 때, 그의 스타일은 결점 투성이어서 그는 케이프를 비틀고 이리저리 빙빙 돌렸으며, 그의 자연 패스는 자연스럽기는커녕 버릇과 억지로 꾸민 태가 드러나 보였다. 그러나 그는 꾸준히 자기 스타일을 개선하여 지금은 물레타에 뛰어난 솜씨를 보이고 있다.

그는 그후 건강이 훨씬 좋아져서 지금은 소에 대한 그의 투철한 지식과 그 자신의 높은 지성으로 투우장에 나오는 소라면 어떤 소를 상대로 하든지 적절하고 재미있는 연기를 보여줄 수 있다. 그는 신참 시절의 특징이었던 무감각 상태를 거의 완전히 벗어났다. 그는 세 번 쇠뿔로 심한 상처를 입었으나, 그것은 그의 용기를 꺾기는커녕 오히려 더 북돋우어 주었다. 그는 1929년, 30년, 31년의 시즌을 장식한 대투우사가 되었다.

마누엘·지미네스, 치쿠엘로, 그리고 안토니오·마르케즈는 제각기 소가 그다지 다루기 어렵지 않은 경우에는 물레타로 완전하고 순수하고 고전적인 시합을 보여줄 수 있고 초조감을 극복할 수 있는 사람들이다. 펠릭스·로드리게즈와 마놀로·비엔베니다는 둘 다 물레타의 대가로서 다루기 어려운 소의 기를 꺾을 수 있고, 다루기 쉬운 소의 용감성과 솔직성을 이용할 수 있는 투우사들이지만, 로드리게즈는 최근 건강이 좋지 못했고, 비엔베니다로 말하면 다른 장에서도 말한 바와 같이 투우사로서 한 번 중상을 입은 후에 초조감과 반사 작용을 통어할 능력을 입증할 때까지는 그에 대한 판단은 보류되어야 한다.

비센테·바레라는 소가 투우사를 완전히 지나가는 모든 패스에서 속임수가 많은 스타일로 솜씨 있게 소를 통어한다. 그러나 그는 꾸준히 자신의 투우 방법을 개선하고 있으며, 만약 이대로 나간다면 나무랄 데 없는 투우사가 될 수 있을 것이다. 그는 대투우사가 될 능력을 갖추고 있다. 그에게는 재능과, 투우에 대한 천성적인 감각과, 투우를 전체로서 관망하는 능력과, 비상한 반사 작용과 훌륭한 체력이 있으나, 그는 너무나 오랫동안 그 기막힌 속임수에 젖어왔기 때문에, 지금의 그로서는 그 결함을 직시하고 그것을 교정하기보다는 그 결함을 찬양하도록 신문에 기부금을 내는 편이 더 손쉬웠을 것이다.

그는 이른바 면전에서 가장 볼만한 연기를 보여주며 호셀리토를 본뜬 특수한 아유다도스 포르 바호에서는 특히 그러하다. 그것은 끝을 똑바로 아래로 향하도록 칼과 물레타를 두 손으로 한꺼번에 쥔 투우사가, 마치 길게 뻗친 두 손으로 접힌 우산을 쥐고 그것으로 큰 국솥을 젓는 것처럼 약간 우습광스럽기는 하지만 교묘한 동작으로 소를 돌리는 방법이다.

호아킨·로드리게즈(일명 카간초)는 가이요의 후계자로 생각되는 집시이다. 그러나 우아성, 화려성, 관중에게 일으키는 위기감에 있어서는 가이요의 후계일지 모르나, 소와 투우의 원리에 대한 투철한 지식에 있어서는 결코 가이요의 후계자가 못된다. 카간초는 조각상과 같은 우아성, 느리고 정중한 동작의 위풍을 갖추고 있으나, 상대가 나쁜 소여서 발을 붙이고 패스를 준비할 겨를을 주지 않는 경우에는 어쩔줄 모르며, 만약 소가 아무렇게나 날뛸 경우에는 겁에 질려서 몸에서 가장 멀리 뻗치고 있는 물레타의 자루보다 더 가까이 소에게 접근하려 하지 않는다. 그는 어쩌다 자신 있는 소를 상대하게 되면 영원히 잊지 못할 시합을 보여주는 투우사이지만, 경우에 따라서는 일곱번이나 연달아 그의 시합을 보더라도 우리는 그의 연기에서 투우에 대한 철저한 불쾌감밖에 느끼지 못할 것이다.

카간초의 사촌 프란시스코·베가·데·로스·레이예스(일명 히타니요·데·트리아나)는 케이프를 다루는 솜씨가 아주 훌륭하며, 물레타를 다루는 데에 있어서는 카간초와 같은 우아성은 없으나 훨씬 더 유능하고 용기가 있다. 그러나 그의 연기는 근본적으로 확실성이 없다. 시합 도중 그는 적절하게 피하여 각자의 패스로 소를 충분히 멀리 보낼 수 없는 것 같다. 그리하여 소가 도는 동안, 그는 그다지 빨리 자세를 다시 갖추지 못하여 공연히 끊임없이 소의 공격을 받고 자신의 어색한 동작으로 여러 번이나 쇠뿔에 찔렸다.

치쿠엘로나 마르케즈와 마찬가지로 그는 건강이 좋지 못하여 체력도 강하지 못하다. 컨디션이 좋지 않을 때에도 투우를 해야 한다는 규칙이 없는 이상, 관객들이 많은 보수를 받고 있는 투우사의 건강을 참작할 이유는 조금도 없지만, 그래도 투우사의 신체적 조건은 그의 연기를 비판적으로 판단하는 데에 있어서 고려되어야 할 일들 중의 하나이다.

그러나 물론 투우사는 돈을 내는 관객들에 대하여 그것을 변명으로 내세울 권리는 없다. 히타니요·데·트리아나는 투우장에서는 유쾌하고 용감하며 천성으로 명예심을 타고 났으나, 자신만만하면서도 불확실한 그의 기술에서 우리는 그가 언제고 우리 눈앞에서 쇠뿔에 찔려 죽으리라는 느낌을 가지게 된다.

히타니요·데·트리아나에 관하여 이러한 글을 쓴 이래, 1931년 5월 31일 일요일 오후, 마드리드에서 나는 그가 소에게 파멸되는 것을 보았다. 그의 시합을 본지도 1년이 넘었던 때였으므로 투우장으로 가는 택시 안에서 나는 그가 달라졌을까, 내가 그에 관해서 쓴 글이 얼마나 수정되어야 할까 하고 자문해 보았다. 그는 그 긴 다리로 휘청거리며 투우사 전용의 문에서 나왔다. 그는 케이프를 바꾸러 바레라로 오면서 아는 사람을 볼 때마다, 그전보다 더 아름다워진 검은 얼굴로 미소를 지었다. 그는 건강해보였다. 피부는 산뜻한 담배 잎의 갈색이었고, 그 1년 전 내가 보았을 때만 해도 자동차 사고로 입은 심한 상처의 핏덩이를 씻어내느라고 바른 옥시풀 때문에 탈색이 되어 있었던 그의 머리카락은 다시 흑단색으로 검게 빛나고 있었으며, 그가 입고 있는 은색의 투우복이 이 모든 흑색을 더욱 강조하고 있었다. 그는 매사에 일반적으로 기분이 좋은 것 같았다.

케이프를 다루는 데에 그는 자신만만하여 그것을 아름답게 또 유유히 썼다. 그것은, 다만 다리가 길고 엉덩이에 살이 없는 검은 얼굴의 집시에 의하여 행해진다는 것뿐, 벨몬테의 스타일 그대로였다. 그의 첫 번째 소는 오후 시합의 네 번째 소였는데, 케이프로 아주 훌륭한 묘기를 보여 준 뒤에, 그는 반데리야가 꽂히는 것을 자세히 지켜보았다. 그러더니 그는 칼과 물레타를 가지고 나가기 전에 손짓으로 반데리예로에게 소를 바레라 쪽에 더 가까이 몰고오도록 지시했다.

"조심하십쇼. 저놈은 약간 왼쪽으로 떠받으니까요."

그의 소드 핸들러가 칼과 물레타를 건네주며 말했다.

"제 멋대로 떠받으라지. 나는 놈을 다룰 수 있으니까."

히타니요는 가죽 칼집에서 칼을 뽑았다. 칼집은 그속의 단단한 칼이 빠지자 축 늘어졌다. 그리고 그는 긴 다리로 성큼성큼 소 쪽으로 걸어갔다. 그는 일단 소를 부른 뒤에 파세 데 라 무에르테로 소를 지나쳐보냈다. 소는 매우 빠르게 되돌아왔고, 히타니요도 물레타를 든 채 되돌아서서 소를 왼쪽으로 오게 한 뒤에 물레타를 쳐들며 자기 자신도 위로 몸을 뻗쳤다. 그는 두 다리를 넓게 벌리고 머리를 낮추고 손에는 여전히 물레타를 쥐고 있는 채 허벅다리에 소의 왼쪽 뿔을 맞았다. 소는 뿔로 그를 돌리다가 바레라에 내동댕이쳤다. 그리고 거기에 넘어진 그의 등에 또 한 번 쇠뿔이 들이박혔다.

이 모든 일은 불과 3초도 걸리지 않았다. 그리고 소가 처음으로 그를 떠올린 순간부터 마르시알·랄란다는 케이프를 들고 소 쪽으로 달려가고 있었다. 다른 투우사들도 케이프를 넓게 펴서 소에 대고 펄럭였다. 마르시알은 쇠뿔 쪽으로 들어가서 쇠주둥이에 자기 무릎을 밀어넣으며 소의 낯짝을 갈겨 소가 히타니요를 떠나 돌진해 나오도록 하였다. 그리하여 마르시알은 뒷걸음치며 투우장 안으로 들어가고 소도 케이프를 따라 들어갔다.

히타니요는 일어서려고 했으나 일어설 수가 없었다. 그러자 투우장의 직원들이 그를 부축하여 투우장의 응급치료소로 달려 갔다. 그들과 함께 달려가는 히타니요는 머리가 마구 흔들리고 있었다.

반데리예로 하나가 첫 소의 뿔에 찔렸었는데, 투우장 직원들이 히타니요를 데리고 병원에 다다랐을 때 아직도 수술대 위에는 그 반데리예로가 누워 있었다. 의사는 출혈이 그다지 심하지 않고 대퇴동맥이 절단되지 않았음을 알고는, 우선 반데리예로의 수술을 끝낸 뒤에 일을 시작했다. 양쪽 허벅다리에 하나씩 뿔 상처가 있었고, 각 상처에는 사두근(四頭筋)과 외전근(外轉筋)이 파열되어 있었다. 그러나 등의 상처에서는 뿔이 골반을 깨끗이 뚫고 좌골신경을 찢은 뒤에 마치 로빈새가 축축한 풀밭에서 지렁이를 찍어내듯이 뿌리째 뽑아낸 것이었다.

그의 아버지가 보러왔을 때 히타니요는 말했다.

"울지 마세요. 아버지. 그 지독한 자동차 사고 때도 모두들 가망이 없다고 했잖아요? 이것도 마찬가질 겁니다." 이윽고 그는 또 이렇게 말했다. "술 마셔서는 안 되는 줄 알아요. 하지만 제 입술 좀 축여줄 수 없겠느냐고 물어보세요. 입술만 조금 축이게요."

언제나처럼 소가 사람에게 죽임을 당하는 것을 볼 수 있다면 투우 구경에 돈을 내도 아깝지 않겠다고 생각하는 사람들은 투우장과 응급 치료소와 나중에는 병원까지 따라가 보아야 할 것이다.

히타니요는 6월, 7월, 또 8월 보름까지 더위 속에서 살다가 결국에는 척추 밑쪽의 상처에서 생긴 뇌막염(腦膜炎)으로 숨을 거두었다. 그는 뿔에 찔린 당시엔 체중 58킬로그램이었으나 죽을 때에는 29킬로그램이었고, 여름 동안 세 번이나 대퇴동맥의 붕괴로 고통을 받았으며, 대퇴부 상처의 배농관(排膿管)에서 발생한 궤양(潰瘍)으로 몸이 쇠약해졌고, 그것은 기침할 때마다 더욱 심해졌다. 그가 병원에 있는 동안 펠릭스·로드리게즈와 발렌시아 2세가 거의 같은 대퇴부 부상으로 입원했다가 둘 다 투우를 계속할 수 있는 몸으로 퇴원했다. 그러나 히타니요가 죽기 전에는 그들의 상처도 아직 아물지 않고 있었다.

히타니요의 악운은 소가 그를 나무 울타리 밑동에 내동댕이쳤으므로 뿔이 그의 등을 찍을 때 그의 몸이 딱딱한 물체에 받혀져 있었다는 데에 있다. 만약에 그가 넘어진 곳이 투우장 복판의 모랫바닥이었다면, 그에게 치명상을 입힌 바로 그 황소의 뿔도 아마 그의 골반을 뚫지는 못하고 그를 공중에다 던져버리는 정도로 그쳤을 것이다.

투우사가 죽는 꼴을 본다면 기꺼이 돈을 내겠다는 사람들은, 히타니요가 더위 속에서 신경통으로 헛소리를 지르는 것을 듣고 돈 값을 찾았을 것이다. 그 소리는 거리에까지 들렸다. 그를 살려두는 것이 오히려 죄악인 것 같았다. 그는 시합 직후, 즉 아직도 스스로를 통제할 수 있고 아직도 자기의 용기를 가지고 있었을 때 죽는 편이 훨씬 다행이었을 것이다. 그랬더라면 적어도 그토록 오래 계속된 참을 수 없는 고통을 참는 일에서 비롯된 육체적, 정신적인 굴욕의 점진적인 공포를 느끼지 않아도 좋았을 것이다.

이러한 처지에 있는 한 인간을 지켜보고, 그 헛소리를 들으면 사람들은 말이나 소나 또는 그밖의 동물들을 좀더 생각해주게 될 것이다. 그러나 말의 경우에는 귀를 앞으로 빨리 잡아당겨 두개골 아래쪽, 척추를 덮고 있는 피부를 팽팽하게 한 뒤에 척추 사이를 푼티야(치명상을 입은 소나 말에게 쉽게 안식을 얻도록 하는 데에 쓰이는 단도)로 약간만 건드리면 말의 모든 문제는 해결되고, 말은 찍소리도 없이 죽어버린다. 소는 사람이 손을 대기 시작한 뒤 15분 안에 죽음을 얻을 수 있으며, 소가 입는 상처에서는 모두 더운 피가 흐른다. 만약 그 상처가 사람이 받는 상처 이상으로 심하지 않으면, 그것은 사실상 그다지 심한 상처가 아니다. 그러나 인간이 불멸의 영혼을 가진 것이라고 생각되고, 죽음이야말로 어떤 사람에게 줄 수 있는 최대의 선물인 것처럼 보일 때에도, 의사가 그를 살려내려고 하는 한, 말과 소가 받는 보호는 그 정도면 충분하며 위급한 것은 사람의 목숨이라고 생각 될 것이다.

에리베르토·가르시아와 페르민·에스피노자(일명 아르밀리타·치코)는 둘 다 멕시코 사람으로서 물레타에는 완전하고 유능한 예술가들이다. 에리베르토·가르시아는 최상급의 투우사에 필적하며, 그의 연기에는 투우장에 있어서 거의 모든 멕시코인의 연기로부터 감동을 빼앗아가는 차가운 인디언적 자질은 없다. 아르밀리타는 냉정하다. 그는 묘하게 붙은 이빨을 가진 작고 턱이 없는 갈색 피부의 인디언이며 토르소(머리나 사지가 없는 소상)보다도 긴 다리에 투우사로서의 아름다운 체격을 가진 사람으로서 물레타에 있어서는 정말 위대한 예술가 중의 하나이다.

니카노르·비얄타는 똑바로 돌격하는 소를 상대로 하여 패스에서 발을 서로 붙일 수 있을 경우에는 소에게 더 가까이 붙어서 싸우며, 더욱 기세를 올리고 열을 띤다. 그는 스스로 커브를 돌면서 옆구리를 뿔에 스치며, 그 놀랄 만한 손목으로 물레타를 다루면서 소가 몇 번이고 자기 주위를 빙빙 돌게 한다. 그는 소가 너무나 자기 가슴 앞으로 가깝게 지나치게 함으로써 때로는 소의 어깨에 자기 몸이 부딪치며 뿔이 너무나 그의 배와 가깝게 지나가기 때문에 나중에 여관에서 보면 그의 배 위에 지렁이처럼 부풀어오른 자국이 있다.

이것은 절대로 과장이 아니다. 나는 내 눈으로 그 자국을 보았다. 그러나 나는 그 자국이 반데리야의 막대기에서 생긴 것인지도 모른다고 생각했다. 소의 몸뚱이를 그렇게 가까이 지나가면 반데리야에 얻어맞을 수도 있었을 것이고, 그의 셔츠에 피가 묻지 않은 것도 반데리야 막대기 때문이었을 것이다. 그러나 한편 그 자국은 뿔로 말미암아 생긴 것인지도 알 수 없었다. 뿔이 너무나 몸 가까이 있어서 나는 차마 볼 수 없을 정도였던 것이다.

그가 대 열연을 할 때에는 온통 용감성뿐이었다. 용감성과 요술 같은 손목, 그가 두 발을 붙일 겨를을 주지 않는 사나운 소를 상대로 해서는 최고로 어색한 연기를 보여줌에도 관중들이 참아주는 것은 바로 이것 때문이다. 비얄타의 대 열연을 보기 위해서는 마드리드에 가면 될 것이다.

거기서 그는 다른 어떤 투우사보다도 좋은 소를 많이 얻어 걸렸다. 그는 나쁜 소를 얻어 걸렸을 때에는 틀림없이 기도하는 버마제비처럼 어색한 꼴을 보여주지만, 우리가 알아주어야 할 것은 그의 어색한 꼴이 비겁성 때문이 아니라 그의 신체구조 때문이라는 것이다. 그의 몸 생김새로 보아 그는 두 발을 붙일 때에만 우아스럽게 보일 수 있으며, 천성으로 우아성을 타고난 투우사에게 있어서 어색한 동작은 공포의 증거임에 비하여, 비얄타에게 있어서는 그것은 다만 나쁜 소를 얻어 걸렸기 때문에 투우를 하기 위해서는 다리를 벌려야 한다는 정도의 의미밖에 가지지 않는다.

그러나 일단 우리가 발을 서로 붙이는 그를 보기만 하면, 소의 돌격 앞에서 폭풍 속의 나무처럼 허리를 구부리는 그를 보기만 하면, 몇 번이고 몇 번이고 소를 자기 주위에 빙빙 돌리는 그를 보기만 하면, 소를 통어한 뒤에는 그 앞에 무릎을 꿇고 쇠뿔을 입으로 깨물려고 할 만큼 열띤 그를 보기만 하면, 그러면 우리는 신이 그에게 내려준 그 목과 그가 사용하는 침대 시트만큼 물레타와 전봇대 같은 그의 다리를 용납할 생각이 들 것이다. 왜냐하면 이상하게 뒤범벅된 그 몸뚱이 속에는 열두 투우사를 만들어내고도 남을 용감성과 푼도노르(명예)가 들어 있기 때문이다.

카예타노·오르도네즈, 즉 니노·데·라·팔마는 어느 손으로나 물레타를 완전히 다룰 수 있는 사람으로서 투우에 대하여 위대한 예술적, 극적 감각을 지닌 아름다운 연기자였다. 그러나 그는 소가 그 어깨뼈 사이에 5천 페세타짜리 수표를 품고 있음과 동시에 그 뿔에는 병원 치료비, 그 피할 길 없는 요구액과 어쩌면 죽음까지도 품고 있다는 것을 깨달은 뒤에는 사람이 달라졌다. 그는 그 수표는 가지고 싶었지만, 그것을 가지기 위하여 뿔에 다가가고 싶지는 않았다. 자칫하면 그 뾰족한 뿔에 대가를 치러야 한다는 것을 알았던 것이다.

용기가 오는 길이란 심장에서 머리까지의 거리만큼 아주 짧은 길이다. 그러나 그것이 가는 길은 얼마나 먼지 아무도 모른다. 어쩌면 출혈로, 아니면 여자 속으로 들어간다. 그리고 어디로든지 용기가 사라진 뒤에는 투우계에 종사한다는 것은 바람직하지 않은 일이다.

때로 또 하나의 부상으로 용기를 되찾는 수도 있다. 먼저의 부상이 죽음의 공포를 가져다주고, 나중의 것이 그것을 가져갈 수도 있기 때문이다. 또한 때로는 어떤 여자가 빼앗아간 용기를 다른 여자가 되찾아 줄 수도 있는 것이다. 투우사들은 그들의 지식과 위험을 제한하는 그들의 능력에 의지하면서 투우계에 남아 용기가 다시 돌아오기를 바란다. 그러나 사실상 용기는 어쩌다 돌아오지만, 대개의 경우는 돌아올 줄을 모른다.

엔리크·토레스도, 빅토리아노·로저·발렌시아 2세도 물레타에는 참된 능력이 없었는데, 그것이 투우에 있어서의 그들의 약점이다. 그들은 모두 기껏해야 케이프의 예술가인 것이다. 루이스·푸엔테스·베하라노와 디에고·마스키아란·포르투나는 매우 용감하고 직업에 대하여 매우 건전한 지식을 가진 두 투우사들로서, 다루기 힘든 소의 기를 꺾고, 그런 소들을 상대로 훌륭한 연기를 보여줄 수 있는 명수이지만, 스타일이 둔중하고 뚜렷한 특징이 없다. 포르투나의 스타일은 베하라노의 스타일, 즉 한마디로 좋지 못한 현대의 속임수라고 해도 좋은 스타일보다 낡은 것이지만, 이들은 용감성과 실력에 있어서, 아주 운이 좋다는 점에 있어서, 또 천재가 없다는 점에 있어서는 마찬가지다. 그들은 보통의 소나 다루기 힘든 소를 상대로 할 때에는 그럴 듯한 연기를 보여주는 마타도르들이다. 스타일을 위주로 하는 투우사들이 손을 써볼 생각을 하지 못하는 데에서도 그들은 자신 만만한 시합을 보여주며, 한두 번 참된 갈등의 순간과 뒤범벅된 모든 값싼 드릴과 연극 냄새를 풍긴다. 투우에 있어서의 3대 살육자 안토니오·데·라·아바·주리토, 마르틴·아구에로, 마놀로·마르티네스 중에서 물레타로 그럴싸한 연기를 보여 주는 것은 마르티네스뿐이다. 그리고 그가 성공을 거둔다면 그것은 그가 서지 천을 다루는 데에 특별한 능력이 있어서가 아니라 순전히 그의 용기와 그의 모험심 때문이다.

지금 투우계에서 활약하고 있는 34명의 완전한 마타도르들 중에서 언급할 가치가 있는 것은 불과 두세 사람뿐이다. 말라가 출신의 안드레스·메리다는 키 크고 마른 무표정의 집시로서 케이프와 물레타의 천재이며, 그는 내가 본 투우사들 중 투우장에 서서 마치 무엇인가 멀리 떨어진 것, 투우와는 별개의 것을 생각하는 듯이 완전히 정신 나간 모습을 하고 있는 단 한 사람의 투우사이다. 그는 무어라 말할 수 없을 만큼 완전히 겁에 질리기 쉽지만 일단 자신 있는 소와 만나면 놀랄 만한 솜씨를 보인다.

세 사람의 진짜 집시 카간초, 히타니요·데·트리아나, 메리다 중에서 나는 메리다를 가장 좋아한다. 그는 다른 사람들이 가지고 있는 우아성 외에도 기괴성(奇怪性)을 겸하여 가지고 있으며, 그 기괴성은 그의 넋 잃은 모습과 함께 나로 하여금 그를 가이요 이래의 집시 투우사들 중에서 제일 좋아하게 하는 것이다. 그리고 히타니요·데·트리아나는 가장 용감하고 명예로운 사람이나, 그들 중에서 가장 재능이 뛰어난 사람은 카간초다.

지난여름, 나는 말라가 출신의 몇몇 사람들에게서 메리다는 진짜 집시가 아니라는 말을 들었다. 이 말이 정말이라면 그는 진짜 집시보다 가짜 집시로서 더욱 훌륭하다고 봐야 할 것이다.

사투리오·토론은 매우 용감하고 우수한 반데리예로이지만 마타도르로서는 내가 본 중에서 가장 나쁘고 가장 무지하고 가장 위험한 전법의 소유자다. 반데리예로의 경력을 지낸 뒤에 1929년 그는 견습 투우사로서 칼을 잡았고, 용감성과 행운으로 성공의 길을 걸으며 화려한 시즌을 보냈다. 그는 1930년 팜플로나에서 마르시알·랄란다에 의하여 공식적인 마타도르로 인정을 받고, 최초의 세 시합에서 심한 부상을 입었다.

그의 취미가 개선된다면 그는 아마도 촌뜨기같이 천박한 그의 스타일을 얼마간 버리고 참된 투우법을 배울 수 있을 것이다. 그러나 1931년의 그의 시합에서 내가 본 바로는 그의 케이스는 절망적이었고, 내가 바랄 수 있는 것은 다만 소들이 그를 파멸시키지 말았으면 하는 것뿐이다.

나는 앞에서, 처음에는 훌륭한 마타도르가 될 수 있을 듯이 출발했다가 마침내는, 정도의 차이야 있겠지만, 실패와 비극으로 끝을 맺은 투우사들에 대해 이야기했다. 이 명단에서 볼 때 악운을 제외한 실패의 2대 원인은 예술적인 능력의 결핍 – 이것은 물론 용감성으로 극복되어질 성질의 것이 아니다 – 과 공포심이다. 투우술의 부족으로 투우계에서 어떤 뚜렷한 위치를 차지하지는 못했지만, 정말로 용감한 마타도르로서 베르나르드·무노스·카르니세리토와 안토니오·데·라·하바·주리토의 두 사람이 있다. 또 한 사람, 정말로 용감하고 카르니세리토와 주리토보다 더 많은 투우술이 있는 사람으로 줄리오·가르시아·팔메노가 있는데, 그는 키가 작다는 핸디캡은 있지만 상당한 인물이 될지도 모른다.

도밍고·오르테가에 관해서는 이 책의 다른 곳에서 쓴 바 있지만, 그밖에 어느 정도 명성을 가지고 있는 신인 마타도르로서 다음과 같은 사람들을 들 수 있다.

호세·아모로스는 독특한 고무질의 스타일을 가지고 있어서, 마치 고무줄로 만들어진 것처럼 소로부터 몸을 늘여 빼는 것같이 보인다. 그는 그 독특한 고무질 스타일을 제외하고는 완전이 2류급에 속하는 투우사다.

호세·곤잘레스는 일명 멕시코의 카르니세리토(작은 도살자의 뜻)로써 소를 산 채로 잡아먹는다는 용감무쌍파에 속하는 멕시코 인디언으로 매우 우수한 반데리예로이며 유능하고 매우 감동적인 연기자인 반면, 어린 소로 그토록 오랫동안 관중들에게 강한 인상을 주어왔으니만큼 만약 진짜 소를 상대로 그런 짓을 하려다가는 그다지 오래 살지 못할 것이며, 그렇다고 해서 그런 짓을 그만두면 십중팔구 이 이상 관심을 끌지 못하게 될 것이다.

또한 모든 신인 투우사들 중에서 가장 유망한 지서스·소로르자노가 있다. 지서스(일명 추초－그 세례명의 애명(愛名)을 모를 경우)는 인디언이 아닌 멕시코 사람으로서 용감하고 예술적이며 총명하고 완전한 투우사다. 그는 테스카베요(치명상을 받은 소를 앞에서 찔러 죽이는 일. 이것은 '성은의 타격'이라는 뜻으로 쿠데 그라스라고도 함)를 사용하는 매우 사소한 분야를 제외한 그의 예술의 모든 분야에 통달하고 있으나 완전히 개성이 없다. 이러한 경우는 분석하기 어렵지만, 그것은 대개 그가 직접적으로 소와 맞붙어 있지 않을 때 등을 구부리고 죄를 지은 것처럼 살금살금 어색하게 몸을 놀리기 때문이 아닐까 한다.

투우사들의 말로는 소에 대한 공포가 투우사에게서 그만의 개성을 빼앗아 가버린다고 한다. 즉 투우사가 거만하고 거드름을 피운다든지, 태연하고 우아하다든지 하는 이러한 특징을 공포가 없애버린다는 것이다. 그러나 소로르자노에게는 잃어버릴 개성이 없는 것 같다. 그래도 자신 있는 소와 상대하면 그는 모든 일을 완전하게 해낼 수 있다. 1931

년의 시즌에서 그는 가오나의 스타일로 한 걸음 한 걸음 소 쪽으로 천천히 걸어가며 가장 훌륭한 솜씨로 반데리야를 찔렀고, 그 시즌 전체를 통하여 가장 훌륭하고 느린 케이프술, 그리고 소에게 가장 접근한, 가장 감동적인 물레타술을 보여주었다. 그의 연기의 결함은 소를 상대로 아름다운 연기를 보여주다가도 소와 떨어지면 즉시 등을 구부리고 얼어붙은 얼굴을 한 채로 예(例)의 그 무감각 상태로 빠져든다는 점이다. 그러나 개성이야 있건 없건 그는 지식과 위대한 예술과 용감성을 가진 훌륭한 투우사임에는 틀림이 없다.

그밖의 신진 마타도르로 호세·메히아스와 바비드·리세아가의 두 사람이 있다. 메히아스, 일명 페페·비엔베니다는 마놀로의 동생으로서, 그는 형보다 더 용감하고 혈기가 있으며, 볼만한 갖가지 투우술과 퍽 매력적인 개성을 가지고 있으나, 마놀로의 예술적인 능력이나 안전하게 소를 통어하는 방법을 갖추고 있지 않다. 그러나 그도 시간이 지나면 그것을 갖추게 될 것이다.

리세아가는 젊은 멕시코인 투우사로서 물레타에는 엄청난 솜씨를 보이나 케이프에는 스타일도 능력도 없고 또 멕시코인치고는 이상하게도 반데리야에 능하지도 못하다. 나는 한 번도 리세아가의 시합을 본 일이 없다. 내가 그에 관하여 이러한 글을 쓰는 것은 그의 시합을 본 사람들 중에서 내가 믿을 수 있는 의견을 가진 사람들의 보고서를 통해서이다. 그의 시합은 1931년 마드리드에서 두 번밖에 없었다. 첫 번은 노비예로 때였는데 그날은 내가 오르테가의 시합을 보러 아란후에즈로 갔었고, 두 번째는 10월, 그가 정식 마타도르로 인정받던 시합이었는데, 이때 나는 이미 스페인을 떠난 뒤였다. 그러나 지금 그는 멕시코 시티에서는 아주 인기가 높아, 그의 실력을 가늠질해보고 싶은 사람은 아마 동기(冬期) 대회에서 그의 시합을 볼 수 있을 것이다.

나는 이 명단에서 신인(神人)들의 이름을 모두 빠뜨렸다. 그들은 아직 판정을 받을 권리를 주장할 수 없기 때문이다. 투우에는 항상 새로운 신인들이 있기 마련이다. 이 책이 나올 때쯤에는 또 새로운 신인들이 등장할 것이다.

광고라는 영양공급을 받아 그들은 시즌마다 싹을 트이게 한다. 그리고 그들에게 양분을 공급하는 것은 마드리드의 어느 재수 좋은 오후, 그들에게 상냥하게 구는 소, 바로 그것이다. 그러나 이들 일승(一勝) 투우사들에 비기면 나팔꽃은 영원히 시들지 않는 기념탑과도 같은 꽃이다. 지금부터 5년이 지난 뒤에 그들은 카페에 나타나 - 어쩌다 한 번씩 오지만 올 때에는 언제나 아껴두었던 한 벌의 옷을 입고 온다 - 마드리드의 공연에서 그들이 벨몬테보다 얼마나 나은 시합을 보였는가를 자랑 삼을 것이다. 정말 그랬을지도 모른다.

"그런데 지난번 시합에는 어땠소?"

하고 누가 물으면,

"죽이는 데에 약간 운이 나빴지. 약간 운이 나빴을 뿐이야."

하는 퇴역 신인의 말을 받아서 또 누가 하는 말.

"저런! 그 참 안됐군. 소를 죽이는 데 일일이 좋은 운수야 바랄 수 있나?"

그러면 사람들의 머리에는 땀을 뻘뻘 흘리며 두려움으로 얼굴이 하얗게 질린 채 뿔에 가까이 가기는커녕 뿔 쪽으로 눈조차 돌릴 수 없는 신인(神人)과 땅에 떨어진 한 쌍의 칼, 그의 주위에 온통 널려 있는 케이프, 그리고 관중석에서 투우장 안으로 빗발치듯 날아드는 방석과 막 들어오려고 하는 거세된 숫송아지(투우사가 패배한 뒤에 남아있는 소를 투우장 바깥으로 몰고나가는 일을 함)가 떠오른다. 신인은 칼이 소의 급소를 찌르기 바라면서 소에게 비스듬히 달려들었던 것이다.

"죽이는 데에 약간 운이 나빴을 뿐이야."

그것은 2년 전 일이었고, 그는 그 뒤로 한 번도 시합을 한 일이 없다. 그러나 한밤중 침대에서만은 예외여서 그는 땀과 공포로 흠뻑 젖어 잠이 깬다. 그는 목구멍에 거미줄을 칠 때에야 할 수 없이 또 한 번 투우장에 나선다. 그리고 모든 사람들이 그를 겁쟁이요, 가치 없는 존재로 알고 있는 이상, 그는 아무도 상대하려하지 않는 소를 상대하지 않으면 안 될 것이다. 그에게 무슨 짓이건 할 용기가 생기게 되더라도 그는 훈련이 없는 탓으로 소에게 죽음을 당할 것이다. 다행히 그렇지 않으면 그는 또 한 번 '약간 운수가 나빴을 뿐이야'를 되풀이할 것이다.

지금 스페인 안에는 7백 예순 몇 명이나 되는 패잔의 투우사들이 그래도 그들의 예술을 연습하려고 노력하고 있다. 솜씨 좋은 투우사들은 두려움으로 실패하고, 용감한 투우사들은 재능의 부족으로 실패하는 것이다. 운수가 사나운 사람들은 때로 용감한 투우사들이 죽음을 당하는 꼴을 보게 된다.

1931년 여름, 나는 매우 크고 매우 날쌘 다섯 살짜리 소들과 세 사람의 수업 마타도르 사이의 시합을 구경하였다. 그중에서 경력으로 보아 최고 고참은 일명 피니토·데·발로돌리드인 알폰소·고메즈였다. 그는 나이 서른다섯이 훨씬 넘은 사람으로서 한때는 미남이었으나 투우에서는 패잔병이었으며, 마드리드에서 10년간 투우를 해 왔으나 노비예로에서 정식 마타도르가 될 자격을 얻을 만큼 관중들의 관심을 모으지 못했다. 그래도 그는 매우 위엄 있고 총명하며 용감한 투우사였다.

둘째 고참은 일명 알칼라데노 2세인 이시도르·토도, 나이는 서른일곱 살, 키는 겨우 152센터미터가 될락 말락 한 땅땅하고 유쾌한 남자로서, 투우에서 버는 보잘것없는 수입으로 네 아이들, 과부가 된 그의 누나와 동거중인 여자를 부양하고 있었다. 투우사로서의 그의 전 밑천은 대단한 용기과 너무나 키가 작다는 결점, 그를 마타도르로서 성공할 수 없게 만든 그 결점이 도리어 그로 하여금 투우장의 기물(奇物)로 매력을 갖게 한다는 사실이다.

셋째 투우사 미겔·카시에이유는 완전한 겁쟁이였다.

그러나 이런 것은 재미 없고 구질구질한 이야기이며, 다만 기억할 만한 것이라고는 알칼라레노 2세가 죽음을 당한 모습뿐이다. 지금 생각해 보면 그것은 너무나도 구질구질하여, 필요하지도 않은데 그 이야기를 써야 할 명분조차 서지 않는다. 내가 내 아들에게 그 이야기를 한 것은 분명히 실수였다. 내가 투우 구경을 마치고 집에 돌아오자 아들은 투우 시합이 어떻게 되었는가, 무슨 일이 있었는가를 모조리 알고 싶어 했고, 나는 바보같이 내가 본 그대로를 이야기했던 것이다. 아들은 아무 말도 하지 않았으나, 다만 알칼라레노 2세는 몸집이 그렇게도 작으니만큼 죽지 않았느냐고 물었다. 자기도 작다는 것이었다. 나는 말했다. 그래, 그는 몸집이 작지, 그렇지만 또한 물레타로 가로막는 방법을 몰랐으니까…… 나는 그가 죽음을 당했다고는 하지 않았다. 다쳤다고 했을 뿐이었다. 나는 그 정도의 센스는 가지고 있었던 것이다. 그러나 그것은 그 정도라고 할 것도 못 되었다. 그때 누군가가 방에 들어왔다. 아마 시드니·프랭클린이었을 것이라고 생각된다. 그는 스페인어로 말했다.

"그는 죽었어."

"아빠는 그가 죽었다고 안 했잖아?"

"내가 분명히 몰랐던 때문이지."

"그 사람이 죽는 거 싫어."

아들이 말했다.

그 다음날 아들은 이렇게 말했다.

"언제나 그 사람 생각이 나. 너무 작기 때문에 죽은 사람말이야."

"생각할 거 없어. 그런 거 생각하는 것은 어리석은 짓이야."

하고 나는 말했다. 내 생애에서 수천 번 나는 내가 뱉은 말을 도로 삼킬 수 있었더라면 하고 바랐다.

"내가 생각하려고 하는 게 아닌데도 그래. 아빠가 나한테 이야기하지 말았더라면 좋았을걸. 눈만 감으면 그게 보이거든."

"핑키 생각을 해."

하고 나는 말했다.

핑키는 와이오밍에서 우리가 기르던 말 이름이다.

그리하여 우리 내외는 그 후 얼마 동안 죽음에 대하여 매우 조심하였다.

나는 눈이 나빠서 책을 읽을 수 없었으므로 아내가 대실·해밋(미국의 추리소설가. 1894~)의 《데인가(家)의 저주》(그것은 전대미문의 유혈극이다)를 소리 내어 읽고 있었다. 그리고 해밋 씨가 어떤 등장인물, 또는 몇 명의 등장인물을 한꺼번에 죽이는 대목이 나올 때마다 아내는 '죽였다' '목을 잘랐다' '숨을 끊었다' '황천 보냈다' 등등의 말을 '엄벙덤벙했다'

는 말로 바꾸어 읽었다. 얼마 안 있어 그 우스운 '엄벙덤벙'의 뜻이 아이에게 알려지자 그는

"너무 작아서 엄벙덤벙한 사람 있잖아? 나는 이제 그 사람 생각을 하지 않아"하고 말했다.

그제야 나는 안심했다고 생각했다.

1932년에 승급한 네 사람의 신진 마타도르가 있다. 그들 중에서 두 사람은 유망한 인물로, 한 사람은 기물(奇物)로 언급할 가치가 있으나, 또 한 사람은 비범하므로 아마 빠뜨려도 무방할 듯하다. 두 유망한 인물은 후아니토·마르틴·카로, 일명 치키토·데·라·아우디엔시아와 루이스·고메즈, 일명 엘·에스투디안테('학생'이라는 뜻)이다.

치키토는 나이 스무 살, 그는 열두 살 때부터 신동으로 어린 소를 상대로 투우를 해 왔다. 품위 있는 스타일에다 매우 우아하고, 건전하고 총명하고, 유능한 그는 예쁘디예쁜 소녀의 모습을 지니고 있다. 그러나 일단 투우장에 서면 그는 기품이 당당하고 심각하며, 소녀 같은 얼굴을 제외하고는 어느 곳에도 여성다운 점을 가지고 있지 않으며, 치쿠엘로와 같이 연약하고 어리둥절한 모습은 전혀 찾아볼 수 없다. 그의 결점이란 곧 그의 연기가 이지적이며 아름다운 반면, 냉정하고 정열이 없다는 점이다. 그는 너무나 오랫동안 투우를 해온 나머지 무슨 일에든지 위험을 무릅쓰는 소년이라기보다는 노련한 마타도르의 조심과 신변 보호책을 가지고 있는 것 같다. 그러나 그에게는 위대한 예술적 능력과 지성이 있어서 그의 생애를 계속 관찰한다면 아주 흥미 있을 것이다.

루이스·고메즈, 일명 엘·에스투디안테는 젊은 의과 대학생으로서, 날카롭고 잘생긴 갈색의 얼굴과 규정화된 젊은 마타도르의 모델감으로

알맞은 훌륭한 체격의 소유자다. 그는 또한 케이프와 물레타에 있어서 건전한 고전적 현대 스타일을 가지고 있으며, 살육의 동작이 빠르고 교묘하다. 겨울에는 마드리드에서 의학을 공부하는 한편, 여름에는 지방에서 세 시즌에 걸쳐 투우의 경력을 쌓은 뒤, 그는 작년 가을 마드리드에서 노비예로로 데뷔하여 큰 성공을 거두었다.

그는 1932년 3월 발렌시아의 산호세 투우장에서 정식 마타도르가 되었는데, 믿을 만한 투우 애호가의 말을 들으면 그는 아주 훌륭한 연기를 보여 주었고 사람들로 하여금 큰 기대를 걸게 했으나, 다만 물레타에 있어서는 이따금씩 자신의 용감성과 열연을 보이려는 욕망 때문에 위태로운 지경에 빠지곤 했다고 한다.

그러나 그는 그것을 의식하지 못했고 오로지 행운과 좋은 반사 작용에 의하여 거기서 구제되었던 것이다. 표면적으로는 그가 소를 통어한 것 같으나 사실상 행운이 그를 구해낸 것은 한두 번이 아니었다. 그러나 지성과 용기와 좋은 스타일을 가진 그는 만약 그가 처음으로 혼자 결정하고 단행한 시합 동안 행운이 여전히 붙어 있다면 마타도르로서 떳떳한 호프가 될 것이다.

그레고리오·코로차노의 아들인 알프레도·코로차노는 마드리드의 황제당(皇帝黨) 경영의 일간지인 〈ABC〉지의 매우 유력한 투우 평론가인 동시의 호셀리토의 처남, 이그나시오·산체스·메히아스의 세력 하에 자기 아버지에 의하여 억지로 임명된 마타도르다. 그런데 코로차노는 메히아스가 죽음을 당하던 그 시즌 동안 그를 통렬히 또 악의적으로 공격하였던 것이다. 알프레도는 얼굴이 검고 날씬한 몸집에 경멸조의 거만한 태도를 가진 소년이며, 어린 시절의 알폰소 13세와 약간 비슷한 부르봉가(家)의 얼굴을 하고 있다. 그는 스위스에서 교육을 받고 마타도르로서의 훈련은 산체스·메히아스와, 자기의 아버지와, 또 큰 아버지에게 아첨하는 모든 사람들에 의하여 마드리드와 살라만카 부근의 종우(種牛) 시험장에서 받았다.

약 3년 동안 그는 프로 투우사로서, 처음에는 꼬마 투우사였던 비엔베니다의 아들들과, 그리고 마지막 해에는 정식 노비예로로서 투우를 하였다. 아버지의 위치로 인하여 그의 마드리드 공연은 많은 감상을 자아내게 하였다. 중류 계급에 속하는 황제당원의 한 아들로서 그는 대개의 경우 극히 우수한 미문(美文)으로 된 그의 아버지의 풍자가 만들어 낸·적들뿐만 아니라 사적으로 그에게 증오감을 품고 있는 많은 사람들의 쓰라림을 맛보아야 했던 것이며, 따라서 그는 그의 아버지가 먹을 빵이 없는 아이들에게서 투우장에서 그것을 벌 수 있는 기회를 빼앗고 있다고 생각하였다. 동시에 그는 이 모든 느낌이 불러일으킨 선전과 호기심에서 이익을 얻었고, 그 결과 마드리드에서 노비예로로서의 세 번의 출장을 통하여 그의 처신은 무례하고 거만하여 어른과 흡사하였다.

그는 자기가 훌륭한 반데리예로라는 것, 물레타를 써서 멋있게 소를 통어할 수 있다는 것, 소를 다루는 데에 있어서 높은 지성과 깊은 인식을 가지고 있다는 것을 보여주었으나 한편으로는 케이프를 쓰는 스타일이 형편없이 나쁘다는 것과 적절하게, 또 심지어 점잖게 살육하는 방법에 대해서는 완전히 무식하다는 것을 폭로하였다.

1932년, 그는 카스테욘 데 라 플라나의 연중 첫 시합에서 선택 시합을 했는데, 나에게 정보를 제공해주는 사람들의 말에 의하면 그는 내가 지난번 보았을 때와 달라진 점이 없고, 다만 달라진 점이라고는 그의 천박한 베로니카술을 고치려고 애쓰고 있었다는 것, 또 그러는 동안에 케이프의 갖가지 볼만한 속임수는 그대로 투우사의 침착성과 예술적 능력을 측정하는 시험이 되어버렸다는 것뿐이었다.

기물(奇物)로서의 그의 생애는 앞으로 매우 흥미 있을 것이다. 그러나 안전한 살육 방법을 체득하지 않는 한 그는 그의 아버지의 아들로서의 신기성이 완전히 사라져버린 지금에 와서는 이 이상 관중의 흥미를 모으지 못하게 될 것이다.

젊은 노비예로인 빅토리아노·데·라·세르나는 1931년 가을 어느 오후의 대시합 끝에 신인으로 탄생되고자 했던 사람이다. 그는 대가들의 눈에 들어 마드리드 근방에서 위험이 가장 적은, 마치 손으로 골라잡은 듯이 조그만 소를 상대로 시합을 보였고, 또 그 시합이 거둔 대승은 대개 돈을 받고 시합에 참석한 마드리드 평론가들의 붓 때문이었다. 그 후 시즌의 맨 마지막, 그의 두 번째의 마드리드 시합에서 그는 정식 마타도르로 등장하였다. 그는 그 시합에서 진급이 시기 상조였음을 입증하였다.

그는 아직도 투우계에 있어서는 풋내기였고 기초가 불충분했으며, 성숙한 소를 안전하게 다룰 수 있으려면 훨씬 더 많은 시합 경험이 필요하였다. 다가오는 시즌에 그는 작년 마드리드의 실패전에 체결된 계약을 어느 정도 남겨 가지고 있으나 그는 의심할 여지없는 신인의 능력을 타고났음에도 너무 빠른 마타도르 진급 때문에 망각의 빠른 내리막길을 미끄러져 내려가기 시작한 것 같다. 그리고 그 내리막길은 그보다 앞서 거기를 미끄러져 내려간 모든 신인들에 의해 반질반질하게 윤택이 나 있는 것이다.

언제나 마찬가지지만 나는 연기자 ─ 그는 분명히 그를 발견해낸 사람들보다는 죄가 없다 ─ 를 위하여 내 말이 그릇되기를 바란다. 그리고 그가 대가로서 연습을 쌓는 동안 기적적으로 그의 직업에 관한 기술을 배울 수 있기를 바란다. 그러나 그러한 일은 결국 관중들을 속이는 일이어서, 마타도르가 그렇게 기술을 배울 때에라도 관중들이 그를 용서하는 일은 극히 드물며, 그가 관중들을 흡족하게 할 만큼 안정성을 확보했을 때에는 관중은 이미 그를 거들떠보려고도 하지 않는 것이다.

19.

칼과 물레타로 소를 적절하게 죽이는 방법에는 두 가지밖에 없다(뒤에 나오는 레시비엔도와 블라피에를 말함). 그리고 이 방법은 모두, 만약 소가 헝겊을 적절하게 따르지 않으면 사람이 불가피하게 쇠뿔에 찔리는 위험을 초래하는 것이니만큼 마타도르들은 부단히 투우의 절정이라고도 할 수 있는 이 부분에 속임수를 사용하여 왔고, 그 결과 지금에 와서도 마타도르 1백 명 중 90명은 진정한 살육 방법이 아니라 다만 그것을 서투르게 모방한 방법으로 소를 죽이고 있다. 그 이유 중의 한 가지는 케이프와 물레타의 대예술가로서 살육자의 기질을 가진 사람이 극히 드물다는 사실이다. 대살육자는 죽이기를 사랑하여야 한다. 투우사가 살육을 자신이 할 수 있는 최선의 일이라고 생각하지 않는 한, 또 살육의 위엄을 의식하고 살육이야말로 그 자체로서 무한한 가치가 있는 것이라고 느끼지 않는 한 그는 진정한 살육에 필요한 극기(克己)에 도달할 수 없다.

참으로 위대한 살육자는 보통 투우사들보다 훨씬 더 명예욕과 영예욕을 가지고 있어야 한다. 다시 말하면 그는 더 단순한 사람이어야 한다. 또한 그는 살육에서 쾌감을 느낄 수 있어야 한다. 단순히 손목과 눈의 속임수, 왼손을 놀리는 솜씨가 다른 사람보다 뛰어나다는 의미에서가 아니다. 그것은 그런 종류의 자만 중에서는 가장 단순한 형태며, 단순한 사람이라면 누구나 그것을 천성으로 타고난다. 무엇보다도 그는 살육의 순간에 영혼의 희열을 맛볼 수 있어야 한다.

깨끗하게 죽이는 것, 미적인 쾌감과 자만을 맛보면서 죽이는 것은 어떤 부류의 인간에게 있어서는 항상 최대의 즐거움이 되어왔다. 그럼에도 우리에게 살육의 참된 즐거움에 대하여 말해주는 글이 극히 드문 것은 다른 부류에 속하는 인간, 다시 말하면 살육을 즐기지 않는 인간들이 언제나 말솜씨가 뛰어나서, 대부분의 훌륭한 작가들이 그들 중에서 배출됐기 때문이다.

날아가는 새를 쏠 때와 같은 순수한 미적 쾌감, 위험한 사냥감의 뒤를 밟을 때와 같은 자만의 쾌감, 이런 쾌감에 있어서 감동을 주는 것은 실탄을 발사하기까지 무수히 쪼개어진 순간들의 중요성, 비례에 맞지 않게 너무나도 증가된 중요성이다. 이런 쾌감 이외에 살육에 있어서도 최고의 쾌감은 살육의 수행에서 결과 되는 죽음에 대한 반항감이다.

일단 죽음의 규칙을 받아들이고 나면 우리는 '살인하지 말라'는 계율(戒律)을 쉽사리, 또 자동적으로 지킬 수 없다. 그러나 아직도 죽음에 대하여 반항하고 있는 사람들은 신(神)다운 속성, 즉 다른 생명에게 죽음을 준다는 속성을 스스로 떠맡는 즐거움을 가지고 있다. 이것이야말로 살육을 즐기는 사람들이 가지고 있는 가장 속 깊은 감정이다. 이런 일은 자만 속에서 행해지며, 자만은 말할 것도 없이 기독교도의 죄악이요, 이교도의 미덕이다. 그러나 투우를 이루는 것은 자만 바로 그것이며, 위대한 마타도르를 만드는 것은 참된 살육의 즐거움이다.

물론 이러한 정신적인 필수 조건이 반드시 위대한 살육자를 만들 수 있는 것은 아니다. 그는 또한 연기 수행에 필요한 모든 신체적인 재능, 즉 좋은 시력, 튼튼한 손목, 용감성, 물레타를 다루는 섬세한 왼손 등을 갖추고 있어야 한다. 그는 이 모든 것을 거의 예외적이라고 할 만한 정도로 갖추고 있어야 한다.

그렇지 않으면 그의 성실성이나 자만은 기껏해야 그를 병원으로 데리고갈 뿐이다.

오늘날 스페인 안에는 정말로 위대한 살육자라고는 하나도 없다. 그다지 스타일은 없지만 완전하게 살육할 수 있는 성공적인 마타도르들은 있다. 그들은 자신이 하고 싶을 때, 그리고 운수가 좋은 때에만 그런 수법을 쓴다. 그러나 그들은 그것을 자주 쓰려고 하지는 않는다. 그렇게 하지 않아도 관중들의 인기를 끌 수 있기 때문이다.

옛날에는 위대한 살육자가 될 법했던 마타도르들이 있었다. 그러나 그들은 투우계에 들어온 당초부터 될 수 있는 대로 소를 잘 죽였음에도 케이프와 물레타의 능력 부족으로 일찌감치 관중들의 관심을 잃어버린 나머지 지금은 거의 계약을 얻지 못하고, 따라서 칼을 쓰는 기술을 발전시킬 기회는 말할 것도 없고, 있는 그대로를 써먹을 기회조차 잃고 있다. 지금 투우계에 발을 들여놓은 마타도르 중에도 잘 죽이는 사람이 있지만 그들은 아직 시간에 의하여 시험되고 입증되지 않았다.

그러나 날마다 잘, 쉽게, 또 자만을 가지고 소를 죽일 수 있는 뚜렷한 마타도르는 하나도 없다. 대가(大家)가 된 마타도르들은 손쉬운, 속임수를 쓰는 살육 방법을 발전시켰고, 그것은 투우의 정서 중에서 최고조의 정서를 빼앗아가고 실망의 정서만 남겨놓았다. 지금 투우에 정서를 부여하는 것은 케이프이고, 때로는 반데리야이며, 가장 확실한 것으로는 물레타가 있다. 그리고 우리가 칼에서 바랄 수 있는 최선의 것은 앞에서 이룩된 효과를 망쳐버리지 않을 정도로 빨리 끝을 맺는 것뿐이다.

나는, 적어도 내가 의식한 바로는 50마리의 소가, 정도의 차이야 있겠지만, 손쉽게 죽음을 당한 것을 본 뒤에야 비로소 한 마리의 소가 잘 죽는 것을 보았다고 생각한다. 나는 그 투우의 현실에 불평을 가지지는 않았다. 그것은 꽤 재미있었고 내가 그때까지 본 어느 것보다도 더 좋았다. 그러나 내 생각에는 칼질이 특히 재미있다고 할 수 없는 안티 클라이막스였다. 그것에 대해서는 아무 것도 모르면서도, 그래도 나는 아마도 그것이 진짜 안티 클라이막스이고 투우에 있어서 소의 죽음을 굉장한 것으로 말하거나 글을 쓰는 사람은 거짓말쟁이밖에 아무것도 아니라고 생각했다.

나의 견지는 아주 간단하였다. 나는 투우사가 되려면 소를 죽여야 한다는 것을 알았다. 나는 소가 칼에 죽음을 당한다는 사실을 기쁘게 생각하였다. 칼로 무엇인가를 죽인다는 것은 확실히 보통 일이 아니었기 때문이다. 그러나 소가 죽음을 당하는 모습은 순전히 속임수같이 보였고, 나에게 전혀 아무런 감정도 일으키지 않았다. 나는 생각했다. 이게 투우로구나. 끝장이 신통치 않지만 아마 원래 그런 것이고 아직도 내 이해가 모자라는 것이리라. 어쨌든 내가 써 본 2달러짜리로는 가장 가치 있는 것이었다.

맨 처음으로 본 투우 시합에서 내 머리에 남아 있었던 것은 이런 것들이었다. 그것은 내가 미처 분명히 보기도 전에, 또 무슨 일이 일어났는지 알 수 있기도 전에 지나가 버린 것이 있다. 내 눈앞에는 많은 사람들이 혼잡을 일으키고 있었고 흰 재킷을 입은 맥주 행상이 지나가고 있었다. 그리고 내 눈과 저 아래 투우장 사이에는 두 줄의 강철선이 놓여 있었다. 그 속에서 나는 피에 젖어 어깨가 미끈미끈해진 소를 보았다. 소가 움직일 때마다 반데리야들이 부딪쳐 소리가 나고 뒤쪽 엉덩이 한가운데서는 한줄기 먼지가 피어올랐다.

쇠뿔은 꼭대기에는 나무처럼 단단하게 보였고 구부러진 곳은 사람의 팔보다도 굵었다. 투우사가 칼을 가지고 등장할 때 나는 이 어지러운 흥분 속에서 정서의 대순간을 맛보았다. 그러나 나는 마음속으로 정확하게 무슨 일이 일어났는지 알 수 없었다. 그리하여 그 다음 소에서 그것이 무엇인가를 알아내려고 자세히 살폈을 때 정서는 사라지고, 나는 그것이 속임수였음을 알았다. 그 후 50마리의 소가 죽는 것을 보고 나서야 비로소 그 감정을 다시 한 번 맛보았다. 그러나 그때쯤 나는 그것이 어떻게 수행되는가를 알 수 있었고 내가 첫 번째에서 본 것이 잘된 것임을 알았다.

처음으로 소를 죽이는 것을 볼 때, 만약 그것이 통상적인 절차에 의한 것이라면 사람들은 대개 다음과 같은 것을 보게 될 것이다. 소는 네 발로 넓적하게 서서 투우사를 마주 보고 있고, 투우사는 4.5미터쯤 떨어져서 발을 모으고 왼손에는 물레타를, 오른손에는 칼을 들고 서 있다.

투우사는 왼손에 든 헝겊을 들어올리며 소가 눈으로 그것을 쫓아오나 본다. 그다음에 그는 헝겊을 내린 뒤에 그것과 칼을 한꺼번에 쥐고 소를 옆으로 향하도록 돌아서서 왼손을 흔들어 헝겊을 물레타의 막대기에다 감는다. 그는 물레타를 낮춘 채 거기서 칼을 빼어 소를 겨냥한다. 곧 물레타를 왼손으로 낮게 들고 머리와 칼날과 왼쪽 어깨를 소 쪽으로 향하도록 한다.

그리고 관객들의 눈에는 그의 몸이 긴장해져서 소에게 덤벼드는 것이 보인다. 그러나 그다음 순간 투우사는 벌써 소를 지나쳐서 관객들의 눈에는 칼이 공중에 솟았다가 끝까지 박히는 것, 또는 붉은 헝겊이 칼자루를 덮고 있는 것, 또는 칼자루와 칼날의 일부분이 소의 어깨나 목 근육 바깥에 나와 있는 것이 보인다. 그러면 군중은 투우사가 소에게 덤벼드는 모습이나 칼이 박혀 있는 위치에 따라 환호 또는 실망의 고함을 외치는 것이다.

이상이 살육에서 볼 수 있는 모든 것이다. 그러나 그 기술적인 문제는 이러하다. 칼로 소의 심장을 찌르는 것은 적절한 살육 방법이 아니다. 칼의 길이란 그다지 길지 못한 것이어서 만약 그것이 원래 찔려야 할 자리, 즉 어깻죽지 사이 높다란 곳에 찔리면 칼끝은 심장까지 미치지 않는다. 그것은 윗 갈비뼈 사이의 척추를 지나고, 만약 즉각적으로 소를 죽일 경우에는 대동맥을 자른다. 이것이 바로 완전한 격검(擊劍)의 결말이며 그러기 위해서 투우사는 칼끝이 척추골이나 갈비뼈에 부딪치지 않는 행동을 가지고 있어야 한다.

소가 머리를 높이 쳐들고 있을 때, 소에게 다가 가서 그 머리 위에서 어깨 사이를 칼로 찌를 수 있는 사람은 없다. 소가 머리를 쳐들고 있는 순간에는 칼이 짧아서 머리에서 어깨까지 이르지 않기 때문이다. 투우사가 칼을 지정된 잘에 찔러넣어 소를 죽일 수 있으려면 그 자리가 드러나도록 소의 머리가 낮추어져야 하며, 그런 뒤에도 투우사는 소의 머리와 목 쪽으로 몸을 숙여야 칼을 찔러넣을 수 있다.

그런데 만약 칼이 박히는 순간 소가 머리를 쳐들면 투우사는 공중으로 올라갈 것 같지만 그렇지 않다. 투우사가 오른손으로 칼을 찔러넣을 때, 소가 투우사의 왼손에 있는 물레타를 따라 투우사를 지나쳐서 움직이거나, 아니면 왼손에 있는 물레타에 의하여 투우사의 몸에서 멀리 이끌린 소를 지나쳐서 투우사가 움직이거나 두 가지 중의 한 가지 현상이 반드시 일어난다. 살육에 속임수가 개입할 수 있는 것은 사람과 소가 움직이기 때문이다.

이것이 곧 두 가지 적절한 살육 방법의 기술적인 원리다. 즉 약이 오른 소가 사람에게 이끌려와서 칼이 어깨 사이에 찔리는 동안 그의 통제를 받으며 물레타의 동작을 따라 그를 지나쳐서 그에게서 멀리 가버리든가, 아니면 소가 앞발을 모으고 뒷발을 그것과 평행되게 놓을 수 있도록, 또 머리를 너무 높지도, 너무 낮지도 않게 들 수 있도록 사람이 소를 한자리에 고정시키고 헝겊을 올렸다 내렸다 하면서, 소가 눈으로 그것을 죄다 살피며 물레타를 따라올 경우에는 사람의 오른쪽으로 지나갈 수 있도록 물레타를 잡은 손을 자기 앞에 엇갈리게 놓은 채 소에게로 다가가며, 소가 머리를 낮추고 헝겊을 따라 오며 옆으로 지나갈 때 칼을 찌르고 소의 엉덩이 밖으로 빠져나오는 것이다. 사람이 소의 돌격을 기다릴 때의 살육 방법을 레시비엔도라고 한다.

사람이 소에게 달려드는 방법은 볼라피에라고 불리며, 이것은 발로 날아간다는 뜻이다. 왼쪽 어깨를 소 쪽으로 두고 왼손으로 물레타를 감아 쥔 채 칼을 사람 몸과 나란히 향하도록 하여 소에게 달려들 준비를 하는 것을 측향(側向)이라고 한다. 소에게서 가까이 측향하면 할수록 사람에게는, 그가 소에게 달려들 때 소가 헝겊을 따라가지 않는 경우,

소에게서 빠져 도망칠 기회가 적다. 물레타를 쥐고 있는 왼손을 몸 앞에서 어긋나게 흔들어 소를 피하려고 오른쪽 옆으로 가져가는 동작을 교차(交叉)라고 한다. 이러한 교차의 동작을 취하지 않는 한, 사람은 언제나 소 위에 있게 될 것이다. 소를 충분히 멀리 돌려보내지 않는다면, 그는 틀림없이 쇠뿔에 떠받히게 될 것이다. 교차를 성공적으로 하려면 몸을 가로지르는 단순한 팔의 동작뿐만 아니라 감긴 물레타의 자락을 몸 옆으로 흔드는 손목의 동작이 필요하다.

투우사들의 말대로 소를 죽이는 데에는 칼을 찔러넣는 오른손보다 물레타를 조절하고 소를 유도하는 왼손의 역할이 더 크다. 칼끝이 뼈에 부딪치지 않으면 칼을 찔러넣는 데에는 그다지 큰 힘이 필요하지 않다. 만약 사람이 몸의 무게를 칼에 기울이면 물레타에 적절히 유도되는 소는 때때로 사람의 손에서 칼을 빼앗아 나둥그러지는 것 같다. 그렇지 않고 칼끝이 뼈에 부딪칠 때에는 마치 투우사가 칼로 고무와 시멘트의 벽을 찌르는 것처럼 보인다.

옛날에는 소를 죽이는 방법으로 레시비엔도가 사용되어 마타도르들은 소를 집적거리고 소의 마지막 돌격을 기다렸다. 그리고 발이 너무 무거워 돌격할 수 없는 소는 긴 막대기 끝에 매달린 반달 모양의 칼로 무릎 안쪽의 힘줄을 잘라 꼼짝도 못하게 한 뒤에 단도로 목과 척추 사이를 쳐서 죽였다. 이와 같이 비위에 맞지 않는 18세기 말엽, 호아킨·로드리게즈(일명 코스티야레스)가 불라피에를 창안함으로써 불필요하게 되었다.

레시비엔도에서는 사람은 한 다리를 앞으로 구부리고 소 쪽으로 물레타를 흔들면서 소를 집적거려 돌격해오도록 한 뒤에 발을 약간만 벌리고 똑바로 가만히 서 있다. 그다음에 소가 달려들고 사람이 칼로 소를 찌를 때 소와 사람은 한 덩어리가 된다. 그러다가 접전의 충격으로 두 개의 몸뚱이가 다시 떨어지게 되는데, 이때 일순간은 소와 사람이 한 치쯤 들어 간 칼로 연결되어 있는 것을 볼 수 있다. 이때야말로 레시비엔도는 죽음을 가장 오만하게 다루는 살육 방법이 되며, 투우에서 관객이 볼 수 있는 가장 멋있는 구경거리가 된다.

볼라피에의 출현으로 여러분은 이 광경을 영영 볼 수 없을지도 모른다. 볼라피에를 적절히 하려면 꽤 위험하기는 하지만 레시비엔도에 비하면 아무것도 아니어서 요즈음에 와서는 레시비엔도를 하려는 투우사가 극히 드물기 때문이다.

내가 투우장에서 쓰러지는 소를 본 것은 1천 5백 마리가 넘지만 적절한 레시비엔도가 완전히 이루어진 것은 단 네 번밖에 보지 못했다. 투우사들이 그것을 시도하는 경우는 있을지 몰라도, 투우사가 참으로 접전의 순간까지 기다리지 않는 한, 또 팔과 손목의 동작에 의하여 소를 피하는 것이 아니라 끝에 가서 속임수로 살짝 비켜섬으로써 소를 피하려고 하는 한, 그것은 진정한 레시비엔도가 아니다. 오늘날에 와서 시합의 마지막까지 레시비엔도에 알맞은 컨디션을 유지하는 소는 거의 없지만 레시비엔도로 소를 맞아들이려는 투우사는 그보다 더 찾아보기 어렵다.

이와 같이 살육의 형식이 쇠퇴한 한 가지 이유는, 만약 소가 헝겊을 버리고 사람에게 달려들면 뿔이 가슴을 떠받게 된다는 것이다. 케이프로 싸울 경우, 투우사가 처음으로 뿔에 받히거나 상처를 받는 곳은 보통 정강이 아래가 아니면 허벅다리다. 넘어진 투우사에게 소가 계속하여 뿔로 떠받을 경우, 두 번째의 상처를 받는 곳은 운수에 맡기는 수밖에 없다.

물레타나 볼라피에에 있어서 상처를 받는 곳은 거의 언제나 오른쪽 허벅다리다. 왜냐하면 때때로 쇠뿔 위에 몸을 굽히고 있는 투우사는 소가 갑자기 머리를 쳐드는 바람에 팔 밑이나 목을 찔리는 수도 있지만, 아래로 드리워진 쇠뿔이 지나가는 곳은 거의 언제나 오른쪽 허벅다리이기 때문이다. 그러나 레시비엔도에 있어서는 무엇인가 조금이라도 잘못 된 점이 있으면 쇠뿔은 영락없이 투우사의 가슴에 들이박힌다. 따라서 그것을 시도하려는 투우사를 거의 볼 수 없는 것도 무리는 아니다.

그러나 참으로 좋은 소가 걸려서 굉장한 열연을 한 나머지 마지막으로 감동적인 클라이막스를 이루어 보겠다는 투우사는 예외적으로 레시비엔도를 쓴다. 이러한 경우에도 보통은 소가 물레타로 녹초가 되어 있거나, 투우사가 적절하게 레시비엔도를 해본 경험이 부족한 탓으로 열연은 안티 클라이막스로 끝나버리거나 아니면 뿔에 찔린 투우사가 들것에 실려 나가는 것으로 끝나버리고 만다.

볼라피에는 적절하게 수행되면, 다시 말하여 천천히, 가깝게, 또 시간이 맞게 수행되면 상당히 훌륭한 살육 방법이다. 나는 가슴에 뿔이 박히는 투우사들을 보았고 문자 그대로 충격으로 갈빗대가 지끈하는 소리를 들었다. 나는 또한 어떤 사람이 물레타와 칼을 허공에 내동댕이치며 뿔이 보이지 않을 만큼 깊숙이 뿔에 찔린 채 빙글빙글 돌아가는 것을 보았다. 물레타와 칼은 다시 땅에 떨어졌으나 소는 여전히 사람의 머리를 찌른 채 공중 높이 쳐들고 있었다. 소는 사람을 한번 땅에 놓는 듯 하더니 뿔에서 떨어질 사이도 없이 다시 뿔로 찔러 쳐들어 올렸다가 내던져버렸다. 사람은 가슴을 손으로 어루만지고 숨을 몰아쉬면서 일어서려고 하다가 이빨이 문드러진 채 실려 나가서 한 시간 안에 병원에서 옷을 그대로 입은 채 응급실에서 숨을 거두었다.

상처가 어떻게 손을 쓰기에는 너무나 컸던 것이다. 나는 그 사람, 즉 이시드로·토도가 공중에 쳐들려 있는 동안 그의 얼굴을 보았다. 그는 뿔에 떠받혀 있는 동안 내내, 또 그뒤에도 완전히 의식을 가지고 있었고, 응급실에서 죽기 전에는 비록 입안에 피가 괴어 무슨 말인지 잘 알아들을 수 없었지만, 말을 할 수도 있었다. 그래서 나는 투우사들이 가슴에 뿔 상처를 받는다는 것을 아는 이상 레시비엔도에 대한 그들의 견지를 이해하고 있는 것이다.

....

이상의 역사적인 요약은 레시비엔도 살육 방법의 소멸에 대한 애석함에서 발단된 것이었다. 다시 한 번 되풀이하자면 그것이 사라진 것은 가르쳐지지도 않고 연습되지도 않았기 때문이다. 관객들이 그것을 구태여 요구하지도 않았거니와, 레시비엔도가 원래 연습과 이해와 통달을 필요로 하는 어려운 것으로써 즉석에서 실행되기에는 너무나 위험한 것이었기 때문이다.

만약 투우사들이 그것을 연습한다면 그것은 소가 시합이 끝날 때까지 적당한 컨디션을 유지하는 경우, 아주 쉽게 실행될 수 있을 것이다. 그러나 투우의 어느 수에르테든지 간에, 만약 그것과 거의 비슷한 정도로 관중을 흥분시키면서도 그 수행에 착오가 있을 경우, 죽음의 위험이 훨씬 적은 어떤 다른 수에르테가 나타나면 그것은 관중들이 투우사에게 그 실행을 강요하지 않는 한, 틀림없이 투우에서 자취를 감추게 될 것이다.

발로피에를 적절히 수행하기 위해서는 소의 발이 무겁고 앞발이 일직선상에 서로 붙어 있어야 한다. 만약 소의 앞발 하나가 다른 것보다 앞으로 나와 있으면 한쪽 어깻죽지의 꼭대기가 앞으로 나와 있게 되며, 따라서 칼이 지나가야 할 빈 구멍이 닫히게 된다. 그것은 흡사 여러분이 두 손의 손가락 끝을 서로 붙이고 두 손목을 약간 떼고 있을 때 그 손바닥이 이루는 공간과 같은 모양으로 되어 있어서, 소가 한쪽 발을 앞으로 내밀 때 그 빈 구멍이 닫히는 것은 한 손목을 앞으로 내밀 때 손바닥 사이의 공간이 닫히는 것과 마찬가지다.

칼끝이 통과하여 소의 체강(體腔) 속을 파고드는 것은 그 빈 구멍을 통해서이다. 그리고 일단 들어 간 칼끝은 갈비뼈나 척추 끝에서 부딪치지 않는 한 곧장 파고들 뿐이다. 칼끝이 대동맥으로 가는 길을 따라 아래로 더 잘 내려가도록 하기 위해서는 칼끝을 약간 돌리면 된다.

투우사가 그의 왼쪽 어깨를 앞으로 내밀고 앞에서 소를 죽이려고 달려드는 이상, 또 황소의 어깻죽지 사이를 칼로 찌르는 이상, 그는 자동적으로 쇠뿔의 범위 내로 들어가게 된다. 사실상 칼을 찌르는 순간 그의 몸은 쇠뿔 위를 지나가지 않으면 안 된다. 그의 앞에서 엇갈린 채 땅에 거의 닿을 정도로 물레타를 들고 있는 왼손이 만약, 그가 뿔 위를 지나가서 소의 엉덩이 뒤쪽으로 나올 때까지 소의 머리를 낮추어주지 않으면 그는 쇠뿔에 떠받힐 것이다.

규칙대로 소를 죽이려고 한다면 번번이 자기 몸에 들이닥치는 이 크나큰 위험의 순간을 피하기 위하여 위협을 느끼지 않고 소를 죽이려는 투우사들은 소에게서 상당히 떨어진 곳에서부터 곧바로 다가가며, 그럼으로써 사람이 다가오는 것을 본 소는 스스로 움직이고 투우사는 왼쪽 어깨가 아니라 오른팔을 앞으로 내민 채 소의 공격선을 가로질러 달리면서 자기의 몸이 쇠뿔의 범위 내에 드는 일이 없이 칼을 찔러넣을 수 있게 되는 것이다.

내가 바로 앞에서 설명한 방법은 나쁜 살육 방법 중에서도 가장 흉악한 형식이다. 칼이 황소의 목의 앞쪽에 찔릴수록, 또 옆의 아래쪽에 찔릴수록 투우사가 받는 위험은 적으며 소가 죽음을 당할 확실성은 크다. 왜냐하면 칼이 가슴 안쪽, 폐 속에 박히거나 경정맥과 그 밖의 정맥, 또는 경동맥과 기타의 동맥을 자르기 때문이다. 투우사는 조금도 위험을 느끼지 않고 칼끝으로 이 모든 것을 쉽사리 건드릴 수 있는 것이다.

살육의 수법이 즉각적인 결과에 의해서가 아니라 칼이 박히는 자리와 사람이 소를 죽이려고 달려드는 방법에 의하여 판가름되는 것은 이러한 이유에서다. 한칼로 소를 죽인다는 것은 칼이 소의 어깨 사이 높은 자리에 꽂히지 않는 한, 또 투우사가 소에게 달려드는 순간 쇠뿔 위를 넘어가며 그 몸을 뿔의 범위 안에 들이밀지 않는 한 아무런 가치도 없다.

아주 이따금씩 밖에 투우 시합이 열리지 않는 남부 프랑스와 때로는 스페인의 시골 지방에서 나는 여러 번 살육이 사실상 위험 없는 암살보다 조금도 나을 것이 없는데도 단 한칼로 소를 죽였다는 이유에서 열광적인 갈채를 받는 마타도르를 보았다. 그는 자기 자신을 전혀 위험에 몸을 드러내지 않은 채 소의 몸뚱이 중에서 어떤 허술하고 상처받기 쉬운 부분에 미끄러지듯 쉽게 칼을 찔러넣었을 뿐이었다. 투우사가 소 어깨 사이의 높은 곳을 찔러 죽여야 하는 이유는 소가 그곳을 방어할 능력을 가지고 있기 때문이며 투우사가, 만약 규칙대로 했다고 가정하면, 그의 몸을 뿔의 범위 내에 들이밀 때에야 비로소 소가 그 자리를 드러내고 공격할 여지를 주게 되기 때문이다.

소의 목이나 옆구리와 같이 소가 방어할 수 없는 곳을 찔러 죽이는 것은 살육이 아니라 암살이며 어깨 사이 높은 곳을 찔러 죽이기 위해서는 투우사는 생명의 위협을 무릅쓰지 않으면 안 되며, 큰 위험을 피하려고 한다면 연구에 따른 능력이 필요하다. 만약 투우사가 이 능력을 써서 될 수 있는 대로 안전하게 적절한 격검의 연기를 수행하며 그의 몸을 위험에 드러내놓기는 하지만 왼손의 묘수로 그의 몸을 보호한다면, 그때에야 비로소 그는 좋은 살육자라는 이름을 얻는다. 그렇지 않고 이 능력을 단순히 살육에, 속임수를 쓰는 데에 활용하며, 자기는 전혀 위험을 감수하지 않은 채, 기껏해야 올바른 자리에 칼을 찌르는 일에 급급하는 투우사는 유능한 도살자는 될 수 있지만, 아무리 빨리 또는 안전하게 소를 해칠 수 있게 되더라도 그는 결코 좋은 살육자는 아니다.

단순히 짧은 거리에서 소에게 똑바로 달려들어 어떻게든지 어깨 사이의 높은 곳에 칼을 꽂을 만큼 용감하다고 해서 위대한 살육자가 되는 것은 아니다. 참으로 위대한 살육자란 짧은 거리에서 왼발부터 천천히 소에게 달려들 수 있으며, 왼손을 다루는 데에 능숙하여 왼쪽 어깨를 앞으로 내밀고 소에게 달려들 때 소가 머리를 낮추도록 하고 그 상태를 그대로 유지하면서 소의 뿔 위로 칼을 찌르며, 칼이 꽂힌 뒤에 소의 옆구리를 지나가는 사람이다.

위대한 살육자는 안정성과 스타일을 잃지 않고 그것을 할 수 있어야 한다. 그리하여 만약, 왼쪽 어깨를 먼저 내밀고 덤벼들 때 칼끝이 뼈에 부딪쳐 더 들어가려고 하지 않거나, 갈비뼈나 척추의 끝에 부딪쳐 진로가 어긋남으로써 칼이 3분의 1밖에 들어가지 않더라도 살육의 시도는 칼이 끝까지 들어가서 살육을 완수한 것만큼이나 큰 가치를 가진다. 왜냐하면 그는 위험에 생명을 걸었으며, 다만 우연히 결과를 왜곡시켰을 뿐이기 때문이다.

찌르는 방법만 적절하다면 칼 길이의 3분의 1만으로 웬만한 소는 죽일 수 있다. 만약 칼의 방향이 적당하고 또 웬만큼 높은 곳을 찌른다면 칼 길이의 반으로 어느 소든지 대동맥에 닿을 수 있다. 그러므로 대다수의 투우사들은 칼을 찌를 때 온몸의 힘을 칼에 기울이면서 칼이 완전히 박힐 때까지 찔러넣지 않고 다만 칼 길이의 반쯤만을 밀어넣으려고 한다. 만약 올바른 곳에 박혔다면 그만한 길이로 충분하며, 칼의 마지막 한 치 반을 밀어넣지 않는다면 투우사는 보다 위험을 적게 받기 때문이다.

이러한 반격검(反擊劍)을 교묘하게 실시하는 투우술은 원래 라하르티호가 만들어낸 것으로써, 그것이 바로 살육의 정서를 빼앗아간 것이다. 왜냐하면 살육의 미적 순간은 칼이 끝까지 들이박히고 투우사가 온몸의 무게로 그것을 짓누르며 투우의 정서적, 심미적 예술적인 절정에서 죽음에 의하여 소와 사람이 한 덩이로 결합되는 지극히 짧은 일순간이기 때문이다. 그러한 일순간은 칼이 반쯤밖에 박히지 않는 반격검에서는, 설사 아무리 교묘하게 수행된다고 한들, 결코 오지 않는다.

마르시알·랄란다는 현재 살아 있는 마타도르 중에서 칼을 찌르는 솜씨가 가장 뛰어난 사람이다. 그는 소를 겨냥할 때 칼을 눈높이까지 쳐들고 뒤로 한두 발짝 물러섰다가 칼날의 끝을 위로 향하게 하여 소에게 달려들며 교묘하게 뿔을 피한다. 그는 거의 언제나 칼을 완전히 찔러 넣지만 자신은 조금도 위험에 몸을 드러내지 않으며, 따라서 관중들에게 아무런 감동도 일으키지 못한다.

그는 또한 소를 죽이는 일에도 능숙하다. 나는 그가 볼라피에를 완전히 수행하는 것을 본 일이 있다. 그러나 그 밖의 시합에서 그는 자기가 받는 돈의 값어치만한 연기밖에 보여주지 않는다. 그는 자기의 능력에 의지하여 소를 정면에서 재빠르게 해치워버리며, 따라서 관중들의 머리에는 케이프, 반데리야, 물레타를 다루는 그의 기막힌 솜씨가 아직도 사라지지 않는 것이다. 그의 통상적인 살육 수법은, 내가 말한 바와 마찬가지로, 참된 살육이 아니라 그것을 형편없이 개작(改作)한 것이다.

내가 근래에 읽은 여러 보도에서 보면, 내 생각에는 마르시알·랄란다의 경우, 그의 초기의 시련(試鍊)이 아니라 현재의 계속적인 숙련, 그의 투우에 대한 철학 그리고 살육의 수법은 대(大) 라하르티호의 중기(中期)에 비길 수 있을 것 같다. 확실히 랄란다는 코르도반의 우아성, 스타일, 자연스러움에는 비길 수 없지만, 그래도 현재로는 랄란다 이상의 대가를 찾아 볼 수 없다.

지금부터 10년 후 사람들은 1929~1931년을 마르시알·랄란다의 황금 시대라고 말할 것이다. 지금 그는, 대 투우사라면 누구나가 그렇듯이 많은 적들을 가지고 있으나, 어쨌든 그가 현재 살아 있는 투우사들 중의 수장임은 의심할 여지가 없다.

비센테·바레라는 살육의 스타일이 랄란다만 못하지만 그는 랄란다와는 살육의 체계를 달리한다. 정확한 자리에 칼을 반쯤 꽂는 교묘한 방법을 쓰지 않는 대신 그는 속임수로 소에게 달려들어 소의 목 위, 어디에든지 칼을 조금 찔러넣으며 – 이리하여 그도 어느 마타도르든지 적어도 한 번은 소에게 달려들어야 한다는 법칙에 따르는 셈이다 – 일단 달려든 뒤에는 데스카베요로 소를 죽이는 것이다. 그는 참으로 데스카베요의 거장이다.

데스카베요란 칼끝으로 경척추 사이를 찔러 등골을 자름으로써 마타도르가 또다시 소를 죽이러 달려들지 않도록 하는 것으로써 원래 눈으로 물레타를 따라올 수 없을 만큼 거의 죽어가는 소에 대한 '성은(聖恩)의 일격(쿠 데 그라스)'으로 쓰이게 되었던 것이다. 바레라도 투우의 규정에 따라, 마타도르라면 누구나 지키는 법칙대로, 소에게 한번 달려들기는 하지만 그것은 자기 자신은 전혀 위험을 받지 않고 단순히 칼을 찌르는 운수를 시험하기 위한 것이다. 이 격검의 효과에는 아랑곳없이 바레라는 데스카베요로 멀쩡하게 살아 있는 소를 죽이려 한다. 그는 발을 교묘하게 놀리며 물레타로 속임수를 써서 소가 주둥이를 낮추고 대가리 밑 척추가 있는 자리를 드러내도록 한 뒤에 소의 뒤에서 칼을 천천히 자기 머리 위에까지 높이 쳐든다. 그리고는 소에게 칼을 보이지 않도록 조심하면서 손목의 힘으로 칼끝을 가만히 아래로 드리운 채 요술쟁이처럼 정확한 솜씨로 칼을 찔러 등골을 자른다. 그러면 소는, 마치 스위치를 누르면 전등불이 꺼지듯이 순식간에 죽어버린다.

바레라의 살육 방법은 비록 규칙의 조문에 어긋나지는 않지만 투우의 정신과 전통을 일체 부정하고 있다.

데스카베요는 원래 그 이상 자신을 방어할 수 없는 소에게 고통을 면하도록 하기 위한 쿠 데 그라스로서 투우사의 기습에 의하여 수행되었으나, 바레라에 있어서는 멀쩡하게 살아 있는 소를 암살하는 방법으로 사용되고 있다.

만약 그가 칼로 그것을 찔러 죽인다면 그 소는 아마 그에게 상당한 위험을 줄 수 있을 것이다. 그는 데스카베요를 쓰는 데에 무서울 정도의 정확성을 발달시켰으며, 관객들 또한 경험에 의하여 어떤 짓도 그로 하여금 살육에서 털끝을 다칠 만한 위험조차 느끼게 할 수 없다는 것을 알기 때문에 그들은 마침내 그가 데스카베요를 함부로 남용한다는 사실에 대하여 너그럽게 용서해주며, 심지어 때로는 거기에 갈채조차 보내게 되었다. 관중들이 그에게 갈채를 보내는 것은 그가 교묘하고 확실하게 트릭을 행하기 때문이며, 또 그러는 동안 소 앞에서 빈틈 없이 발을 놀림으로써 확보된 안정성과 생생하게 살아 있는 소로 하여금 마치 죽어 가는 듯이 머리를 낮추게 하는 능력을 과시하기 때문이다.

그러나 이와 같이 살육에서 관중의 눈을 속이는 그에게 갈채를 보낸다는 것은 곧 투우장의 관객으로서는 낮아질 대로 낮아진 그들의 지성을 폭로하는 것밖에 아무것도 아니다.

마놀로·비엔베니다는 1류급의 마타도르들 중에서 카간초 다음으로 살육의 방법이 졸렬한 사람이다. 이 두 사람은 모두 살육의 규칙을 지키는 체조차 하지 않고 언제나 비스듬히 소에게 달려들어 칼로 찌르며, 이때 이들이 받는 위험이란 반데리예로가 반데리야를 찌를 때 느끼는 것보다도 덜하다.

나는 비엔베니다가 소를 그럴 듯하게 죽이는 것은 한 번도 볼 수 없었으며, 스물 네 번 중에서 1931년에 단 두 번, 그것도 겨우 창피를 면할 정도로 수수하게 살육하는 것을 보았을 뿐이다. 살육의 순간에 다다랐을 때 그가 드러내는 비겁은 구역질이 날 정도다. 살육의 순간에서의 카간초의 비겁은 구역질이 나고도 남는다. 비엔베니다는 열아홉 살의 소년으로서 큰 소를 상대로 한 살육에서 너무나 심한 공포를 느낀 일이 있었기 때문에 그것을 시도할 만한 용기와 그것을 적절하게 다스리는 방법을 배울 기회를 잃어버렸으며, 그런 나머지 적절하게 살육할 줄을 모르고 따라서 뿔이라면 완전히 질려버리는 투우사다. 그러나 살육의 순간에 카간초가 느끼는 공포는 식은땀이 나고 입이 바싹바싹 타는 그 열아홉 살 소년의 공포가 아니라 그것은 여태껏 투우장에 나타난 중에서 가장 뻔뻔스럽고 밉살스러운 돈벌잇꾼이 거짓된 구실로 관중을 속여 돈을 빼앗는다는 냉혈적인 집시의 사기술이다.

카간초는 키가 크며, 또 큰 키는 살육을 훨씬 더 용이하게 하기 때문에 잘 죽일 수 있다. 그가 하려고만 하면 그는 자신 있게, 잘, 또 스타일이 좋게 죽일 수 있다. 그러나 카간초는 자기 자신이 뿔에 떠받힐 위험이 있을지도 모른다고 생각되는 것은 무엇이건 결코 하려 들지 않는다.

살육이란 대살육자에게조차 분명히 위험한 것이다. 그러므로 카간초는 일단 손에 칼을 쥔 뒤에는 소가 순직하고 무해하며, 마치 주둥이가 헝겊에 매달린 듯이 헝겊을 따라오리라고 확신하지 않는 한 그의 몸을 쇠뿔의 위험선 안으로 들여놓지 않으려 한다. 만약 소가 그에게 전혀 위험을 주지 않으리라는 것이 확실히 입증되면 그는 스타일과 우아성과 절대적인 안정감을 가지고 살육할 수 있을 것이다. 그러나 만약 털끝만한 위험이라도 있다고 생각되면 그는 몸을 조금도 뿔에 접근시키지 않는다.

그의 냉소적인 비겁성은 우리가 볼 수 있는 것 중에서 가장 구역질나는 투우의 부정론(否定論)이다.

니노·데·라·팔마의 공포증도 이보다는 덜할 것이다. 니노·데·라·팔마는 정확한 패스를 수행할 수 없고 공포로 완전히 얼어붙어버린다. 그러나 한편, 자신만만할 때의 카간초는 그 일거수 일동이 거의 모두 예술적인 투우의 완벽을 가장 잘 나타내어주는 본보기가 될 수 있을 것이다. 그러나 그는 소를 상대하는 사람에게 위험이 없다는 것을 확인할 때에만 연기를 한다. 아마 십중팔구 사람에게 유리하리라는 것, 그것조차 그에게는 충분한 조건이 못된다. 그는 전혀 모험을 하지 않는다. 그는 자기 마음속으로 위험이 전혀 존재하지 않음을 반드시 확인하여야 한다. 그렇지 않으면 1.8미터나 떨어진 곳에서 케이프를 펄럭거리고 물레타의 창끝을 몇 번 흔들다가 비스듬히 달려들어 소를 암살하고 만다.

그는 일찍이 사람을 죽인 전과(前過)가 없는 소에게나, 심지어 보통 정도의 능력과 상당한 용기를 가진 마타도르에겐 특별히 위험하지도 않은 소에게조차 이따위 짓을 한다. 그는 이(虱)만한 용기도 없는 사람이다. 그의 놀랄 만한 육체적인 장비와 그의 지식과 그의 기술로, 만약 소에게 가까운 곳에서 아무 짓도 하려고 하지 않는 다면, 그는 차가 지나다니는 길을 건너가는 것 이상으로 안전하게 투우장에 설 수 있는 것이다.

이(虱)는 그래도 사람의 옷 솔기에서 모험을 한다. 이(虱)가 공격의 포문을 열었다는 사실을 알고 마침내 사람은 이 소탕 작전을 개시할 수도 있으며, 혹은 잡아내어 엄지손톱으로 눌러 죽일 수도 있다. 그러나 카간초는 이(虱)처럼 소탕 작전의 대상조차 되지 못한다. 마치 가짜 권투 선수들이 이따금 그 정략적인 보호가 적당하지 못하다는 이유에서 시합 면허증을 몰수당하는 것과 마찬가지로, 만약 투우사들을 단속하고 마타도르를 정직 처분하는 어떤 명령이 있다면 카간초야말로 투우장에서 제거되어야 할 인물이 아닐까? 아니, 어쩌면 그 명령에 대한 두려움 때문에 대 투우사가 될지도 모른다.

1931년 한해를 통틀어 마놀로·비엔베니다의 정말로 위대한 시합은 팜플로나의 마지막 날이었다. 그때 그는 이전에 겁쟁이 같은 연기를 한 일이 있었으니만큼 소보다도 관중들과 그들의 분노를 더 무서워했다. 그는 시합장(試合長)에게 시합 전에 자기를 보호해줄 호위대를 부탁했으나 시합장은 만약 투우장에 들어가서 좋은 연기를 보여준다면 호위대가 필요 없을 것이라고 말했다.

팜플로나에서 그는 매일 밤 장거리 전화에 매달려, 안달루시아에 있는 자기 아버지의 목장에서 나무를 찍어가는 농민 반란군의 뉴스를 듣고 있었던 터였다. 그들은 수많은 나무를 잘라 숯을 구웠고, 돼지와 닭을 잡았으며, 가축을 몰고 나갔던 것이다. 산 뒤로 아직까지 값을 다 치르지도 않은 목장, 자기가 투우에서 번 돈으로 값을 마저 치르려 하고 있는 그 목장이 안달루시아 반란의 알량한 토지 방해(土地妨害) 공작으로 점점 노략질을 당하고 있단 말인가?

열아홉 살의 소년으로서 밤마다 전화로 그의 세계가 부서지는 것을 들으며 그는 잠을 이루지 못하였다. 그러나 저금을 털어 투우를 구경하러 왔다가 겁쟁이 같은 마타도르 때문에 투우다운 투우를 보지 못한 팜플로나의 사내들이나 그 근처 시골에서 온 농민들, 그들은 마타도르가 왜 그토록 얼이 빠져 자기 직무에 흥미를 잃고 있는가 하는 경제적인 이유를 납득해줄 리 없었다. 그들은 마놀로를 상대로 불길 같은 소동을 벌였다. 그리하여 혼비백산한 마놀로는 마침내 몰매를 맞아 죽을까 무서워서 흥행의 마지막 날 찬란한 오후를 장식하였던 것이다.

만약 카간초가 그 수입 좋은 사업 수행에서 정직이라는 벌을 받았더라면 그는 훨씬 자주 좋은 시합을 보여줄 수 있었을 것이다. 카간초의 변명은, 그는 위험을 무릅쓰지만 관객은 그렇지 않다는 것이다. 그러나 따지고 보면 그는 그만한 보수를 받는 한편 관객은 대가를 치르는 것이다. 따라서 관객이 항의하는 것과 카간초가 위험을 무릅쓰지 않겠다는 것은 피장파장이다. 물론 그가 뿔에 찔렸다는 것은 틀림없는 사실이다. 그러나 그가 찔린 것은 번번이 사고 때문이었다. 말하자면 그가 안전하리라고 생각한 소에게 가까이 붙어 싸울 때 갑자기 일진광풍(一陣狂風)이 불어와 그를 알몸뚱이로 소 앞에 드러내어 놓는 것과 같은 사고이다. 그도 그 한 가지 위험만은 어쩔 수 없다. 그리하여 멍청하게 투우장으로 다시 돌아 온 후 그는 무해하다고 생각되는 소에게조차 가까이 가려 하지 않은 것이다. 왜냐하면 그가 싸우고 있는 동안 광풍이 불지 않으리라는 보장은 없기 때문이다. 케이프가 자기 다리에 끼일지도 모르며 자신의 발로 케이프를 밟을지도 모른다. 또 어쩌면 소가 함부로 미쳐 날뛰며 마구 덤벼들지도 모른다.

투우사가 뿔에 찔리는 것을 본다고 하여 내가 기뻐할 이유는 조금도 없지만, 오직 카간초가 뿔에 찔리는 것을 본다면 나는 마음이 후련할 것이다. 그러나 그가 뿔에 찔리는 것으로는 문제가 해결되지 않는다. 왜냐하면 병원에서 나오면 그는 병원에 들어 갈 때보다 더 형편없는 행동을 하게 될 것이기 때문이다. 그래도 그가 여전히 계약을 얻고 관중의 돈을 강탈하는 것은 아직도 그에게 기대를 걸고 있기 때문이다. 즉 그는 하려고만 하면 완벽한 투우의 본보기라고 할 만큼 완전하고 찬란한 시합을 보여주며 아름다운 살육으로 그것을 끝맺을 수 있으리라는 것이다.

오늘날 가장 훌륭한 살육자인 니카노르·비얄타는 처음에는 그 큰 키를 소 위에 구부리고 그 거대한 물레타로 소의 눈을 가리며 속임수로 살육을 했으나 지금은 그토록 세련, 숙달되고 자기의 예술을 완성시킨 결과, 적어도 마드리드에서는 그와 대결하는 모든 소를 가깝게, 자신만만하게, 정확하게, 안전하게, 그리고 감동적으로 죽이고 있다. 그는 자기의 요술적인 왼쪽 손목을 이용하여 단순히 속임수를 쓰는 것이 아니라 진짜 살육을 하는 법을 체득했던 것이다.

비얄타는 내가 이 장(章)의 첫머리에서 말한 '단순한 사람'의 전형이다. 지능에 있어서나 말주변에 있어서나 그는 발달이 늦은 열두 살짜리 계집애만한 재치도 없다. 그러면서도 그는 영예욕과 자신의 위대성에 대한 신념을 가지고 있다. 그 위대성이라는 것은 고작해야 아무리 높은 곳에라도 모자를 걸 수 있다는 것에 불과하긴 하다. 게다가 그는 반 신경질적인 용감성을 가지고 있으며, 이것은 냉정한 용기와는 비교도 안 될 만큼 강렬한 것이다. 유아독존식의 신경질쯤 아무렇지도 않게 생각하는 사람에게는 그가 웬만큼 마음에 들겠지만, 개인적으로 나는 도무지 그를 참을 수 없을 만큼 싫어한다. 그러나 마드리드에서 칼과 물레타를 잡기만 하면 그는 오늘날 스페인에서 가장 용감하고, 가장 안전하고, 가장 견실하고, 가장 감동적인 살육자가 되는 것이다.

내가 한참 투우장에 쫓아다닐 때의 가장 훌륭한 검객들은 마누엘·바레(일명 바렐리토로, 아마 우리 세대의 가장 훌륭한 살육자일 것이다), 안토니오·데·라·아바(일명 수리토), 마르틴·아구에로, 마놀로·마르티네스, 그리고 루이스·프레그 등이다. 바렐리토는 중키로서 단순하고 성실하며 시종 일관 위대한 살육자였다. 키가 중키밖에 되지 못하는 모든 살육자와 마찬가지로 그는 소에게 많은 벌금을 치렀다. 1922년 세빌랴의 4월 흥행에서 그는 지난해 받은 뿔 상처에서 채 회복되지 않았기 때문에 그의 옛날식대로는 소를 죽일 수 없었다. 그의 연기가 시시한 것을 본 관중들은 전 흥행 기간 동안 내내 그를 조롱하고 그에게 욕설을 퍼부었다. 그 시합에서 그가 소에게 칼을 찔러넣고 등을 돌리는 순간 그를 붙잡은 소는 직장(直腸) 근방에 끔찍한 상처를 입혀 창자를 관통하였다.

1930년 봄, 시드니·프랭클린은 이와 거의 비슷한 상처를 받았다가 회복되었으나 안토니오·몬테스는 이와 똑 같은 상처로 죽음을 당하였다. 바렐리토가 뿔에 찔린 것은 4월 말경, 그리고 그는 5월 13일까지밖에 살지 못했다.

사람들이 그를 싣고 투우장 주위의 통로를 따라 응급실로 가는 동안, 바로 전까지만 해도 그에게 야유를 퍼붓던 관중들은 심한 부상을 목격하였을 때에는 언제나 마찬가지지만 목소리를 낮추어 수군거리고 있었고, 바렐리토는 누운 자리에서 그들을 치켜보며 쉴 새 없이 떠들어댔다.

"이건 당신들 때문이야. 자, 이 꼴을 봐. 이건 당신들 때문이야. 이제 속 시원하겠지. 자 이 꼴을 봐. 이건 당신들 때문이야. 이 꼴을 봐. 이 꼴을 봐. 이 꼴을 보란 말이야."

그는 그 꼴을 해가지고 거의 4주나 지난 뒤에 죽었던 것이다.

수리토는 옛날 피카도르 중에서 가장 위대한 피카도르의 아들이었다. 그는 코르도바 출신으로 살결이 검고 아주 깡마른 몸집을 가지고 있었다. 그의 얼굴은 매우 슬픔에 잠겨 있었으나 거기에는 진실성과 명예감이 감돌고 있었다. 그는 고전적인 살육 방법으로 천천히 아름답게 소를 죽였으며, 그의 명예감 때문에 유리한 수법, 즉 속임수를 쓰거나 소에게 달려들 때에 일직선에서 이탈하거나 하는 짓은 도저히 할 수 없었다. 그는 1923년과 24년의 수업동기생 사이에서 평판이 자자했던 네 사람의 노비예로 중의 하나였다. 그를 제외한 다른 세 사람 - 이들은 모두 수리토보다 숙달되었으나 뛰어날 만큼 숙달된 사람은 하나도 없었다 - 이 마타도르가 되었을 때도 그는 여전히 노비예로로 남아 있다가 시즌의 맨 마지막에 가서야 겨우 노비예로를 면하였다. 그러나 그의 수업 생활은, 기술이 대가의 경지에 이르기까지 계속되어야 한다는 입장에서 보면, 완전히 끝난 것은 아니었다.

네 사람 중의 아무도 적절한 수업 경력을 밟은 사람이 없었다. 넷 중에서 가장 인기가 있었던 마누엘·바에스(일명 리트리)는 용감성과 놀랄 만한 반사 작용을 갖춘 신동이었으나 자기의 용감성에 무감각했고 자기의 시합에 무지하였다. 그는 갈색의 살결에 검은 머리를 가진 앙가발이의 조그만 소년이었다.

그의 얼굴은 토끼와도 같았고 시각에는 신경성 경련이 있었으므로 소가 다가오는 것을 볼 때마다 눈을 깜박여야 했다. 그러나 그는 1년 동안에 자기의 용감성이나 행운이나 반사 작용을 믿는 대신 지식을 체득하려고 노력하였다.

그리하여 문자 그대로 수백 번 소에게 떠받혀 나가떨어지면서도 그는 거의 언제나 쇠뿔에 바싹 붙어 있었고, 그 때문에 소는 쉽사리 뿔로 그를 찌를 수가 없었다. 그는 또한 운이 좋아서 언제나 뿔 서슬에서 빠져 나올 수 있었다. 심하게 부상을 당한 것은 단 한 번뿐이었다.

우리는 모두 그를 가리켜 카르네 데 토로(소가 먹을 고기)라고 말했다. 사실 그가 교체시합 — 알테르나티바(수업 마타도르가 정식 마타도르의 자격을 얻는 시합. 여기서는 이미 완전한 자격을 갖추고 있는 정식 마타도르가 시합 도중 수업 마타도르에게 물레타와 칼을 넘겨줌으로써 그에게 자기 소를 죽일 권리와 기회를 양도한다)를 할 때 보면 그 말은 그다지 틀린 말이 아니었다. 그는 얼마 가지 않아 식어버리는 발작적인 용감성으로 싸움을 했으며, 뿐만 아니라 그렇게 시원치 않은 기술로서는 소에게 깨어지기 꼭 알맞았다. 그로서는 그렇게 되기 전에 돈이나 많이 버는 수밖에 없었다.

그는 마타도르가 된 지 한 시즌이 완전히 지난 1926년 2월 초순, 말라가에서 열린 그해의 첫 시합에서 치명상을 입었다. 만약 그 상처가 다른 부위로 전이되지 않았더라면 그는 그 상처 때문에 죽지는 않았을 것이다. 사실 다리를 절단했을 때에는 이미 살아날 가망이 보이지 않았다.

투우사들은 말한다.

"이왕 뿔에 찔릴 바에야 마드리드에서나 찔렸으면 좋겠어."

발렌시아 사람인 경우에는 마드리드에서보다 발렌시아에서 찔리기를 바란다. 왜냐하면 가장 중대한 투우 시합이 열리는 것은 이 두 곳에서이며, 그러므로 거기에는 뿔 상처가 가장 많이 나고 따라서 가장 이름 난 외과 전문의가 적어도 두 사람은 있기 때문이다. 뿔에 찔린 상처를 치료하기 위해서 이 도시에서 저 도시로 전문의를 데리고 오기에는 너무나 시간이 없다. 그리고 그 치료 중에서 가장 중요한 부분은 뿔의 상처로 말미암아 생긴 다수의 궤도흔(軌道痕)이 감염되는 것을 방지하기 위하여 상처를 벌리고 소독하는 것이다.

내가 본 적이 있는 어떤 허벅다리의 상처는 겉으로 보기에는 동전 하나 정도의 구멍밖에 없었으나, 탐침(探針)으로 조사하여 벌려놓고 본즉 그 안에는 다섯 개나 되는 궤도흔이 사방으로 뚫려 있었다. 이것은 사람이 뿔에 찔린 채 빙빙 돌았거나 때로는 뿔이 끝이 뾰족뾰족하게 부러졌기 때문에 생긴 것이다. 의사는 이러한 내부의 상처를 일일이 벌리고 소독하지 않으면 안 되며, 동시에 근육을 절개함에 있어서는 최소한의 시간 안으로, 또 조금이라도 근육의 운동성이 상실되는 일이 없이 치유될 수 있도록 하지 않으면 안 된다.

투우장의 외과의가 하는 일에는 두 가지가 있다. 하나는 보통 외과의와 마찬가지로 사람의 생명을 구하는 일이며, 또 하나는 투우사가 계약을 이행할 수 있도록 되도록 빨리 그를 투우장으로 다시 내보내는 일이다. 투우장의 전문의가 비싼 치료를 요구할 수 있으려면 그는 투우사를 조속히 투우장으로 도로 내보낼 수 있어야 한다. 이것은 외과의술치고는 아주 색다른 종류다. 그러나 그 가장 단순한 형태는 보통의 상처─그것은 주로 무릎에서 골반사이가 아니면 무릎에서 발목 사이다. 뿔을 낮춘 소가 가장 쉽게 떠받는 곳이 그런 부분이기 때문이다─를 치료하는 것으로써, 만약 대퇴 동맥이 잘라졌다면 빨리 붙잡아 맨 뒤에 보통을 손가락으로, 또 때로는 탐침으로 뿔의 상처로 인한 모든 궤도흔을 벌리고 소독하는 일, 또한 캠퍼 주사로 환자의 맥박이 그치지 않도록 하는 일, 그리고 링거액으로 혈액의 손실을 보충하는 일 등등이다.

어쨌든 말라가에서 리트리의 다리는 곪았고, 의사들은 그에게 상처를 소독하기만 한다고 거짓 약속을 한 뒤에, 마취가 되자 그 다리를 잘랐다. 그리고 의식을 도로 찾은 리트리는 다리가 없어진 것을 보고 살고 싶은 생각을 잃은 채 완전히 절망에 빠졌다. 나는 그를 좋아하였고, 차라리 다리가 절단되지 않고 죽었으면 하고 바랐다. 그는 교체 시합을 했을 때부터 이미 죽음의 징조가 보이기 시작했고, 사람들은 누구나 그의 운수가 다하는 날이 바로 그의 마지막 날임을 확실히 믿었던 것이다.

수리토는 전혀 운이 없었다. 그의 수법이 미완성이었으니만큼 그는 케이프와 물레타술에 있어서 가장 짧은 밑천을 가지고 있었으며, 그의 물레타술이란 주로 파세 포르 알토와 쉽게 배울 수 있는 물리네테(마타도르가 물레타를 편 채 완전히 한바퀴 도는 패스)의 속임수였다. 게다가 그의 우수한 검술과 칼을 다루는 스타일의 순수성은 리트리가 벌이고 있던 머리 기르기 운동과 니노·데·라·팔마의 선풍적인 인기 때문에 빛을 잃고 있었다.

리트리가 죽은 후, 수리토는 두 차례의 시즌에서 열연을 보였으나 그의 케이프와 물레타술은 조금도 향상되지 못하였고, 따라서 그가 참으로 중요한 인물이 되기도 전에 그의 연기는 또다시 구식으로 돌아가 버리는 것이었다. 뿐만 아니라 그는 언제나 소의 어깻죽지 사이의 맨 꼭대기의 칼을 겨냥하였고, 왼쪽 어깨를 앞으로 내민 채 쇠뿔 위에 몸을 가깝게 기대며 달려들었으므로 쇠뿔의 위험을 완전히 피할 수 있을 만큼 물레타를 갖추기가 어려웠으며, 따라서 소에게 많은 징벌을 받았다. 뿔의 둥치에 가슴을 얻어맞는 것은 특히 지독한 것이어서 그는 소를 죽일 때는 거의 언제나 그 타격으로 몸 전체가 번쩍 쳐들리곤 했다.

1927년, 그는 형편없는 신체적 조건으로 시합을 계속하였고, 그것은 보는 사람에게 비극을 느끼게 하였다. 그러나 그는 투우사가 단 한 시즌에서라도 실수를 저지르면 어떻게 되리라는 것을 잘 알고 있었다, 즉, 그 투우사는 낙오자가 되어 1년에 두세 번의 시합 계약밖에 얻지 못하며 따라서 목구멍에 풀칠하기도 힘들게 된다. 그러므로 수리토는 그 시즌 내내 기를 쓰고 투우를 하였다.

갈색으로 건강해 보였던 그의 얼굴은 이제는 비바람에 씻긴 캔버스처럼 잿빛이 되어 있었고, 그는 측은하리만큼 숨을 헐떡거리고 있었다. 그럼에도 그는 여전히 똑바로, 또 가깝게 소에게 달려들었으며, 그의 스타일은 여전히 고전적이었다. 악운 또한 여전하였다.

소가 그의 몸뚱이를 번쩍 들었다 놓거나 그 팔라타소(소가 뿔 둥치로 치는 것 – 그것은 내출혈을 일으키니 만큼 투우사들에게는 상처에 못지 않는 피해로 생각된다)의 일격을 가할 때마다 그는 기절한 채 응급실로 실려가곤 했다. 그러나 그는 응급실에서 또다시 투우장에 나타나서 앓고 난 사람처럼 약해진 몸으로 나머지 소를 죽이곤 했다.

그의 살육의 스타일 때문에 그는 거의 번번이 쇠뿔에 얻어맞고 털썩 나가 떨어졌다. 그는 스물한 번의 시합에서 열두 번이나 기절하여 나자빠졌으면서도 마흔두 마리의 소를 모조리 죽였다. 그러나 그것만으로는 충분하지 못하였다. 왜냐하면 그의 케이프와 물레타술은 전혀 스타일이 없었고, 게다가 그러한 컨디션으로는 겨우 창피를 면하기도 힘들었으며, 그가 기절하는 것을 본 관객들도 그다지 기분이 좋지 않았다.

〈산세바스티안〉지(紙)에는 그의 시합을 비난하는 사설이 실렸다. 그 마을은 그가 그전에 가장 성공을 거두었던 곳이었으나 그는 그 후로 다시는 거기서 시합 계약을 얻지 못하였다. 그의 기절하는 꼴이 외국인과 일류 인사들에게 아주 불쾌한 느낌을 준다는 이유에서였다.

그리하여 그 시즌에서 그는 내가 본 중에서 가장 처절한 모습으로 그의 용기를 늘어놓았을 뿐 조금도 나아지지는 못했다. 그가 결혼한 것은 그 시즌이 끝날 무렵이었다. 사람들 말로는, 여자는 그가 죽기 전에 결혼하고 싶어했다는 것이었다. 그러나 결혼한 뒤 그는 죽기는커녕 오히려 건강해졌다. 그는 살이 찌고 아내를 사랑하는 마음에서 그전처럼 소에게 똑바로 달려들지 않았고 시합 횟수도 단 열네 번으로 줄였다. 이듬해 그는 스페인과 남아메리카에서 겨우 일곱 번밖에 시합을 하지 않았다.

또 그 다음해에 그는 다시 그전처럼 소에게 똑바로 달려들었으나 1년을 통틀어 스페인에서 두 번의 시합 계약밖에 얻지 못했고, 그것은 그의 가족을 먹여 살리기에도 불충분하였다.

물론 그해에도 그의 기절하는 꼴은 유쾌한 광경이 아니었다. 그러나 그에게는 한 가지 살육 방법, 즉 완전한 살육 방법밖에 없었고, 만약 그 방법을 쓰는 동안 그가 쇠뿔이나 주둥이로 일격을 받아 의식을 잃어버리게 된다면 그것은 운수가 사나왔기 때문이었을 뿐이다. 그리고 그는 의식을 되찾자마자 반드시 투우장에 다시 나타나는 것이었다. 관중들은 그것을 좋아하지 않았다. 그 소문은 너무나도 빨리 모든 사람들에게 시시한 이야기가 되어버렸다. 나 자신도 그것을 좋아하지 않았다. 그러나 정말 나는 그것을 얼마나 찬탄했는지 모른다. 지나친 명예감을 가지고 있는 사람은 다른 어떤 훌륭한 자질을 지나치게 가지고 있는 사람보다 더 빨리 파멸한다. 그 지나친 명예감이야말로 약간의 악운과 손을 잡고 한 시즌 동안에 수리토를 파멸시킨 것이었다.

아버지 수리토는 한 아들을 마타도르로 길러 내어 그에게 명예와 기술과 고전적인 스타일을 가르쳤으나, 그 아이는 훌륭한 솜씨와 완전무결한 투우술을 가지고 있음에도 불구하고 실패자가 되고 말았다. 아버지 수리토는 다시 한 아들을 피카도르가 되도록 훈련시켰고, 그 결과 그 아들은 완전한 스타일과 대단한 용기를 갖춘 훌륭한 기수가 되었으며, 한 가지 결점만 아니라면 스페인 최고의 피카도르가 될 수 있을 것이다. 즉 그는 소에게 징벌을 가하기에는 너무나 힘이 없다. 그가 아무리 힘들여 창을 찔러도 소의 등에는 피 한 방을 비칠까말까 한다.

그리하여 그는 지금 살아 있는 피카도르 중에서 최대의 능력과 최고의 스타일을 가지고 있으면서도 노비야다에서 한 마리당 50 내지 100 페세타를 받으며 창을 찌르고 있다. 그렇지만 만약 그의 체중이 23킬로그램만 더 무거웠던들 그는 아버지의 대 전통을 이어받은 아들로서 손색이 없을 것이다. 또 한 사람의 아들이 피카도르 노릇을 하고 있다지만 나는 말만 들었을 뿐이며, 그도 역시 힘이 너무 약하다고 한다. 이 가족들은 모두 좋은 운수를 타고 나지 못한 모양이다.

셋째 번의 살육자 마르틴·아구에로는 빌바오 출신의 소년으로서, 그의 모습은 투우사다운 점이라고는 조금도 없이, 차라리 튼튼하고 체격이 좋은 직업 야구 팀의 3루수나 유격수와 비슷하였다. 입술이 두툼한 그의 얼굴은 닉·알트로크와 같은 독일계 미국인의 인상을 주었다. 그는 케이프와 물레타술에 있어서 예술가다운 능력이 없었다. 그러나 그는 케이프를 꽤 잘 다루었고 때로는 훌륭한 솜씨를 보여주었다. 그는 투우에 대하여 깊은 이해를 가지고 있었고 무지하지 않았다. 그는 물레타를 다루는 솜씨는 훌륭하였지만 전혀 예술적인 상상력이 없었다. 그는 케이프를 다루는 데 있어서는 유능한 연기자였으나, 물레타를 다루는 데에 있어서는 유능한 한편 싫증을 일으키는 연기자였다.

그는 칼을 다루는 데에 있어서는 안전하고 재빠른 살육자였다. 그의 에스토카다는 사진으로 보면 언제나 훌륭하였다. 왜냐하면 사진은 시간을 느끼게 하지 않았기 때문이다. 그러나 그의 살육을 육안으로 보면, 우리는 그가 너무나 번개처럼 빠르게 소에게 달려드는 것을 볼 수 있다. 그리하여 그의 살육이 수리토의 살육보다 훨씬 안전하기는 하지만, 또 그가 굉장한 동작으로 열 번 중에서 아홉 번은 칼을 자루 끝까지 찌르기는 하지만, 그의 에스토카다를 여러 번 보는 것보다는 수리토의 에스토카다를 한 번 보는 것이 훨씬 더 가치가 있다. 왜냐하면 수리토는 그토록 천천히 곧장 소에게 달려들었으며 살육의 시간을 그토록 완전하게 구분하였으므로, 그의 살육에는 소를 기습하는 따위의 수작 같은 것은 조금도 없었기 때문이다.

아구에로의 살육을 백정 아이의 살육이라고 한다면, 수리토의 살육은 축복의 기도를 내리는 성직자의 살육이라고 할 수 있을 것이다.

아구에로는 매우 용감하고 실수 없는 투우사였다. 그는 1925년, 26년, 27년에는 대가급 마타도르의 한 사람으로서 마지막 2년 동안에는 102회의 시합을 가졌으면서도 거의 한 번도 소에게 떠받힌 일이 없었다. 1928년, 그는 두 차례에 걸쳐 심한 상처를 받았다.

첫 번째의 상처에서 완전히 회복되기도 전에 시합을 했기 때문에 다시 두 번째의 상처를 받게 되었는데, 이 두 차례의 상처로 말미암아 그는 건강과 체력을 상당히 잃어 버렸다. 다리의 신경이 심한 장해를 받아

한쪽 다리가 위축되었고 이로 말미암아 오른발의 엄지발가락에 회저가 발생하였으며, 1931년에는 그것을 치료하기 위하여 수술을 받았다.

내가 마지막으로 들은 바에 의하면, 그의 발은 완전히 불구가 되어 그는 그 이상 투우를 계속할 수가 없을 것 같다는 것이었다. 그에게는 노비예로로 투우를 시작한 두 동생이 있는데, 이들은 모습이나 운동선수 같은 체격이나 칼을 쓰는 솜씨가 모두 그와 비슷하다.

빌바오 출신의 디에고·마스키아란·포르투나는 또 하나의 위대한 백정 아이형(型)의 살육자다 포르투나는 고수머리과 굵은 손목과 튼튼한 몸을 가진 사람으로서 언제나 으스대며 걷는 버릇이 있다. 그는 돈이 많은 여자와 결혼하였으므로 자기의 용돈을 벌 수 있을 만큼밖에 시합을 하지 않는다.

그는 소만큼 용감하지만 지능은 오히려 소보다 약간 모자라는 편이다. 그는 투우사 중에서 가장 운이 좋은 사람이다. 그는 소를 상대하는 데에 한 가지 방법밖에 모른다. 즉 모든 소를 다루기 어려운 소를 다루듯이 다루며, 관중들이 어떤 시합을 원하든지 간에 물레타로 소의 돌격을 도중에서 가로 막음으로써 소의 몸을 비꼬며 소를 한 자리에 멈춰 세운다.

만약 우연히 다루기 어려운 소를 만났다면 이것은 아주 만족스럽게 진행되지만, 대 열연(大熱演)을 하기에 알맞은 소일 경우에는 그렇지 못하다. 일단 소의 앞다리가 한군데 모이도록 한 뒤에, 포르투나는 물레타를 접고 칼을 쥔 채 옆으로 서서 어깨 너머로 친구들을 바라보며

"어디 이런 식으로 죽일 수 있을까?"

하고는 곧장 소에게 달려 들어간다. 그리하여 튼튼한 몸과 훌륭한 연

기를 보여준다. 그는 운이 아주 좋아서 심지어는 칼로 소의 등골을 자르기도 하며, 그러면 소는 마치 벼락 맞은 듯이 털썩 쓰러지고 만다. 만약 운이 나쁘면 그는 비지땀을 흘리고 그의 고수머리가 더욱 곱슬곱슬해질 것이다. 그리고 그는 관객들에게 그 소가 다루기 어려움을 몸짓으로 나타낼 것이다. 그리하여 모든 관객들에게 그것이 자기의 잘못 때문이 아님을 실지로 목격하도록 할 것이다. 그리고도 그 이튿날 텐디도(투우장 좌석의 열마다에 매기는 번호) 2의 지정된 자기 자리에 앉아(투우사치고 그의 경우처럼 매일 투우 시합을 빠뜨리지 않고 보는 사람은 아주 드물다) 다른 투우사들이 정말 다루기 어려운 소를 다루는 것을 볼 때, 그는 옆 사람들이 모두 들으랍시고 이렇게 말할 것이다.

"저건 힘든 소가 아니야. 참 좋은 소지. 저런 소를 상대로 해서도 멋있게 한번 못해 본다면, 저 친구는 투우사를 그만둬야지."

그러나 포르투나는 정말 용감한 투우사다. 용감하고도 명청한 투우사다. 그에게는 시합에 대한 두려움이 손톱만큼도 없다. 나는 그가 피카도르에게 하는 말을 들은 일이 있다.

"자, 자, 빨랑빨랑 해. 따분해서 못 기다리겠어. 모든 게 지겹기만 하다니까. 빨랑 해버리고 나와."

물거품처럼 쉽게 꺼지는 예술가들 중에서 그는 지나간 시대에서 살아남은 생존자로 끝까지 버티고 있다. 그러나 만약 한 시즌 동안 그의 옆 자리에 앉아 있으면 우리는 포르투나 자신이 투우장에서 따분해하던 것 이상으로 그에게서 따분한 느낌을 받을 것이다.

발렌시아의 루사파구(區) 출신인 마놀로·마르티네스는 날씬한 몸매하며, 그 동그란 눈하며, 뒤틀리고 찌그러진 얼굴하며, 엷은 미소하며,

마치 달리기 경기장에 관계하고 있는 사람이나 아니면 우리가 어렸을 적 수영장 주위에 같이 있었던 그 억센 시민들 중의 한 사람처럼 보였다. 대다수의 평론가들은 그가 위대한 살육자임을 부정한다. 그는 마드리드에서는 한 번도 운이 좋았던 적이 없었으니 만큼 그것도 당연한 일이다. 프랑스의 유명한 투우 신문 〈르 토릴〉지(紙)의 편집인들은 그의 모든 장점을 부정하였다. 남부 프랑스에서의 시합에서 그는 생명의 위험을 무릅쓰지 않을 만큼 충분한 센스를 가지고 있었다는 이유에서였다. 거기서는 칼이 소의 몸뚱이 속에 꽂히기만 하면, 그것이 어떻게 꽂혔는가, 투우사가 얼마나 속임수를 썼는가 하는 것과는 상관없이 만장의 갈채를 받는 것이다.

마르티네스는 포르투나에 못지않게 용감하지만 결코 따분해지는 일이 없다. 그는 살육을 좋아하지만 비얄타처럼 뽐내는 성질이 없다. 살육이 성공적으로 수행되면 그는 기쁨을 느낀다. 그리고 그 기쁨은 마르티네스 자신의 것임과 동시에 관객의 것이기도 한 것 같다. 그는 소에게서 무거운 징벌을 받았으며, 어느 해 내가 발렌시아에서 본 상처는 참으로 끔찍하였다. 그의 케이프와 물레타술은 약간 온당하지 못한 점도 있으나, 솔직하고 돌격이 날쌘 소를 상대하면 그는 다른 사람이 소를 지나쳐 보내는 때만큼 소와 가까이 붙어 싸울 수 있다.

그날의 시합에서 그가 상대한 소는 오른쪽으로 떠받는 버릇을 가지고 있었는데, 그는 아마 그 결함을 눈치 채지 못한 것 같았다. 케이프의 패스에서 소는 그를 한 번 넘어뜨렸고, 그다음 마르티네스가 먼젓번과 같은 쪽으로 소를 지나쳐 보내면서 충분한 여유를 남기지 않았을 때 소는 뿔로 그를 잡아 내동댕이쳤다. 그는 상처를 받지는 않았다. 뿔은 그를 붙잡을 새 없이 살갗을 스치고 그의 바지를 찢었을 뿐이었다. 그러나 그는 떨어지면서 곤두박질을 했기 때문에 잠깐 술이 취한 듯이 비틀거리다가, 다음 케이프를 쓸 차례에 가서 소를 투우장의 한복판으로 끌고 나온 뒤에 거기서 단 혼자, 또다시 오른쪽으로 소를 가까이 지나쳐 보내려고 했다.

말할 것도 없이 소는 그를 붙잡았다. 소는 아까 그를 떠받은 경험으로 해서 그 결함을 더욱 뚜렷이 나타냈던 것이다. 게다가 이번에는 뿔이 마르티네스의 몸을 뚫었고 그는 뿔에 찔린 채 공중으로 솟아올랐다가 소가 내동댕이치는 바람에 깨끗이 나가 떨어졌다. 그가 미처 일어서기도 전에 소는 몇 번이나 연거푸 뿔을 찔러댔고, 그제야 다른 투우사들이 투우장 한복판으로 달려 나가 소를 떼어냈다. 마르티네스는 일어서자 자기의 사타구니에서 피가 펑펑 쏟아지는 것을 보았다 그는 대퇴동맥이 절단되었음을 알고 출혈을 억제하려고 두 손을 갖다대면서 죽어라 하고 응급실로 달려갔다. 자기의 생명이 손가락 사이로 뿜어나오는 핏줄기를 따라 새어나오고 있음을 안 그는 다른 사람의 손을 기다릴 수 없었던 것이다. 사람들이 그를 붙잡으려 했으나 그는 머리를 흔들 뿐이었다.

의사인 세라가 통로로 달려 내려왔다. 마르티네스는 그에게 고함을 질렀다.

"돈 파코, 큰일 났어!"

그러자 세라는 엄지손가락으로 동맥을 누르며 마르티네스와 함께 응급실로 들어갔다. 뿔은 그의 허벅다리를 거의 완전히 관통하였던 것이다. 게다가 출혈이 너무 심했고 너무나 기진맥진했으므로 그가 살 수 있으리라고 생각한 사람은 아무도 없었으며, 한때는 맥박조차 뛰지 않음을 보고는 모두들 죽은 줄로 알았다. 설사 살아난다고 해도 그렇게 갈갈이 찢어진 근육으로 도저히 투우장에 다시 나설 수 있을 것 같지 않았다. 그러나 7월 31일에 뿔에 찔린 뒤, 그는 건강이 아주 좋아져서 10월 18일에는 멕시코에서 시합을 할 수 있었다. 그의 체질과 명의 파코·세라의 의술 덕택이었다.

마르티네스는 여러 번 끔찍한 뿔 상처로 고생을 했지만 그것은 대개 살육에서 받은 것이 아니라 끊임없이 기회를 노리는 소와 가까이 붙어 싸우고 싶은 그의 욕망과 케이프나 물레타를 다루는 그의 근본적인 무모함과, 소를 지나쳐 보내는 동안 자기의 두 발을 완전히 붙여두고 싶은 그의 욕망 때문에 받은 것이었다. 그럼에도 그의 뿔 상처는 그의 용감성을 더욱 새롭게 해줄 뿐이었다. 그는 토착성이 강한 투우사였다.

나는 그가 발렌시아 이외의 다른 곳에서 참으로 훌륭한 연기를 보여주는 것을 본 적이 없다. 그러나 1927년, 후안·벨몬테와 마르시알·밀란다를 중심으로 열린 대회에서 이 두 사람이 뿔에 찔렸을 때, 마르티네스는 계약조차 얻지 않았음에도 그 두 사람의 대신으로 나가 세 차례의 멋있는 시합을 보여주었다. 거기서 그는 케이프와 물레타의 모든 연기를 그토록 소와 가깝게, 위험스럽게, 또 아슬아슬하게 수행했기 때문에 그가 소에게 죽음을 당하지 않는 것이 믿어지지 않을 정도였다. 그리고 살육의 때가 이르렀을 때, 그는 소에게 가까이, 오만하게 측향하며 발뒤꿈치를 약간 뒤로 물려 몸을 단단히 가누며, 왼쪽 무릎을 약간 구부리고 다른 발에다가 온몸의 무게를 지탱하면서 소에게 달려들었다. 그것은 귀신이 아니고는 참으로 어려운 기술이었다.

1931년, 그는 마드리드에서 위험한 뿔 상처를 받았고, 발렌시아에서 시합을 할 때까지도 그 상처에서 회복되지 못하였다. 모든 평론가들의 공통된 의견에 의하면 마르티네스는 이제 마지막이라는 것이다. 그러나 처음부터 그는 평론가들의 의견과는 달리 상당히 돈을 벌었던 것이 아닌가? 내 생각으로는 그의 신경과 근육이 그의 심장의 명령대로 움직이기만 하면 그는 또 다시 옛날의 모습으로 되돌아갈 것이며 그러다가 마침내 소에게 파멸당하고 말 것 같다. 그것은 피할 도리가 없을 것이다. 그는 다루기 힘든 소를 온당하게 다룰 줄 모를 뿐만 아니라, 그 소는 그의 큰 용기로 말미암아 두 갑절이나 다루기 힘들게 되는 것이기 때문이다. 그의 용감성에는 유머조차 섞여 있다. 그것은 어느 편인가 하면 새침데기의 용감성이다. 마치 비얄타의 그것이 허풍장이의 용감성이고, 포르투나의 그것이 멍청이의 용감성이며, 수리토의 그것이 신비로운의 용감함인 것과도 같다.

칼을 쓰는 것을 제외하고는 예술성이 전혀 없는 무이스·프레그가 보여 주는 그 용감성은 참으로 이상한 것이다. 그것은 바다와도 같이 부서지지 않는 것이지만 거기에는 그 자신의 피에 섞인 소금기밖에는 전혀 소금기가 없다. 그리고 사람의 피에는 그 짭짤한 소금맛과는 어울리지도 않게 달짝지근하고 구역질나는 맛이 들어 있는 것이다. 내가 알고 있는 한, 사람들은 네 번이나 루이스·프레그를 죽은 것으로 단념하였다. 만약 그 네 번의 고비 어디선가에서 그가 살아나지 못했더라면 나는 그의 성격을 좀 더 자유스럽게 설명할 수 있을 것 같다.

그는 멕시코-인디언으로서 지금은 몸이 비대하고 목소리와 손이 부드럽고 매부리코와 치켜 찢어진 눈과 두툼한 입술에다 새까만 머리카락을 가지고 있으며, 그는 다른 마타도르들과는 달리 아직도 그 머리를 변발로 땋아 머리에 얹고 있다. 그는 1910년, 네바다주의 레노에서 존슨과 제프리가 서로 승패를 겨루던 해에 멕시코에서, 그리고 다시 그 이듬해에는 스페인에서 정식 마타도르가 되었다.

마타도르로서 투우를 했던 21년 동안 그는 소에게서 일흔두 번이나 심한 뿔 상처를 받았다. 일찍이 투우사치고 프레그만큼 소에게서 많은 징벌을 받은 사람은 하나도 없었다. 그가 분명히 죽은 것으로 알려져서 종유(種油)의 비적(秘蹟)을 받은 것만도 다섯 번이나 되었다. 그의 다리는 참나무 가지처럼 상처 자국으로 울퉁불퉁 비틀어져 있고, 가슴과 배는 사람을 넉넉히 죽이고도 남을 만한 상처 자국으로 온통 덮여 있다. 그 상처는 대부분 그의 발놀림이 둔하고 케이프나 물레타를 다루는 힘이 없기 때문에 생긴 것이다.

그럼에도 그는 위대한 살육자로서 천천히, 안전하게 그리고 똑바로 소와 맞붙었다. 그가 살육에서 상처를 얻는 것은 - 물론 다른 경우와의 비율로 따지는 것이지만 - 아주 드물었고, 그것도 다른 기술상의 결점 때문이 아니라 칼을 찌른 후 소의 뿔과 옆구리 사이를 빠져나올 때의 발 속도가 늦기 때문이었다. 그의 몸서리치는 상처도, 돈을 있는 대로 갉아 먹은 몇 달 동안의 입원 기간도 그의 용감성에는 아무런 영향을 미치지 못했다. 그러나 그것은 보통 용감성과는 달랐다. 그것은 사람들의 마음속에 불을 지르는 법도 없고 전파되지도 않는다. 다만 사람들이 그것을 보고 그것을 올바로 느끼며 저 사람은 용감하다는 것을 알 뿐이다. 그러나 따지고보면 용기란 당밀(糖蜜)이라기보다는 차라리 술에 더 가까우며, 입안에 든 소금이나 재(灰)맛과도 같은 것이다.

만약 사람의 자질에 냄새가 있는 것이라면 나에게 있어서 용기의 냄새란 연기에 그슬린 가죽의 냄새, 얼어붙은 길바닥의 냄새, 아니면 바람이 파도의 꼭대기를 찢을 때의 바다의 냄새이다. 그러나 루이스·프레그의 용기에는 그 냄새가 없었다. 그것은 단단하게 엉겨붙어 있으며, 그 아래에는 기분 나쁘게 물컹거리는 묽은 부분이 있었다. 그리하여 나는 그가 죽고 난 뒤에야 그의 이야기를 쓸 작정이다. 그것은 퍽 이상한 이야기가 될 것이다.

마지막으로 사람들이 그를 죽었다고 단념한 것은 바르셀로나에서였다. 보기에도 끔찍스러우리만큼 살점이 찢어 발겨져 있는 상처에는 고름이 가득 들어 있었고, 모든 사람들은 그가 막 숨이 넘어가는 중이라고 생각하였다. 그때 그는 헛소리를 하였다. "죽음이 보인다. 분명히 보인다. 저기, 저기, 더럽게 생겨 먹은 놈이구나." 그는 죽음을 분명히 보았다. 그러나 죽음은 오지 않았다. 그는 이제 완전히 몸이 쇠약해져서 마지막으로 고별공연을 하고 있는 중이다. 그는 20년 동안 죽음의 운수가 결정되어 있었음에도 죽음은 그를 잡아 가지 못한 것이다.

이상에서 살육자 다섯 사람의 모습을 그려보았다. 훌륭한 살육자를 연구한 결과를 종합하면 위대한 살육자에게는 명예감과 용기와 좋은 체격과 훌륭한 스타일과 훌륭한 왼손과 많은 행운이 필요함을 알 수 있을 것이다. 그다음으로 그에게 필요한 것은 튼튼한 언론 기관의 배경과 언제나 풍부한 시합계약이다. ………

스페인 사람들이 공통으로 가지고 있는 특성이 있다면, 첫째는 자만성(自慢性)이요, 둘째는 상식성(常識性)이며, 셋째는 비실재성(非實在性)

이다. 자만성이 있음으로써 그들은 거리낌 없이 살육을 행한다. 그들에게는 선물을 베풀 자격이 부여되어 있다고 생각하는 것이다. 상식성이 있음으로써 그들은 죽음에 관심을 가지며, 거기서 생각을 돌리는 데에 인생을 허비하지 않는다. 그들은 죽게 되어서야 비로소 죽음의 존재를 발견하는 그런 어리석음은 저지르지 않으려 한다.

그들이 가지고 있는 이러한 상식성은 카스틸랴의 고원의 대지마큼 메마르게 굳어 있는 것이며, 사실상 카스틸랴 지방에서 멀어질수록 점점 그 메마르고 딱딱한 정도가 줄어든다. 그리고 그것은 완전한 비실재성과 결합될 때 최고조에 다다른다. 남쪽 지방으로 내려오면 생활이 점점 그 아름다운 풍경의 색조를 띠게 되며 지중해 연안에서는 예외가 없는 지중해의 특징을 드러낸다. 북쪽 아라곤과 나아바아라 지방에서는 용감성의 전통이 대단하여 거의 낭만적인 경지에 까지 이르고, 대서양 연안 지방에서는 차가운 바다로 둘러싸인 어느 지방과도 마찬가지로 생활이 너무나 실재적이어서 상식이 개입될 여유가 없다. 차가운 대서양 복판에서 고기를 잡는 사람들에게는 죽음이란 언제나 올 수 있는 그 무엇에 지나지 않는다. 사실상 죽음은 자주 찾아오는 것이며, 그것은 생업상의 사고로서 기피되어야 하는 것이다. 따라서 그들은 죽음에 대한 생각으로 골치를 앓는 일이 없고 죽음에 대하여 아무런 매혹도 느끼지 못하는 것이다.

어떤 나라가 투우를 좋아하게 되려면 두 가지 조건이 갖추어져 있어야 한다. 하나는 그 나라에서 소를 길러야 한다는 것이며, 또 하나는 국민들이 죽음에 관심을 가지고 있어야 한다는 것이다. 영국인과 프랑스인은 삶을 중요시하다. 프랑스인에게는 죽은 자에 대하여 예의를 갖추는 의식이 없는 것은 아니지만 나날의 물질생활, 가정, 안정, 지위와 경제력이야말로 그들에게 가장 중요한 것들이다.

영국인들도 이 세상의 행복을 찾는 점에서는 마찬가지며, 그들에게는 죽음이란 국가에 봉사하기 위해서, 또는 스포츠로서, 또는 적당한 상을 받기 위해서가 아닌 한, 고려되거나 언급되거나 추구되거나 모험의 대상이 될 성질의 것이 아니다. 그러한 목적을 위해서가 아닌 한, 그것은 기피되어야 할, 또는 기껏해야 교화의 목적으로 강론될 불쾌한 주제일 뿐, 연구의 대상은 되지 못한다. 그들의 속담에 '죽은 자식 불알 만지지 말라'는 것이 있다. 나는 그 말을 아주 흔히 들어왔다. 영국인들이 살육을 하는 것은 스포츠를 위함이고 프랑스인들이라면 상배(賞杯)를 위함이다.

사실상 거기에서 얻는 상배는 세상에서 가장 아름다운 훌륭한 상배이며 그것을 위해서는 살육도 능히 행할 만하다. 그러나 스포츠나 상배를 목표로 하지 않는 살육은 무엇이든지 영국인이나 프랑스인에게는 잔인하다고 생각된다. 모든 일반적인 명제가 그렇듯이 일이란 내가 말하는 것처럼 그렇게 단순하지 않을지도 모른다. 그러나 나는 원리만을 말할 뿐, 예외를 나열할 생각은 없다.

지금 스페인에서는 갈리시아와 대부분의 카탈로니아 지방에서 투우가 자취를 감추고 있는 중이다. 이러한 지방에서는 요즘 소를 기르지 않는다. 갈리시아는 바닷가에 있고 주민들이 해외로 이민)을 하거나 뱃사람이 되는 가난한 지방이기 때문에 사람들은 죽음의 신비를 탐색하거나 명상할 여유를 가지지 못한다. 그들에게는 죽음이란 차라리 기피되어야 할 일상의 위험이다. 그리하여 실제적이고, 교활하고, 대개는 얼이 빠져 있거나 인색한 그 주민들이 가장 좋아하는 오락이라고는 합창 뿐이다. 카탈로니아는 스페인 땅이기는 하지만 주민은 스페인인이 아니며, 그 중의 한 고을인 바르셀로나에서 투우가 성행하기는 하나 그것은 어디까지나 가짜의 기초 위에 성립되어 있다. 왜냐하면 투우를 구경하러 오는 관중들은 마치 서커스를 보러 가듯이 열광과 여흥을 얻으려고 하며 니므, 베지에, 아를르의 관객이나 거의 다름없이 무식하기 때문이다.

카탈로니아의 주민들은 풍요한 땅을 가지고 있다. 적어도 대부분의 지역에서는 그러하다. 그들은 선량한 농부요, 선량한 사업가며 선량한 세일즈맨들이다. 그들은 스페인 건국에서 가장 뛰어난 상업가들이다. 땅이 풍요하면 할수록 농민들의 마음은 더 소박하다. 그리고 그들은 그 소박한 마음과 유치한 언어를 고도로 발달된 상업층과 혼합시킨다. 갈리시아의 주민들도 마찬가지지만, 그들에게는 삶이란 너무나 실적적인 것이어서 죽음에 대한 딱딱한 상식이나 감정은 전혀 들어갈 틈이 없는 것이다.

카스틸랴 지방의 농민들에게는, 카탈로니아나 갈리시아의 농민들과는 달리, 언제나 교활한 구석이 있는 그 소박한 마음씨를 찾아 볼 수 없다. 그 지방의 기후는 농사를 지을 수 있는 곳 치고는 가장 불순하지만 건강에는 아주 좋다. 그들은 음식물과 술을 가지고 있으며 아내와 자식들을 가지고 있거나 아니면 가지고 있었으나 안락이나 많은 자본은 가지고 있지 않다. 그리하여 그와 같은 재산은 그 자체가 목적이 아니라 생명의 일부분이며 생명이란 죽음과 함께 사라지는 그 무엇이다.

영국인의 피를 타고난 어떤 시인은 이렇게 읊었다.

'삶은 참되고 삶은 진지하다. 그리고 무덤은 삶의 목적지가 아니다.'
(미국 시인 헨리·워즈워드·롱펠로의 시 〈생의 찬가〉에서)

그러나 사람들이 그 시인을 묻은 곳은 무덤이 아니고 어디였던가? 그리고 그 참되고 진지한 것은 다 어디로 갔는가? 카스틸랴 사람들은 풍부한 상식을 가지고 있다. 그들 사이에서는 그런 구절을 쓸 수 있는 시인이 나올 수 없었다. 그들은 죽음이 불가피한 현실이라는 것을 알고 있다. 그것은 누구나 확실히 믿을 수 있는 그 무엇, 단 하나의 안전이다. 그것은 현대의 모든 안락을 초월하며, 그것만 가지면 미국의 가정마다에 있는 목욕통도, 라디오도 필요치 않다. 그들은 죽음에 관해서 많은 것을 생각하고 있으며, 어떤 종교를 가지게 된다면 생명이 죽음보다 훨씬 짧음을 믿는 종교를 가지려고 한다. 이러한 느낌을 가지고 있기 때문에 그들은 죽음에 대하여 지적인 관심을 가지며 돈을 치르고 투우장에 들어간다. 거기서 그들은 매겨진 대로 입장료를 내고 한 오후 동안 죽음이 주어지고, 기피되고, 거부되고, 수락되는 것을 볼 수 있는 것이다. 그리고 그들은 내가 이 책에서 보여주려고 한 어떤 이유 때문에 대개의 경우 기대하면 예술이나 감동 대신에 실망과 사기를 맛보게 되는 때에도 여전히 투우를 구경하러 가는 것이다.

위대한 투우사들은 대개 안달루시아 출신이었다.……

투우에 대하여 스페인 전 국민이 나타내고 있는 열광으로 보면 현대 투우는 쉽사리 스페인에서 자취를 감출 것 같지 않다. 그러나 유럽식 사고방식을 가진 현재 스페인의 정치인들은 투우를 폐지함으로써 국제 연맹이나 해외의 공사관 또는 법정에서 유럽 다른 나라들의 대표를 만날 때 그들 앞에서 체면이 손상되는 일이 없도록 하려고 무던히 애를 쓴다. 사실상 현재 정부의 보조를 받고 있는 몇몇 신문들은 격렬한 투우 반대 운동을 일으키고 있다. 그러나 많은 사람들이 투우 시합용 가축을 기르고, 운반하고, 먹이고, 도살하고, 직접 시합을 하는 등 투우와 관련된 일자리에서 생활비를 벌고 있기 때문에, 내 생각으로는 정치인들이 아무리 강력한 세력을 가지고 있다 하더라도 그것을 폐지시키지 못할 것 같다.

투우용의 소를 방목하는 데에 이용되고 있거나 이용될 수 있는 모든 토지에 대하여 지금 철저한 조사가 실시되고 있다. 그리고 그 결과로 실시될 안달루시아의 토지 개혁에서 가장 큰 몇몇 목장은 논밭으로 개간될 것이지만, 스페인은 농업국이면서도 목축의 나라이며 목축용의 토지가 경작에는 적합하지 못할 뿐만 아니라 거기에서 길러진 소가 하나도 버릴 것이 없이 투우장에서 죽든지 도살장에서 죽든지간에 고기로 팔리느니만큼 현재 투우용 소의 방목에 쓰이고 있는 남부의 토지는 대부분 그대로 남게 될 것이다. 농업 노동자들에게 일자리를 마련해주기 위하여 1931년에 수확과 파종에 필요한 일체의 기계를 판매 금지시킨 나라에서 정부가 차차 새로운 경작지를 개간하는 데에 힘을 들인다는 것은 당연한 일이다.

콜메나르와 살라만카 부근의 목장을 경작지로 개간하려는 데에는 아무도 반대하지 않을 것이다. 나는 안달루시아에서 소의 방목에 필요한 토지의 면적이 다소간 줄어들고 몇몇 목장이 경작지로 개간되리라고 기대하지만, 현 정권 하에서는 산업 체제에 그다지 큰 변화가 일어나지 않을 것이라고 믿는다. 그럼에도 정부 자료 중의 대다수는 투우가 폐지

되면 대견스럽게 생각할 것이며, 의심할 여지도 없이 그 목적을 위하여 최선의 노력을 경주할 것이다. 그리고 그 목적을 달성하는 가장 빠른 길은 소에게 손을 쓰는 일이다. 왜냐하면 지금 투우사들은 곡예사나 경마기수나 또는 심지어 작가들조차 가지고 있는 타고난 대로의 재능을 가지고 아무런 격려도 받지 않은 채 자라나며 아무나 다른 투우사와 대치될 수 있지만, 투우용의 소만은 경마용의 말과 마찬가지로 여러 세대에 걸친 세심한 육종의 산물이며, 사람이 그 혈통을 도살장에 보내기만 하면 그 자리에서 그 혈통은 끊어져버리는 것이기 때문이다.

20.

　내가 만약 이 글을 충분한 책으로 만들 수 있었던들 이 안에는 모든 것이 포함될 수 있었을 것이다. 미국의 어떤 큰 대학 건물과도 같은 그 프라도(스페인 왕실 미술관. 프라도가(街)에 있음), 마드리드의 여름, 명랑한 이른 아침에 살수차가 풀밭에 물을 뿌리는 풍경이며, 카라반첼 쪽으로 건너다 보이는 흰 찰흙의 벌거숭이 산, 8월의 기차 속에서 보낸 며칠간, 햇빛이 비치는 쪽에 차일을 드리우면 바람이 그 속을 스며 들곤 했다. 딱딱한 땅으로 된 문간에서 바람에 불려 자동차에 부딪히던 짚 부스러기, 그리고 밀알의 냄새와 풍차의 돌집. 알사수아에서 푸른 시골을 뒤에 두고 떠날 때에 맛보던 변화, 평원 저쪽 멀리 보이던 부르고스, 나중에 그곳 여관 어느 방에서 먹던 치즈의 맛, 그리고 또한 이 안에는 고리버들을 씌운 포도주병을 견본으로 가지고 가던 소년의 이야기가 들어 있었을 것이다.

　그는 마드리드로의 초행이었고 감성에 취하여 포도주병의 마개를 모조리 뽑았다. 2인조의 차장을 포함한 모든 사람들이 술에 만취되었고, 나는 차표를 잃어버렸다. 그리하여 우리는 두 사람의 차장에게 이끌려

개찰구를 빠져나왔다. (두 차장은 우리가 차표를 잃어버렸기 때문에 우리를 포로처럼 취급하여 내보내주었으며, 택시에 우리를 태워주고는 경례를 했다) 거기에다 손수건에 소의 귀를 싸들고 있던(투우사는 자기가 죽인 소의 귀를 잘라 갖는다) 아들레이, 그 귀는 이미 딱딱하게 굳어 바싹 말라 있었고 털이 모두 빠져 있었으며, 그 귀를 자른 사람 또한 이제는 머리가 벗어져서 머리 꼭대기의 긴 머리 다발을 조심스럽게 다듬고 있을 것이다. 그때는 그도 멋쟁이였다. 정말 멋쟁이였다.

저녁나절 기차로 산간 지방을 떠나 발렌시아로 내려올 때의 시골 풍경의 변화, 그것은 분명히 이야기하지 않을 수 없다. 그 찻간에서 나는 어떤 여자가 자기의 언니에게 갖다준다는 수탉을 대신 들어주었다. 알시라스의 목조 투우장에서 있었던 일도 써야겠다. 사람들이 죽은 말을 바깥으로 끌어내놓았기 때문에 그 사이를 이리저리 빠져나가야 했다. 자정이 지난 뒤 마드리드의 거리, 거리에 들리던 소음, 6월에도 밤새도록 흥성대던 박람회, 일요일에 투우장에서 걸어 돌아오던 일, 때로는 라파엘과 함께 택시를 타고 오기도 했다.

"케 틸? (기분이 어때?)"

"말로, 옴브레, 말로. (좋지 않아, 이봐, 정말 좋지 않단 말이야.)"

이렇게 말하며 그는 언제나의 버릇처럼 어깨를 으쓱하였다. 또 때로는 로베르토, 언제나 예절 바르고 상냥하고 그토록 좋은 친구였던 돈 로베르토, 돈 에르네스토와 함께 오기도 했다. 또한 라파엘이 공화당원이 되기 전에 살았던 집, 그것은 히타니요가 죽인 소대가리의 박제)와 큰 기름병으로 이름이 높아졌으나 언제나 경품(景品)이 붙어 있었고 요리 솜씨는 무어라 할 말이 없었다.

여기에는 화약 타는 냄새와 연기와 섬광, 그리고 푸른 나무 잎사귀 사이로 사라져간 트라카의 소음도 들어 있어야 한다. 오르차타의 맛, 얼음처럼 찬 오르차타의 맛, 햇빛 속에 빛나는 말끔히 씻긴 거리들, 참외의 맛, 맥주통 바깥에 서린 냉기의 이슬 방울, 바르코 데 아빌라의 지붕 꼭대기에 앉았다가 하늘에 맴을 돌던 학들, 투우장의 붉은 황토 빛깔, 밤이면 피리와 북에 맞춰 춤추던 일, 거기에는 나무 잎사귀 사이로 빛이 새오 들고 명장 가리발디의 초상도 그 둘레가 나무 잎사귀로 싸여 있었다.

만약 책이 되기에 충분하다면 여기에는 라가리티토의 억지 미소가 들어 있었을 것이다. 그것도 한때는 진짜 미소였다. 그리고 파르도가 (街)에 연해 있는 만자나레스에서 값 싼 창녀들과 헤엄치던 패잔(敗殘) 의 마타도르들, 없는 놈이 콩밥을 마다할 수 있느냐고 루이스는 말했다. 개천가 잔디밭에서의 공놀이, 거기에는 이야기 속의 후작(侯爵) 같은 사람도 권투 선수와 함께 차를 타고 나타났다. 거기서 우리는 파에 이야스를 했고, 집으로 걸어 돌아온 밤길에는 자동차들이 빠른 속도로 달려가고 있었다. 푸른 잎사귀 사이로 비치는 전등 빛, 그리고 서늘한 밤 공기 속에서 이슬은 먼지를 빨아들이고 있었다. 봄빌라의 사이다 맛, 산티아고 데캄포스테이야에서 폰테베드라에 이르는 길, 거기에는 소나무 숲속에 꺾어진 길이 있었고 길 옆에는 검정 딸기가 있었다. 가장 지독한 사기꾼이었던 알가베노, 모든 사람들이 술을 많이 마셨지만 아무도 추잡한 짓을 하지 않던 어느 해에 킨타나의 여관 윗층 방에서 마에라는 목사와 욕설을 주고 받았다. 정말 그런 해가 있었다. 그렇지만 이것은 한 권의 책이 되기에 충분하지 못하다.

그 모든 일이 또 한번 그대로 일어났으면 좋겠다. 저녁나절, 탐브레 강의 다리에서 송어에게 메뚜기를 던져보았으면 좋겠다. 그 옛날 아길라르에서 펠릭스·메리노의 심각한 갈색의 얼굴을 다시 보았으면 좋겠다. 용감하고 몸짓이 어색하여 각막이 흐린 눈을 가진 페드로·몬테스를 다시 보았으면 좋겠다. 그는 형인 미리아노가 테투안에서 죽음을 당한 후로 자기 어머니에게 투우를 그만두겠다고 약속했기 때문에 복장을 갖추어 입고 집에서 도망쳐 나왔던 것이다.

그리고 귀여운 토끼와도 같은 리트리, 그의 눈은 소가 다가올 때마다 초조하게 깜박거리고 있었다. 그는 몹시 다리가 짧고 굽었고 용감했으며, 위의 세 사람이 모두 죽음을 당한 뒤에도 그는 왕궁의 아래쪽, 시원한 그늘이 덮인 길 옆에 맥주가게를 차리고 아버지와 함께 앉아 있었고, 사람들은 그의 이야기를 입에 담지 않았다. 그곳이 지금은 시트론 과일의 진열실로 된 연유를 입에 올리지 않는 것과도 같다. 또한 사람들이 죽은 페드로·카레뇨를 메고 횃불로 길을 밝히며 마침내 교회로 들어가서 알몸뚱이의 그를 제단 위에 올려놓았던 것도 아무런 이야깃거리가 되지 않았다.

나는 프란시스코·고메스, 알데아노에 대한 이야기는 아직껏 한마디도 쓰지 않았다. 그는 오하이오주의 강철 공장에서 일하다가 본국에 돌아와 마타도르가 된 사람으로서, 프레그를 제외하고는 어느 누구보다도 심한 흉터가 많고 그의 눈은 찢어져서 눈물 방울이 콧잔등을 흘러내릴 정도다. 나는 또한 가비라의 이야기도 하지 않았다. 엘·에스파르데로를 죽인 바로 그 뿔 서슬로 소와 운명의 순간을 같이한 사람이다.

밤에 에브로강의 다리 위에서 강물을 내려다보던 사라고사의 이야기도, 그 이튿날의 낙하산 대원 이야기도, 그리고 라파엘의 여송연 이야기도 없다. 붉은 플러시 천을 두른 오래된 극장에서 열린 호타(아라곤과 발렌시아 지방의 춤) 경연 대회와 짝지은 소년 소녀들의 아름다운 모습 이야기도, 바르셀로나에서 사람들이 노이·데·수크레를 죽이던 때의 이야기도, 그런 따위의 이야기는 하나도 없다. 나아바라에 관한 이야기도, 레온읍(邑)에 이가 들끓는다는 이야기도, 그곳에 가본 일이 없는 사람은 더위가 무엇인지도 모를 만큼 더운 팔렌샤의 거리, 그 거리의 햇빛 비치는 쪽에 붙은 여관방에서 근육이 찢긴 채 누워 있는 기분이 어떻다는 이야기도, 레케나와 마드리드 사이의 도로, 자동차 바퀴조차 묻힐 만큼 먼지가 많은 그 도로 이야기도, 아라곤에서는 그늘에서도 섭씨 49도나 되는 더위, 탄소도 없고 아무런 고장도 없는데도 평지 도로를 시속 24킬로미터로 차를 달리면 라디에이터의 물이 끓어 넘는다는 이야기도 없다.

좀 더 책처럼 쓰여졌더라면 이것은 마에라와 알프레도·다비드가 카페 쿠츠에서 싸움을 하던 축제의 마지막 밤을 이야기할 수 있을 것이다. 또한 구두닦이들의 이야기도 하여야 한다. 그러나 아, 그 모든 구두닦이들을 불러들일 수는 없을 것이다. 지나가는 예쁜 계집애들도, 창부들도, 심지어는 우리 자신의 실제의 모습도 완전히 그려낼 수 없을 것이다. 팜플로나는 이미 옛날의 모습을 잃어버렸다.

사람들은 고원의 끝까지 달리고 있는 평원 전역에 새로운 아파트 건물을 지었고, 그리하여 지금은 산이 보이지 않는다. 그들은 낡은 가야레의 건물을 헐고 투우장으로 통하는 대로를 뚫었으며, 그런 나머지 광장은 아주 꼴사납게 되어버렸다. 옛날 거기에는 2층 식당에서 술 취한 치쿠엘로의 숙부가 광장의 춤놀이를 내려다 보며 앉아 있었다.

카우드리야는 카페나 시내 여기저기로 놀러 나가고, 치쿠엘로는 혼자 방을 지키고 있었다. 나는 이것에 관하여 '정열의 결핍'이라는 소설 하나를 썼는데 그다지 좋은 것은 아니었다. 그러나 사람들은 기차에다 죽은 고양이를 던졌고 그후에 바퀴가 철거덕거리고 지나갔다. 그리고 치쿠엘로는 단 혼자 침상에 앉아 있었다. 그는 그것을 단 혼자서 할 수 있었던 것이다. 상당히 그럴 듯한 이야기다.

스페인 전국을 수록한다면 이 책에는 당연히 그 키크고 마른 소년 이야기가 들어 있어야 한다. 그는 키가 262센티미터로 엠파스트레 쇼단(團)은 읍내에 들어오기 전에 그 광고를 하고 다녔다. 그리고 그날 밤 페리아 데 가나도에서 창부들은 아예 난쟁이와는 상대하려 하지 않았다. 그는 몸집은 보통 어른과 조금도 다름 없이 컸지만 단 한 가지 다리 길이는 15센티미터에 불과하였다.

"나도 보통 사람과 다름 없는 사람이야."

라고 그가 말하면

"아니, 그렇지 않아. 바로 그것이 문제야" 하고 창부들은 대꾸했던 것이다.

스페인에는 난쟁이들이 많고, 이런 말은 믿을 수 없다고 할지 모르지만, 절름발이들이 축제가 열리는 곳마다 따라다닌다.

아침에는 식사를 마친 뒤 아오이스에 있는 아라티강에 수영을 하러 나가곤 했다. 물은 빛처럼 맑고 점점 깊이 들어감에 따라 시원하고, 서늘하고, 차게 수온이 달랐다. 햇빛이 뜨거울 때는 강둑의 나무 그늘이 좋았고, 강 저쪽 산기슭에서는 밀 익는 냄새가 바람에 날아 오고 있었다. 강물이 두 바위 사이로 흘러나오는 골짜기의 머리맡에 오래된 성이 있었고, 우리는 발가숭이로 짧은 풀 위에 누워 햇빛을 쬐다가 나중에는 그늘로 들어갔다.

아오이스의 포도주 맛이 좋지 않아 우리는 우리 것을 들고갔고, 햄도 또한 좋지 않아서 다음번에는 킨타냐의 식당에서 도시락을 싸가지고 갔다. 스페인에서 가장 훌륭한 투우 애호가이며 가장 성실한 친구인 킨타냐, 그는 좋은 여관을 가졌고 그 방은 언제나 모두 만원(滿員)이었다. 케 탈, 후아니토? 케탈, 옴브레, 케탈?(어때, 후아니토? 이봐, 재미 좋아?)

그리고 또 하나의 개천 얕은 곳을 건너는 기병대, 말 위에 어른거리는 나무 잎사귀의 그림자 이야기를 쓰지 않을 까닭이 없다. 그것이 스페인이라면 말이다. 그들은 기관총 학교의 흰 찰흙 운동장을 질러 멀리 아주 조그맣게 보일 때까지 행군해나갔고, 킨타냐의 여관 유리창 건너편에 바라보이는 것은 산이었다. 혹은 어느날 아침 눈을 뜨면 일요일이어서 거리는 텅 비고 멀리서 군호 소리와 그리고 총소리가 들려왔다. 이런 것은 오래 살아서 여기저기 옮겨 다니는 사람에게는 여러 번 일어나는 일이다.

말을 탈 적이면, 또 만약 기억력이 좋은 사람이라면 그는 아직도 이라티의 숲속으로 말을 타고가던 그때의 기분을 그대로 맛볼 것이다. 거기에는 아이들의 동화 책에 나오는 그림과 같은 나무들이 있었다. 사람들은 그 나무들을 잘라 넘어뜨렸다. 그들은 강물 위로 통나무들을 띄워 보냈고, 그로 말미암아 많은 고기가 죽었다. 또 잘리샤에서는 사람들이 폭약이나 독약으로 고기를 죽였다. 결과는 마찬가지다. 그리하여 결국 살 곳을 잃은 것은 높은 목장 지대, 비가 적은 곳에 있는 노란 가시금작

화(金雀花)뿐이다. 바다에서 일어난 구름이 산을 넘어 몰려온다. 그러나 바람이 남쪽에서 불 때에는 나아바아라는 온통 밀밭으로 뒤덮인다. 다만 밀이 평야에서 자라는 것이 아니라 기복이 있는 언덕꼭대기에서 자라며 길과 여러 마을 때문에 군데군데 밀밭이 잘려 있을 따름이다. 길에는 가로수가 있고, 마을에는 종각과 펠로타(테니스와 비슷한 공놀이) 코트와 말똥 냄새와 말을 세워둔 광장이 있다.

햇빛 속에서 촛불의 노란 불꽃을 분간할 수 있을까? 햇빛은 '주인'을 호위하는 사람들이 차고 있는 방금 기름칠을 한 총검과 전매 특허의 노란 가죽 혁대를 눈부시게 비추고 있다. 아니면 데바에서 덫에 걸린 짐승을 찾아 작은 떡갈나무 사이로 짝을 지어 산을 뒤질 수 있을까? (카페 로톤데에서 나와 통풍이 좋은 방에서 교수형을 당하러 가기까지는 지독히 먼 길이었다. 거기에는 국가의 명령에 따라 목사의 조사가 있었다. 일단 방면되었다가 부르고스의 총사령관이 법정의 판결을 뒤집는 통에 그대로 구류되어 있어야 했던 것은 더 기막힌 노릇이었다) 바로 그 마을에서 로욜라가 부상을 당하여 생각해볼 겨를을 얻었던 것이다. 바로 그 마을에서 그 해 배신을 당한 사람들 중에서 가장 용감한 사람이 법정의 옥상에서 아스팔트 도로로 곤두박질치며 투신했던 것이다. 사람들이 자기를 죽이지 않을 것이라고 단언했기 때문이었다. (그의 어머니는 그에게 자살하지 않겠다는 약속을 받으려고 했다. 그녀야말로 그의 영혼을 가장 염려했기 때문이었다. 그럼에도 그는 사람들이 기도하면서 그와 함께 걷는 동안 두 손을 묶인 채, 잘, 또 깨끗이 투신하였던 것이다)

내가 그를 그려낼 수 있을까? 승정(僧正), 칸디도·티에바스와 토론을 그려낼 수 있을까? 밀밭 위에 움직이는 그림자를 드리우며 빨리 닥치는 구름들, 조심스럽게 조금씩 발을 떼어놓는 말들, 올리브 기름의 냄새, 가죽의 촉감, 로프창 구두, 마늘대를 꼬아 엮은 고리, 진흙 항아리들, 어깨에 짊어지고 다니는 안장 주머니, 포도주 찌끼, 천연목으로 만든 건초, 갈퀴(갈퀴 가랑이는 물론 나무 가지였다), 이른 아침의 냄새들, 차가운 산속의 밤과 길고 더운 여름의 낮(거기에는 언제나 나무가 있고 나무 밑에는 그늘이 있었다), 내가 이런 것들을 그려낼 수 있다면 사람들은 나바아라를 약간은 알게 될 것이다. 그러나 그것은 이 책에 들어 있지 않다.

또한 아스토르가, 루고, 오렌세, 소리아, 타라고나, 그리고 칼라타유드로 마땅히 있어야 한다. 높은 언덕 위의 밤나무 숲, 푸른 전원과 강, 붉은 먼지, 바닥이 마른 강 옆의 조그만 그늘과 햇볕에 굽힌 흰 찰흙 언덕, 바다를 내려다보는 벼랑 위, 오래된 도시에서 시원한 종려나무 밑을 거닐던 기분, 시원한 저녁나절의 미풍, 밤의 모기, 그러나 아침이 되면 물은 맑고 모래는 희게 빛났다. 그리고 미로의 여관에 앉아 바라보던 짙은 저녁 노을, 눈 닿는 끝까지 펼쳐진 포도밭, 그것을 구분하는 것은 울타리와 길이었다. 철도와 해변에 자갈이 많은 바다와 키 큰 파피루스의 풀. 저장된 햇수별로 포도주를 담아두는 진흙 항아리들, 그것은 높이 3.6미터로 어두운 방안에 가지런히 놓여 있었다. 지붕에 탑이 있어서 저녁에는 거기에 올라가 포도밭, 마을, 산을 바라보고 완전한 정적에 귀를 기울이곤 했다.

곳간 앞에는 한 여인이 오리 한 마리를 붙잡고 있었다. 그녀는 방금 그 목을 따서 가볍게 두드리고 있었고, 그 옆에는 조그만 계집애가 국물 거리로 쓸 오리피를 받으려고 컵을 들고 있었다. 오리는 자신의 희생을 아주 달게 받는 모양으로, 여인이 그것을 내려놓자(피는 모두 컵에 담아 놓고) 두어 번 비척거리더니 스스로 죽음을 인정하는 것이었다. 우리는 나중에 양념을 치고 구워서 그 고기를 먹었다. 우리가 먹은 음식이 어찌 이뿐이랴. 술도 그 해에 담근 것, 지난 해에 담근 것, 4년 전 대풍년에 담근 것…… 그리하여 나는 태엽장치로 감긴 파리 쫓는 기계의 긴 팔이 빙빙 돌고 우리가 프랑스어로 이야기하던 시절의 자취를 잃어버렸다. 우리는 모두 스페인말을 더 잘하였다.

몬트로이는 스페인의 어느 곳과도 다름 없는 땅 이름이다. 거기에도 비 내리는 산티아고의 거리들이 있다. 고원 지방을 가로질러 오다가 언덕으로 둘러싸인 분지 저 밑에 보이는 마을, 그것이 몬트로이다. 그라우로 가는 길에 연하여 있는 미끈한 돌길, 짐을 높이 실은 채 그 위를 굴러 가는 달구지는 모두 노야에서 만든 나무 바퀴를 달고 있다. 그것은 얼마 쓰지 않아 닳아 빠지는 것이어서 대개는 막 잘라낸 판자 냄새를 풍긴다.

계집애의 얼굴을 가진 대 예술가 치키토, 그는 흔히 말하는 대로 피노, 무이 피노, 페로 프리오(멋있다. 아주 멋있다. 그러나 춥다). 발렌시아 2세, 그는 찢어진 눈을 꿰맬 때 잘못하여 눈꺼풀의 안이 드러났고, 그리하여 이미 패기는 간 곳이 없었다. 또한 소를 죽이러 들어 갔을 때 소가 어디 있는지 전혀 몰랐던 소년, 그는 두 번째도 역시 그러하였다. 밤을 새우며 야간 흥행을 보면 그런 우스운 꼴을 볼 수 있었다.

마드리드의 그 희극적인 투우사는 로달리토와의 싸움에서 그에게 두 번이나 배를 찔렸다. 두 번이나 달려들었기 때문이다. 식당에서 전가족과 함께 식사를 하던 아구에로, 그들은 나이는 달랐으나 모두 비슷한 모습들이었다. 그는 마타도르가 아니라 야구의 쇼트나 미식축구의 쿼터백처럼 보였다. 방안에 앉아 손가락으로 식사를 하던 카간초, 그는 포크를 쓸 줄 몰랐다. 그는 그것을 배울 수가 없었다. 그리하여 어느정도 돈벌이가 되자 그는 절대로 여러 사람 앞에서 식사를 하지 않았다.

미스 스페인과 약혼한 오르테가, 최고의 미녀와 최고의 추남, 그리고 최고의 재담가는 누구였던가? 〈라 가세타 델 노르테〉지(紙)의 데르페르디시오스, 그 사람이야말로 내가 읽어본 중에서 최고의 재담을 쓴 사람이다.

그리고 시드니의 방, 투우할 때 무슨 일거리를 얻을 수 있을까 물으러 오는 사람들, 돈을 빌리러 오는 사람들, 낡은 셔츠나 헌 옷가지를 얻으러 오는 사람들, 식사 때쯤에는 모든 투우사들, 모든 명사들, 이들은 모두 점잖고 예의 바르지만 재수는 나쁘다. 물레타를 차곡차곡 접는다. 케이프는 모두 납작하게 접는다. 칼은 양각 무늬가 박힌 가죽 케이스에 넣는다. 모두 가방에 넣는다. 물레타 막대기는 밑바닥 서랍에 들어 있다. 투우복은 큰 트렁크 속에 걸어놓고 금 장식에 흠이 가지 않도록 보자기가 씌워진다. 오지 항아리에 들어 있는 내 위스키, 메르세데스, 유리잔 좀 가져와. 그녀는 주인이 밤새도록 열병을 앓다가 한 시간 전에야 나갔다고 한다. 마침 그가 들어온다. 기분이 어때? 그만이야. 열병을 앓았다던데? 하나 이제는 기분 만점이야. 뭐라구? 의사 선생, 왜 여기서 식사 하지 않구? 메르세데스, 무얼 좀 가져다 샐러드를 만들지. 메르세데스, 아, 메르세데스.

마을을 질러 카페에 들어가면 사람들 말마따나 교육을 받을 수 있다. 거기서 배우는 것으로는, 누가 누구 돈을 빌었는가, 누가 누구 돈을 떼

먹었는가, 왜 그는 그에게 그가 그의 무엇에 입을 맞출 수 있다고 말했는가, 어느 여자가 누구의 아이를 배었는가, 누가 누구와 결혼했는데 그 전말은 어떠했는가, 이러이러한 일을 하는 데에 얼마나 걸렸는가, 의사는 뭐라고 말했는가, 소가 늦게 도착하자 기뻐 날뛰던 사람은 누구였던가, 소는 시합 당일에야 겨우 부리어졌으니 필시 다리가 약해졌을 게다. 두 번만 왔다 갔다 하면, 흥, 만사 그만이야, 그는 말했다. 그러자 비가 오고 시합이 1주일 후로 연기되었으니 그 녀석 단단히 혼나게 됐다. 누가 누구와 언제, 왜, 싸움을 하려 하지 않았는가, 그 여자가 그래? 물론 그렇지, 이 바보야, 그런 줄 몰랐어? 절대로, 그뿐이야, 다른 방법이라고는 쓰지 않지, 그 여자는 그들을 산 채로 집어삼킨 단 말이야…… 이따위 값진 뉴스는 모조리 카페에서 배우게 된다.

카페, 사내들이 결코 실수를 저지르는 일이 없는 카페, 그들이 모두 용감해지는 카페, 접시들이 쌓이고, 마신 술잔의 수가 대리석 테이블 꼭대기, 껍질이 벗겨진 철 지난 새우 사이에 연필로 금이 그어지는 카페, 그렇게 안전한 대승(大勝)은 다시 두 번도 볼 수 없다고 기분들이 좋아지다가 여덟 시쯤 누구 다른 사람이 계산을 치를 수 있으면 너나 할 것 없이 성공을 맛본다.

이렇게도 좋아하는 나라에 대하여 이 밖에 또 무엇을 써야 할 것인가? 이제는 사정이 많이 달라졌다고 라파엘은 말한다. 그는 다시는 팜플로나에 가지 않겠다고 한다. 〈라 리베르타드〉지(紙)도 내가 보기에는 〈르탕〉지(紙)와 닮아가고 있다. 공화당들이 모두 존경할 만하게 된 지금에 와서 그것은 이미 광고를 내면 소매치기조차 그것을 읽어주리라고 기대할 수 있는 그런 신문이 아니다. 팜플로나도 물론 달라지기는 했으나 우리가 늙은 것만큼 달라진 것은 아니다. 술만 한잔 마시면 꼭 옛날 그대로 되돌아갈 수 있다고 깨달은 것은 이전의 이야기지만, 지금은 세상이 변한다는 것을 알고 있다. 그래도 나는 조금도 아무렇지 않다. 그것은 모두 나를 위하여 변한 것이다. 변할 테면 변하도록 내버려두라. 너무 지나치게 변하기 전에 우리는 세상과 작별할 것이다.

우리가 가버린 뒤에도 비록 대홍수는 아닐망정 북부에는 여름에 여전히 비가 올 것이며, 산티아고의 대성당이나 나무 그늘 사이의 긴 자갈길에서 우리가 케이프술을 연습하던 라 그랑하에는 여전히 매가 보금자리를 칠 것이다. 분수가 솟아오르거나 않거나, 그것은 다를 바 없다.

우리는 두 번 다시 톨레도에서 밤중에 말을 타고 돌아와서 푼다 도르와 함께 먼지를 씻지 못할 것이다. 마드리드에서 7월의 어느 날 밤, 무슨 일이 일어났던 그 주일도 두 번 다시 돌아오지 않을 것이다. 우리는 그것이 모두 사라지는 것을 지켜보았고 앞으로도 지켜볼 것이다. 중요한 일은 존속하여 할 일을 다 하고 보고 듣고 배우고 이해하는 일, 그리고 무엇인가 아는 것이 있을 때에는 그것을 책으로 쓰는 일이다. 너무 빨라도 안 되고 그렇다고 너무 늦어도 안 된다. 세계를 구원하고 싶은 사람은 해도 좋다. 나로서는 세계를 전체로서 분명히 볼 수 있기를 바란다. 그리하여 세계의 어느 부분이든지 참되게 그린다면 그것은 전체를 나타내는 것이 된다. 해야 할 것은 힘써 일하며 그것을 그리는 기술을 배우는 일이다. 아니다. 이것은 한 권의 책이 되기에는 충분하지 못하다. 그러나 몇 가지 할 말은 했다. 몇 가지 실용적인 말은 한 셈이다.

역자후기

헤밍웨이가 투우에 특별한 관심을 갖고 그것을 연구하며 그것에 대하여 세밀한 묘사를 하면서 이따금 자기의 논평과 사상을 섞어 1932년에 《오후의 죽음(Death in the Afternoon)》을 출간하기까지의 된 동기에 대하여 헤밍웨이 자신은 다음과 같이 말하고 있다.

'삶과 죽음을, 이를테면 격렬한 죽음을 볼 수 있는 유일한 장소는 전쟁이 끝난 오늘에 와서는 투우장뿐이다. 그래서 나는 투우를 연구할 수 있는 스페인에 몹시 가고 싶었다.'

1차 대전 때 이탈리아 전선에 자원 종군하여 부상, 도살장 같은 싸움터의 경험에 절망하고 1차 대전 이전의 가치체계가 얼마나 허무맹랑한 것인가를 체험을 통해서 깨달은 헤밍웨이는 그 반동으로서 실속 없는 추상적인 사고를 배격하고 감각적인 경험을 숭상하게 되었다. 그의 유명한 《무기여 잘 있거라》에서 헤밍웨이를 대변하는 주인공 프레드릭·핸리는 이렇게 말한다.

'나는 생각하도록 만들어져 있지 않다. 나는 먹도록 만들어졌다. 그렇고말고! 먹고 마시고 캐더린과 자는 것이다.'

먹고 마시고 만지고 성교를 하고 박격포탄에 다리를 얻어맞고 하는 따위 직접 자기 몸으로 실감할 수 있는 것이 참다운 것임을 깨달았다는 것이다. 그러기에 도덕률에 언급해서도 이 《오후의 죽음》에서 다음과 같이 말하고 있다.

'지금까지 내가 도덕에 관해서 아는 것은 이것뿐이다. 즉 어떤 일을

하고 나서 기분 좋게 느껴지면 그것은 도덕적이고 기분 나쁘게 느껴지면 그것은 비도덕적이다.'

그러나 이것을 가지고 헤밍웨이가 하나에서 열까지 감각적이며 동물적인 기준에서만 인생의 가치 판단을 한다고 속단해서는 안 된다. 오히려 그의 정신은 그의 세련된 문체나 정교한 문학 기교에서 볼 수 있는 것처럼 매우 섬세하며 지성적이다. 더구나 그는 비록 때로는 너무 주관적이고 보편성이 적다 할지라도 일정한 규범을 지키고 의식과 규율을 지키는 것에 대단히 깊은 관심을 보이고 있다. 특히 고통, 폭력 및 죽음의 위협에 직면했을 때 사람이 취해야 할 태도에 관해서 그는 거의 형이상학적인 원칙을 내세우고 있는 것이다.

헤밍웨이가 어려서부터 죽음에 대한 남다른 공포감을 가지고 있었다는 것은 그의 초기 단편《인디언 부락》을 보아도 알 수 있지만 그러한 공포감은 그로 하여금 죽음과 대결해 보려는 불패의 정신으로 이끌어 간 것이다. 그리하여《노인과 바다》에서 주인공을 통해 말한 것처럼 그는 '사람은 파괴될 수는 있어도 패배될 수는 없다'라고 하여 숭고한 용기를 강조하게 된 것이다. 죽음에 대한 의식은 죽음이 임박했거나 그 위협을 느낄 때 가장 강렬하다. 죽음에 끊임 없이 접근하는 사람들, 예컨대 군인, 투우사, 혹은 중환자들은 죽음의 신비를 여느 사람보다 더 분명하게 내다본다. 말하자면 삶의 진상 파악에 있어서 그들은 남보다 더 확실히 알고 있는 것이다.

《오후의 죽음》은 투우에 관한 전문적인 관찰이며 동시에 철학적인 에세이다. 죽음의 경계선을 넘나드는 링 안의 온갖 희비극과 거기서 파생되는 가지가지 에피소드를 담담하고 흥미 있게 그렸다. 예컨대 스페인뿐만 아니라 멕시코에서 열리는 투우를 낱낱이 설명함은 물론 소가 전문적인 양육자의 손에 키워지며 그 공격력이 얼마나 용감한가를 테스트 받고 링에서 투우사와 맞서게 되기까지의 온갖 세부적인 설명이며, 투우사가 되기까지 훈련 과정이며, 한 명의 마타도르(최고의 투우사)에 딸린 반데리예로며 피카도르 및 심부름꾼 등의 주종 관계며 그들이 받는 보수, 역대 유명한 마타도르의 이력이 극적으로 그려진다.

소는 링 안에서 창, 케이프, 창기 등을 쓰는 피카도르에 의하여 3단계의 시련을 받으며 최후에 가서 동작이 매우 느려질 때 마타도르에 의해 칼에 찔려 죽는다. 그 동안 소가 보이는 반응 여하에 따라 세부적인 작전은 달라진다.

투우사들은 언젠간 죽기 마련이지만 그들은 거의 모두 가난에 허덕인다. 링 안에서 받는 환호와 영광 뒤에는 고독이 있다. 그러면서 그들은 짐짓 위험을 자청하는 모험을 감행해야만, 다시 말해서 '압력 아래에서의 침착성(grace under ressure)'을 유지해야만 예술가로서의 인정을 받는다.

찰스 스크리브너 산즈 출판사에서 간행된 원서는 본문이 278페이지, 참고 사진과 그 설명이 100페이지, 게다가 투우 전문 용어 풀이가 백여 페이지의 꽤 방대한 부피로 되어 있다. 이 고전적인 책의 제목은 제19장 끝머리 가까운 곳에 있는 대목에서 따온 것으로 보인다. 즉 스페인 사람들은 삶보다도 훨씬 더 긴 죽음에 대해 지적인 흥미를 가지고 있기 때문에 죽음이 인정한 과정을 거쳐 받아들여지는 광경을 보기 위해 투우 경기가 있을 때면 오후에 으레 투우장으로 간다는 것이다.